U0405981

「十四五」國家重點圖書

詞譜要籍整理與彙編（第一輯）

朱惠國◎主編　劉尊明◎副主編

嘯餘譜·詩餘譜

[明]程明善◎編著　劉尊明　李文韶◎整理

華東師範大學出版社
·上海·

圖書在版編目（CIP）數據

嘯餘譜・詩餘譜/（明）程明善編著；劉尊明，李文韜整理. —上海：華東師範大學出版社，2022
（詞譜要籍整理與彙編）
ISBN 978－7－5760－2962－8

Ⅰ.①嘯… Ⅱ.①程… ②劉… ③李… Ⅲ.①詞（文學）—作品集—中國—明代 Ⅳ.①I222.848

中國版本圖書館 CIP 數據核字（2022）第 118241 號

上海市促進文化創意產業發展財政扶持資金資助出版

詞譜要籍整理與彙編
嘯餘譜・詩餘譜

編 著 者 ［明］程明善
整 理 者 劉尊明 李文韜
責任編輯 時潤民
責任校對 龐 堅
裝幀設計 盧曉紅

出版發行 華東師範大學出版社
社　　址 上海市中山北路 3663 號 郵編 200062
網　　址 www.ecnupress.com.cn
電　　話 021－60821666 行政傳真 021－62572105
客服電話 021－62865537 門市（郵購）電話 021－62869887
地　　址 上海市中山北路 3663 號華東師範大學校内先鋒路口
網　　店 http://hdsdcbs.tmall.com

印　　刷 上海盛隆印務有限公司
開　　本 890×1240 32 開
印　　張 18.5
插　　頁 4
字　　數 335 千字
版　　次 2022 年 9 月第 1 版
印　　次 2022 年 9 月第 1 次
書　　號 ISBN 978－7－5760－2962－8
定　　價 148.00 元

出 版 人 王 焰

（如發現本版圖書有印訂質量問題，請寄回本社客服中心調换或電話 021－62865537 聯繫）

詩餘譜目錄

歌行題

天津圖書館藏明萬曆四十七年己未（一六一九）
程明善流雲館自刻本《嘯餘譜·詩餘譜》書影（一）

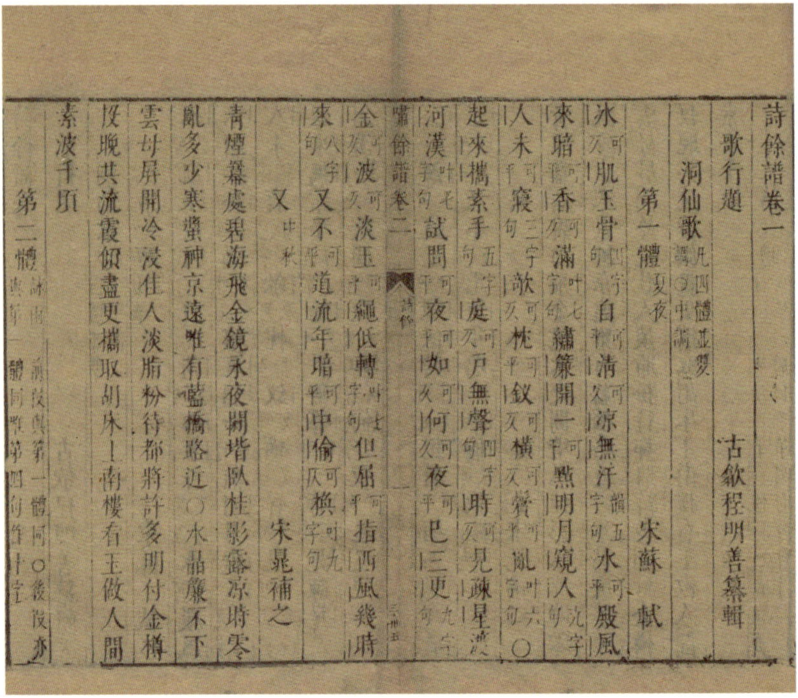

詩餘譜卷一

歌行題　　古歙程明善纂輯

洞仙歌　凡四體並雙調○中滿

第一體　夏夜　　宋蘇軾

冰肌玉骨自清涼無汗水殿風來暗香滿繡簾開一點明月窺人人未寢欹枕釵橫鬢亂○起來攜素手庭戶無聲時見疏星渡河漢試問夜如何夜已三更

金波淡玉繩低轉但屈指西風幾時來又不道流年暗中偷換

又　中秋　　宋晁補之

青煙冪處碧海飛金鏡永夜閑階臥桂影露涼時零亂多少寒螀神京遠唯有藍橋路近○水晶簾不下雲母屏開冷浸佳人淡脂粉待都將許多明付金樽投曉共流霞傾盡更攜取胡牀上南樓看玉做人間素波千頃

第二體　詠梅　前段與第一體同○後段亦與第一體同惟第四句作[illegible]

天津圖書館藏明萬曆四十七年己未（一六一九）

程明善流雲館自刻本《嘯餘譜・詩餘譜》書影（二）

文體明辯附録卷之三

大明吳江徐師曾伯魯纂

詩餘一

按詩餘者古樂府之流別而後世歌曲之濫觴也蓋自樂府散亡聲律乖闕唐李白氏始作清平調憶秦娥菩薩蠻諸詞時因效之厥後行衞尉少卿趙崇祚輯爲化間集凡五百闋此近代倚聲填詞之祖也宋初創製漸多至周待制邦領大晟府樂比切聲調十二律各有篇目柳屯田永增至二百餘調一時文士復相擬作富至

中國國家圖書館藏明萬曆初年

閩建陽游榕銅活字印本《文體明辯》附錄《詩餘》書影（一）

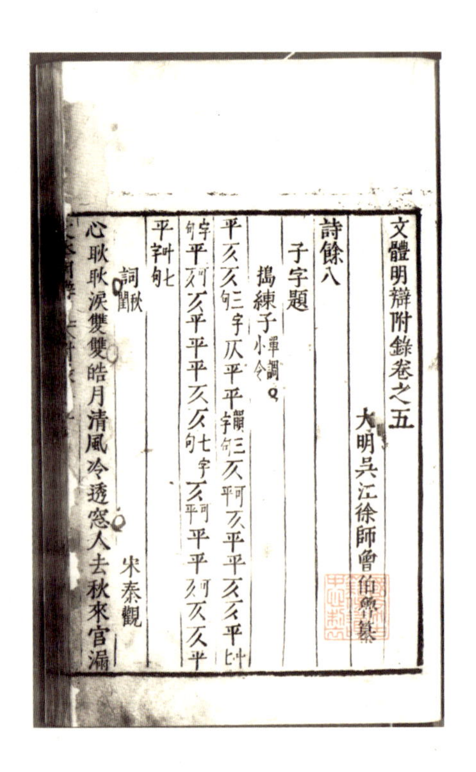
文體明辯附錄卷之五

大明吳江徐師曾伯魯纂

詩餘八

子字題

擣練子單調小令

平仄仄三字句仄平平韻三字句仄可平仄平平仄仄平叶七字句平可仄仄平平平仄仄七字句仄可平平平仄可平仄仄平叶七字句

詞秋閨　宋秦觀

心耿耿淚雙雙皓月清風冷透窓人去秋來宮漏

中國國家圖書館藏明萬曆初年

閩建陽游榕銅活字印本《文體明辯》附錄《詩餘》書影（二）

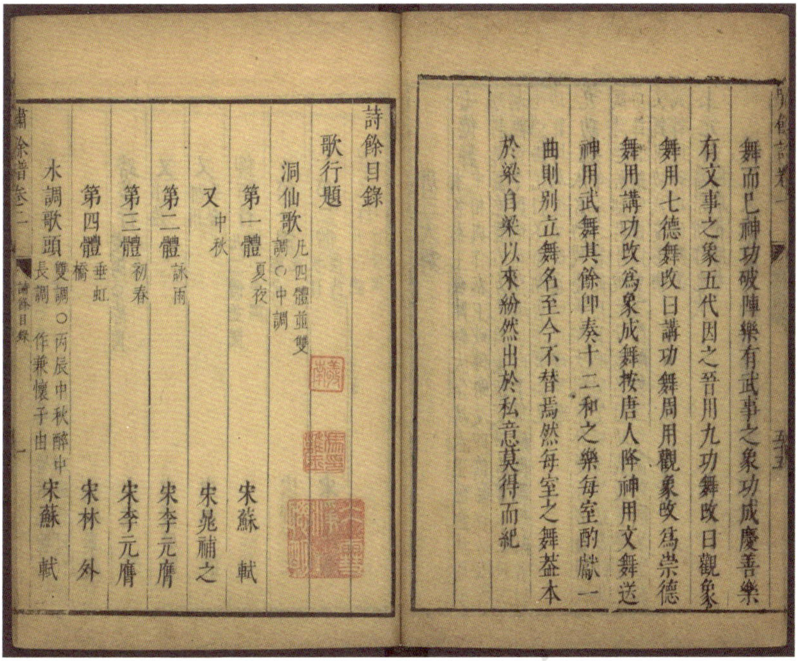

舞而巳神功破陣樂有武事之象功成慶善樂有文事之象五代因之晉用九功舞改曰觀象舞用七德舞改曰講功舞周用觀象改爲崇德舞用講功改爲象成舞按唐人降神用文舞送神用武舞其餘卽奏十二和之樂每室酌獻一曲則別立舞名至今不替焉然每室之舞荅本於梁自梁以來紛然出於私意莫得而紀

詩餘目錄

歌行題

洞仙歌 凡四體並雙調○中調

第一體 夏夜 宋蘇 軾

又 中秋 宋晁補之

第二體 詠雨 宋李元膺

第三體 初春 宋李元膺

第四體 垂虹橋 宋林 外

水調歌頭 雙調○丙辰中秋醉中作兼懷子由 長調 宋蘇 軾

嘯餘譜卷二 詩餘目錄 一

哈佛大學圖書館藏清康熙元年壬寅（一六六二）

張漢瑞凝堂重訂本《嘯餘譜・詩餘譜》書影（一）

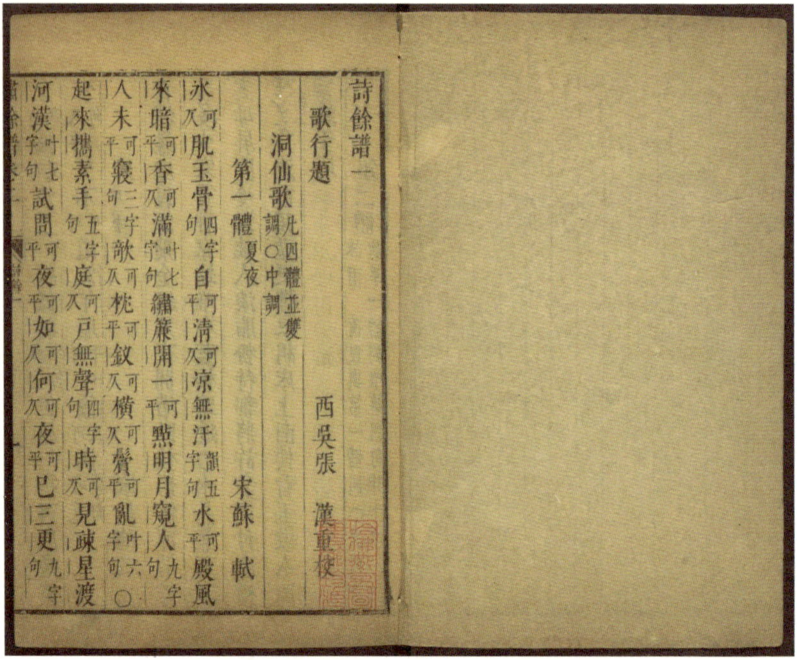

詩餘譜一

歌行題　　西吳張　漢重校

洞仙歌凡四體並雙調〇中調

第一體夏夜　　宋蘇　軾

冰可仄肌玉骨四字句自可平清可仄涼無汗五字韻水可平殿風來暗可平香可仄滿七字句叶繡簾開一可平點明月窺人九字句人未可平寢三字句欹可仄枕可平釵可仄橫可仄鬢可平亂六字句叶〇起來攜素手五字句庭可仄戶無聲四字句時可仄見疏星渡河漢七字句叶試問可平夜可平如可仄何可仄夜可平已三更九字句

哈佛大學圖書館藏清康熙元年壬寅（一六六二）

張漢瑞凝堂重訂本《嘯餘譜·詩餘譜》書影（二）

總序

詞譜，這裏主要指格律譜，產生於明中期，是詞樂失傳後，爲規範詞的創作而逐漸發展起來的一種專門性質的工具書。廣義的詞譜包括音樂譜和格律譜，但就明清詞譜而言，除極少數詞譜，如《自怡軒詞譜》、《碎金詞譜》是從《九宫大成》輯録而成，具有音樂性外，一般都是格律譜。

晚清以來，詞譜研究一直處於較少被關注的邊緣位置，相比詞史與詞論，詞譜研究的成果不多，且研究格局也比較狹窄，可以説，至今缺乏整體性、系統性的研究。晚清民初的詞譜研究大多集中在細部的考察和瑣碎的考訂上，對詞譜文獻尚未有全面的整理和系統的考察。民國時期，學者們多撰文專門探討四聲陰陽及詞人用調等問題，亦有一些學者熱心於增補詞調，至於詞譜的全面系統研究，則依然缺乏。一九四九年後，由於時代原因，詞譜以及與之關係密切的詞調與詞律研究長期受到冷落，直到進入新時期，相關研究才零星逐漸復甦，卻也呈現出十分不均衡的面貌：詞調研究成果相對多一些，但總體上缺乏規劃性；詞律、詞韻等方面的研究成果很少，且多見於語言學等外圍學科；詞譜文獻研究有一些進展，但主要是單個詞譜的研究，成果也比較零散；至於詞譜史的研究，不僅成果少，而且多是以史論方式介紹明清以至民國詞譜著作的編撰過程、詞律研究進程及相關學者的詞律思想主張，並没有觸及問題的實質。因此，明清詞譜的研究總體比較冷寂。

一

進入新世紀，尤其是二〇〇八年前後，明清詞譜研究開始受到重視，相關研究也逐步展開，並取得一些成績。在此過程中，有兩方面的研究推進速度較快，取得的成果也比較突出。

其一，重要詞譜的研究取得明顯進展。明清詞譜的研究起步較晚，但一些重要詞譜因爲影響較大，學術地位重要，吸引了一批學者投入較多精力進行研究，並已取得非常明顯的進展。這在《詩餘圖譜》、《欽定詞譜》、《詞繫》三部重要詞譜的研究方面表現得尤其充分。

《詩餘圖譜》是中國真正意義上的第一個詞譜，地位十分特殊，但以往專門的研究並不多。學術界雖然常常提及該譜，事實上對它的認識還比較模糊，其表現主要有兩方面：一是張冠李戴，將之和賴以邠等人的《填詞圖譜》相混淆，將後者的問題算在前者上；二是没有梳理《詩餘圖譜》版本，分不清初刻本和後續版本的區别，將後續版本中出現的問題誤以爲是張綖《詩餘圖譜》初刻本的。這兩種情況在以往的研究文章和著作中經常會遇到，直到張仲謀在臺灣發現《詩餘圖譜》初刻本，才徹底扭轉了局面。此後《詩餘圖譜》各種版本的發掘和梳理，進一步呈現了該詞譜的真實面貌和流傳過程。可以説，由於文獻資料的突破，《詩餘圖譜》的研究在最近十餘年快速推進，形成的成果也與之前有了質的變化。

《欽定詞譜》由於是「欽定」，在清代幾無討論的可能，更談不上去指謬糾誤，清以後，雖然「欽定」的禁忌不復存在，但由於該譜的「權威性」，也很少有人去留意、審視譜中的問題，部分學者也只是重視詞調補遺工作，而非對原譜本身作研究，因此《欽定詞譜》存在的問題也長期得不到糾正。但最近幾十年情況正在發生變化，陸續有學者關注此譜，將其納入研究範圍，而研究的核心内容，就是對其糾誤匡謬。大致而言，對《欽定詞譜》的研究可以分爲三個階段：第一個階段是一九九七年周玉魁發表《略論〈欽定詞譜〉的幾個問題》一文，開始對該譜進行整體性研究，並且研究的方向也十分明確，就是指出其存在的問題。這種思路事實上對《欽定詞譜》之後的研究路徑有明顯的導向作用。但作者發表此文後，再没見到其後續研究成果。第二階段是新世紀以後，主要是二〇一〇年前後，謝桃坊和蔡國强兩位發表了一系列論文，對《欽定詞譜》的問題作進一步討論，其研究思路與周文大致相近。其中謝桃坊偏重於《欽定詞譜》收録詞調標準的討論，也涉及譜中調名、分體、韻位等方面的具體問題，蔡國强則更偏重於調名、韻脚等具體問題的討論。蔡文的許多觀點之後被集中吸收到其考正著作中。第三階段是二〇一七年蔡國强的《欽定詞譜考正》出版，標誌着《欽定詞譜》的研究進入了一個新的階段。三個階段層層推進，進展較快。《詞繫》是最有價值的明清詞譜之一，但由於戰亂以及編撰者秦巘家道中落等原因，一直没有機會刊刻，外界所知甚少，因此相關的研究也就無從談起。直到上個世紀末，該書稿本被重新發現並整理出版後，學界才開始了對該書的研究。研究工作主要圍繞三個方面進行：首先是整體性介紹，由於該譜是第一次整理，這類介紹是必要的，以便於把握該譜的基本特點；其次是價值發現與詞譜史評價，這對於《詞繫》的深度認識以及詞譜史定位尤其重要；第三是文獻的發現與完善。北京師範大學出版社一九九六年出版了《詞繫》一書，是根據收藏在北京師範大學圖書館的未定稿本整理而成，其間唐圭璋、鄧魁英、劉永泰等先生做出重要貢獻。但是該稿本與夏承燾、龍榆生等先生描述的稿本不同，夏承燾等看到的是更加完善的謄清本，此事一度成爲迷案。此後有學者據《中國古籍善本書目》的著録，在北京大學圖書館發現了珍貴的謄清本，國家圖書館出版社於二〇一四年對其進行複製性出版，收入「中華再造善本續編」。至此，《詞繫》的最終面目得以被公諸於世，便於學者作進一步深入研究。《詞繫》的研究，從零到現在大致成熟，其推進速度也比較快。

其二，研究視野有所拓展，對冷僻的詞譜和海外的詞譜開始有所關注。明清詞譜研究之前主要集中在幾部比較著名的詞譜上，但最近十幾年一個明顯的變化，就是開始對冷僻的詞譜有了一定的關注，並取得初步進展。比較典型的例子是對鈔本《詞學筌蹄》、稿本《詞家玉律》、稿本《詞榘》、鈔本《詞海評林》等詞譜的關注與研究，及對稀見詞譜《牖日譜詞選》、《記紅集》、《三百詞譜》、《詩餘譜纂》、《詩餘協律》、《有真意齋詞譜》、《彈簫館詞譜》等的介紹與初步研究。其中對鈔本《詞學筌蹄》、稿本《詞榘》、稿本《詞家玉律》的研究代表了三種不同的類型。

《詞學筌蹄》以鈔本的形式存在，但在很長一段時間内被視爲一部詞選，較少受到關注。唐圭璋《全宋詞》「引用書目」將此書列爲第五類的「詞譜類」，是非常有識見的判斷，此後蔣哲倫、楊萬里編《唐宋詞書録》，也順着唐先生的思路，將其列爲「詞譜、詞韻類」。至此，該書詞譜的身份大體被確認。此書真正受到關注，進入詞譜研究的視野，是在張仲謀二〇〇五年發表《〈詞學筌蹄〉考論》一文之後。文章對該譜作了比較全面的介紹與討論，進一步論證其詞譜性質，以爲是中國現存最早的詞譜。但總體來看，作爲中國最早的詞譜，或者説詞譜的雛形，其産生的過程、背後的深層原因及詞譜學意義等問題，仍有待作進一步深入研究。

《詞榘》的編撰者方成培是有很高造詣的詞學家，其《香研居詞麈》一書向爲學界稱道，但同爲其重要詞學著作的《詞榘》卻未曾刊刻，也久未見著録，只在民國時期《歙縣志》等地方文獻上稍有提及。加上此書稿本長期保存在安徽省博物館，鮮爲人知。直到二〇〇七年鮑恒在《文學遺産》上發表文章介紹《詞榘》的兩個不同稿本，該書才進入學者的研究視野。作者在撰文的同時，還聯合王延鵬開始整理《詞榘》，在文獻比對、字迹辨識等基礎性工作上花費了大量心血。《詞榘》稿本的整理與出版，將對中國明清詞譜史的研究産生重要影響。

《詞家玉律》的情況則有所不同，編撰者王一元並非名家，書稿也只是保存在其家鄉的無錫圖書館，因此幾無人知。二〇一〇年，顔慶餘撰文介紹該稿本，這部詞譜才進入研究者的視野。但此稿的價值究竟如何，是否有整理的必要？仍需作進一步的考察與研究。總體來講，最近十來年，一些之前少有人關注的珍稀詞譜開始受到重視，並被不斷發掘與介紹，這對明清詞譜史的研究具有重要意義。就我們所知，此類詞譜有一定數量，該方面的研究工作將會持續一段時間。

最近十幾年，學者們對域外詞譜也開始加以關注。由於歷史原因，中國周邊的日本、朝鮮半島、越南三個地區在古代均採用漢字書寫系統，漢文詩詞創作十分普遍。詞譜作爲漢詞創作的工具書，也較早流傳到了這些國家。以往的詞譜研究對留存域外的明清詞譜關注不多，對域外國家本土編製的詞譜更是所知甚少。這種情況目前已有所改變，不少學者開始將目光投向域外，並嘗試將域外主要是日本的詞譜納入研究範圍。此方面的研究工作起步不久，大致可以分爲三個方面。第一，是研究流傳到域外的明清詞譜。如上所述，明清時期有不少詞譜流入域外，這些詞譜大部分都能在國内找到相同版本，但也有一些比較特殊的鈔本或批本，是國内所没有的，具有較高的文獻價值。對此已有一些學者開始關注並展開實際研究工作，如江合友《關於張綖〈詩餘圖譜〉的日藏抄本》，詳細介紹了《詩餘圖譜》的兩種日藏抄本；又如日本詞學家萩原正樹《關於〈欽定詞譜〉兩種内府刻本的異同》對日本京都大學一九八三年影印「京都大學漢籍善本」中的一種《欽定詞譜》底本作了介紹，並將其與中國書店一九七九年影印本作了詳細比對與析論。第二，是對域外國家本土編製詞譜的關注與研究。域外國家本土編製的詞譜一般是以中國傳過去的詞譜爲母本，在此基礎上作一些本土化改造。這些詞譜在彼處取得成功，有的甚至還返流回中國，受到中國詞人的喜愛，如日本田能村孝憲編的《填詞圖譜》。目前學界對這些詞譜也有所關注，如江合友《田能村孝憲〈填詞圖譜〉探析——兼及明清詞譜對日本填詞之影響》，朱惠國《古代詞樂、詞譜與域外詞的創作關聯》也涉及這一問題。其三是對域外詞譜學研究的關注，如日本學者萩原正樹近年研究森川竹磎的《詞律大成》，撰有《森川竹磎〈詞律大成〉原文與解題》，該書在整理《詞律大成》的同時，另附《森川竹磎略年譜》和《〈詞律大成〉解題》於書後，頗具資料價值。萩原正樹的著作代表了日本詞譜學的一些特點與最新進展，已引起國內詞學界的注意，有關的資料收集與評價也正在進行。從這三方面的研究看，明清詞譜研究的視野有了明顯的拓展，已進入了一個新的階段。

二

毫無疑問，近十幾年明清詞譜研究的進展是明顯的，但我們也清醒地看到，晚清以來，詞譜研究在詞學研究大格局中所占的比重偏小，積累不够，加上新時期成長起來的新一代學者普遍對詞調、詞律有陌生感，因此目前的明清詞譜研究總體上還存在基礎薄弱、人員短缺等問題。除此之外，研究工作本身也存在一些不足。這些不足主要有以下幾個方面。

一是基礎性、整體性的文獻研究缺乏。詞譜文獻學是目前明清詞譜研究中相對成熟的一部分，取得的成果也比較多，但問題是這些研究比較零散，不成系統。迄今爲止，學界對明清詞譜的整體情況還比較模糊，比如從明中葉《詞學筌蹄》產生以來，總共有過多少詞譜，其中存世的詞譜有多少，有哪些類型，收藏在什麽地方，保存情況如何？這些目前都是未知的，換句話説，時至今日，我們還未系統地摸過明清詞譜的家底。進一步看，這些詞譜各自有哪些編撰特點，作者的背景怎樣，當時是否被廣泛接受與普遍使用，實際評價又如何？對這些方面的研究工作雖然已有了一部分，但涉及的只是部分詞譜。因此説，詞譜文獻的基礎性研究還比較薄弱，很需要在調查研究的基礎上，編出一份相對齊全的明清詞譜收藏目録，如果在目録的基礎上，能撰寫系統性的明清詞譜敘録，或能反映明清詞譜總體情況的學術著作，就更好了。至於對明清詞譜的整理，目前主要集中在幾部著名的詞譜上，如《欽定詞譜》、《詞繫》、《碎金詞譜》等，一些在明清詞譜史上有重要地位的詞譜，如《填詞圖譜》、《嘯餘譜・詩餘譜》等，至今還没有被整理過，可見詞譜文獻研究雖然已取得一些進展，但依然缺乏大規模、集成性的研究成果。

二是大部分研究仍停留在淺層次的階段，没有深入到詞譜本身的内容中去。目前的明清詞譜研究雖然涉及到了詞譜的編製方式、文獻來源，以及與之關係密切的詞調、詞律、詞韻等多個方面，成果數量也已經有了一定的累積，但這些研究大部分停留在表面，缺少對實質性内容的深入思考。如大部分論著多集中在詞譜的作者、版本，以及編纂背景、標注符號、編排方法等外部要素上，而對於最能反映詞譜學本質的句式、律理、分體等問題的探討卻不是很多，即使有一些涉及明清詞譜修訂的論文觸及了詞律問題，也多是專攻一隅，未能系統而全面。換句話説，目前的研究大部分還是在外圍，並没有深入詞譜的實質。事實上，詞譜作爲一種專門工具書，是明清人在詞樂失傳後，爲規範並方便詞的創作而發明的，編譜者所依據的文獻以及對詞調的體認程度無疑會影響到詞譜質量的高下。我們現在能看到的文獻比明清人要全，因此在總結前人研究成果的基礎上，對主要的詞譜進行細致分析，討論其譜式的準確性和合理性，應該是明清詞譜研究的主要内容。此外，除了個别的早期詞譜，絶大多數明清詞譜都不是憑空產生的，編寫者或多或少地借鑒了前人的詞譜，既有繼承，也有發展，因此梳理這些詞譜之間的内在關係，看看後者在前者的基礎上解決了什麽問題，還留下什麽問題，由此分析明清詞譜發展演化的過程與規律，也應該是明清詞譜研究的一項重要内容。而從明清詞譜研究的現狀看，此類研究目前還比較少見，這無疑是一個比較明顯的缺憾。

三是對明清詞譜的學術價值和詞學史地位普遍認識不足。已有的明清詞譜研究大部分是從形式的角度入手，將詞譜視爲技術層面的工具，很少從詞學發展的層面深入探討其歷史地位，也很少從詞譜編製與創作互動的關係來考察其學術價值。對一些深層次問題，如明清詞譜產生的根本原因，詞譜發展的内在動因和規律，詞譜在清詞中興過程中的實際作用等，很少有專門的討論。比如我們在談到詞譜的產生時，較多關注到《詞學筌蹄》和《草堂詩餘》的關係，關注詞譜中標注符號的來源等，至於爲什麽會在這個時候形成這部製作粗糙卻又具有里程碑意義的詞譜，則目前還少有人去考量，而這個問題非常關鍵，是涉及到詞體能否生存、能否繼續發展的重大問題。又如我們現在討論清詞的中興，總結了很多因素，固然都有道理，而清詞的中興和詞譜的發達又有没有關係？這其中的綫索，也較少有人去作深入思考。可見在目前的詞譜研究中，理論的研究和思考還没有跟上去。這些都需要在今後的研究中加以改進，以對詞譜的學術價值有一個更加全面、深入的考量。

四是重要詞譜的校訂工作没有得到應有的重視。以《詞律》、《欽定詞譜》爲代表的明清詞譜從產生之日起，一直是詞創作的重要依據，將來無疑也會如此，因此詞譜的正確與完善對詞的創作至關重要。但如上所述，明清時期由於製譜者在文獻方面的不足和認識上的局限，導致這些詞譜在平仄、句式、韻律、分段等諸方面，都或多或少地存在一些瑕疵以及錯誤，即使明清詞譜中最著名、最權威、最流行的《欽定詞譜》和《詞律》，即通常所説的「譜」、「律」，也存在不少問題。《詞律》的問題在清代已經有學者指出過；《欽定詞譜》由於是「欽定」，在清代無法展開討論，近年雖有學者陸續指出其中存在的各式問題，但是這些工作總體來説比較分散，且没有從詞譜的系統性校訂、完善這一層面來展開，因此對普通的詞譜使用者而言，詞譜中的這些問題和錯誤一直存在，並在不斷地誤導詞的創作。問題的嚴重性還在於，幾乎極少有人想到詞譜有錯誤，更没有想到要去校訂明清詞譜，使之更加準確和完善。很少有一種工具書會像詞譜一樣，幾百年來一直不被加以校訂卻持續爲創作提供依據。即便是詞譜中由於文獻不足，僅依據殘詞製成之譜，如《欽定詞譜》中署名張孝祥的《錦園春》四十二字體，也至今依然被視爲創作的圭臬。因此對明清詞譜中影響最大，至今使用最廣泛的詞譜，如《詞律》、《欽定詞譜》等，在前人研究的基礎上，作一次系統、徹底的校訂，使之更加準確，是完全有必要，也有可能的一項工作，這不僅是明清詞譜研究的重大突破，也是一項功在當代，利在長遠的重大文化工程。

最後是明清詞譜研究缺少規劃，没有系統性。以上四方面問題之所以產生，非常重要的一個原因，就是現有的明清詞譜研究缺少總體規劃，没有系統性。如對明清詞譜基礎性文獻大規模的搜集與著録，對詞譜要籍如《詩餘圖譜》、《嘯餘譜·詩餘譜》、《填詞圖譜》、《詞渠》、《詞繫》等的大規模整理與研究，對重要詞譜如《詞律》、《欽定詞譜》的研究與校訂等，都需要有一定的規劃與統籌，調動相應的人力和資金支持。而現有的研究主要基於學者的個人興趣來展開，因此上述大規模的研究計劃就難以得到實施。

三

目前明清詞譜研究雖有許多工作要做，但其中最爲迫切的是基礎性文獻的整理與研究，只有掌握了明清詞譜的基礎文獻，才能對其基本特點、編製原理、演化軌跡、發展動因和詞學史地位、學術價值等作出準確、詳細、符合歷史事實的描述與闡釋。基礎性文獻的整理與研究主要包括兩個方面：一是對明清詞譜的存世情況進行全面排查與記録，二是在此基礎上選擇一些重要的明清詞譜進行有計劃的整理與研究。「詞譜要籍整理與彙編」叢書就是基於後一點而編撰的一套明清詞譜整理本。

本套叢書，我們計劃挑選二十部左右學術價值較高的明清詞譜進行整理與初步研究，挑選的原則主要考慮四個方面，即代表性、學術性、重要性和珍稀性。

所謂代表性，主要是指挑選的詞譜在譜式體例、時代分佈等方面均有一定代表性。詞譜的種類較多，從大的方面區分，可以分爲圖譜和文字譜，但同是圖譜，在標示符號和標示方式上也有不少差異，如黑白圈、方形框等，在圖和例詞的安排上，有的兩者分開，有的則合二爲一。至於文字譜，在譜式設計上也有不少差異，如有的與工尺合譜，有的則設計出獨特的文字表示不同的句式或體式。這些譜式不可能全部兼顧，但一些有代表性的譜式均在本叢書的考慮之内。時代的代表性，主要是兼顧不同時期編撰的詞譜。明清詞譜產生於明中葉，但在時段的分佈上並不均衡，有的時期如康熙、乾隆朝編撰的詞譜比較多，有的時期如雍正、嘉慶朝就少，除了詞譜本身發展原因外，與該時期的時間長短有關，但作爲一部叢書，還是要儘量兼顧各個歷史時期，以展示不同時期詞譜的特色。

學術性主要是關注詞譜本身的學術含量。詞譜是一種填詞專用工具書，同時也是詞調、詞律、詞韻研究成果的重要載體，體現出編譜者的學術水平和創新程度。作爲一套詞譜要籍整理叢書，詞譜的學術性是入選的一個重要標準。如張綖的《詩餘圖譜》是中國第一個真正意義上的詞譜，奠定了明清詞譜的編譜思路和基本體例，其學術性和創新性不容置疑；又如徐師曾《文體明辨・詩餘》「直以平仄作譜」，是第一個「去圖著譜」的詞譜，也是第一個明確有「分體」意識，調下以「各體别之」的詞譜。這些詞譜有較高的學術性，並在明清詞譜發展過程中具有重要作用，是我們重點予以整理與研究的。詞譜的重要性一般和其學術性相關，但也不能一概而論，有的詞譜儘管並不完美，卻由於各種原因，實際影響力比較大。比如程明善的《嘯餘譜・詩餘譜》，現在研究者普遍認爲是承襲了徐師曾《文體明辨・詩餘》，並非自己獨立創作，而且本身還存在多種問題，但該譜在明清之際非常流行，萬樹甚至以「通行天壤」來形容，實際影響非常之大。又如查繼超等《填詞圖譜》，萬樹以爲「圖則葫蘆張本，譜則矉捧《嘯餘》，持議或偏，參稽太略」，但作爲《詞學全書》的一種，在清初也十分流行，同樣具有重要影響。這些詞譜也是我們重點關注與進行整理的。另外，稀缺性也是我們重點考慮的一個因素。歷史上不少詞譜由於種種原因没有刊刻，一直以稿本或鈔本的形態保存在圖書館或博物館，這些詞譜除了學術價值，還有比較高的文獻價值，如方成培《詞榘》、毛晉《詞海評林》等。對這些詞譜的整理和研究，一定程度上還具有保存文獻的意義。其他稀見詞譜，如李文林《詩餘協律》、吕德本《詞學辨體式》等，雖是刻本，但由於存世數量有限，流傳不廣，也有整理、研究的必要。

綜合上述四方面的考慮，我們初步擬定需整理的詞譜要籍如下：

明代詞譜六種：張綖《詩餘圖譜》（附毛晉輯《詩餘圖譜補略》）、萬惟檀《詩餘圖譜》、顧長發《詩餘圖譜》、徐師曾《文體明辨・詩餘》、程明善《嘯餘譜・詩餘譜》、毛晉《詞海評林》。

清代詞譜十五種：吴綺《選聲集》並吴綺等《記紅集》、賴以邠等《填詞圖譜》、葉申薌《天籟軒詞譜》、孫致彌《詞鵠》、鄭元慶《三百詞譜》、李文林《詩餘協律》、許寶善《自怡軒詞譜》、方成培《詞榘》、禮思鵬《詞調萃雅》、郭鞏《詩餘譜式》、呂德本《詞學辨體式》、朱燮《朱飲山千金譜・詩餘譜》、舒夢蘭《白香詞譜》、錢裕《有真意齋詞譜》。

至於萬樹《詞律》、王奕清等《欽定詞譜》、秦巘《詞繫》這三部大譜，因有專門的研究與考訂計劃，故不置於本套從書中。而《碎金詞譜》偏重音樂性，且已有劉崇德先生整理並譯成現代樂譜，故也不列入整理名單。此外，隨研究深入並根據需要，以上書目也可能調整。

每一種詞譜的整理一般包括兩個方面：文獻整理和基礎研究。文獻整理遵循古籍整理的一般方法，並根據詞譜的特點作相應調整，主要包括有：底本選擇、校勘、標點、附録等。基礎研究主要對編撰者的生平行實、詞學活動進行考證，及對詞譜的編撰過程、基本特點、使用情況、版本與流傳等方面進行闡述，最後用「前言」的形式體現出來。

本叢書以「詞譜要籍整理與彙編」的總名出版。二十餘種詞譜以統一的體例，按時代先後爲序，採用繁體直排的形式，各自成册。原則上，每一種均包括書影、前言、凡例、正文、附録五個部分。附録主要收録詞譜編撰者的生平傳記資料以及該譜其他版本的序跋、題辭等資料，但不包括後人的研究文章。此項視每種詞譜的具體情况而定，不作强求。

由於本叢書是第一次具規模性地整理詞譜文獻，參與者缺少經驗，加之時間與精力問題，難免會存在各種問題，在此敬祈海内外方家、讀者不吝指正。

朱惠國

二〇二一年三月於上海

目録

詩餘譜卷二

詩餘譜卷三

詩餘譜卷四

詩餘譜卷五

詩餘譜卷六

詩餘譜卷七

詩餘譜卷八

詩餘譜卷十一

時令題……一八五

詩餘譜卷十二

詩餘譜卷十三

詩餘譜卷十四

詩餘譜卷十五

詩餘譜卷十六

詩餘譜卷十七

詩餘譜卷十八

詩餘譜卷十九

詩餘譜卷二十

詩餘譜卷二十一

詩餘譜卷二十二上

詩餘譜卷二十二中

前言

明代末期的程明善，其人默默無聞，其書則廣為流行，影響深遠。他生平留下的唯一著述就是《嘯餘譜》一書。此書也並非是他的個人撰著，而是一種纂輯與嘯聲相關聯、以詞曲譜為主體的各種著述為一體的類書或叢刻。其中尤以《詩餘譜》一書最為突出，乃輯録萬曆初年徐師曾所撰《文體明辯》附録的《詩餘》譜，並進行了一定的整理和校訂。徐師曾原書因卷帙浩繁而流傳不廣，程明善輯録本反而後來居上，喧賓奪主，流行詞壇並影響詞學長達數百年之久，而程明善也借助此書在明清詞譜史上留下了他的名聲與印記。然而其人事跡既晦，其書亦多有迷障，則需要我們加以稽考與明辨，並对其纂輯整理《詩餘譜》的貢獻和意義給予客觀公正的評價。

一、程明善的生平事跡之稽考

程明善（生卒年不詳），史志未有傳記，歷代文獻載録極少，故生平事跡不詳，今人的論著亦皆付之闕如。茲搜討零散史料，略為稽考如下。

《四庫全書總目》卷二百《嘯餘譜》提要略載：「明善字若水，歙縣人，天啟中監生。」(一)其《嘯餘譜》自序亦署「古歙程明善」，馬鳴霆為《嘯餘譜》題序則稱「新安程若水」。歙縣為秦始皇統一六國後所置之古縣，自六朝至唐宋遞屬新安郡、歙州、徽州，明代屬南直隸，今屬安徽省黄山市。天啟為明熹宗年號(一六二一—一六二七)，程明善既為天啟中監生，蓋約出生於萬曆中期，主要生活於明代末期約半個世紀的時段裏。

據清代著名藏書家和目錄學家孫星衍撰《平津館鑒藏書籍記》卷三記載：「《大唐開元占經》一百二十卷，目錄二卷，題銀青光祿大夫太史監事門下同三品臣瞿悉達等奉敕修撰。前有萬曆丙辰程明善跋，稱：『南北靈臺俱無藏本。余因布施裝金，得此書於古佛腹中。不知藏於何代，錄於何人。』又有萬曆戊午兄明哲跋。《四庫全書》本卷首有萬曆丁巳張一熙識語，謂是書歷唐迄明約數百年，始得之挹元道人。此皆同時傳鈔之本，而此本稍詳。」(清道光刻本)又清丁丙《善本書室藏書志》卷十七亦載舊鈔校本《唐開元占經》云：「萬曆四十四年，古歙程明善跋云：『余因布施裝金，得此於古佛腹中。不知藏之何代，錄於何人。一旦宣洩，流布人間，亦足徵余藏書好道之報。』明善之兄明哲與張一熙同有跋語。」(清光緒刻本)從這兩種藏書志的記載中，我們可以獲得一些有關程明善生平事跡的綫索和資料。

(一)《四庫全書總目》，中華書局一九六五年版，第一八三五頁。

今得閱國家圖書館所藏明抄本兩種，一本為大德堂抄本，卷末有程明哲跋，舞程明善跋。另一抄本雖僅存八十一卷，卻目錄齊全，卷首也完整地抄錄了程明善及其兄程明哲所撰跋文。程明善跋文稍長，茲節錄如下：

《大唐開元占經》一百二十卷，瞿曇悉達等奉勅之所撰也。《文獻通考》、《玉海》、《崇文總目》、《文淵閣藏書目》皆不載其名，惟鄭夾漈《通志略》有其目云一百一十卷，並無作者之名，且云今僅存三卷。……今考《占經》有緯書七十餘種，皆宋元明博學大儒所未經見，余今得而讀之，何其幸矣！……劉誠意没後，太祖命人往取其生平所讀天文書，其子乃以《觀象玩占》進，太祖命人重錄一過。想劉公當日亦未有此，故南北靈臺俱無藏本。余因布施裝金，而得此書於古佛腹中。不知藏於何代，錄於何人。諒必非庁流之所能鑒辨也。一旦宣洩，流布人間，亦足以徵余藏書好道之報矣。因跋卷尾，使人知所重云。萬曆四十四年，歲在丙辰秋七月，古歙程明善跋。

程明哲跋全文如下：

緯書之學，起於西周，盛於西漢，自光武嚴禁不行，故歷代弘儒未及盡睹。至唐，瞿曇悉達奉勑以成《占經》一百二十卷，採緝緯書七十餘種，可謂無遺珠矣。然歷代禁秘不第宋元，我明鉅公皆未之見，即南北靈臺亦無藏本。吾弟好談乾象，又素佞佛，以布施裝金，而得此書於古佛腹中，可謂雙濟其美矣。第不知藏於何代，錄於何人。而今一旦洩露，其關係諒必匪輕。吾欲弟之列於架上，當如藏古佛腹中時也，後之覽者可不知所重云。萬曆戊午仲夏上澣日，兄明哲書於流雲館中。（《中華古籍資源庫》明抄本）

另外，《四庫全書》也收錄了《唐開元占經》一書（「子部七・術數類」），未載程明善跋文，不知何故；卷前有程明哲題記一篇，即明抄本所錄跋語，略有異文；另有張一熙識語，茲引錄如下：

> 是書歷唐迄明約數百年，始獲于挹玄道人，亦奇矣哉！而志其所獲繇來者，道人之兄也。戊午初夏，偶游燕江，蒙友人不秘而手錄之，殆有夙緣乎！古宣張一熙質先甫識于必必軒。（《文淵閣四庫全書》本）

據此可知，程明善為程明哲之弟，蓋因「好談乾象，又素佞佛」，故號「挹玄道人」，有館舍或書齋名「流雲館」；嘗「因布施裝金」，幸於古佛腹中得獲《唐開元占經》一書。程明善跋文作於萬曆四十四年丙辰

（一六一六），既考述《占經》版本著錄情況，亦記其幸獲奇書經過，可見其學識較為淵博，熟稔目錄之學，喜好藏書，崇奉佛道。其兄程明哲所撰跋文及張一熙識語，皆作於萬曆四十六年戊午（一六一八），四庫本所載程明哲跋文署時「萬曆丁巳孟秋」，為時略早一年（一六一七），對於我們瞭解程明善的性情與事跡及其兄弟關係，皆有所幫助。程明哲亦有著述，今傳《考工記纂注》上下二卷，為明萬曆刻本，原本藏北京中國國家圖書館，亦收入《中華古籍資源庫》。此書卷首有《題辭》，末署「萬曆癸丑六月考生程明哲書」，又卷首題「歙程明哲如晦校纂」。萬曆癸丑，即萬曆四十一年（一六一三）。其署為「歙」人，亦證其與程明善同籍同胞；自稱「考生」，其書或為應舉投獻之作。

程明善的交遊情況亦可略窺一斑。《嘯餘譜》卷前於《凡例》後有兩項題錄，一為「點定姓氏」，凡八人，茲引錄如下：

澹園焦老師諱竑、仙客管先生諱可成、雲漢顏先生諱欲章、感嵩杜老師諱遴奇、調宇張老師諱盛治、具嚴馬老師諱鳴霆、海鶴黃先生諱居中、伯敬鍾先生諱惺

一為「參閱諸友姓氏」，凡十八人，亦引錄如下：

朱一無諱自謙、趙錦里諱清臣、孫五城諱謀、劉元成諱懌、戴清之諱纓、龍仲房諱驥、金德徵諱元禎、夏冶旋諱時來、彭長卿諱祖庚、鄭石父諱應柱、趙兼之諱善達、鮑公憲諱家驄、郝子荊諱之璧、汪僑孫諱祖肩、釋不我諱道乘、釋静涵諱行如、黄俞言諱虞龍、程中葆諱鴻烈

這兩份名單非常珍貴，説明程明善纂輯《嘯餘譜》的過程中或完成後曾呈請他人「點定」（即審閲訂正）和「參閲」（即閲讀參考），從中我們可以獲取程明善從學交遊的一些資料，兹略為勾稽考述如下。

在「點定姓氏」八人中，四人稱「老師」，四人稱「先生」，應皆為程明善曾從師或問學的師長輩名人。其中焦竑（一五四〇——一六一九）為萬曆年間著名學者和文人，號澹園，南直應天府江甯（今南京）人，萬曆十七年（一五八九）進士第一人，官翰林修撰，晚年歸居澹園，著述豐碩，有《國史經籍志》、《焦氏澹園集》等傳世，《明詞彙刊》輯其《澹園詞》一卷。[一] 焦竑去世之年，正是《嘯餘譜》編成之時，程明善稱其為「老師」，並請其「點定」此書，可見曾師事之或從其問學，其時蓋在焦氏晚年歸居澹園時。其他稱「老師」者三人，杜遴奇號感嵩，敘州富順（今四川自貢）人，萬曆三十一年（一六〇三）舉人，四十四年（一六一六）進士，官大理寺評事、漳州知府等。（參見《（康熙）寶慶府志》卷五、《（乾隆）富順縣志》卷十等）張

[一] 參見《中國文學家大辭典・明代卷》，中華書局二〇一八年版，第一四三四頁。

盛治字調宇，餘姚（今屬浙江）人，萬曆三十一年舉人。（參見《（乾隆）紹興府志》卷三十二等）馬鳴霆字國聲，號具嚴，平湖（今浙江嘉興）人，萬曆三十一年舉人，四十一年（一六一三）進士，官閩縣知縣，改紹興府教授，又知邵武府，調河南副使，轉南直常鎮道參政，陞尚寶司正卿，後乞假歸居，鄉稱長者。（參見《（光緒）平湖縣志》卷十五、《（光緒）嘉興府志》卷五十八等）三人皆為萬曆間舉人或進士，程明善既以「老師」相稱，當亦從之問學，其中馬鳴霆還為《嘯餘譜》題序，稱譽有加，可見關係尤為密切。

其他四位稱「先生」者，管可成字仙客，餘姚人，為萬曆初期庠生，早有才名，以工書而聞名。（參見《（光緒）餘姚縣志》卷十六、卷二十六）顏欲章字伯闇，號雲漢，安福（今江西吉安）人，萬曆二十九年（一六〇一）進士，知甯海縣，歷浙江布政使等。（參見《（崇禎）嘉興縣志》卷十一、《浙江通志》卷一五四等）黃居中（一五六二—一六四四）字立父，號海鶴，晉江（今福建泉州）人，萬曆十三年（一五八五）舉人，除上海縣學教諭，歷南國子監丞，後僑寓南京，以藏書著稱，其仲子黃虞稷繼之，至清初成《千頃堂書目》，著錄圖書凡八萬餘卷。(一)程明善纂輯《嘯餘譜》不僅有呈黃居中「點定」，而且在「參閱諸友」中還有黃居中之子黃虞龍（字俞言，與黃虞稷為兄弟），可見程明善與黃氏父子的關係亦師亦友，非同一般。至於鍾惺（一五七四—一六二五），湖廣承天府景陵（今湖北天門）人，更是明代後期詩壇翹楚，與同邑譚

(一) 參見《中國文學家大辭典·明代卷》，中華書局二〇一八年版，第一三〇〇頁。

元春齊名，創立「竟陵派」；萬曆三十一年中舉，三十八年（一六一〇）進士，授行人，滯於是職八年，多居於南都。[一] 程明善纂輯《嘯餘譜》呈鍾惺「點定」，蓋在其居南都時期。

至於「參閱諸友」，雖然多數人事跡不詳，但也不乏頗有名氣或略可考證者，除黄居中之子黄虞龍外，如戴纓字清之，長洲（今屬蘇州）人，萬曆三十一年舉人，擅長山水畫（參見明朱謀垔《畫史會要》卷四等）；又如鄭應柱字石父，歙縣巖鎮人，天啟七年舉人，曾任上海教諭（參見《（道光）歙縣志》卷七之二），乃與程明善同鄉且年輩相當；又如夏時來，字治旋，事跡無可考，而《嘯餘譜》所輯《中原音韻》附錄《務頭》，即署「上元夏時來校」，可見夏時來也參與了對詞曲音韻文獻的校訂，與程明善可謂志同道合。又《嘯餘譜》卷六所輯《中原音韻》，除題周德清撰之外，又署「古歙仇必亨校」，則程明善亦採用了同鄉仇必亨的校本，唯「參閱諸友」中未予題錄，蓋為遺漏，或非同時之人。在「參閱諸友」中，還有兩位釋氏朋友，與程明善「佞佛好道」亦相契合。

此外，明郭奎《望雲集》卷一有《贈程明善回省》一詩寫道：「南州炎暑地，時雨變蒼凉。况當孟夏交，卉木含清芳。別離殊可嘆，且與子同裳。晨朝啟斯館，大江何茫茫。旌旗照白日，長風送龍驤。揚帆適利涉，遠矚猶連檣。王事宜努力，肅肅戒宵行。瞻彼西掖垣，列宿聯輝光。魚樂在游泳，鳥樂在回

[一] 參見《中國文學家大辭典・明代卷》，中華書局二〇一八年版，第一〇五〇頁。

翔。思懷安在已，因之川路長。」（《文淵閣四庫全書》本）似乎是與程明善的交遊之作，然參考《明史·文苑傳》及《四庫全書總目》提要所記，郭奎雖占籍安徽巢縣，卻為元末明初人，卒年為明太祖洪武二十五年（一三九二）。[一] 而輯錄《嘯餘譜》的程明善為明熹宗天啟年間的監生，屬明末人，則郭奎絕不可能與程明善有交遊，其《贈程明善回省》詩中之人，無疑為另一程明善者。

二、《嘯餘譜》的纂輯及宗旨

程明善的著述，今傳者僅見《嘯餘譜》一書。此書《明史·藝文志》卷九十九及清代書目等多有著錄，唯《四庫全書》未予收錄，僅列入《四庫全書總目》卷二百之「集部·詞曲類存目」中加以提要。所幸此書原刻本得以傳存，據自序所署「萬曆己未仲夏之吉古歙程明善書於流雲館」，及鈐有馬鳴霆印章的《題嘯餘譜序》，知此書即編成於萬曆四十七年己未（一六一九），為程氏流雲館自刻本。此本北京師範大學圖書館和天津圖書館皆有庋藏，亦有鈐印「長樂鄭振鐸西諦藏書」之章的鄭氏收藏本，版式相同，皆單頁九行，每行二十字，白口，四周單邊。二十世紀三十年代，趙尊嶽輯刻《明詞彙刊》，收入《嘯餘譜》二十五卷，實非全書，僅為其中的《詩餘譜》，據其跋語稱所據亦為萬曆原刊本，另參校了清康熙張

[一] 參見《中國文學家大辭典·明代卷》，中華書局二〇一八年版，第三四八頁。

漢重刻本。(一)二十世紀後期以來,《四庫全書存目叢書》及《續修四庫全書》亦先後收錄此書,皆據北京師範大學圖書館藏本影印出版;此外,上述各家藏原刻諸本,亦為中國國家數字圖書館《中華古籍資源庫》收錄。

關於《嘯餘譜》一書的性質類別及其編纂宗旨,《四庫全書總目》提要略云「其書總載詞曲之式,以歌之源出於嘯,故名曰《嘯餘》」,已大致揭示了此書「總載詞曲之式」的類書性質。提要又云:「首列《嘯旨》、《聲音度數》、《律呂》、《樂府原題》一卷;次《詩餘譜》三卷,《致語》附焉;次《北曲譜》一卷,《中原音韻》及《務頭》一卷;次《南曲譜》三卷,《中州音韻》及《切韻》一卷。」(二)可見全書所收書目已達十二種之多,以《嘯旨》領起,以《切韻》收尾,包括了律呂、音韻之書以及樂府、詞曲等各類音樂文學形式的著述。這種彙聚輯錄相關著述合成一書的編輯體例,在此書的自序和題序中也有說明。如自序謂「故集若干卷……名曰《嘯餘譜》,庶幾旦暮遇之」;又如馬鳴霆題序亦云「新安程若水……彙古來韻致若干卷,而總顏其編曰《嘯餘》」。另外,在全書的《凡例》中,程氏對所輯之書也有所交待。如第一條云:

(一)趙尊嶽輯《明詞彙刊》,上海古籍出版社二〇一二年影印本,第一三六九頁。

(二)《四庫全書總目》,中華書局一九六五年版,第一八三五頁。

> 嘯之失傳久矣。成公綏《嘯賦》僅得其似，非傳神寫照筆也。予於道藏中得玉川子《嘯旨》，雖得其解，猶然唐人一篇文字，且顛倒錯亂，如《參同契》之不可讀。予稍為整理之，仍有不可理者，姑仍其舊，以存萬中之一云爾。

可見，《嘯旨》一篇乃從道藏中輯出，署為唐人玉川子（盧仝）所撰，原文有顛倒錯亂，程氏稍為整理，輯為全書之首篇。以下《聲音數》、《律呂》二種，《凡例》皆注明為南宋祝泌所撰，「今撮其要，以待上智之士領略焉」。至於《樂府原題》，《凡例》云：「作樂府者不原其題，只求其解，以致《將進酒》則言進酒，太白且然，而況諸人乎？今采鄭夾漈《樂略》諸題，以待作者自探討焉。」即輯錄宋鄭樵撰《通志》卷四十九「樂略」的序論和解題，而另予擬名為《樂府原題》。則卷一所輯四種文獻，在《凡例》中皆交待了原書的編撰者或輯自何書。又如卷十所收《中州音韻》，《凡例》亦云「《中州韻》，宋太祖時所編」。有些文獻在《凡例》中未交待編撰者，而在正文中做了明確題署，如卷六所收《中原音韻》及《務頭》，皆題元周德清撰，並分別署「古歙仇必亨校」、「上元夏時來校」。又如卷十《中州音韻》後所收《切韻》，卷首題「司馬溫公《切韻》」。只有三種詞曲譜式文獻（及附錄文獻一種）未交待原書編撰者，即卷二至卷四所收《詩餘譜》及附錄《樂語》、卷五所收《北曲譜》、卷七至卷九所收《南曲譜》，雖然正文皆題署了「古歙程明善纂輯」，但終因未題原書編撰者或交待輯自何書，而「纂輯」二字又易生歧義，以致後人誤混為程氏所編撰。實則《北曲譜》乃輯錄明初朱權編撰之《太和正音譜》，《南曲譜》即輯錄明沈璟編撰之《南九宮十三調曲譜》（卷七目錄即題其書全稱），而《詩餘譜》實則輯錄明徐師曾編撰之《文體明辯》附錄「詩餘」譜（《樂語》亦出其書之附錄）。

關於《嘯餘譜》中的《詩餘譜》輯自徐師曾所撰《文體明辯》附錄中的「詩餘」譜，通過比勘二書所收詞調、詞體和詞作及其數量都完全相同，以及詞調都是按「歌行題」、「令字題」等析分為二十五類，按題繫調，每題一卷，編撰體例和排列順序都高度相同，甚至連一些錯誤都彼此一樣等基本事實，結論是顯而易見的，當代學者已有考辨，無需贅言（參見江合友《明清詞譜史》第一章第四節、張仲謀《明代詞學通論》上卷第四章）。而值得我們關注和思考的是，在長達約四百年間，人們對二書的關係多混誤莫辨的原因何在。首先，應該與《文體明辯》一書卷帙浩繁以致流傳不廣，而作為譜式的「詩餘」部分又編入附錄的體例有關。此書雖有明萬曆初閩建陽游榕製銅活字印本（其印成約在萬曆三、四年間）㈠，但全書多達八十四卷的篇幅則限制了它的流傳和閱讀，甚至連《四庫全書》都不收錄，只是將它列入《總目》卷一九二「集部・總集類存目」中加以提要而已。其次，可能與清代以來人們對明詞乃至明代詞譜所持有的衰微觀念和貶抑態度有關。明清之際，雖有沈際飛和萬樹等人注意到了徐師曾與程明善二

㈠ 參見王重民《中國善本書提要》，上海古籍出版社一九八三年版，第四四五頁。

書的因承關係，但沈氏在譏諷程明善因襲徐師曾之書、謝天瑞因襲張綖之譜為伯仲之間外（參見《古香岑草堂詩餘四集・發凡》），並没有去做更細緻的比較與考察，不難看出其對明代學風和明代詞譜所抱有的偏見與輕視態度；而萬樹在《詞律》中對《嘯餘譜》的指摘尤為嚴厲，卻對徐師曾原書置若罔聞，則可能並未獲閱徐書，自然更無從比勘了。更有甚者，沈雄在《古今詞話・詞話》下卷自引其所著《柳塘詞話》，謂「徐師曾魯庵著《詞體明辯》一書，悉從程明善《嘯餘譜》，舛訛特甚」（一），竟然把萬曆年間一頭一尾梓行的兩部書的先後順序和相互關係給弄反了，説明他很可能也没有獲睹徐書，或者其獲睹的《詞體明辯》是後來從《文體明辯》附録中截取的單行本，但至少可見他根本没有進行仔細的考辨，同樣反映了對明代詞譜的輕忽態度。

這種對明代詞學和詞譜的輕視心理和貶抑態度，也影響到清人對《嘯餘譜》的編纂宗旨及其文學思想的認識和評價。《四庫全書總目》的提要便是最典型的表現，在揭示《嘯餘譜》「以歌之源出於嘯」的命意之後加以駁斥説：「故曲者詞之變，詞者詩之餘，源流雖遠，本末相生。詩不本於嘯，詞曲安得本於嘯？命名已為不確。首列《嘯旨》，殊為附會。其《皇極經世》、《律呂》、《樂府原題》之類，與詞曲亦

（一） 唐圭璋編《詞話叢編》，中華書局一九八六年版，第八〇六頁。

復闕絶。」(一)這個批評雖不無道理，却過於嚴苛。實際上，程明善纂輯《嘯餘譜》一書的態度還是認真嚴謹的，這從卷首所列「點定姓氏」和「參閱諸友姓氏」這兩份長長的名單即可見一斑；程明善生平只留下這部著述，而此書刊刻於其為監生之前的萬曆末年，正當其年富力強之時，應該也經歷了一個搜輯和整理的較長過程。而程明善纂輯此書也是有一定的編纂宗旨和文學思想作指導的。其自序開篇云：「人有嘯而後有聲，有聲而後有律、有樂，流而為樂府、為詞曲，皆其聲之緒餘也。」儘管其先有嘯後有聲的表述不盡科學，但其表達的樂府和詞曲皆為「聲之緒餘」的觀念，則是詞曲為聲學之思想的較早表述，具有其合理的内核。其自序又感歎「聲音之道神矣哉」，「幾希一脈，不絶如綫，吾甚惜之」，也可見出他纂輯此書為探求和發揚「聲音之道」的思想意識。而全書輯録以詞曲譜為主體的著述，兼及嘯聲、律吕及音韻之著述，也反映了他為詞曲創作提供程式與參考，以及探討詞曲源流及發展演變的欲求與努力。對此，馬鳴霆的題序也給予了一定的揭示和肯定，如云「新安程若水雅意好古，樹幟吟壇」，即指出了程明善纂輯此書有「樹幟吟壇」、指導創作之意；又云「盖見天地之精氣嘯散於風，而人心彙天地之精氣嘯散於韻」，「蓋天地之精氣結聚於人心，而發越於聲歌，故審聲者就心聲之描寫以誌氣候，然此際微矣渺矣，非探天地之元，豈易辨此」，也堪稱是對程明善自序所表述的「聲音之道」、「聲之緒

(一)《四庫全書總目》，中華書局一九六五年版，第一八三五頁。

餘」思想的进一步抉發與呼應。這些有關聲音與文學相互關係的觀念與思想雖不盡完善，但無疑也給明清之際詞譜學的發展提供了啟示與借鑒，不能簡單地加以否定與抹殺。

三、《詩餘譜》的意義與影響

《詩餘譜》在《嘯餘譜》中占據了最重要的地位，這不僅因為它卷數最多，雖與《南曲譜》一樣各占《嘯餘譜》三卷，而其本身又析分為二十五卷，其篇幅又超出了《南曲譜》的二十二卷，而且還因為明末清初以來隨著曲學的式微而詞學轉趨振興，《嘯餘譜》所輯《詩餘譜》也與嘉靖間張綖所撰《詩餘圖譜》一樣廣為流傳，被學詞者奉為圭臬，也被批評家懸為靶的，於是《嘯餘譜》儼然被等同於《詩餘譜》，如萬樹、鄒祗謨等人所指摘的《嘯餘譜》，實際上都指的是其中的《詩餘譜》，而並非全書。

如前所述，《嘯餘譜》之《詩餘譜》既然是輯錄徐師曾《文體明辯》附錄之「詩餘」部分，那麼論《詩餘譜》的編纂得失及其成就意義，也應該主要歸屬於徐師曾其人其書，這是不言而喻的。儘管如此，程明善對於《詩餘譜》的整理、改編和完善仍然做出了一定的成績和貢獻，並從而提升和加強了《詩餘譜》的影響力，彌補了原書流傳不廣的缺陷，對於明末清初之際的詞學復興和詞譜編纂也起到了一定的推動作用，其詞學價值和譜學意義仍然值得肯定。

正如《嘯餘譜・凡例》所指出的那樣，程明善對輯錄入書的文獻是做過一些整理和校訂工作的，如《嘯旨》條云「予稍為整理之」，《聲音數》條云「今撮其要」等，而他對《詩餘譜》的整理尤為用力，成績也最為顯著。這主要表現在以下幾個方面。

其一，改進譜式。

明清詞譜的記譜形式經歷了一個長期嘗試探索和不斷改進完善的過程。周瑛於弘治年間編撰的《詞學筌蹄》，草創了以圖記譜、圖譜與例詞分開排列的方式，唯圖譜只有表示平聲與仄聲的「○」與「□」兩種符號，也没有採用文字注譜。至嘉靖年間，張綖編撰《詩餘圖譜》纔首次使用「圖譜」的概念，雖然仍是採用先圖譜後例詞的排列方式，但他新創了除以「○」表平聲之外的另外三種圖譜符號，即以「●」表仄聲，以「◒」表本平可仄，以「◓」表本仄可平，並且增加了文字譜注。這種記譜方式隨著明代中後期《詩餘圖譜》系列多種版本的沿用和流行，至清代被《欽定詞譜》加以改進和完善，成為明清詞譜中一種最典型最流行的譜式。首先對張綖《詩餘圖譜》記譜方式加以革新的，是萬曆初年徐師曾所撰《文體明辯》附録的「詩餘」譜，他在《詩餘序》中對《太和正音譜》的「定擬四聲」和《詩餘圖譜》的「圈別黑白」都表示不滿，故改為「直以平仄作譜，列之於前，而録詞其後」的新譜式。然而徐書雖改用了新譜式，卻仍然沿用了譜與詞分離的排列方式。程明善如果只是照原樣將徐書輯入《嘯餘譜》，那就完全屬於無所發明的純輯録之舉了。難能可貴的是，程明善對徐書的記譜方式一定經過了認真的思考與研究，看到了其繁瑣之弊和割裂之處，故而加以揚棄，改為直接在例詞上記譜的新方式。這種譜式主要用文字標注可平可仄及字句叶韻等内容，對平聲字又創以左旁劃綫的方式，對仄聲字則不做標注。這種譜詞合一的新體式，雖有影響詞作閱讀流暢性的不足，又往往容易遺漏對平聲字的劃綫，但它化繁為簡，節省篇幅，以詞帶譜，譜圖相輔，更為簡潔明瞭，也更利於流行和接受。也正因為如此，這種以文字譜為主體、譜詞合一的記譜方式，也被清代萬樹的《詞律》加以接受和完善，成為明清以來詞譜編撰所採用的另一種重要譜式。追溯起來，程明善對於明清詞譜學中譜式的探索和發展還是有所貢獻的。

其二，補正闕誤。

據徐師曾自序所述，其撰著《文體明辯》，「始嘉靖三十三年甲寅春，迄隆慶四年庚午秋，凡十有七年而後成其書」，即起於一五五四年，迄於一五七〇年。耗時前後凡十七年之久，當與全書達八十四卷之浩繁有關。編撰前期尚在瑣垣為官，後期則謝病家居，書成之時已至衰暮，當他於萬曆元年繕抄完畢寫序之時已年届五十八歲，七年後便溘然而逝了。其自序亦稱「初擬上進，故注中先儒並稱姓名，後雖莫遂，不及修改，覽者勿以罪予則幸矣」，可見徐氏也意識到其書有待完善，感歎「不及修改」，祈望覽者見諒。而作為附錄的《詩餘》不過是眾多文體中的一種，因而編撰時未能用全力、後期又無暇做修訂，未能做到精謹與完善，遂留下了一些較為明顯的錯誤與遺漏。無論從年輩資歷看，還是論成就和影響，程明善都不足以與徐師曾比並，但他在輯錄徐書入《嘯餘譜》的時候，除了沿襲原書的一些錯誤之外，也做過一些補正闕誤的工作。這主要表現在兩個方面：一是補署例詞的作者姓名。如《洞仙歌》例詞前二首，徐書皆只署「宋李」，闕其名，程本則補署為「宋李元膺」。這種徐書原本僅署朝代姓氏而程本補署其名的還有《水龍吟》的作者劉叔安（鎮）、《長相思》的作者黄叔暘（昇）、《春雲怨》的作者馮偉壽、《聲聲慢》的作者劉巨濟（涇）、《惜餘春慢》的作者魯逸仲（孔夷隱名）、《南歌子》的作者宋僧仲殊等，全書達數十例之多。有些署名徐書不够規範，如《長相思》「短長亭」一詞署「雅言万俟」，程本則改署為「万俟雅言」。闕失姓名的例詞作者實不難考訂，徐師曾卻都付之闕如，除了受精力時間的影響之外，也可能是因為作為附錄的緣故吧，故難免有粗疏隨意之嫌，而程明善能予以考補，説明他對原書確實做出了一番整理工作，其功自然不可掩没。二是校正了原書的一些錯誤。如范仲淹《御街行》下片第三句，徐書作「殘燈明滅枕頭歌」，「歌」字顯然有誤，程本即參校別本改「歌」為「欹」；辛棄疾《東坡引》下片第五句，徐書作「病來尺謝傍人勸」，「尺」字乃因上句「但咫尺、如天遠」而衍誤，程本即改作「病來只謝傍人勸」；韋莊《清平樂》下片結句，徐書作「掃郎郎去歸遲」，「掃郎」意有不通，程本作「掃即郎去歸遲」，蓋據《花間集》等本予以校改。又如歐陽修（應為馮延巳）《歸自謠》一詞，徐書後結譜注為「平仄仄平平仄」，程本例詞此句為「不眠特地重相憶」，可見徐書譜注乃遺漏句首一「仄」字。又如秦觀《迎春樂》一詞，徐書調下注「雙體」，程本改注為「雙調」。類似的例子在全書中也多達數十例，也堪稱是程動和促進作用。對此，清王士禛《阮亭詩餘自序》就曾記述其少年時「偶讀《嘯餘譜》，輒拈筆填詞，次第得三十首」〔一〕，即是《詩餘譜》啟蒙少年、促進清詞創作的一個典型案例。從這個層面來看，程明善及其輯錄的《詩餘譜》的最主要的詞學意義和譜學價值，大致也正體在這一點上。

〔一〕王士禛撰，李少雍編校《衍波詞》，廣東人民出版社一九八六年版，第一四七頁。

整理說明

一、明程明善輯《嘯餘譜》凡十一卷，卷二至卷四為《詩餘譜》，又分為二十五卷。此書原刻為明萬曆四十七年己未（一六一九）程明善流雲館自刻本，有天津圖書館藏本，收入中國國家數字圖書館《中華古籍資源庫》；又有北京師範大學圖書館藏本，收入《四庫全書存目叢書》集部第四二五冊（齊魯書社影印本），又收入《續修四庫全書》集部第一七三六冊（上海古籍出版社影印本），版本相同。另有清張漢重訂、康熙元年壬寅（一六六二）刻本，藏中國臺灣「中央圖書館」和美國哈佛大學圖書館；又有趙尊嶽輯《明詞彙刊》本（上海古籍出版社影印本），無目錄、題序，逕收《詩餘譜》凡二十五卷，據跋語及題記，亦以萬曆原刻本為底本，參校清康熙間張漢重刻本，略有校語，均手批於頁眉。本次整理以明萬曆己未程明善流雲館自刻本為底本（簡稱原本），主要參校萬曆銅活字本明徐師曾纂《文體明辯》附錄「詩餘」部分（收入《中華古籍資源庫》，又有《四庫全書存目叢書》影印本，簡稱《明辯》本）、清康熙元年壬寅張漢校訂本（簡稱重訂本）、趙尊嶽輯《明詞彙刊》本（簡稱《彙刊》本）。

二、本書整理，主要對圖譜和詞作進行標點和校勘。對圖譜體例謹遵原本，譜與詞合一，譜注皆以小字列於調名、體式及字句之下，僅於平聲字左旁劃綫，又以「○」為譜注的分隔符號和例詞的分段符號；分題列調，按調選詞，每題一卷，共二十五題，凡二十五卷，按卷、題、調、體、詞之順序排列，單行頂頭署某卷，以下皆另行依次低一格署某題、某調、某體，另行頂頭錄例詞；惟原本將詞作之題序列於調名或某體之下，易與譜注混同，茲皆另行單列，同行下端提二格署作者姓名，無題序之作則於調名或某體之同行下端提二格署作者姓名。對於詞人姓名亦謹遵原本題署，於原本未署名或署名有歧誤及闕失者，則予考正和補署，並以脚注方式加以說明和校訂。對於例詞則遵譜依律為之斷句，均採用現代漢語的標點符號，以「，」表句，「、」表讀，「。」表韻。對於原本中的古今字、異體字、俗字等，除極少量用作調名者或已不常用者改用正體字外，其餘則多從原本，不予統一。

三、對於圖譜標注和例詞文字的校勘，皆謹遵原本，不做臆改，以更好地保存原貌；原本明確有誤者，則據參校本加以校訂，並出校記注明；原本不誤而參校本有誤或有異者，一般不出校記，有重要異文者，則酌為出校；對於詞調、詞題及詞作異文的校訂，主要限於底本與參校本的範圍內，部分重要異文的校訂則有所突破，亦主要限於各名家詞別集之宋元明鈔刻本或景刻本，《花間集》、《尊前集》、《樂府雅詞》、《花庵詞選》（含《唐宋諸賢絶妙詞選》、《中興以來絶妙詞選》二種）、《草堂詩餘》、《花草粹編》、《全唐五代詞》、《全宋詞》等唐宋詞選本與斷代總集，以及《詩餘圖譜》、《詞律》、《詞譜》等重要詞譜著作，個別特例的校訂則兼及宋代重要筆記與詩話著作等；涉及詞調名與異名及詞題標注、詞句分斷、詞體劃分等存在歧異者，亦擇要出校，或略加按語以脚注形式予以説明與校訂。

四、本書所參校的各名家詞別集及唐宋詞選本，主要依據明清以來刊刻出版的幾種重要的詞集叢刻本和叢書本，其名稱、版本和簡稱如下：明吴訥輯鈔《唐宋名賢百家詞》，民國林大椿編校排印本（天津市古籍書店一九九二年影印本），簡稱《百家詞》本；明毛晉輯刻《宋六十名家詞》（上海古籍出版社一九八九年影印本），簡稱汲古閣本；清文淵閣《四庫全書》（臺灣商務印書館影印本），簡稱四庫本；清鮑廷博校刻《知不足齋叢書》，簡稱鮑本；民國吴昌綬、陶湘輯《景刊宋金元明本詞》，簡稱景宋本、景元本、景明本；清王鵬運輯刻《四印齋所刻詞》，簡稱四印齋本；民國朱孝臧輯校《彊村叢書》（上海書店、江蘇廣陵古籍刻印社一九八九年影印本），簡稱《彊村叢書》本。少數未題署版本的詞集如明張綖嘉靖間刊刻《淮海長短句》等，則參據中國國家數字圖書館《中華古籍資源庫》所收版本。所參校的唐宋金元詞斷代總集和清代詞譜，其名稱和版本如下：唐圭璋編《全宋詞》，中華書局一九六五年修訂本；唐圭璋編《全金元詞》，中華書局一九七九年版；曾昭岷等編《全唐五代詞》，中華書局二〇〇八年版；清萬樹編《詞律》，上海古籍出版社一九八四年影印本；清王奕清等編《欽定詞譜》（簡稱《詞譜》），中國書店二〇一〇年影印本。

五、書末附録兩種資料以備參考：（一）序録資料；（二）評論資料。

嘯餘譜序

程明善

人有嘯而後有聲，有聲而後有律、有樂，流而爲樂府、爲詞曲，皆其聲之緒餘也。故邵子謂物理無窮，而聲音之道亦無窮。以聲起數，御天地古今萬物之變。黄冠符咒亦有其聲而無其字，梵門密語雖有其字而難其聲，往往宗司馬等韻。吾儒反鮮有及者，幾希一脉，不絕如綫，吾甚惜之。故集若干卷，首《嘯旨》，次《聲音數》，次《律吕》，次《樂府》，次《詩餘》、《致語》、《南北曲》，而終之以《切韻》，名曰《嘯餘譜》，庶幾旦暮遇之。嗟夫，聲音之道神矣哉！鐸聲振而黄鍾應，溫氣至而寒谷生。登樓清嘯，胡騎解圍；池上聲調，蕤賓躍出。至於走電奔雷，興雲致雨，閉洩陰陽，役使神鬼，孰非聲爲之耶！師曠歌《南風》而知楚師之不競，竇常聞新樂而識隋祚之不長。大抵盛世之聲安以樂，其氣和，其風平；衰世之聲哀以厲，其情佚，其志淫。聲自可知而人自不知之，安能望其通天地、質鬼神哉！《易》曰：同聲相應，同氣相求。良有以也。世有審聲以知音，審音以知樂，則九原可作，面訂一堂；不則一聲長嘯，海山皆秋，足慰渴衷，夫復何憾！

萬曆己未仲夏之吉，古歙程明善書於流雲館。

題嘯餘譜序

馬鳴霆

大塊噓氣而為風。風無區別也，迺卒然相遭而以為刁，而以為調，以為解慍，以為怒號，甚至竹稍樹顛，空中籟答，以為奏笙簧而鼓球鍾。摠之一機吹萬，初何分別。自混濛開闢，而語言文字漸開。自唐堯、伯益，《擊壤》、《康衢》、《卿雲》、《南風》以次興焉。遂聞六律、五聲、八音，以察治忽。蓋天地之精氣結聚於人心，而發越於聲歌。故審聲者就心聲之描寫以諗氣候，然此際微矣渺矣，非探天地之元，豈易辨此。新安程若水雅意好古，樹幟吟壇，彙古來韻致若干卷，而摠顏其編曰《嘯餘》。蓋見天地之精氣嘯散於風，而人心彙天地之精氣嘯散於韻。孔明躬耕南陽，抱膝長嘯，杜工部稱其不露文章而世已驚，濟世巨力養於一嘯。至若蘇門半嶺，嘯聲于于，而聞者以為鸞鳳。夫嘯不同也，而隱，而見，而文章，而風流標樹，摠於音聲中券之。盖鳥啼花落，水綠山青，古今同此，嘯圃神而明之，長短合間，存乎其人。摠是一氣一機，自相輸寫，前後暎發，韻致不同而同歸於嘯，猶之吹萬不同而同鼓於風。善乎！坡公之韻有云：「累盡吾何言，風來竹自嘯。」此可以徵《嘯餘譜》之註脚矣。程君盱衡千載，俯仰一世，大而音樂之微，細及詞曲之渺，無不殫精研究，分門部居，各極其至，真夔龍之功臣，而師曠之良友哉！當令空谷音而土鼓韻，不必被金石而奏管絃也。必待被之奏之而始成聲，則大塊之風幾於不靈矣。

具嚴居士馬鳴霆題。

嘯餘譜凡例（節錄）

一　嘯之失傳久矣。成公綏《嘯賦》僅得其似，非傳神寫照筆也。予於道藏中得玉川子《嘯旨》，雖得其解，猶然唐人一篇文字，且顛倒錯亂，如《參同契》之不可讀。予稍為整理之，仍有不可理者，姑仍其舊，以存萬中之一云爾。——第一條

一　聲音數，邵康節先生止言其象，而其子伯溫則有解，門人王天悅、張子望則受而卒業焉。以後張行成、祝泌、牛無邪、廖應淮、朱隱老皆有所發明，而獨祝氏鈐為具眼，今撮其要，以待上智之士領略焉。——第二條

一　今之詩餘，即古之樂府也。詩餘興而樂府亡矣。今之詩餘尚不合度，況樂府耶？謹按譜填詞，以俟世之有意於樂府者。——第五條

一　詞只論平仄，故有可平可仄。曲有四聲，不暇論。南曲間有之，亦以人之不能拘也，但以合譜者為佳。（下略）——第十二條

詩餘譜卷一[一]

古歙程明善纂輯[二]

歌行題

洞仙歌　凡四體，並雙調○中調

第一體

夏夜[三]　宋蘇　軾

冰可仄肌玉骨四字句，自可平清可仄涼無汗韻，五字句。水可平殿風來暗可平香可仄滿叶，七字句。繡簾開、一可平點明月窺人九字句，人未可平寢三字句，欹可仄枕可平釵可平橫可仄鬢可平亂〔一〕叶，六字

[一] 按：原本依題列調，目錄未分卷，正文每題為一卷，共二十五題，分二十五卷；唯或署卷幾，或署卷之幾，茲統一標署卷一至卷二十五；又中間有漏署分卷者，茲亦按順序補署卷數。《明辯》本亦分二十五題，唯不標卷，逕題「詩餘一」至「詩餘二十五」，重訂本及《彙刊》本亦同。

[二] 按：《彙刊》本署作「歙縣程明善若水」；《明辯》本題署「大明吳江徐師曾伯魯纂」；重訂本題署「西吳張漢重校」。

[三] 按：宋傅幹注本《東坡詞》卷五調下有「公自序」述其本事，各本從錄，略有異文；景明洪武本《草堂詩餘·前集》卷下、四庫本《類編草堂詩餘》卷二皆題「夏夜」。

句。○起來攜素手五字句，庭可仄戶無聲四字句，時可仄見疎星渡河漢叶，七字句。試問可平夜可平如可仄何可仄、夜可平已三更[二]九字句，金可仄波可仄淡、玉可平繩低轉叶，七字句。但屈可平指、西風幾時來八字句，又不可平道流年、暗可平中偷可仄換[三]叶，九字句。

【校】

[一] 横：平聲，依例當左劃綫，此蓋脱漏；重訂本、《彙刊》本同。

[二] 「試問」句：《詞律》卷十二作五言一句、四言一句，《詞譜》卷二十於第五字注「讀」。

[三] 「又不」句：《詞律》作五言一句、四言一句，《詞譜》於第三字注「讀」。

又

中秋[一]　　宋晁補之

青煙羃處[二]，碧海飛金鏡。永夜閒堦卧桂影。露涼時、零亂多少寒蛩，神京遠，唯有藍橋

[一] 按：汲古閣本《琴趣外篇》卷六、四庫本《樂府雅詞》卷上、四庫本《花庵詞選》卷五、《草堂詩餘·後集》卷上皆注「泗州中秋作，此絶筆之詞也」；《類編草堂詩餘》卷二題「中秋」。

路近。○水晶簾不下，雲母屏開，冷浸佳人淡脂粉。待都將、許多明付金樽[二]，投晚共、流霞傾盡[三]。更攜取、胡床上南樓，看玉做人間、素波千頃。

【校】

[一] 冪：汲古閣本《琴趣外篇》卷六、四庫本《花庵詞選》卷五皆作「幕」。

[二] 「待都」句：《琴趣外篇》、《詞譜》卷二十皆作「待都將、許多明月，付與金尊」；四庫本《樂府雅詞》卷上、《花庵詞選》無「月」字。

[三] 晚：《琴趣外篇》、《樂府雅詞》、《花庵詞選》皆作「曉」。

第二體　前段與第一體同○後段亦與第一體同，唯第四句作十字

詠雨(一)　宋李元膺(二)

廉纖細雨，殢東風如困。縈斷千絲為誰恨。向楚宮、一夢多少悲涼[一]，無處問[二]，愁到而

(一) 按：《樂府雅詞》卷上無題，《花庵詞選》卷五題「雨」；《草堂詩餘·後集》卷上入「天文氣候·詠雨」類，《類編草堂詩餘》卷二、四庫本《花草粹編》卷十六皆題「詠雨」。

(二) 按：《明辯》本署「宋李」，闕其名，此本補署其名；《樂府雅詞》、《花庵詞選》、《草堂詩餘·後集》、《類編草堂詩餘》皆作李元膺。

今未盡。○分明都是淚，泣柳沾花，常與騷人伴孤悶。記当年、得意处酒力方酣[三]，怯輕寒、玉爐香潤。又豈識、情懷苦難禁，對點滴簷聲，夜寒燈暈。

【校】

[一]「向楚宮」句：《詞譜》卷二十作九字句，於第五字注「讀」。多少，《樂府雅詞》作「千古」。

[二]「無處」句：《詞譜》此句注叶韻。

[三]「記當年」句：《詞譜》作六言折腰一句、四言一句；《全宋詞》作三、三、四句式。

第三體　前段亦與第一體同○後段亦與第一體同，唯第五句作九字

初春(一)　宋李元膺(二)

雪雲散盡，放曉晴庭院。楊柳於人便青眼。更風流多處、一點梅心[一]，相應遠，約略嚬輕

(一) 按：《樂府雅詞》卷上、《花庵詞選》卷五皆序云：「一年春物，惟梅柳間意味最深。至鶯花爛漫時，則春已衰遲，使人無復新意。予作《洞仙歌》，使探春者歌之，無後時之悔。」

(二) 按：《明辯》本原署「宋李」，此本補署其名；《花庵詞選》與前首並錄，同為李元膺作；《樂府雅詞》卷上、《草堂詩餘・前集》卷上皆署李元膺。

笑淺。○一年春好處，不在濃芳，小艷疎香最嬌軟。到清明時候，百紫千紅，花正亂，已失春風一半[二]。早占取、韶光共追遊，但莫管春寒，醉紅自暖[三]。

【校】

[一]「更風流」句：《詞律》卷十二作五言一句、四言一句，《詞譜》卷二十於第五字注「讀」。多處，《詞律》、《詞譜》皆作「多致」。

[二]「到清明」二句：《詞律》作五、四、三、六句式，《詞譜》作九、三、六句式，九言句於第五字注「讀」，三字句注叶韻。

[三]「但莫」句：《詞律》作五言一句、四言一句。

第四體　前段亦與第一體同

垂虹橋〔一〕

宋林　外

飛梁壓水，虹影澄清曉。橘里漁村半煙草。嘆今來古往，物換人非，天地裏，唯有江山不老。○雨巾風帽四字句，四海誰知我〔二〕更韻，五字句。一劍横空、幾番過按八字句，玉龍嘶未斷五字句，月冷波寒歸去也七字句，林屋洞闞無鎖〔二〕叶後段第二句韻，六字句。認雲屏煙障是吾廬八字句，任滿地蒼苔、年年不掃〔三〕叶前段首句韻，九字句。

【校】

〔一〕「雨巾」二句：《詞譜》卷二十於「帽」、「我」皆注叶韻。知我，《花草粹編》卷十六作「知道」。

〔二〕「一劍」四句：《詞譜》作：「一劍横空幾番過。按玉龍、嘶未斷，月冷波寒，歸去也、林屋洞天無鎖。」林，當左劃綫，蓋脱漏。鎖，《明辯》本作「鎖」，蓋訛誤。

〔三〕「任滿地」句：《全宋詞》作五言一句、四言一句。年年，第二字當左劃綫。

〔一〕按：四庫本《四朝聞見錄》丙集記曰：「紹興間，有題《洞仙歌》於垂虹者，不繫其姓名。」《草堂詩餘·前集》卷下「地理宫室」類題「垂虹橋」，署林外作。

水調歌頭　雙調○長調

丙辰中秋醉中作，兼懷子由〔一〕　　宋蘇　軾

明可仄月幾時有五字句，把可平酒問青天韻，五字句。不可平知天可仄上宮闕六字句，今可仄夕是何年〔二〕叶，五字句。我可平欲乘可仄風歸可仄去六字句，唯可仄恐瓊可仄樓玉可平宇〔三〕六字句，高可仄處不勝寒叶，五字句。起可平舞弄可平清影五字句，何可仄似在人間叶，五字句。○轉可平朱可仄閣三字句，低可仄綺戶三字句，照無眠叶，三字句。不可平應有可平恨四字句，何可仄事可平長可仄向別時圓叶，七字句。人可仄有悲可仄歡離可仄合六字句，月可平有陰可仄晴圓可仄缺六字句，此可平事古難全叶，五字句。但可平願人可仄長久五字句，千可仄里共嬋娟叶，五字句。

【校】

〔二〕「不知」二句：《詞律》卷十四作十一字一句；後段「不應」二句同。

〔一〕按：《東坡詞》卷一、《花庵詞選》卷二皆題「丙辰中秋歡飲達旦，大醉，作此篇，兼懷子由」。《草堂詩餘·後集》卷上入「節序·中秋」類，《類編草堂詩餘》卷三題「中秋」。

[二]「我欲」二句：《詞譜》卷二十三注叶兩仄韻；後段「人有」二句同。唯，《東坡詞》一作「又」，《花庵詞選》卷二作「只」。

六州歌頭　三疊[一]○長調

屬得疾，暴甚，醫者莫曉其狀。小愈，困卧無聊，戲作以自釋　宋辛棄疾

晨可仄來問疾四字句，有可平鶴止庭隅韻，五字句。吾語汝、只三事六字句，太愁余、病難扶叶，六字句。手種青松樹五字句，礙梅塢、妨花逕六字句，纔數尺、如人立[二]六字句，却須鋤叶，三字句。○秋水堂前曲沼[二]六字句，明於鏡、可照眉鬚叶，七字句。被山頭急雨、耕壟灌泥塗叶，十字句。誰使吾廬映汙渠[三]叶，七字句。歎青山好四字句，簷外竹、遮欲盡六字句，有還無叶，三字句。删竹去、吾乍可食無魚叶，九字句。愛扶疎、又欲為山計八字句，千百慮、累吾軀[四]叶，六字句。○凡病此吾過矣、子奚知叶，九字句。口不能言臆對六字句，雖盧扁、藥石難除[五]叶，七字句。有要言

[一] 按：《詞律》卷二十、《詞譜》卷三十八皆分作兩段，以平仄互叶為正體，另有全用平韻各體。景宋本《稼軒詞》丙集作三疊，景明小草齋鈔本《稼軒長短句》卷一作四疊。

妙道五字句，往問北山愚叶，五字句。庶有瘳乎叶，四字句。

【校】

[一]「吾語汝」五句：《全宋詞》作：「吾語汝。只三事，太愁予。病難扶。手種青松樹。礙梅塢。妨花逕，纔數尺。如人立。」

[二]秋：平聲，當左劃綫。以下「誰」、「吾廬」、「吾軀」之「吾」、「吾過」之「吾」，皆平聲，均未左劃綫，蓋脱漏。

[三]「秋水堂」四句：《全宋词》作：「秋水堂前，曲沼明於鏡，可燭眉鬚。被山頭急雨，耕壟灌泥塗。誰使吾廬。映汙渠。」

[四]「歎青山」六句：《全宋詞》作：「歎青山好，簷外竹，遮欲盡，有還無。删竹去，吾乍可，食無魚。愛扶疏。又欲為山計，千百慮，累吾軀。」

[五]「凡病此」三句：《全宋詞》作：「凡病此。吾過矣。子奚如。口不能言臆對，雖扁鵲、藥石難除。」盧扁，《稼軒詞》作「扁鵲」。

踏莎行　雙調〇小令　〇後段同

春閨(一)　　宋寇　準

春可仄色將闌[一]四字句，鶯可仄聲漸可平老韻，四字句。紅可仄英落可平盡青梅小叶，七字句。畫可平堂人可仄靜雨濛濛七字句，屏可仄山半可平掩餘香裊[二]叶，七字句。〇密約沈沈，離情杳杳。菱花塵滿慵將照。倚樓無語欲魂銷，長空黯淡連芳草。

【校】

[一] 將闌：《明辯》本作「新闌」；《樂府雅詞・拾遺》、《花庵詞選》、《草堂詩餘・前集》、《類編草堂詩餘》皆作「將闌」。

[二] 餘香：皆平聲，當左劃綫，此蓋脱漏。

(一) 按：《花庵詞選》卷二題「春暮」，《草堂詩餘・前集》卷下入「春景・春怨」類，《類編草堂詩餘》卷一、《花草粹編》卷十二題「春閨」。

又

賞春[一] 宋黃庭堅

臨水夭桃，倚牆繁李。長楊風掉青驄尾[一]。坐中有酒可酬春[二]，更尋何處無愁地。○明日重來，落花如綺。芭蕉漸著山公啓。欲箋心事寄天公，教人長壽花前醉。

【校】

[一] 長楊：原本、《明辯》本皆作「長揚」；茲從《山谷琴趣外篇》、《花庵詞選》及重訂本、《彙刊》本校訂。

[二] 「坐中」句：《山谷琴趣外篇》作「樽中有酒且酬春」，《花庵詞選》作「樽中有酒可酬春」。

又

郴州旅舍[二] 宋秦　觀

霧失樓台，月迷津渡。桃源望斷無尋處。可堪孤館閉春寒，杜鵑聲裏斜陽暮。○驛寄梅

(一) 按：景宋本《山谷琴趣外篇》卷一無題；《花庵詞選》卷四題「春晚」。

(二) 按：《草堂詩餘·前集》卷上、《類編草堂詩餘》卷一、《花草粹編》卷十二皆題「春旅」。郴，原本誤作「彬」，茲從《明辯》本校訂。

花，魚傳尺素。砌成此恨無重數。郴江幸自遶郴山，為誰流下瀟湘去。

御街行　凡二體，並雙調○中調

第一體　後段同

觀郊祀(一)　宋柳永

燔可仄柴煙可仄斷星河曙韻，七字句。寶輦回天步[一]叶，五字句。端可仄門羽可仄衛簇雕欄[二]七字句，六樂舜可平韶先舉叶，六字句。鶴可平書飛下四字句，雞可平竿高可平聳[三]四字句，恩可平露均寰寓[四]叶，五字句。○赤霜袍爛飄香霧。喜色成春煦[五]。九儀三事仰天顏，八彩旋生眉宇。椿齡無盡，蘿圖有慶，常作乾坤主。

【校】

[一] 寶：此誤作平聲，《明辯》本同；《詞律》卷十一、《詞譜》卷十八皆注本仄可平。

(一) 按：明嘉靖本《詩餘圖譜》卷二同題；《全宋詞》題「聖壽」，注「題據毛校《樂章集》補」。

［二］羽：此誤注平可仄，《明辯》本同；《詞律》、《詞譜》皆注本仄可平。

［三］雞、高：此誤注仄可平，《明辯》本同；《詞律》、《詞譜》皆注本平可仄。

［四］恩：此誤注仄可平，《明辯》本同；《詞譜》注本平可仄，《詞律》於「恩」字不注可仄。

［五］春煦：原本誤作「春照」，茲據《明辯》、《彙刊》本及《彊村叢書》本《樂章集》校訂。

第二體 前後段並與第一體同，唯第二句皆作六字

秋日懷舊　宋范仲淹

紛紛墜葉飄香砌[一]，夜寂靜、寒聲碎。真珠簾捲玉樓空，天淡銀河垂地。年年今夜，月華如練，長是人千里。○愁腸已斷無由醉，酒未到、先成淚。殘燈明滅枕頭欹[二]，諳盡孤眠滋味。都來此事，眉間心上，無計相迴避。

【校】

［一］墜：《彊村叢書》本《范文正公詩餘》作「墮」。

［二］欹：《明辯》作「歌」，蓋訛誤。

望遠行　凡三體，並雙調

第一體　小令㈠　　唐李珣

春可仄日遲遲思寂寥韻，七字句。行客關山路遙叶，六字句。瓊可仄窻時可仄聽語鶯嬌叶，七字句。柳可平絲牽恨一條條叶，七字句。○休暈繡三字句，罷吹簫叶，三字句。貌逐殘花暗凋叶，六字句。同心猶結舊裙腰叶，七字句。忍辜風月度良宵叶，七字句。

第二體　中調㈡　　唐韋莊

欲可平別無言倚畫屏韻，七字句。含可仄恨暗傷情[一]叶，五字句。謝可平家庭樹錦雞鳴叶，七字句。殘可仄月照邊城叶，五字句。○人欲別三字句，馬頻嘶更韻，三字句。綠槐千里長堤叶，六字句。出門芳草路萋萋叶，七字句。雲雨別來易東西叶，七字句。不忍別君後五字句，却入舊香閨叶，五字句。

㈠ 按：此調為唐教坊曲名，有敦煌寫本無名氏詞，蓋盛唐之作，雙片五十四字，用平韻；五代李珣、李璟詞各五十三字、五十五字，皆屬小令，為同調異體。

㈡ 按：《詞律》卷七、《詞譜》卷十一收此調，含小令、中調、長調三類，皆以韋莊六十字詞為「又一體」，屬中調，注謂「此調惟有此詞」，「與諸家不同」，當屬同名異調。

【校】

[一]暗：本仄聲，此左劃綫表平聲，蓋訛誤；《明辯》本此句譜注作「平仄平平」，脫漏一「仄」字。

第三體　長調(一)

冬雪(二)　　宋柳　永

長可仄空降瑞寒風剪七字句，淅淅瑤花初下[一]韻，六字句。亂飄僧舍四字句，密灑歌樓四字句，迤邐漸迷鴛瓦[二]叶，六字句。好是漁人、披得一簑歸去[三]十字句，江山晚來堪畫叶，六字句。滿長安、高却旗亭酒價[四]叶，九字句。◯幽雅叶，二字句。乘興最可平宜訪戴六字句，泛小棹、越溪瀟灑叶，七字句。皓鶴奪鮮四字句，白鷴失素四字句，千里廣鋪寒野叶，六字句。須信幽蘭歌斷六字句，同雲收盡四字句，別有瑤臺瓊樹[五]叶，六字句。放一輪明月五字句，交光清夜叶，四字句。

(一) 按：此體乃長調慢詞，與李珣、韋莊詞當屬同名異調。《詞律》卷七、《詞譜》卷十一收此調，皆列柳永此詞及另首為「又一體」，《詞譜》注謂此調「慢詞始自柳永」。

(二) 按：《草堂詩餘·前集》卷下入「冬景·冬雪」類，《類編草堂詩餘》卷四題「冬雪」；《花草粹編》卷十二題「詠雪」。

【校】

[一]「長空」二句：《詞律》卷七、《詞譜》卷十一皆作「長空降瑞，寒風剪，淅淅瑤華初下」。

[二]迤：平聲，當左劃綫，此蓋脫漏；《明辯》本譜注平聲。

[三]「好是」句：《詞律》、《詞譜》皆作四言一句、六言一句。

[四]「滿長安」句：《詞律》作五言一句、四言一句，《詞譜》於第三字注「讀」。

[五]榭：原本作「樹」，失叶；茲從《彙刊》本及《樂章集》、《詞律》、《詞譜》校訂。

歸自謠(一)　雙調○小令　宋歐陽脩(二)

何處笛韻，三字句。深夜夢回情脉脉叶，七字句。竹可平風簷可仄雨寒窻隔叶，七字句。○離可仄人幾可平歲無消息叶，七字句。今頭白叶，三字句。不可平眠特可平地重相憶[一]叶，七字句。

(一) 按：此調正名《歸國遙》，蓋源於唐教坊曲，始見晚唐溫庭筠、韋莊詞；馮延巳詞名《歸自謠》，與溫、韋詞蓋屬同名異調；宋詞別名《歸國謠》、《歸自謠》，乃與馮詞為同調。

(二) 按：此詞《百家詞》本《陽春集》錄為馮延巳詞；汲古閣本《六一詞》收作歐詞，注「並載《陽春錄》」；《樂府雅詞》卷上亦作歐詞；《全宋詞》入歐陽修存目詞，注為馮詞。

【校】

[一] 按：《明辯》本此句譜注僅為「平仄仄平平仄」六字，蓋漏注句首一「仄」字。

百字謠(一)　雙調○長調

賀人娶姑女

宋無名氏(二)

太真姑女四字句，問新來、誰可仄與歡傳玉可平鏡韻，九字句。莫可平恨無人伸好語七字句，人在藍橋仙境叶，六字句。一笑樽前四字句，欣然相與叶[一]，四字句。便勝瓊漿飲叶，五字句。慇懃客意四字句，耳邊說與君聽叶，六字句。○長記舊日君家六字句，門闌喜動四字句，繡褥芙蓉穩叶，五字句。回首龍門人得意七字句，又報鳳棲芳信叶，六字句。只是相傳四字句，房奩中、好物事駸駸近[二]叶，九字句。管教人道、一雙冰玉清潤[三]叶，十字句。

(一) 按：此調正名為《念奴嬌》，別名《酹江月》、《赤壁詞》、《大江東》等，皆源於蘇軾「赤壁懷古」詞；因全篇為百字，故又名《百字謠》、《百字令》、《百字歌》。

(二) 按：原本僅署一「哀」字，或為「袁」字之訛，《明辯》、《彙刊》及重訂本皆同。《全宋詞》據《翰墨大全》乙集卷十七收作無名氏詞，茲從校訂。

【校】

[一] 叶：《詞律》卷十六、《詞譜》卷二十八所收此調各體此句皆不注叶韻。

[二]「房奩中」句：《全宋詞》作「房奩中物，好事騣騣近」二句。

[三]「管教人」句：《全宋詞》作四言一句、六言一句。

塞翁吟　雙調◯長調

夏景　宋周邦彦

暗可平葉啼風雨五字句，牕外曉色瓏璁韻，六字句。散水麝、小池東叶，六字句[一]。亂一岸芙蓉叶，五字句。蘄州簟展雙紋浪七字句，輕帳翠縷如空[二]叶，六字句。夢遠別三字句，淚痕重淡四字句，鉛臉斜紅叶，四字句[三]。◯冲冲叶，二字句。嗟憔悴、新寬帶結七字句，羞豔冶、都銷鏡中叶，七字句。有蜀紙、堪憑寄恨七字句，等今夜三字句，灑血書詞四字句[四]，剪燭親封叶，四字句。菖蒲漸老四字句，早晚成花四字句，教見薰風叶，四字句。

【校】

[一]「散水麝」句：《詞譜》卷二十二作三言兩句。

[二] 縷：《明辯》本譜注「仄」，《詞譜》亦注仄聲。

[三]「淚痕」二句：《詞譜》作三言一句、五言一句，以「重」字叶韻。

[四]「等今夜」二句：《詞譜》作七言一句，於第三字注「讀」。

水龍吟(一) 凡三體，並雙調○長調

第一體

春恨　　宋陳亮

鬧可平花深可仄處層樓六字句，畫可平簾半捲東風軟韻，七字句。春可仄歸翠可平陌四字句，平可仄莎茸嫩四字句，垂可仄楊金可仄淺叶，四字句。遲可仄日催花四字句，淡可平雲閣雨四字句，

(一) 按：《詞譜》卷三十收此調，注曰：「姜夔詞注無射商，俗名越調。曾覿詞結句有『是豐年瑞』句，名《豐年瑞》；呂渭老詞名《鼓笛慢》；史達祖詞名《龍吟曲》；楊樵雲詞因秦觀詞起句更名《小樓連苑》；方味道詞結句有『伴莊椿歲』句，名《莊椿歲》。」

輕可仄寒輕暖叶，四字句。恨可平芳菲世可平界、遊人未賞九字句[一]，都可仄付與、鶯和燕叶，六字句。◯寂可平寞憑高念遠六字句[二]，向南樓、一可平聲歸可仄鴈叶，七字句。金可仄釵鬬可平草四字句，青可仄絲勒可平馬四字句，風可仄流雲可仄散叶，四字句。羅可仄綬分香四字句，翠可平綃封淚四字句，幾可平多幽怨叶，四字句。正可平銷魂、又是踈煙淡可平月九字句[三]，子規聲斷叶，四字句。

【校】

[一]「恨芳菲」句：《詞律》卷十六、《詞譜》卷三十所收此調各體，此句多作五言一句、四言一句。

[二]「寂寞」句：《詞律》、《詞譜》所收此調各體換頭句多叶韻；《全宋詞》此句標為叶韻。

[三]「正銷魂」句：《全宋詞》作三言一句、六言一句。

第二體 前段與第一體同，唯首句作七字，第二句作六字〇後段亦與第一體同

清明(一) 宋劉叔安(二)

弄晴臺館收煙候，時有燕泥香墜。宿酲未解，單衣初試，騰騰春思。前度桃花，去年人面，重門深閉。記彩鸞別後、青驄歸去[一]，長亭路、芳塵起。〇十二屏山遍倚[二]，任蒼苔、點紅如綴。黃昏人靜，暖香吹月，一簾花碎。芳意婆娑，綠陰風雨，畫橋煙水。笑多情司馬、留春無計，濕青衫淚。

【校】

[一]「記彩鸞」句：《全宋詞》作五言一句、四言一句。後段「笑多情」句同。

[二]「十二」句：《全宋詞》標為叶韻。

(一) 按：景宋本《中興以來絕妙詞選》卷八題「丙戌清明和章質夫韻」；《草堂詩餘·後集》卷上入「節序」類，題「和章質夫韻」。

(二) 按：《明辯》本署「宋劉」，闕其名，此本補署劉叔安；《中興以來絕妙詞選》署劉叔安，注「名鎮，號隨如」。

第三體 前段與第一體同，唯第九句作八字，十句作七字○後段亦與第一體同

贈妓(一) 宋秦 觀

小樓連苑橫空，下窺繡轂雕鞍驟。踈簾半捲，單衣初試，清明時候。破暖輕風，弄晴微雨，欲無還有。賣花聲、過盡垂楊院，落紅成陣飛鴛甃[一]。○玉珮丁東別後[二]，悵佳期、參差難又。名韁利鎖，天還知道，和天也瘦。花下重門，柳邊深巷，不堪回首。念多情、但有當時皓月，照人依舊。

【校】

[一]「賣花聲」二句：《詞律》卷十六注引作五言一句、四言一句、三言二句；《詞譜》卷三十同，「院落」作「院宇」，結句作六言折腰句。

[二]「玉珮」句：《詞譜》注叶韻。

(一) 按：張綖刻本《淮海長短句》、汲古閣本《淮海詞》皆題「贈妓婁東玉」，「婁」一作「樓」。《花庵詞選》卷四注：「寄營妓婁婉。婉字東玉，詞中藏其姓名與字在焉。」

丹鳳吟　雙調○長調

春恨(一)　　宋周邦彥

迤邐春光無賴六字句，翠藻翻池四字句，黄蜂遊閣韻，四字句。朝來風暴〔一〕四字句，飛絮亂投簾幕叶，六字句。生憎暮景、倚牆臨岸八字句〔二〕，杏靨夭邪四字句，榆錢輕薄叶，四字句。晝永思惟傍枕〔三〕六字句，睡起無憀聊同，後多倣此○四字句，殘照猶在庭角叶，六字句。○況是別離氣味六字句，坐來便覺心緒惡叶，七字句。痛飲澆愁酒五字句，柰愁濃如酒、無計銷鑠〔四〕叶，九字句。那堪昏暝〔五〕四字句，蔌蔌半簷花落叶，六字句。弄粉調朱柔素手七字句，問何時重握叶，五字句。此時此意、長怕人道著叶，九字句〔六〕。

【校】

〔一〕朝：平聲，當左劃綫，此蓋脫漏。

(一) 按：景宋本《片玉集》卷二、四印齋本《清真集》卷上、《草堂詩餘·前集》卷上皆入「春景」類；汲古閣本《片玉詞》卷上、《類編草堂詩餘》卷四、《花草粹編》卷十二皆題「春恨」。

［二］「生憎」句：《詞譜》卷三十六作四言二句。

［三］傍：此誤左劃綫表平聲；《明辯》本、《詞譜》皆注仄聲。

［四］「柰愁」句：《詞譜》作五言一句、四言一句。

［五］暝：《明辯》本譜注「仄」，《詞譜》卷三十六亦注仄聲。

［六］「此時」句：《詞譜》作四言一句、五言一句。

瑞龍吟

三疊○長調　○中段同前

春景　宋周邦彦

章臺路韻，三字句。還是褪粉梅稍六字句，試花桃樹叶，四字句。愔愔坊陌人家六字句，定巢燕子、歸來舊處叶，八字句［一］○黯凝竚。因念箇人癡小，乍窺門户。侵晨淺約宫黄，障風映袖、盈盈笑語。○前度劉郎重到六字句，尋鄰尋里叶［二］，四字句。同時歌舞四字句，唯有舊家秋娘六字句，聲價如故叶，四字句。吟牋賦筆、猶記燕臺句叶，九字句［三］。知誰伴、名園露飲七字句，東城閑步叶，四字句。事與孤鴻去叶，五字句。探春盡是傷離緒［四］叶，七字句。官柳低金縷叶，五字句。歸騎晚三字句，纖纖池塘飛雨叶，六字句。斷腸院落四字句，一簾風絮叶，四字句。◯按：此詞自「章臺路」至「歸來舊處」是第一段，自「黯凝竚」至「盈盈笑語」是第二段，此謂之「雙拽頭」，屬正平調。自「前度劉郎」以下即犯大石，係第三段，至「歸騎晚」以下四句再歸正平。今諸本皆於「吟牋賦筆」處分段者，非也。〔一〕

【校】

［一］「定巢」句：《詞譜》卷三十七作四言二句；第二疊「障風」句同。

［二］尋鄰：《片玉集》卷一、《片玉詞》卷上、《清真集》卷上、《花庵詞選》皆作「訪鄰」。叶，蓋誤注，「里」字實不叶，當於下句「舞」字注叶韻。

［三］「吟牋」句：《詞譜》作四言一句、五言一句。

［四］「探春」句：《片玉集》、《片玉詞》、《清真集》、《花庵詞選》皆作「探春盡是傷離意緒」，多「意」字，《詞譜》分作四言二句。

〔一〕按：《明辯》本於例詞後附加此段按語，乃引錄《花庵詞選》卷七注語；此本又據《明辯》本錄入。

欸乃音襖藹，湘中節歌聲也，一云棹船之聲曲[一]　單調○小令

○即七言絶句，亦有用拗體者○二首　　唐元結

千里楓林煙雨深，無朝無暮有猿吟。停橈靜聽曲中意，好似雲山韶濩音[二]。

零陵郡北湘水東，浯溪形勝滿湘中。溪口石顛堪自逸，誰人能伴作漁翁[三]。

【校】

[二] 好似：四庫本《樂府詩集》卷八十二作「好是」。

[三] 誰人能伴：《樂府詩集》作「誰能相伴」。

[一] 按：原本作《款乃曲》，《明辯》本作《欵乃曲》；《詞律》卷一、《詞譜》卷一皆作《欸乃曲》，茲從校訂。湘中，原本作「相中」，茲從《明辯》、《彙刊》及重訂本校訂。

金縷曲[一] 雙調○長調

送五峯歸九江　　宋劉辰翁

世事如何說韻，五字句。但舉鞍可仄回頭五字句，笑問并州兒葛[二]叶，六字句。手障塵埃四字句，黄花路[三]三字句，千可仄里龍沙如雪叶，六字句。著破帽、蕭蕭餘髮[三]叶，七字句。行過故人柴桑可仄里七字句，撫長松、潦倒山間月[四]叶，八字句。柳共舞[五]三字句，命湘瑟叶，三字句。○春可仄風五老多年別叶，七字句。看使君、神交意氣七字句，依然晚合叶，四字句。袖有玉龍四字句，提携去三字句，滿眼黄金臺骨叶，六字句。說不盡、古人癡絕叶，七字句。我醉看天天看我七字句，聽秋風吹動簷間鐵叶，八字句。長嘯起三字句，兩山裂叶，三字句。

【校】

[一]「但舉鞍」二句：《全宋詞》作「似舉鞍、回頭笑問，并州兒葛」。

[二]「手障」二句：《全宋詞》作七言一句，後段「袖有」二句亦同。

（一）按：此調通用名為《賀新郎》，首見蘇軾詞，別名《賀新涼》、《乳燕飛》、《金縷曲》、《金縷歌》、《金縷衣》等。

［三］著：此左劃綫表平聲，蓋偶誤；《明辯》本譜注仄聲。

［四］潦倒：原本作「潦到」，茲據《明辯》、《彙刊》及重訂本校訂。間：平聲，當左劃綫。

［五］柳：《明辯》本作「聊」。

太常引 凡二體，並雙調○小令

第一體

建康中秋夜為呂潛叔賦　宋辛棄疾

一輪秋影轉金波韻，七字句。飛鏡又重磨叶，五字句。把酒問嫦娥［一］叶，五字句。被白髮、欺人柰何［二］叶，七字句。○乘風好去四字句，長安萬里［三］四字句，直下看山河叶，五字句。斫去桂婆娑叶，五字句。人道是、清光更多叶，七字句。

【校】

［一］嫦娥：《稼軒詞》丙集、《稼軒長短句》卷十二、《明辯》本皆作「姮娥」。

［二］被：仄聲，此左劃綫作平聲，蓋偶誤。

[三] 長安:《稼軒詞》、《稼軒長短句》皆作「長空」。

第二體 前段與第一體同,唯第二句作六字○後段亦與第一體同

壽韓南澗尚書[一]　宋辛棄疾

君王著意履聲間。便合押、紫宸班。今代又尊韓。道吏部、文章泰山。○一杯千歲,問公何事,早伴赤松閒。功業後来看。似江左、風流謝安。

青門引 雙調○小令

懷舊[一]　宋張　先

乍可平暖還乍可平冷[二]韻,五字句。風可仄雨晚可平來方可仄定叶,六字句。庭可仄軒寂可平寞近清明七字句,殘可仄花中可仄酒、又可平是去年病[三]叶,九字句。○樓可仄頭畫可平角風吹醒叶,七字

[一] 按:《稼軒長短句》卷十二同此題,《稼軒詞》甲集題「壽南澗」。

[一] 按:《花庵詞選》卷五、鮑本《張子野詞補遺》卷下皆題「春思」,《草堂詩餘·前集》卷上入「春景·懷舊」類。

句。入可平夜重門靜叶，五字句。那可仄堪更可平被明月六字句，隔可平牆送可平過鞦韆影叶，七字句。

【校】

［一］乍冷：《樂府雅詞・拾遺》卷下、《花庵詞選》卷五、《草堂詩餘・前集》卷上皆作「輕冷」。

［二］「殘花」二句：《詞律》卷七、《詞譜》卷九作四言一句、五言一句。花中，《明辯》本皆注平聲；《詞譜》注「中」字本仄可平。

梅花引（一）　雙調○小令

冬景（二）　宋万俟雅言

曉風酸韻，三字句。曉霜乾叶，三字句。一可平鴈南飛人可仄度關叶，七字句。客衣單叶，三字句。客

（一）按：此調實與《江城梅花引》為異調，《詩餘圖譜》卷二乃混為一調。

（二）按：《花庵詞選》卷七題「冬怨」；《草堂詩餘・前集》卷下入「冬景」類。

衣單[一]叶，三字句。千里斷魂四字句，空歌行路難叶，五字句。◯寒可仄梅驚破前村雪七字句，寒雞啼落前村月[二]七字句，酒腸寬叶，三字句。酒腸寬叶，三字句。家在日邊四字句，不堪頻倚欄叶，五字句。

【校】

[一] 按：《詞律》卷八、《詞譜》卷十二收此詞，於「客衣單」二句及「酒腸寬」二句皆注用疊韻。

[二] 按：《詞律》、《詞譜》於「寒梅」二句皆注換叶仄韻。「寒鷄」句，《明辯》本作「寒鷄啼破西樓月」，《詞譜》作「寒鴉啼落西樓月」。

東坡引 凡三體，並雙調◯小令

第一體 二段俱複出一句

閨怨 宋辛棄疾

君可仄如梁上燕韻，五字句。妾可平如手中扇[一]叶，五字句。團可仄團青可仄影雙雙伴叶，七字句。秋可仄來腸欲斷叶，五字句。秋来腸欲斷叶，五字句。◯黃可仄昏淚可平眼四字句，青山隔岸叶，四字句。但可平咫尺、如天遠叶，六字句。病可平來只可平謝傍人勸[二]叶，七字句。龍可仄華三會願叶，五字句。龍華三會願叶，五字句。

【校】

[一]如：平聲，當左劃綫，此蓋脱漏。

[二]只：《明辯》本作「尺」，蓋承上「咫尺」衍誤。

第二體　前段與第一體同○後段亦與第一體同，唯第三句作六字[一]

同上　宋辛棄疾

花稍紅未足。條破驚新綠。重簾下偏闌干曲。有人春睡熟。有人春睡熟。○鳴禽破夢，雲偏目蹙。起來香腮褪紅玉。花時愛與愁相續。羅裙過半幅。羅裙過半幅。

【校】

[一]六字：《明辯》本譜注同；重訂本、《彙刊》本注七字。

第三體　前段與第一體同○後段亦與第一體同，唯首句作五字

同上　宋辛棄疾

玉纖彈舊怨。還歈繡屏面。清歌自送西風鴈[一]。鴈行吹字斷。鴈行吹字斷。○夜深拜半月，瑣窗西畔。但桂影、空階滿[二]。翠帷自掩無人見。羅衣寛一半。羅衣寛一半。

【校】

[一] 自送：《稼軒長短句》卷十二、《詞譜》卷七皆作「目送」。

[二] 桂影：《明辯》本作「佳影」。

婆羅門引[一]　雙調○中調

別杜叔高，叔高長於楚辭　宋辛棄疾

落可平花時節四字句，杜可平鵑聲可仄裏送君歸韻，七字句。未可平消文可仄字湘纍叶，六字句。只可

[一] 按：此調蓋源於唐曲。《詞譜》卷十八注：「《梅苑》詞名《婆羅門》，段克己詞名《望月婆羅門引》。按唐《教坊記》有《婆羅門》小曲。《宋史・樂志》有《婆羅門》舞隊。」

平怕蛟可仄龍雲可仄雨六字句,後可平會渺難期叶,五字句。更何人念我五字句,老大傷悲叶,四字句。○已可平而已而叶,四字句。算此可平意、只君知叶,六字句。記取岐一作旗○可仄亭可仄買可平酒六字句,雲可仄洞題詩叶,四字句。爭可仄如不可平見四字句,纔可仄相可仄見可平、便可平有別離時叶,八字句。千里可平月、兩地相思叶,七字句。

陽關引[一] 雙調○中調

離別 宋寇準

塞可平草煙光闊韻,五字句。渭可平水波聲咽叶,五字句。春朝雨霽輕塵斂七字句[二],征鞍發叶,三字句。指青青楊柳五字句,又是輕攀折叶,五字句。動黯然三字句,知有後會甚時節叶,七字句[三]。○更盡一盃酒、歌一闋叶,八字句[三]。歎人生裏四字句,難歡聚、易離別[四]叶,六字句。且莫辭沈醉五字句,聽取陽關徹叶,五字句。念故人千里五字句,自此共明月叶,五字句。

[一] 按:此調僅見寇準、晁補之詞二首。《詞譜》卷十八注:「此調始自宋寇準詞,本櫽括王維《陽關曲》而作,故名。晁補之詞名《古陽關》。」另有無名氏《古陽關》為異調。

【校】

[一]「春朝」句：《詞譜》卷十八分作四言一句、三言一句。

[二]「動黯然」二句：《詞譜》作「動黯然、知有後會甚時節」十字句；後段結尾二句同此。

[三]「更盡」句：《詞譜》作五言一句、三言一句。

[四]「難歡」句：《詞譜》作三言二句。

千秋歲引[一]

雙調○中調

宋王安石

別可平館寒砧四字句，孤可仄城畫角韻，四字句。一派秋聲入寥廓[二]叶，七字句。東歸燕從海上去七字句，南來鴈向沙頭落叶，七字句。楚臺風三字句，庾可平樓月三字句，宛如昨叶，三字句。○無柰被些名利縛叶，七字句。無柰被他情擔閣叶，七字句。可惜風流總閒却叶，七字句。當初謾留華表語七字句，而今誤我秦樓約叶，七字句。夢闌時三字句，酒醒後三字句，思量著叶，三字句。

[一]按：此調與《千秋歲》為同名異調。《詞譜》卷十九注此調：「《高麗史·樂志》名《千秋歲令》，李冠詞名《千秋萬歲》。」

【校】

［一］寥廓：《明辯》本作「寥廓」，蓋訛誤。

蕙蘭芳引[一] 雙調○中調

秋懷[二]

宋周邦彦

寒可仄瑩晚空四字句，點可平青鏡、斷霞孤鶩韻，七字句。對可平客館深扃五字句，霜草未衰更綠[一]叶，六字句。倦可平遊厭可平旅四字句，但可平夢繞阿嬌金屋叶，七字句。想故人別後五字句，盡日空疑風竹叶，六字句。○塞北氍毹四字句，江南圖障四字句，是處溫燠叶，四字句。更花管雲牋五字句，猶寫寄可平情舊曲叶，六字句。音塵迢遞四字句，但可平勞遠目叶，四字句。今夜長、爭奈枕單人獨叶，九字句。

㈠ 按：《片玉集》卷五調名作《蕙蘭芳》。《詞譜》卷二十一收此調，注：「調見清真樂府，方千里、楊澤民、陳允平俱有和詞，楊詞一名《蕙蘭芳》，無『引』字。」

㈡ 按：《片玉集》卷五、《草堂詩餘·前集》卷下皆入「秋景」類。

【校】

[一] 更：此左旁劃綫表平聲，《明辯》本譜注亦平聲；《詞譜》卷二十一注本仄可平。

華胥引　雙調○中調

秋思　宋周邦彥

川可仄源澄可仄映四字句，煙可仄月冥濛四字句，去舟似可平葉韻，四字句。岸可平足沙平四字句，蒲根水冷留鴈唼叶，七字句。別有孤角吟秋六字句，對曉風嗚軋[一]叶，五字句。紅可仄日三竿四字句，醉頭扶起寒怯叶，六字句。○離可仄思相縈四字句，漸看看鬢絲堪鑷[二]叶，七字句。舞可平衫歌可仄扇四字句，何可仄人可仄輕憐細閱[三]叶，六字句。檢點從前恩愛六字句，鳳牋盈篋叶，四字句。愁可仄剪燈花四字句，夜來和淚雙疊叶，六字句。

【校】

[一] 嗚軋：《明辯》本作「鳴軋」。

[二] 看看：《明辯》本譜注「平平」，重訂本、《彙刊》本皆左劃綫，《詞譜》皆注本平可仄。

[三] 憐：平聲，當左劃綫，此蓋脱漏；重訂本、《彙刊》本皆左劃綫。

江城梅花引　雙調○中調

閨情(一)　　宋康與之(二)

娟可仄娟霜可仄月冷侵門韻，七字句。怕黄昏叶，三字句。又黄昏叶，三字句。手可平撚一可平枝、猶可仄自對芳樽叶，九字句[一]。酒可平又不禁花又惱七字句，漏可平聲可仄遠三字句，一更更三字句，總斷魂叶，三字句。○斷可平魂可仄斷魂可仄不堪聞[二]叶，七字句。被可平半可平溫叶，三字句。香可仄半可平薰叶，三字句。睡可平也睡可平也睡可平不穩七字句，難可仄與溫存[三]叶，四字句。唯可仄有牀前銀可仄燭、照啼痕叶，九字句。一可平夜為可平花憔悴損[四]七字句，人可仄瘦可平也三字句，比梅花三字句，瘦幾分叶，三字句。

(一) 按：汲古閣本《書舟詞》無題，《草堂詩餘・後集》入「人事・閨情」類，《類編草堂詩餘》卷二題「閨情」。

(二) 按：此詞《草堂詩餘・後集》卷下未署名；《類編草堂詩餘》卷二署康與之作；又載程垓《書舟詞》，調名作《攤破江城子》；《全宋詞》據《書舟詞》録為程垓詞。

【校】

[一]「手撚」句：《百家詞》本、汲古閣本《書舟詞》皆作「愁把梅花、獨自泛清樽」。此句《詞譜》卷二十一作四言一句、五言一句。

[二]「斷魂」句：《詞譜》作：「斷魂。斷魂。不堪聞。」

[三]「睡也」二句：《詞譜》作：「睡也睡也，睡不穩、誰與溫存。」難，《書舟詞》、《明辯》本皆作「誰」。

[四]為花憔悴損：《書舟詞》作「無眠連曉角」。

清平調[一] 樂府有清調、平調，此合而言之，則詩餘也　單調○小令

○即七言絶句，首句末用平韻○三首

禁中沈香亭前牡丹[二]　唐李白

雲想衣裳花想容。春風拂檻露華濃。若非羣玉山頭見，會向瑤臺月下逢。

[一] 按：《百家詞》本《尊前集》及《花庵詞選》卷一皆收李白詞三首；《詞譜》卷四十收《清平調辭》，錄李白三首，注為「唐之大曲」歌辭。宋無作。

[二] 按：《尊前集》無題，《花庵詞選》卷一題「沈香亭應制」。

一枝紅艷露凝香。雲雨巫山枉斷腸。借問漢宫誰得似，可憐飛燕倚新粧。名花傾國兩相歡。常得君王帶笑看。解釋春風無限恨[一]，沈香亭北倚欄干。

【校】

[一] 恨：《花庵詞選》卷一作「意」。

千年調[一]　雙調○中調

蔗菴小閣名曰巵言，作此詞以嘲之蔗菴，信守鄭舜舉所作也[二]　宋辛棄疾

巵可仄酒向人時五字句，和可仄氣先傾倒韻，五字句。最可平要然可仄然可可平可[二]六字句，萬可平事稱好[二]叶，四字句。滑可平稽坐可平上四字句，更可平對鴟夷四字句，笑可平寒與可平熱四字句，總可平隨可仄人甘國老[三]叶，六字句。○少可平年使可平酒四字句，出可平口人嫌拗叶，五字句。此可平

[一] 按：此調始見曹組詞，調名《相思會》，有「剛作千年調」句，辛棄疾別名《千年調》。《詞律》卷十一、《詞譜》卷十七皆收《千年調》，以辛詞為正體。

[二] 按：《稼軒長短句》卷七有此題，「蔗菴」作「庶菴」。題下二句，原本與詞題連接，應為圖譜編者所注。

箇可平和合道理六字句，近可平日方曉叶，四字句。學可平人言可仄語四字句，未可平會十可平分巧叶，五字句。看可平他門可仄得可平人五字句，憐可仄秦吉可平了[四]叶，四字句。

【校】

[一] 最：仄聲，此左劃綫表平聲，蓋訛誤。

[二] 好：仄聲，且叶韻，此左劃綫，蓋訛誤。

[三] 「滑稽」四句：《詞律》卷十一、《詞譜》卷十七皆作：「滑稽坐上，更對鴟夷笑。寒與熱，總隨人，甘國老。」寒，平聲，應左劃綫，蓋脱漏。

[四] 「看他們」二句：《詞律》、《詞譜》皆作三言三句。

中興樂　凡二體，並雙調◯小令

第一體(一)

唐毛文錫

荳可平蔻花繁煙可仄艷深韻，七字句。丁可仄香可仄軟可平結同心叶，六字句。翠可平鬟可仄女三字

(一) 按：此調僅見五代詞三首，宋無作。《詞譜》卷四首列毛文錫此詞，以「女」、「與」、「語」、「浦」、「舞」、「雨」六字用仄韻，注「此詞六仄韻，即間入平韻之内，舊譜失注」。

句，相可仄與共淘金[二]叶，五字句。○紅可仄蕉葉可平裏猩猩語七字句，鴛鴦可仄浦三字句，鏡可平中鸞可仄舞[二]四字句，絲可仄雨隔荔枝陰[三]叶，六字句。

【校】

[一]「翠鬟女」二句：《詞譜》卷四作：「翠鬟女。相與。共淘金。」《詞律》卷三注：「或云『女』字是換韻，後段叶之。」

[二]「紅蕉」三句：《詞律》皆注換叶仄韻。

[三]「絲雨」句：《詞律》作三言二句；《詞譜》作：「絲雨。隔荔枝陰。」

第二體[一]　唐牛希濟

池可仄塘暖可平碧浸晴暉韻，七字句。濛可仄濛柳可平絮輕飛叶，六字句。紅可仄蘂凋來四字句，醉可平夢還稀叶，四字句。○春可仄雲空可仄有鴈可平歸叶，六字句。珠可仄簾垂叶，三字句。東可仄風寂

[一]按：《詞律》卷三、《詞譜》卷四收此調，以牛希濟詞為「又一體」，全用平韻，不間入仄韻；又列李珣詞為「又一體」，雙片八十四字，乃以牛詞加一疊，仍屬同調異體。

可平寞四字句，恨可平郎抛可仄擲四字句，淚可平濕羅衣叶，四字句。

清平樂　雙調○小令

唐韋　莊

鶯可仄啼殘可仄月[一]韻，四字句。繡可平閣香燈滅叶，五字句。門可仄外馬可平嘶郎欲別叶，七字句。正可平是落可平花時可仄節叶，六字句。○糚可仄成可仄不可平畫蛾眉[二]更韻，六字句。含可仄愁獨可平倚金扉叶，六字句。去可平路香可仄塵莫可平掃六字句，掃可平即可平郎可仄去歸遲[三]叶，六字句。

【校】

[一] 鶯：平聲，當左劃綫，此蓋脱漏。

[二] 糚：平聲，當左劃綫，此蓋脱漏。

[三] 即：《明辯》本作「郎」，蓋衍誤。

又

唐孫光憲

愁腸欲斷。正是青春半。連理分枝鸞失伴。又是一場離散。○掩鏡無語眉低。思隨芳草萋萋。憑仗東風吹夢，與郎終日東西。

又

唐毛熙震

春光欲暮。寂寞閒庭戶。粉蝶雙雙穿檻舞。簾捲晚天疎雨。○含愁獨倚閨幃。玉爐煙斷香微。正是銷魂時節，東風滿樹花飛。

又

春景(一)

宋趙令畤

春風依舊。著意隋堤柳。搓得蛾兒黄欲就。天氣清明時候[二]。○去年紫陌青門。今宵雨魄雲魂。斷送一生憔悴，只消幾箇黄昏。

(一) 按：目錄中此首標題「春景」，正文中缺漏，據補。《樂府雅詞》卷中無題，《花庵詞選》卷六、《明辯》本皆題「春情」。

【校】

［一］時候：《花庵詞選》卷六作「斷勾」。

又

詠雪[一] 宋孫夫人[二]

悠悠颺颺。做盡輕模樣。半夜蕭蕭窗外響。多在梅邊竹上。○朱樓向曉簾開。六花片片飛來。無奈薰爐煙霧，騰騰扶上金釵。

迎春樂

雙調[一]○小令 宋秦觀

菖可仄蒲葉可平葉知多少韻，七字句。唯可仄有可平箇、蜂兒妙叶，六字句。雨可平晴紅可仄粉齊開了叶，七字句。露可平一點、嬌黃小叶，六字句。○早可平是可平被曉可平風力暴叶，七字

(一) 按：《花庵詞選》卷十、《花草粹編》卷三皆題「雪」。

(二) 《花庵詞選》署孫夫人，注「名道絢，號沖虛居士」；《全宋詞》作孫道絢。

句。更可平春可仄共、斜陽俱老叶，七字句。怎可平得花可仄香深處[二]六字句，作可平箇蜂兒抱叶，五字句。

【校】

[一] 雙調：《明辯》本注「雙體」，「體」蓋「調」之誤。

[二] 花香：《詞律》卷六作「香香」。張綖刻本《淮海長短句》卷上、汲古閣本《淮海詞》皆注：「『花香』原作『香香』，恐是當時語。」

黄鍾樂[一]　雙調○中調　○後段同　唐魏承班[二]

池可仄塘可仄煙可仄暖可平草可平萋可仄萋韻，七字句。惆可仄悵閑宵四字句，含可仄恨可平愁坐思堪迷[一]叶，七字句。遙可仄想玉可平人情事遠七字句，音可仄容渾可仄似隔桃溪叶，七字句。○偏記同歡秋月低[二]。簾外論心，花畔和醉暗相攜。何事春來君不見，夢魂長在錦江西。

(一) 按：此調僅見五代魏承班詞一首，為孤調。《詞譜》卷十四注「唐教坊曲名」，「詞見《花間集》，無別首可校」。

(二) 按：原本署魏承斑，《明辯》本目錄或作魏承班；《百家詞》本《花間集》及各本多署魏承班，茲從校訂。

【校】

［一］「惆悵」二句：《詞律》卷九、《詞譜》卷十四皆作六言一句、五言一句；後段「簾外」二句亦同。

［二］按：《詞律》注「後起平仄與前異」。

齊天樂 雙調○長調

端午　　撰人　闕〔一〕

疎可仄疎幾可平點黃梅雨韻，七字句。佳可仄時可仄又可平逢重午叶，六字句。角可平黍包金四字句，香可仄蒲切玉四字句，風可仄物依可仄然荆楚叶，六字句。衫可仄裁艾可平虎叶，四字句。更可平釵裊可仄朱符〔二〕五字句，臂可平纏紅可仄縷叶，四字句。撲可平粉香綿四字句，喚可平風綾可仄扇小可平窗午叶，七字句。○沈可仄湘人可仄去可平已可平遠六字句，勸可平君休可仄對景、感可平時懷可仄古叶，九字句〔三〕。謾可平轉鶯喉四字句，輕可仄敲象可平板四字句，勝可平讀離可仄騷章句叶，六字句。荷可

〔一〕按：此詞《草堂詩餘·後集》卷上「節序·端午」類未署名；《類編草堂詩餘》卷四、《花草粹編》卷二十一皆署周邦彥；《全宋詞》據《逃禪詞》錄作揚无咎詞。

仄香暗可平度叶，四字句。漸可平引可平入醄醄五字句，醉可平鄉深可仄處叶，四字句。卧可平聽江頭四字句，晝可平船喧韻皷叶，五字句。

【校】

〔一〕釵梟：《明辯》本譜注「釵」字平可仄，「梟」字仄聲。

〔二〕「勸君」句：《詞譜》卷三十一作五言一句、四言一句。

永遇樂　雙調○長調

春情　　宋解方叔〔一〕

風可仄暖鶯嬌四字句，露可平濃花重四字句，天可仄氣可平和煦韻，四字句。院可平落煙收四字句，垂可仄楊舞可平困四字句，無可仄柰堆金縷叶，五字句。誰可仄家巧可平縱四字句，青可仄樓絃管四字句，惹

〔一〕按：原本未署名，目錄署解方叔，重訂本、《彙刊》本同，《明辯》本僅署「解」字；《花庵詞選》卷三、《草堂詩餘・前集》卷上署解方叔，題「春情」，《全宋詞》據以錄作解昉詞，兹從校訂。

可平起夢可平雲情緒叶，六字句。憶可平當可仄時、紋可仄衾粲可平枕七字句，未可平嘗可仄暫可平孤鴛可仄侶叶，六字句。◯芳可仄菲易可平老四字句，故可平人難可仄聚四字句，到可平此翻可仄成輕誤叶，六字句。閬可平苑仙遥四字句，鸞可仄牋縱可平寫可平四字句，何可仄計傳深訴叶，五字句。青可仄山緑可平水四字句，古可平今長在四字句，唯可仄有舊可平歡何處叶，六字句。空可仄贏可仄得、斜可仄陽暮可平草七字句，淡可平煙細可平雨叶，四字句。

傾盃樂

雙調◯長調

宋柳　永

禁可平漏花深四字句，繡可平工日可平永四字句，蕙可平風布可平暖韻，四字句。變可平韶可仄景、都門十二七字句，元可仄宵三可仄五四字句，銀可仄蟾光可仄滿叶，四字句。連可仄雲複可平道凌飛觀[一]叶，七字句。聳皇居三字句，麗佳氣三字句，瑞可平煙葱蒨[二]叶，四字句。翠可平華宵幸四字句，是可平處層可仄城閬苑叶，六字句。◯龍可仄鳳可平燭、交可仄光星漢叶，七字句。對可平咫可平尺鼇可仄山、開雉扇叶，八字句。會可平樂可平府兩可平籍神仙七字句，梨可仄園四可平部絃管叶，六字句。向可平曉色、都人未散叶，七字句。盈可仄萬可平井、山可仄呼鼇抃叶，七字句。願可平歲可平歲可平、天可仄仗裏、常可仄瞻鳳可平輦[三]叶，十字句。

【校】

[一]觀：《明辯》本譜注仄聲，此左劃綫表平聲，蓋衍誤。

[二]「聳皇居」三句：《詞譜》卷三十二作「聳皇居麗，佳氣瑞煙蔥蒨」。

[三]「願歲歲」句：《詞譜》作六言一句、四言一句。

大聖樂　雙調○長調

初夏　宋康與之[一]

千可仄朵奇峰[二]四字句，半可平軒微可仄雨四字句，曉可平來初過[三]韻，四字句。漸可平燕可平子引可平教雛飛七字句，菡可平萏暗可平薰芳草六字句，池可仄面涼多叶，四字句。淺可平斟可仄瓊可仄卮浮綠蟻七字句，展可平湘可仄簟、雙紋生可仄細波叶，八字句。輕可仄紈舉動四字句，團可仄圓素可平

(一)按：此詞《草堂詩餘・前集》卷下入「夏景」類，未署名；《類編草堂詩餘》卷四、《花草粹編》卷二十三皆署康與之，題「初夏」；《全宋詞》錄作無名氏詞。

月[三]四字句，仙可仄桂婆娑叶，四字句。○臨可仄風對可平月恣可平樂六字句，便可平好把、千金邀可仄艷娥叶，八字句。幸可平太可平平無事五字句，擊可平壤鼓腹四字句，攜可仄酒高歌叶，四字句。富可平貴安居四字句，功可仄名天可仄賦四字句，爭可仄柰皆由時可仄命呵叶，七字句。休眉鎖三字句，問可平朱可仄顔去可平了五字句，還可仄更來麽叶，四字句。

【校】

[一]千：《明辯》本誤注仄。峰：《明辯》本作「蜂」，蓋訛誤。

[二]過：平聲，叶韻，當左劃綫，此蓋脱漏；《明辯》本注平聲。

[三]「輕紈」二句：《詞譜》卷三十五作「輕紈舉，動團圞素月」。

西平樂(一)　雙調○長調

宋周邦彦

穉可平柳蘇晴四字句，故可平溪歇雨四字句，川可仄迥未可平覺春賒韻[一]，六字句。駝可仄褐寒侵四

（一）按：此調始見柳永詞，用仄韻，有晁補之、朱雍詞為同調；周邦彦詞用平韻，有方千里等人和韻詞，又名《西平樂慢》，與柳詞蓋屬同名異調。原本目錄漏署作者，已據正文校補。

字句，正可平憐初可仄日四字句，輕可仄陰抵可平死須遮叶，六字句。歎可平事孤可仄鴻盡可平去[二]六字句，身可仄與塘蒲共晚六字句，爭可仄知向此征途六字句，區可仄區佇可平立塵沙叶，六字句。追可仄念朱可仄顏翠可平髮六字句，曾可仄到可平處、故可平地使人嗟叶，八字句。○道可平連三楚四字句，天可仄低四野[三]四字句，喬可仄木依前、臨可仄路欹斜叶，八字句[四]。重可仄慕可平想、東可仄陵晦可平跡七字句，彭可仄澤歸來四字句，左可平右琴書自可平樂、松可仄菊相依十字句[五]，何可仄況風流鬢未華叶，七字句。多可仄謝故可平人四字句，親可仄馳鄭可平驛四字句○漢鄭當時置驛馬都郊親謝賓客[六]，時可仄倒融尊四字句○後漢孔融拜太中大夫，常嘆曰：座上客常滿，樽中酒不空，吾無憂矣[七]，勸可平此淹留四字句，共可平過芳時四字句，翻可仄令倦可平客思家叶，六字句。

【校】

[一] 韻：原本標「叶」字，依例起韻當注「韻」字，改。

[二] 「歎事」句：《片玉集》各本皆作「歎事逐孤鴻盡去」七言句，「事」下有「逐」字。

[三] 低：平聲，當左劃綫，此蓋脱漏。

[四] 「喬木」句：《詞譜》卷三十作四言二句。欹，平聲，當左劃綫；《詞譜》作「攲」，注平聲。

［五］「左右」句：《詞譜》作六言一句、四言一句。

［六］按：此句《片玉集》陳元龍注：「《史記》：鄭當時為太子賓客，置驛馬諸郊，請謝賓客。」此蓋撮録陳注。

［七］按：此句所注，亦撮録《片玉集》陳注引《後漢書·孔融傳》語，《明辯》本同，唯「後漢」誤作「漢後」。

長相思　雙調◯小令

春閨　　南唐馮延巳〔一〕

紅可仄滿可平枝韻，三字句。綠可平滿可平枝叶，三字句。宿可平雨厭厭睡可平起遲叶，七字句。閑可仄庭花可仄影移叶，五字句。◯憶歸期。數歸期。夢見雖多相見稀。相逢知幾時。

〔一〕按：此詞《草堂詩餘·前集》卷下入「春景·春怨」類，未署名；《類編草堂詩餘》卷一、《花草粹編》卷一署馮延巳；《全唐五代詞》録為馮詞而存疑；《全宋詞》録為無名氏詞。

又

秋怨　南唐李後主[一]

一重山。兩重山。山遠天高煙水寒。相思楓葉丹。○菊花開，菊花殘[一]。塞鴈高飛人未還。一簾風月閒。

【校】

[一]殘：《明辯》本作「殘」，蓋訛誤。

又

秋懷　宋黃叔暘[二]

天悠悠。水悠悠。月印金樞曉未收。笛聲人倚樓。○蘆花秋。蓼花秋。催得吳霜點鬢

(一)按：此詞《草堂詩餘・前集》卷下未署名，《類編草堂詩餘》卷一作李煜詞，題「秋怨」；《全宋詞》據《栟櫚先生文集》卷十一錄作鄧肅詞，調名《長相思令》。

(二)按：《明辯》本僅署「宋黃」，闕其名，此本補署黃叔暘；《中興以來絕妙詞選》卷十亦署黃叔暘，即此集編者黃昇，題「秋懷」。

裯。香箋莫寄愁。

又

錢塘　　唐白居易

汴水流。泗水流。流到瓜州古渡頭。吳山點點愁。○思悠悠。恨悠悠。恨到歸時方始休。月明人倚樓。

又

閨怨　　唐白居易[一]

深畫眉。淺畫眉。蟬鬢鬅鬙雲滿衣。陽臺行雨回。○巫山高，巫山低。暮雨蕭蕭郎不歸。空房獨守時。

[一] 按：此首與前首《花庵詞選》卷一並作白居易詞，題「閨怨」；明刻本《吟窗雜錄》卷五十作吳二娘詞，《全唐五代詞》兩收並存；《樂府雅詞》卷上作歐陽修詞，蓋傳訛與誤收。

又

山驛　宋万俟雅言(一)

短長亭。古今情。樓外涼蟾一暈生。雨餘秋更清。○暮雲平。暮山橫。幾葉秋聲和鴈聲。行人不要聽。

蕃女怨

單調○小令　○二首　唐溫庭筠

萬可平枝香可仄雪開已可平遍韻，七字句。細可平雨可平雙可仄燕叶，四字句。鈿蟬箏三字句，金雀扇叶，三字句。畫可平梁相見叶，四字句。鴈可平門消可仄息不歸來更韻，七字句。又飛迴叶，三字句。

磧南沙上驚鴈起。飛雪千里。玉連環，金鏃箭。年年征戰。畫樓離恨錦屏空。杏花紅[一]。

【校】

[一] 花：《明辯》本作「苑」。

(一) 按：《明辯》本署「宋雅言万俟」。

望江怨[一]　單調○小令

唐牛　嶠

東風急韻，三字句。惜可平別花時手可平頻可仄執叶，七字句。羅可仄幃可仄愁獨可平入叶，五字句。馬可平嘶殘可仄雨春蕪濕[二]叶，七字句。倚門立叶，三字句。寄可平語薄情郎五字句，粉可平香和淚泣叶，五字句。

【校】

[一]嘶：平聲，當左劃綫，此蓋脱漏。

昭君怨　雙調○小令　○後段同，亦更仄平兩韻各叶

豫章寄張守定叟

宋辛棄疾

長可仄記瀟可仄湘秋可仄晚韻，六字句。歌可仄舞橘可平洲人散叶，六字句。走可平馬月明中更韻，五

(一)按：此調僅見五代牛嶠詞，載《花間集》卷四，為孤調，宋、金、元皆無作。

字句。折芙蓉叶，三字句。○今日西山南浦。畫棟朱簾雲雨。風景不爭多。奈愁何。

清商怨[一]　雙調○小令　宋歐陽脩

關可仄河愁可仄思望可平處可平滿[二]韻，七字句。漸可平素可平秋向可平晚叶，五字句。鴈可平過南雲四字句，行可仄人回淚眼叶，五字句。○雙可仄鸞可仄衾裯悔展[三]叶，六字句。夜可平又永、枕可平孤人可仄遠叶，七字句。夢可平未成歸四字句，梅可仄花聞塞管叶，五字句。

【校】

[二] 思：《明辯》本譜注仄聲，《詞譜》卷四亦注仄聲。

[三] 悔：《明辯》本譜注仄聲，《詞譜》注本仄可平。

(一) 按：《樂府雅詞》卷上收歐陽修詞，調名作《傷情遠》；周邦彥此調別名《關河令》、《傷情怨》，賀鑄詞又別名《爾汝歌》等。

遐方怨　凡二體，有單雙二調

第一體　單調○小令

唐溫庭筠

憑可仄繡檻三字句，解羅幃韻，三字句。未可平得君書叶[一]，四字句。斷可平腸可仄瀟湘春可仄鴈飛叶，七字句。不可平知征可仄馬幾時歸叶，七字句。海可平棠花謝也五字句，雨霏霏叶，三字句。

【校】

[一] 叶：《詞律》卷二、《詞譜》卷二皆不注叶韻。

第二體　雙調○中調　○後段同

唐顧敻

簾可仄影可平細三字句，簟紋平韻，三字句。象可平紗可仄籠玉可平指[二]五字句，鏤可仄金羅可仄扇輕[三]叶，五字句。嫩可平紅雙可仄臉似花明叶，七字句。兩可平條眉可仄黛遠山橫叶，七字句。○鳳簫歇，鏡塵生。遼塞音書絕，夢魂長暗驚。玉郎經歲負娉婷。教人爭不恨無情。

【校】

[一] 籠：平聲，當左劃綫，此蓋脱漏；《明辯》本譜注作平聲。

[二] 鏤：《明辯》本譜注亦作平可仄；《詞譜》此字皆注仄聲，或本仄可平。

春雲怨[一] 雙調〇長調

上巳　　宋馮偉壽[二]

春可仄風惡劣韻，四字句。把可平數枝香錦、和鶯吹折叶，九字句[一]。雨可平重柳可平腰四字句，嬌可仄困燕子四字句，欲可平扶扶不得叶，五字句[二]。軟可平日烘煙四字句，乾可仄風收可仄霧四字句，芍可平藥荼蘼弄顏色叶，七字句。簾可仄幙輕陰四字句，圖可仄書清可仄潤四字句，日可平永篆可平香絕叶，五字句。〇盈可仄盈笑可平靨宮黃額[三]七字句，試可平紅鸞小可平扇、丁香雙可仄結叶，九字句。團可仄鳳眉心倩郎貼叶，七字句。教可仄洗金罍四字句，共可平看西可仄堂、醉花新可仄月叶，八字

(一) 按：此調僅見宋馮偉壽詞，為孤調。《詞律》卷十八收此調，注「此係雲月自度曲，平仄當依之」；《詞譜》卷三十二注「調見馮艾子《雲月詞》，自注黃鍾商」。

(二) 按：《明辯》本僅署「宋馮」，闕其名，此本補署其名；《中興以來絕妙詞選》卷十亦作馮偉壽詞。

句。曲可平水成空四字句，麗可平人何處四字句，往可平事暮可平雲萬可平葉叶，六字句。

【校】

[一]「把數枝」句：《詞律》卷十八、《詞譜》卷三十二皆作五言一句、四言一句；後段「試紅鸞」句同此。

[二]「雨重」三句：《詞律》、《詞譜》皆作六言一句、七言一句。自此三句以下平聲字，皆未左劃綫。

[三]「盈盈」句：《詞律》、《詞譜》於此句皆注叶韻。

詩餘譜卷二

古歙程明善纂輯

令字題

如夢令(一)　單調○小令

春景　宋秦　觀(二)

門可仄外綠可平陰千頃韻，六字句。兩可平兩黃可仄鸝相應叶，六字句。睡可平起不勝情(二)五字句，行可仄到碧可平梧金可仄井叶，六字句。人靜人靜(三)複出二字○四字句，風可仄弄一枝花影叶，六字句。

(一) 按：此調蓋始見唐白居易詞，調名《宴桃源》；後唐莊宗李存勗詞又名《憶仙姿》；宋蘇軾嫌其名不雅，改名《如夢令》，因成通用名。

(二) 按：此詞《樂府雅詞》卷下署曹組作，《花庵詞選》卷八同，題「春情」；《草堂詩餘・前集》卷上未署名；《類編草堂詩餘》卷一署秦觀作；《全宋詞》錄作曹組詞。

【校】

〔一〕勝：《明辯》本譜注作平聲。

〔二〕「人靜」句：《詞律》卷二、《詞譜》卷二於此句分作二言疊句，注為叶韻和疊韻。

又

春晚　　宋周邦彦〔一〕

池上春歸何處。滿目殘花飛絮。孤館悄無人，夢斷月堤歸路。無緒無緒，簾外五更風雨。

又

同上　　宋婦李清照

昨夜雨疎風驟。濃睡不消殘酒。試問捲簾人，却道海棠依舊。知否知否，應是緑肥紅瘦。

〔一〕按：此詞《草堂詩餘·前集》卷上題「春晚」，未署名；《類編草堂詩餘》卷一録作周邦彦詞；《全宋詞》據宋本《淮海居士長短句》卷中收為秦觀詞。

調笑令　單調○小令

灼灼[一]　宋秦　觀

腸可仄斷繡可平簾捲韻，五字句[一]。妾可平願身可仄為梁上燕叶，七字句。朝可仄朝暮可平暮長相見叶，七字句。莫可平遣恩可仄遷情可仄變叶，六字句。紅可仄綃粉可平淚知何可仄限[二]叶，七字句。萬可平古空可仄傳遺可仄怨叶，六字句。

【校】

［一］「腸斷」句：《詞律》卷二、《詞譜》卷四十收此調，起首皆作二言一句、三言一句，每句皆注用韻。

［二］限：原本作「恨」，失叶；兹从《淮海詞》、《淮海居士長短句》及《彙刊》本、重訂本校訂。

（一）按：秦觀此調共十首，每首賦詠一人，各題其名，先詩後詞，詩詞遞轉，蓋用於隊舞以演唱故事，屬於「轉踏」體，與唐代《調笑》古詞為同名異調。

又

眄眄(一)　　宋　秦觀

戀戀樓中燕。燕子樓空春日晚。將軍一去音容遠。空鎖樓中深怨。春風重到人不見。十二欄干倚遍。

伊川令(二)　　單調○小令

寄外　　宋　花仲胤妻(三)

西可仄風昨可平夜穿簾幕韻，七字句。閨可仄院添消索[一]叶，五字句。最可平是梧可仄桐零落叶，六字句。迤可仄邐秋可仄光過可平卻[二]叶，六字句。人可仄情音信難托[三]叶，六字句。教可仄奴獨可平自守空房七字句，淚可平珠與、燈花共落叶，七字句。

(一) 按：《百家詞》本《淮海詞》作「盻盻」，《彊村叢書》本《淮海居士長短句》作「盼盼」。

(二) 按：《詞譜》卷四作《伊州令》，注「唐教坊曲名，一名《伊川令》」。此調宋詞僅見此詞，為孤調。

(三) 按：《彙刊》本、《詞律》卷四署作范仲胤妻；《詞譜》卷九據《花草粹編》收作無名氏詞。

【校】

［一］消索：《詞律》卷四、《詞譜》卷九皆作「蕭索」。

［二］「最是」二句：《詞譜》作「纔是梧桐零落時，又迤邐、秋光過却」。

［三］按：《詞譜》以「人情」句以下為後段，且於此句下補「魚鴈成躭閣」一句，注「此詞坊本俱有脫誤，今從《詞緯》抄本」。

相思兒令〔一〕

雙調〇小令　　宋晏　殊

昨可平日探可仄春消息〔一〕六字句，湖可仄上綠波平韻，五字句。無可仄奈繞可平堤芳草六字句，還可仄向舊痕生叶，五字句。〇有可平酒且可平醉瑤觥叶，六字句。何可仄坊檀可仄板新聲叶，七字句〔二〕。誰可仄教楊可仄柳千條六字句，就可平中牽可仄繫人情叶，六字句。

【校】

［一］探：《明辯》本譜注亦作平可仄；《詞譜》卷六作仄聲。

〔一〕按：此調蓋始見晏殊、張先詞，黃庭堅詞別名《好女兒》、《繡帶子》，曾覿詞又別名《繡帶兒》。

〔一二〕「何坊」句：譜注七字句，例詞實為六字；各本《珠玉詞》、《詞律》卷四、《詞譜》卷六皆作「更何妨、檀板新聲」。

三字令〔一〕

雙調◯小令　◯後段同

唐歐陽炯〔二〕

春可仄欲可平盡三字句，日遲遲韻，三字句。牡丹時叶，三字句。羅幌可平卷三字句，翠簾垂叶，三字句。彩牋書三字句，紅粉淚三字句，兩心知叶，三字句。◯人不在，燕空歸。負佳期。香燼落，枕函欹。月分明，花澹薄，惹相思。

探春令

雙調◯小令

春恨

宋晏幾道〔三〕

綠可平楊枝可仄上曉鶯啼〔一〕七字句，報可平融可仄和天氣韻，五字句。被可平數可平聲、吹可仄入紗窗

〔一〕按：此調五代僅見歐陽炯詞一首，皆以三字為句，故名；宋詞亦僅見向子諲一首，比歐詞前後段各添第三句三字。

〔二〕按：原本目錄及正文皆署唐牛希濟作，《明辯》本、重訂本及《彙刊》本同，蓋訛誤；此詞實為歐陽炯作，載《花間集》卷五，茲從校訂。

〔三〕按：此詞《草堂詩餘·前集》卷下未署名，其前首為晏幾道《生查子》；《類編草堂詩餘》卷一署晏幾道作，題「春恨」；《全宋詞》錄為無名氏詞。

裏[二]八字句，又可平鶯可仄起、嬌娥睡叶，六字句。○綠可平雲斜可仄嚲金釵墜叶，七字句。惹可平芳可仄心如可仄醉叶，五字句。為可平少可平年、濕可平了鮫綃帕上九字句，都可仄是相思淚[三]叶，六字句[四]。

【校】

[一] 楊枝、鶯啼：皆平聲，當左劃綫；全篇平聲字皆未左劃綫。

[二]「被數聲」句：《詞律》卷六、《詞譜》卷九此句皆注叶韻。

[三]「為少年」二句：《詞律》作「為少年濕了，鮫綃帕上，都是相思淚」；《詞譜》作「為少年、濕了鮫綃帕，上都是、相思淚」。

[四] 六字句：此蓋誤注，例詞此句實作五字。

木蘭花令[一]　一名《玉樓春》○雙調○小令　○後段同前

閨情　　唐顧　敻

月可平照可平玉可平樓可仄春可仄漏可平促[二]韻，七字句。颯可平颯風可仄搖庭可仄砌可平竹叶，七字

(一) 按：《花間集》卷六調名作《玉樓春》，無題；《詞譜》卷十二收《玉樓春》，亦以顧敻詞為例。唐五代另有韋莊等人《木蘭花》詞，與《玉樓春》為異調。宋詞二調多混同。

句。夢可平鸞可仄鴛可仄被可平覺可平來可仄時七字句，何可仄處可平管可平絃可仄聲可仄斷可平續叶，七字句。○惆悵少年遊冶去[二]，枕上兩蛾攢細綠。曉鶯簾外語花枝，背帳猶殘紅蠟燭。

【校】

[一] 按：此詞前段平聲字皆未於左旁劃綫。

[二] 按：《詞譜》卷十二以此詞為「又一體」，注「此詞後段起句不押韻，顧敻別首『柳映玉樓』詞正與此同」。

又[一]

春暮　唐溫庭筠

家臨長信往來道。乳燕雙雙拂煙草。油壁車輕金犢肥，流蘇帳曉春雞報[二]。○籠中嬌鳥暖猶睡，簾外落花閒不掃。衰桃一樹近前池，似惜容顏鏡中老。

[一] 按：此首與《木蘭花》、《玉樓春》句讀同，平仄用韻不合；《花間集》不載，清顧氏秀野堂刊本《溫飛卿詩集》作《春曉曲》；《草堂詩餘・前集》卷上始誤收為詞，調名《玉樓春》，題「春暮」。

【校】

〔一〕報：《樂府詩集》卷一百、《類編草堂詩餘》卷一、《全唐詩》卷五七七皆作「早」。

又

用韻答傅巖叟、葉仲洽、趙國興　宋辛棄疾

風前欲勸春光住。春在城南芳草路。未隨流落水邊花，且作飄零泥上絮。○鏡中已有星星誤。人不負春春自負。夢回人遠許多愁，只在梨花風雨處。

唐一作糖多令〔一〕　雙調○中調　○後段同

重過武昌〔二〕　宋劉過

蘆可仄葉滿汀洲韻，五字句。寒可仄沙帶可平淺流叶，五字句。二可平十可平年、重可仄度南樓〔二〕叶，

〔一〕按：此調蓋始名《糖多令》，後多傳作《唐多令》，又因劉過詞句而別名《南樓令》。《詞律》卷九、《詞譜》卷十三皆以《唐多令》為正名。

〔二〕按：《中興以來絕妙詞選》卷五題「再過武昌」，《百家詞》本《龍洲詞》卷下有題序：「安遠樓小集，侑觴歌板之姬黄其姓者，乞詞於龍洲道人，為賦（下略）。」

七字句。柳可平下繫可平船一作舟猶未穩七字句，能可仄幾可平日、又中秋叶，六字句。○黃鶴斷磯頭[二]。故人曾到不。舊江山、都一作渾是新愁。欲買桂花重載酒，終不似、少年遊。

【校】

[一] 重度：《龍洲詞》卷下、《詩餘圖譜》卷中、《詞譜》卷十三皆作「重過」；《花草粹編》卷七作「重到」。

[二] 斷：《明辯》本作「幾」。

品令　雙調○中調

詠茶[一]　宋黃庭堅

鳳可平舞團團餅韻，五字句。恨可平分可仄破、教孤另叶，六字句。金可仄渠體可平淨叶，四字句。隻可平輪慢可平碾、玉可平塵光瑩叶，八字句[二]。湯可仄響松風四字句，早可平減三可仄分酒可平病[三]叶，六字句。○味可平濃香永叶，四字句。醉鄉路三字句，成佳境[三]叶，三字句。恰可平如燈可仄下故可平

[一] 按：《百家詞》本、汲古閣本《山谷詞》皆題「茶詞」。

人六字句，萬可平里歸來對影[四]叶，六字句。口可平不能言四字句，心可仄下可平快可平活可平自可平省叶，六字句。

【校】

[一]「隻輪」句：《詞譜》卷九作四言二句。

[二]「早減」句：《山谷詞》、《詞譜》皆作「早減了、二分酒病」。

[三]「醉鄉路」二句：《詞譜》作六言折腰一句。

[四]「恰如」二句：《詞譜》作四言三句。

聲聲令[一]　雙調○中調

春思　宋俞克成[二]

簾可仄移碎影四字句，香可仄褪衣襟韻，四字句。舊可平家庭可仄院嫩苔侵叶，七字句。東可仄風過可

[一] 按：曹勛詞調名作《勝勝令》；《詞律》卷十收《聲聲令》，《詞譜》卷十五收《勝勝令》，注「俞克成詞名《聲聲令》」。

[二] 按：《明辯》本僅署「宋俞」，此本補署俞克成；《草堂詩餘・前集》卷上入「春景・春思」類，未署名；楊金本《草堂詩餘》後集卷上作章楶詞；《類編草堂詩餘》卷二作俞克成詞，題「春思」；《全宋詞》於章楶、無名氏兩收並存。

平盡四字句，暮可平雲鎖、綠窗深叶，六字句[一]。怕可平對人、閒枕剩衾[二]叶，七字句。○樓可仄底輕陰叶，四字句。春信可平斷三字句，怯登臨叶，三字句。斷可平腸魂可仄夢兩沈沈叶，七字句。花可仄飛水遠四字句，便從今[三]叶，三字句。莫追可仄尋叶，三字句。又可平怎禁、驀可平地上可平心叶，七字句。

【校】

[一]「暮雲」句：《詞律》卷十、《詞譜》卷十五皆作三言二句。

[二]閒：原本作「間」；兹從《彙刊》本及《詞律》、《詞譜》校訂。

[三]按：此句《明辯》本、重訂本、《彙刊》本、《詞譜》皆注叶韻；《词律》注「此句同前『暮雲鎖』，不必叶，恐原是『此』字之訛耳」。

解珮令 雙調○中調 ○後段同，唯第三句作七字

宮詞 宋晏幾道

玉可平階秋感四字句，年可仄華暗去四字句，掩可仄深宮可仄、團可仄扇可平無情緒[一]韻，八字句。記

可平得當時四字句，自可平剪可仄下、機可仄中輕素叶，七字句。點可平丹青、畫成秦女叶，七字句。

○涼襟猶在，朱紘當作顏未改，忍霜紈、飄零何處。自古悲涼，是情事、輕如雲雨。倚幺紘、恨長難訴[二]。

【校】

[一]「掩深宮」句：《百家詞》本《小山詞》、《花草粹編》卷七、《詞譜》卷十五皆作七言句，無「情」字。掩，《詞譜》作本仄可平。

[二] 幺：《明辯》本及《小山詞》皆同，重訂本、《彙刊》本皆作「絲」。

師師令(一)　雙調○中調　宋張　先

香可仄鈿寶可平珥韻，四字句。拂可平菱可仄花如可仄水叶，五字句。學可平糚皆可仄道稱時宜七字

(一) 按：此調宋詞僅見張先一首，載《張子野詞》卷一，題「春興」，注「一作贈美人」。《詞律》卷十一收此調，注云：「後起換頭，餘同。《圖譜》亂註平仄，不可從。」

句，粉可平色有、天可仄然春意叶，七字句。蜀可平綵衣可仄長勝未起[二]叶，七字句。縱可平亂可平霞垂地[二]叶，五字句。◯都可仄城池可仄苑誇桃李叶，七字句。問可平東可仄風何似叶，五字句。不可平須回可仄扇障清歌七字句，脣可仄一點、小可平於朱可仄蘂叶，七字句。正可平值殘可仄英和月墜叶，七字句。寄可平此可平情千里叶，五字句。

【校】

[一]長：四庫本《安陸集》注「一作裳」。

[二]霞：鮑本《張子野詞》作「雲」，注「一作霞」。

六幺令　雙調◯長調

重陽[一]　宋周邦彦

快可平風收可仄雨四字句，亭可仄館清殘燠韻，五字句。池可仄光靜可平横秋可仄影六字句，岸可平柳

[一]按：《片玉集》卷七、《清真集》卷下、《花草粹編》卷十七題「重九」；《草堂詩餘·後集》卷上入「節序·重陽」類。調名「幺」，原本此處做「么」。

如新沐叶，五字句。聞可仄道宜可仄城酒可平美[一]六字句，昨可平日新醅熟叶，五字句。輕可仄鑣相可仄逐叶，四字句。銜可仄泥策可平馬四字句，來可仄折東籬半開菊叶，七字句。○華可仄堂花艷對可平列六字句，一可平一驚郎目叶，五字句。歌可仄韻巧可平共泉聲六字句，間可平雜琮琤玉叶，五字句。惆可仄悵周可仄郎已可平老六字句，莫可平唱當時曲叶，五字句。幽可仄歡難卜叶，四字句。明可仄年誰健四字句，更可平把茱萸再三囑叶，七字句。

【校】

［一］城：平聲，當左劃綫，此蓋脱漏。

涼州令[一]　雙調○長調

東堂石榴　宋歐陽脩

翠可平樹芳條颭韻，五字句。的可平的裙可仄腰初可仄染叶，六字句。佳可仄人攜可仄手弄芳菲七字

[一] 按：唐教坊有《涼州》大曲，以詩入唱。宋詞始見柳永《梁州令》，為小令體；歐陽修詞名《涼州令》，乃以小令加一疊成長調，晁補之詞名《梁州令疊韻》。

句，綠可平陰紅影四字句，共可平展雙紋簟叶，五字句。揷可平花照可平影窺鸞鑑叶，七字句。只可平恐芳容減叶，五字句。不可平堪零落春晚[一]叶，六字句。青可仄苔雨可平後深紅點叶，七字句。◯一可平去門閒掩叶，五字句。重可仄來却尋朱檻[二]叶，六字句。離可仄離秋可仄日弄輕霜七字句，嬌可仄紅脉可平脉、似可平見臙脂臉叶，九字句[三]。人可仄非事可平往眉空斂叶，七字句。誰可仄把佳期賺叶，五字句。芳可仄心只可平願長依舊[四]七字句，春可仄風更可平放明年艷[五]叶，七字句。

【校】

[一]「不堪」句：《词律》卷六注：「『晚』字譜圖俱注叶韻，不知此詞通篇用閉口音甚嚴，豈誤插一旁韻？」《詞譜》卷八亦不注叶韻。

[二] 檻：仄聲，叶韻，此左劃綫，蓋衍誤。《明辯》本譜注仄聲。

[三]「嬌紅」句：《詞律》、《詞譜》皆作四言一句、五言一句。

[四]「芳心」句：《詞譜》作六言句，無「長」字；《詞律》注「前後段同，只『芳心』句七字，恐『長』字是誤多耳」。

[五] 明年：平聲，當左劃綫。

詩餘譜卷三[一]

慢字題

聲聲慢 凡五體，並雙調〇長調

第一體

嘲紅木犀〇自注云：余兒時嘗入京師禁中凝碧池，書當時所見[二] 宋辛棄疾

開可仄元盛可平日四字句，天可仄上栽花四字句，月可平殿桂可平影重重韻，六字句。十可平里芬芳四字句，一可平枝金可仄粟玲瓏叶，六字句。管可平絃凝可仄碧可平池可仄上六字句，記可平當可仄時、風可仄月愁儂叶，七字句。翠可平華可仄遠三字句，但可平江可仄南草可平木五字句，煙可仄鎖深宮叶，四字句。〇只可平為天可仄姿冷可平澹六字句，被可平西可仄風醞釀、徹可平骨香濃叶，九字句[二]。枉

(一) 按：原本漏署卷數，重訂本、《彙刊》本均署「詩餘三」，茲從校訂。

(二) 按：《稼軒長短句》卷五題「嘲紅木犀」，其下以小字作注；《稼軒詞》甲集亦有此題注，唯「嘲」作「賦」。

可平學丹蕉葉可平底六字句，偷可仄染妖紅[二]叶，四字句。道可平人取可平次可平裝可仄束六字句，是可平自可平家、香可仄底家風叶，七字句。又可平怕可平是三字句，為可平凄可仄涼、長可仄在醉可平中叶，七字句。

【校】

[一]「被西風」句：《詞律》卷十、《詞譜》卷二十七所收此調各體多作五言一句、四言一句。

[二]「枉學」二句：《詞律》、《詞譜》所收此調各體多作四言一句、六言一句。

第二體 前段與第一體同○後段亦與第一體同，唯第二句分作一句三字、一句六字，第三句作四字，四句作六字

隱括淵明《停雲》詩　宋辛棄疾

停雲靄靄，八表同昏，盡日時雨濛濛。搔首良朋，門前平陸成江。春醪湛湛獨撫，恨彌襟、閑飲東窗[一]。空延佇，恨舟車南北，欲往何從。○歎息東南佳樹，列初榮。枝葉再競春風[二]。日月于征，安得促席從容。翩翩何處飛鳥，息庭柯、好語和同。當年事，問幾人、親

友似翁。

【校】

[一] 恨：《稼軒詞》丙集作「限」。

[二]「列初榮」二句：蓋誤以「榮」字為叶韻。《詞律》卷十注當作五言一句、四言一句，「榮」字非叶韻；《全宋詞》作「列初榮枝葉，再競春風」。

第三體

旅次登樓作(一)　宋辛棄疾

征可仄埃成可仄陣四字句，行可仄客相逢四字句，都可平道幻可平出層樓[一]韻，六字句。指可平點簷可仄牙高可仄處六字句，浪可平湧雲浮叶，四字句。今可仄年太可平平萬可平里[二]六字句，罷可平長可仄淮、千可仄騎臨秋叶，七字句。凭可仄欄可仄望三字句，有可平東可仄南佳可仄氣五字句，西可仄北神州叶，四

(一) 按：《稼軒長短句》卷五題「滁州作奠枕樓和李清宇韻」；《中興以來絕妙詞選》卷三題「滁州作奠枕樓」。

字句。○千可仄古懷可仄嵩人可仄去六字句，長可仄笑可平我、身可仄在楚可平尾吳頭[三]叶，九字句。看可平取弓刀四字句，陌可平上車可仄馬如流叶，六字句。從可仄今賞可平心可仄樂可平事六字句，剩可平安可仄排、酒可平令詩籌叶，七字句。華可仄胥夢三字句，願可平年可仄年、人可仄似舊可平遊叶，七字句。

【校】

[一] 都：此作仄聲字，注「可平」，蓋訛誤。

[二] 太平：《中興以來絕妙詞選》卷三作「太守」。

[三] 長笑：《稼軒詞》甲集作「應笑」，《明辯》本作「還笑」。

第四體 用仄韻 ○前段與第三體同○後段與第一體同，唯第三句作四字，四句作六字

送上饒黃倅職滿赴調 宋辛棄疾

東南形勝，人物風流，白頭見君恨晚。便覺君家叔度，去人未遠。長憐士元驥足，道直須、別駕方展。問箇裏，待怎生銷殺，胸中萬卷。○況有星辰劍履，是傳家合在、玉皇香案。零落新詩，我欠可人消遣。留君再三不住，便直饒、萬家淚眼。怎抵得，這眉間、黃色一點。

第五體　亦用仄韻　○前段與第一體同○後段與第二體同，唯第七句作六字，末句作四字

宋劉巨濟[一]

梅黃金重，雨細絲輕，園林霧煙如織。殿閣風微，簾外燕喧鶯寂。池塘彩鴛戲水，霧荷翻、千點珠滴。閒晝永，稱瀟湘竿叟，爛柯仙客。○日午槐陰低轉，茶甌罷、清風頓生雙腋。碾玉盤深，朱李靜沈寒碧。朋儕閑歌白雪，卸巾紗、樽俎狼籍。有皓月，照黃昏，眠又未得。

慶清朝慢[二]　雙調○長調

宋王　觀[三]

調可仄雨為酥四字句，催可仄冰做可平水四字句，東可仄風分可仄付春還韻，六字句。何可仄人便將

(一) 按：《明辯》本僅署「宋劉」，此本補署劉巨濟；《草堂詩餘・前集》卷下入「夏景」類，未署名；《類編草堂詩餘》卷三、《花草粹編》卷十八署劉巨濟；《全宋詞》作無名氏詞。

(二) 按：《花庵詞選》卷五調名作《慶清朝慢》，《詞律》卷十四、《詞譜》卷二十五收《慶清朝》，注「或加『慢』字」，「一名《慶清朝慢》。」

(三) 按：原本署宋王冠；《花庵詞選》卷五署王通叟，注「名觀，著有《冠柳集》」，《類編草堂詩餘》卷三、《花草粹編》卷十九同；《全宋詞》錄作王觀詞，茲從校訂。

輕暖六字句，點可平破殘寒叶，四字句。結可平伴踏可平青去五字句，好可平平頭鞋可仄子小雙鸞[一]叶，八字句。煙可仄柳可平外三字句，望可平中秀可平色四字句，如可仄有無間叶，四字句。○晴可仄則可平箇三字句，陰可仄則可平箇[二]三字句，餖可平飣可平得天可仄氣、有許多般[三]叶，九字句。須可仄放撩可仄花撥可平柳[四]六字句，爭可仄要先看叶，四字句。不可平道吳可仄綾繡可平襪六字句，香可仄泥斜可仄沁幾行斑[五]叶，七字句。東可仄風可仄巧三字句，盡可平收翠可平綠、吹可仄在眉山[六]叶，八字句。

【校】

[一]「結伴」二句：《詞律》、《詞譜》皆作六言一句、七言一句，以「好」字屬上句。

[二]「晴則」二句：《詞譜》作六言折腰句，於三字下注「讀」。

[三]「餖飣」句：《詞律》、《詞譜》皆作五言一句、四言一句。

[四]放：《明辯》本作「教」。花：平聲，當左劃綫；重訂本、《彙刊》本皆左劃綫。

[五]沁：《明辯》本、《詞譜》皆注仄聲。

[六]「盡收」句：《詞律》、《詞譜》皆作四言二句。

雨中花慢　凡二體，並雙調○長調

第一體

登新樓有懷吴子似輩，子似見和，再用韻為別　宋辛棄疾

馬可平上三年[一]四字句，醉可平帽吟鞍四字句，錦可平囊詩可仄卷長留韻，六字句。悵可平溪山舊可平管、風可仄月新收[二]叶，九字句。明可仄便關河杳可平杳六字句，去可平應日可平月悠悠[三]叶，六字句。笑可平千篇索可平價五字句，未可平抵蒲桃四字句，五可平斗涼州叶，四字句。○停可仄雲老子四字句，有可平酒可平盈尊可仄，四字句，琴可仄書可仄端可仄可消憂叶，六字句。渾未可平解三字句，傾可仄身可仄一可平飽、淅可平米矛頭[四]叶，八字句。心可仄似傷可仄弓塞可平鴈六字句，身可仄如喘可平月吳牛叶，六字句。曉可平天涼可仄夜、月可平明誰伴[五]八字句，吹可仄笛南樓叶，四字句。

【校】

[一] 年：《明辯》本作「平」，蓋訛誤。

[二]「悵溪山」句：《詞律》卷七、《詞譜》卷二十六所收此調各體多作五言一句、四言一句。

[三] 應：此作仄聲，蓋衍誤；《明辯》本譜注平聲。

〔四〕「渾未解」二句：《詞律》、《詞譜》所收各體多作七言折腰一句、四言一句。浙，《明辯》本作「浙」。

〔五〕「曉天」句：《詞律》、《詞譜》所收各體多作四言二句。

第二體　後段與第一體同

牡丹菊〔一〕　宋蘇軾

今可仄歲花可仄時深可仄院六字句，盡可平日東風、蕩可平颺茶煙〔一〕韻，八字句。但可平有綠可平苔芳可仄草、柳可平絮榆錢〔二〕叶，十字句。聞可仄道城西四字句，長可仄廊古可平寺四字句，甲可平第名園叶，四字句。有可平國可平艷可平帶酒五字句，天可仄香染可平袂四字句，為可平我留連〔三〕叶，四字句。〇清明過了，殘紅無處，對此淚灑樽前。秋向晚，一枝何事、向我依然。高會聊追短景，清商不暇餘妍〔四〕。不如留取、十分春態，付與明年。

〔一〕按：傅幹注本《東坡詞》卷十一收此調，名《雨中花》，詞文佚失，注曰：「公初至密州，以累歲旱蝗，齋素累月。方春牡丹盛開，遂不獲一賞。至九月忽開千葉一朵，雨中特為置酒，遂作此詞。」《百家詞》本無題；汲古閣本調名作《雨中花慢》，有題序，實括改傅幹注語而成。

【校】

[一]「盡日」句：《詞律》卷七、《詞譜》卷二十六皆作四言二句。

[二]「但有」句：《詞律》、《詞譜》皆作六言一句、四言一句。

[三] 留連：皆為平聲，當左劃綫，此蓋脱漏。

[四] 暇：《東坡詞》、《明辯》本及《詞譜》皆作「假」。

石州慢　雙調〇長調

早春感舊(一)　宋張元幹

寒可仄水依痕四字句，春可仄意漸可平回四字句，沙可仄際可平煙闊韻，四字句。溪可仄梅晴可仄照、生可仄香冷可平蘂八字句，數可平枝爭發[一]叶，方月反〇叶，四字句。天可仄涯舊可平恨四字句，試可平看可平幾可平許消魂[二]六字句，長可仄亭門可仄外山重疊叶，七字句。不可平盡眼中青五字句，怕可平黄

(一) 按：景宋本《蘆川詞》無題；《中興以來絶妙詞選》卷一、《草堂詩餘・前集》卷上皆題「初春感舊」，《詩餘圖譜》卷三題「早春」。

可仄昏時節[三]叶，五字句。○情切叶，二字句。晝可平樓深可仄閉四字句，想可平見東風四字句，暗可平消肌雪叶，四字句。辜可仄負枕可平前雲雨六字句，樽可仄前花月叶，四字句。心期切可平處四字句，更可平有多可仄少淒涼六字句，殷可仄勤留可仄與歸時說[四]叶，七字句。到可平得再相逢五字句，恰可平經可仄年離別叶，五字句。

【校】

[一]「溪梅」二句：《詞譜》卷三十作六言二句。晴照，《詩餘圖譜》卷三作「清照」。

[二]試看：《明辯》本作「試眉」。

[三]怕黃昏：《蘆川詞》作「是愁來」。

[四]勤：平聲，當左劃綫，此蓋脫漏。

木蘭花慢　雙調○長調

重陽(一)　宋京鏜

算可平秋來可仄景物五字句，皆可仄勝賞三字句，況重陽[一]韻，三字句。正可平露可平冷欲可平霜五字句，輕可仄煙不可平雨四字句，玉可平宇開張叶，四字句。蜀可平人可仄從可仄來好可平事六字句，遇可平良辰、不可平肯負時光叶，八字句。藥可平市家可仄家簾可仄幕六字句，酒可平樓處可平處絲簧叶，六字句。○婆可仄娑老可平子興難忘叶，七字句。聊可仄復與平章叶，五字句。也可平隨可仄分登高五字句，茱可仄萸綴可平席四字句，菊可平蘂浮觴叶，四字句。明可仄年未可平知健可平否[二]叶，六字句。笑可平杜可平陵底可平事獨凄涼叶，八字句。不可平道頻可仄開笑可平口六字句，年可仄年落可平帽何妨叶，六字句。

【校】

[一]「算秋來」三句：《詞譜》卷二十九所列各體皆作五言一句、六言一句，六言句作折腰句法。

(一) 按：《百家詞》本《松坡居士詞》、《中興以來絕妙詞選》卷三題「重九」，《草堂詩餘・後集》卷上入「節序・重陽」類。

[二]「明年」句：此注叶韻，蓋訛誤。健否，《中興以來絕妙詞選》、《詩餘圖譜》卷三皆作「誰健」。

又

席上送張仲固帥興元　　宋辛棄疾

漢中開帝業，問此地，是邪非。想劍指三秦，君王得意，一戰東歸。興亡事今不見，但山川滿目淚沾衣。落日胡塵未斷，西風塞馬空肥。◯一篇書是帝王師。小試去征西。更草草離筵，匆匆去路，愁滿旌旗。君思我回首處，正江涵秋影鴈初飛。安得車輪四角，不堪帶減腰圍。

拜星月慢[一]　　雙調◯長調

秋怨[二]　　宋周邦彥

夜可平色催更四字句，清可仄塵收可仄露四字句，小可平曲幽可仄坊月可平暗[二]韻，六字句。竹可平檻燈

[一] 按：《片玉集》卷九調名無「慢」字。《詞律》卷十八、《詞譜》卷三十三皆收《拜星月慢》，注「或無『慢』字」，「『星』或作『新』」。

[二] 按：《片玉集》卷九、《清真集》卷下入「雜賦」類，題「秋思」，《草堂詩餘·前集》卷下入「秋景·秋怨」類。

平可暖，六字句樹平可玉枝仄可瓊覺平可似，三字句遇相笑。五字句叶，院庭娘仄可秋平可識，四字句[二]窻

三中圖畫○。五字句叶，見稀生仄可平平可總，四字句情蘭昞平可水。六字句叶，[三]爛光霞仄可明日

潤平可雨戀平可眷。八字句叶，畔臺瑤到平可自、道知仄可誰。五字句叶，[四]面風春識平可舊，字句

門仄可重。八字句叶，館人無宿平可寄、寒荒平可念。五字句叶，散吹風仄可驚平可苦，六字句溫雲

平可不山仄可溪，八字句隔思相縷平可一、向平可柰平可怎。五字句叶，歎蟲秋壁平可敗，三字句閉

四字句。叶，[五]斷

【校】

[一] 坊：此未左劃綫，乃作仄聲；《明辯》本譜注平聲。

[二] 竹：《明辯》本作「山」，與譜注仄聲不合，蓋訛誤。

[三] 「似覺」二句：汲古閣本《片玉詞》卷上於「玉樹」下有「相倚」二字。

[四] 「畫圖中」二句：《詞譜》作八字一句，於三字下注「讀」。

[五] 「怎柰」二句：《詞譜》作七言折腰一句、五言一句，以「隔」字屬下句。縷，《明辯》本譜注仄聲。

瀟湘逢故人慢[一] 雙調○長調

初夏 宋王安禮

薰可仄風微可仄動四字句，方可仄榴可仄花弄可平色、萱可仄草成窩[二]韻，九字句。翠可平帷敞三字句，輕可仄羅試三字句，冰可仄簟可平初可仄展、幾可平尺湘波[二]叶，八字句。疎可仄簷廣可平廈四字句，稱可平瀟湘、一可平枕南柯叶，七字句。引可平多少、夢可平魂歸可仄緒七字句，洞可平庭雨可平棹煙簑叶，六字句。○驚可仄回處三字句，閑可仄晝可平永三字句，更可平時可仄時、燕可平雛鶯可仄友相過叶，九字句。正可平綠可平影婆娑叶，五字句。况可平庭可仄有幽花、池可仄有新荷[三]叶，九字句。青可仄梅煮可平酒四字句，幸可平隨分、贏可仄取高歌[四]叶，七字句。功可仄名事、到可平頭終在七字句，歲可平華忍可平負清和叶，六字句。

【校】

[一]「方榴花」句：《詞律》卷十八、《詞譜》卷三十三皆作五言一句、四言一句。

(一) 按：此調宋詞僅見王安禮一首，為孤調；金元詞亦無此調之作。

[二]「翠帷」三句：《詞律》、《詞譜》皆作「翠幃敞輕羅。試冰簟初展，幾尺湘波」。帷，《明辯》本作「幃」。敞、試，《明辯》本、《詞譜》本皆注仄聲。

[三]「況庭有」句：《詞律》、《詞譜》皆作五言一句、四言一句。

[四]分：《明辯》本、《詞譜》皆注仄聲。

鼓笛慢[一]

雙調○長調　　宋秦　觀

亂可平花叢可仄裏曾攜手七字句，窮可仄艷景可平、迷歡賞[一]韻，六字句。到可平如可仄今、誰可仄把雕鞍鎖八字句，定可平阻遊可仄人來往[二]叶，六字句。好可平夢隨春遠五字句，從可仄前事、不可平堪思想叶，七字句。念可平香閨正杳五字句，佳可仄歡未偶四字句，難留戀三字句，空惆悵[三]叶，三字句。○永可平夜嬋娟未滿六字句，歎可平玉可平樓、幾時重上叶，七字句。那可仄堪萬可平里四字句，却可平尋歸可仄路四字句，指可平陽可仄關孤唱叶，五字句。苦可平恨東流水五字句，桃可仄源路可平、

[一]按：《詞譜》卷三十收《水龍吟》，以《鼓笛慢》為其異名，列秦觀此詞為「又一體」；《詞律》卷八、卷十六則分列為二調。

欲回雙槳叶，七字句。仗可平何人、細可平與叮嚀問呵[四]九字句，我可平如今怎向叶，五字句。

【校】

[一]「窮艷景」句：《詞律》卷八作三言二句，《詞譜》作六言折腰句。

[二]「到如今」二句：《詞律》作五、四、五句式，《詞譜》作九言一句、五言一句，九言句於三字下注「讀」。

[三]「難留戀」二句：《詞律》、《詞譜》皆作六言折腰句。

[四]「仗何人」句：《詞律》作五言一句、四言一句，《詞譜》於三字下注「讀」。

惜餘春慢[一] 雙調○長調

春情[二] 宋魯逸仲[三]

弄可平月餘花四字句，團可仄風輕可仄絮四字句，露可平濕池可仄塘春可仄草韻，六字句。鶯可仄

[一] 按：《詞律》卷十九收此調，注「或無『慢』字」；《詞譜》卷三十五收《選冠子》，注「一名《選官子》」，「魯逸仲詞名《惜餘春慢》」等。

[二] 按：《花庵詞選》卷八題「情景」，《草堂詩餘·前集》卷上、《類編草堂詩餘》卷四、《花草粹編》卷二十三皆題「春情」。

[三] 按：《明辯》本僅署「宋魯」，此本補署魯仲逸；《花庵詞選》卷八、《草堂詩餘·前集》卷上皆作魯逸仲，為孔夷隱名，茲從校訂。

鶯戀友四字句，燕可平燕將雛四字句，惆可仄悵睡可平殘清可仄曉叶，六字句。還可仄是初相見時[一]六字句，攜可仄手旗亭四字句，酒可平香梅小叶，四字句。向可平登臨長可仄是，傷可仄春滋味[二]九字句，淚可平彈多少叶，四字句。〇因可仄甚可平却，輕可仄許風流七字句，終可仄非長可仄久四字句，又可平說分可仄飛煩可仄惱叶，六字句。羅可仄衣瘦損四字句，繡可平被香消四字句，那可仄更亂可平紅如可仄掃叶，六字句。門可仄外無窮路岐六字句，天可仄若有情四字句，和可仄天須可仄老叶，四字句。念可平高可仄唐歸可仄夢凄凉七字句，何可仄處水可平流雲可仄遶叶，六字句。

【校】

[一]還是：《明辯》本及《花庵詞選》、《草堂詩餘・前集》等皆作「還似」。

[二]「向登臨」句：《詞律》卷十九、《詞譜》卷三十五皆作五一句、四言一句。

浪淘沙慢〔一〕　雙調○長調

春別〔二〕

宋周邦彦

晝可平陰可仄重可平、霜可仄凋岸可平草〔一〕七字句，霧可平隱可平城堞韻，四字句。南可仄陌指車待可平發〔二〕叶，六字句。東可仄門情可平飲乍闋〔三〕叶，六字句。正可平拂可平面、垂楊堪攬結叶，八字句。掩可平紅淚三字句，玉可平手可平親折叶，四字句。念可平漢可平浦、離可仄鴻去可平何可仄許八字句，經可仄時音可平信可仄絕〔四〕叶，五字句。○情可仄切叶，二字句。望可平中可仄地遠可平天闊叶，六字句。向可平露可平冷可平風可仄清可仄無人處八字句，耿可平耿寒漏可平咽〔五〕叶，五字句。嗟可仄萬可平事難忘〔六〕五字句，唯可仄是輕別叶，四字句。翠可平樽未竭叶，四字句。憑可仄斷雲留可仄取、西可仄樓殘月〔七〕叶，九字句。羅可仄帶光綃紋衾可仄疊叶，七字句。連可仄環解三字句，舊可平香頓可平歇叶，四字句。怨可平歌永三字句，瓊可仄壺敲盡缺〔八〕叶，五字句。恨可平春可仄去、不可平與人期七字

〔一〕按：《片玉集》卷二調名作《浪淘沙》，《清真集》卷上作《浪濤沙》；此調首見柳永詞，實與《浪淘沙》小令為異調；吳文英等人詞於調名加「慢」字。

〔二〕按：《片玉集》卷二、《清真集》卷上、《草堂詩餘·前集》卷上皆入「春景」類；汲古閣本《片玉詞》卷下題「恨別」。

句，弄可平夜色三字句，空可仄餘滿可平地梨花雪叶，七字句。

【校】

[一]「晝陰」句：《詞譜》卷三十七作三言一句、四言一句。

[二]指：《片玉集》、《清真集》、《片玉詞》、《明辯》本皆作「脂」。

[三]情：《片玉集》、《清真集》、《明辯》本皆作「帳」，《片玉詞》作「悵」。

[四]音信：《片玉集》、《清真集》、《片玉詞》、《明辯》、《詞律》、《詞譜》皆作「信音」。

[五]「向露冷」二句：《詞譜》作「向露冷風清，無人處、耿耿寒漏咽」。

[六]難：《明辯》本譜注平聲；此未左劃綫，蓋脫漏。

[七]「憑斷雲」句：《詞譜》作五言一句、四言一句。

[八]「連環」四句：《詞律》、《詞譜》皆作七言一句、八言一句，於三字下注「豆」或「讀」。

詩餘譜卷四(一)

近字題

好事近　雙調○小令

初夏　宋蔣元龍(二)

葉可平暗乳鴉啼五字句，風可仄定老可平紅猶落韻，六字句。蝴可仄蝶不可平隨春去六字句，入可平薰可仄風池可仄閣叶，五字句。○休可仄歌金可仄縷勸金巵七字句，酒可平病煞可平如昨叶，五字句。簾可仄捲日可平長人可仄靜六字句，任可平楊可仄花飄可仄泊叶，五字句。

(一) 按：原本漏署卷數，重訂本、《彙刊》本皆署「詩餘四」，茲從校訂。

(二) 按：原本署「宋蔣」，目錄及重訂本、《彙刊》本署蔣子雲；《樂府雅詞·拾遺》卷上署蔣元龍；《花庵詞選》卷六署蔣元龍，注「名子雲」；《全宋詞》作蔣元龍，字子雲，茲從校訂。

訴衷情近[一]　雙調◎中調

夏景　　宋柳　永

景可平闌晝可平永四字句，漸可平入清可仄和氣可平序[二]六字句，榆可仄錢飄可仄滿閑階六字句，蓮可仄葉嫩可平生翠可平沼韻，六字句。遙可仄望水可平邊幽可仄徑六字句，山可仄崦孤村四字句，是可平處園林好叶，五字句。◯閑情悄叶，三字句。綺可平陌人遊漸可平少[三]叶，六字句。少可平年風韻四字句，自可平覺隨春老叶，五字句。追前好韻重◯叶，三字句。帝可平城信可平阻天涯六字句，目可平斷暮可平雲芳可仄草[三]叶，六字句。竚可平立空殘照叶，五字句。

【校】

［一］按：《詞譜》卷十七收此調，以柳永「雨晴氣爽」詞為正體，列此詞為「又一體」，注「此與『雨晴氣爽』詞同，惟前段第二句不用韻異」。

㈠ 按：此調蓋柳永依舊曲翻製之新聲，與《訴衷情》令詞為同名異調；此調僅見柳詞二首及晁補之詞一首，《百家詞》本《樂章集》仍名《訴衷情》，晁詞亦同。

[二] 人遊：《樂章集》、《明辯》、《詞譜》皆作「遊人」。

[三] 「帝城」二句：《詞譜》卷十七作四言三句；《詞律》卷二收柳永「雨晴氣爽」一詞句式亦同。

涯，《明辯》本譜注平聲。

祝英臺近[一]　雙調○中調

晚春　　宋辛棄疾

寶釵分三字句，桃葉渡三字句，煙可仄柳暗可平南浦韻，五字句。陌可平上層樓[二]四字句，十可平日九可平風雨叶，五字句。斷可平腸點可平點飛紅六字句，都可仄無人管四字句，倩可平誰勸一作喚、流可仄鶯聲住叶，七字句。○鬢可平邊覷叶，三字句。試可平把可平花可仄卜歸期六字句，纔可仄簪又重數叶，五字句。羅可仄帳燈昏四字句，哽可平咽夢可平中語叶，五字句。是可平他春可仄帶愁來六字句，春可仄歸何可仄處[二]四字句，又可平不可平解、帶將愁去叶，七字句。

[一] 按：《稼軒詞》甲集調名作《祝英臺令》。《詞律》卷十一收此調，注「或無『近』字」。王琪、呂渭老、曹勳等人詞調名皆無「近」字。

【校】

［一］陌上：《稼軒詞》、《稼軒長短句》、《中興以來絶妙詞選》、《草堂詩餘・前集》皆作「怕上」。

［二］「春歸」句：《詞譜》卷十八注叶韻。

紅林檎近　雙調〇長調

冬雪［一］　宋周邦彦

高可仄柳春纔軟五字句，凍可平梅寒可仄更香韻，五字句。暮可平雪助可平清峭五字句，玉可平塵可仄散林塘叶，五字句。那可仄堪飄可仄風遞可平冷六字句，故可平遣度可平幕穿窻古韻通用〇叶，六字句。似可平欲料可平理新糊［二］叶，六字句。呵可仄手弄絲簧叶，五字句。〇冷可平落可平詞賦可平客［三］五字句，蕭可仄索水雲鄉叶，五字句。援可仄毫授可仄簡四字句，風可仄流猶可仄憶東梁叶，六字句。望可平虛可仄簷徐可仄轉五字句，回可仄廊未掃四字句，夜可平長莫可平惜空可仄酒可平觴叶，七字句。

［一］按：《片玉集》卷六、《清真集》卷下入「冬景」類；《片玉詞》卷下題「詠雪」；《草堂詩餘・前集》卷下、《類編草堂詩餘》卷二、《花草粹編》卷十五皆題「冬雪」。

【校】

[一] 按：《明辯》本此句譜注六字句且叶韻，實則脱落一譜字。

[二] 按：《明辯》本此句譜注五字句且叶韻，實為前段「似欲」句之譜。

醜奴兒近(一)　三疊〇長調

博山道中效李易安體　宋辛棄疾

千可仄峰雲可仄起四字句，驟可平雨一霎可平兒價韻，六字句。更可平遠可平樹斜陽五字句，風可仄景怎生圖畫叶，六字句。青可仄旗賣可平酒四字句，山可仄那可平畔、别可平有人家[一]七字句，只可平消山可仄水光可仄中無事八字句，過可平者一霎[二]叶，四字句。〇午可平睡醒時四字句，松可仄窗竹可平戶、萬可平千瀟灑[三]八字句，野可平鳥飛來四字句，又可平是一可平飛流萬壑[四]七字句，共可平千可仄巖爭秀更韻，五字句。孤可仄負平生弄泉手七字句，歎可平輕衫帽、幾可平許紅塵八字句，還可仄

(一) 按：《稼軒詞》甲集調名作《醜奴兒》，無「近」字。蔡伸、潘汾等有《醜奴兒慢》，吴文英詞又名《采桑子慢》，辛詞實與之為同調。《詞律》卷四收《醜奴兒慢》，以潘汾詞為例；《詞譜》卷二十二收《采桑子慢》，以辛詞為「又一體」，詞為兩段，非三疊。汲古閣本《稼軒詞》卷二作三疊，乃以《醜奴兒近》殘篇與其後《洞仙歌》詞誤合而成。

自喜、濯可平髮滄浪依舊叶，九字句。○人可仄生行樂耳五字句，身可仄後虛名四字句，何可仄似生前一杯酒更韻，七字句。便可平此可平地、結吾廬六字句，待可平學淵明四字句，更可平手可平種門前五柳叶，七字句。且歸去三字句，父可平老約重來五字句，問可平如可仄此青山、定重來否[五]叶，九字句。

【校】

[一] 人家：《稼軒詞》甲集作「人間」。《詞譜》此句注夾叶平韻。

[二] 「只消」二句：《詞譜》作六言二句。者一霎，《稼軒詞》、《稼軒長短句》、《詞譜》皆作「這一夏」。

[三] 「松窻」句：《詞譜》作四言二句，注叶韻。

[四] 按：「又是一」以下，《稼軒詞》、《稼軒長短句》原文為：「又是一般閒暇。却怪白鷗，覷著人、欲下未下。舊盟都在，新來莫是，別有說話。」

[五] 按：「飛流萬壑」以下，實為辛棄疾《洞仙歌》詞全文，第三句「手」字叶韻。歎輕衫帽，《稼軒詞》、《稼軒長短句》皆作「歎輕衫短帽」。

詩餘譜卷五[一]

犯字題

側犯[二]　雙調○中調

夏景[三]　　宋周邦彦

暮可平霞霽可平雨四字句，小可平蓮出可平水紅糚靚[一]韻，七字句。風定叶，二字句。看可平步可平襪、江妃照可平明可仄鏡叶，八字句。飛可仄螢度可平暗草五字句，秉可平燭遊花徑叶，五字句。人靜叶，二字句。攜可仄艷可平質、追涼就槐影[二]叶，八字句。○金可仄環皓可平腕四字句，雪可平藕清泉瑩叶，五字句。誰可仄念可平省滿身香六字句，猶可仄是舊可平荀令[三]叶，五字句。見可平說胡姬、酒可平壚寂可平靜[四]叶，八字句。煙可仄鎖可平漠漠、藻可平池苔可仄井[五]叶，八字句。

〔一〕按：原本漏署卷數，重訂本、《彙刊》本皆署「詩餘五」，茲從校訂。

〔二〕按：《詞譜》卷十八收此調，注曰：「姜夔詞注云：唐人樂書，以宮犯羽者為側犯。此調創自周邦彦，調名或本於此。」

〔三〕按：《片玉集》卷四、《清真集》卷上、《草堂詩餘·前集》卷下皆入「夏景」類，《花庵詞選》卷七題「荷花」。

【校】

[一]靚：仄聲，叶韻，此左劃綫，蓋衍誤。後段第二句「瑩」字亦誤劃綫。

[二]「携艷質」句：《詞譜》卷十八作三言一句、五言一句。《詞律》卷十一以方千里詞為例，亦作三、五句式。

[三]「誰念省」二句：《詞譜》作：「誰念省。滿身香，猶是舊荀令。」《詞律》亦作三、三、五句式。

[四]「見說」句：《詞譜》作「見說胡姬，酒壚深迴」。《詞律》亦作四言二句。

[五]「煙鎖」句：《詞譜》作四言二句。《詞律》作二言一句、六言一句，以方詞二字句叶韻，謂周詞「鎖」字失叶。

尾犯　一名《碧芙蓉》〔一〕〇雙調〇長調

秋懷〔二〕　　宋柳　永〔三〕

夜可平雨滴空堦五字句，孤可仄館夢可平回四字句，情可仄緒蕭索韻，四字句。一可平片閒愁四字句，

〔一〕按：《類編草堂詩餘》卷三、《花草粹編》卷十七收柳永《尾犯》此詞，皆注一名《碧芙蓉》。

〔二〕按：《樂章集》無題，《草堂詩餘・前集》卷下入「秋景・秋怨」類，《類編草堂詩餘》卷三題「秋怨」。

〔三〕按：原本未署作者，蓋脫漏；茲從目錄及《明辯》本校訂。

想可平丹可仄青難貌[一]叶未詳，疑從下各反，一作邈，非○叶，五字句。秋可仄漸可平老、蛩可仄聲正可平苦七字句，夜可平將闌、燈可仄花旋可平落叶，七字句。最可平無端可仄處四字句，總可平把良宵四字句，秖可平恁孤眠却叶，五字句。○佳可平人應恠我五字句，別可平後可平寡可平信輕諾叶，六字句。記可平得當初四字句，剪可平香可仄雲為約叶，五字句。甚可平時可仄向深可仄閨幽可仄處[二]七字句，按可平新可仄詞、流可仄霞共可平酌[三]叶，七字句。再可平同懽可仄笑四字句，肯可平把可平金可仄玉珠珍博叶，七字句。

【校】

[一] 貌：《百家詞》本《樂章集》卷上、《詩餘圖譜》卷三作「邈」。

[二] 深閨幽處：《百家詞》本《樂章集》作「幽閨深處」。

[三] 霞：平聲，當左劃綫，此蓋脱漏；重訂本、《彙刊》本左劃綫。

玲瓏四犯(一)　雙調○長調

春思(二)　宋周邦彥

穠可仄李夭桃四字句，是可平舊可平日、潘郎親可仄試春艷[一]韻，九字句。自可平別河陽四字句，長可仄負露房煙臉叶，六字句。憔可仄悴鬢可平點吳霜六字句，念可平想夢可平魂飛亂[二]叶，六字句。歎可平畫可平欄玉可平砌都換叶，七字句。纔可仄始有緣重見叶，六字句。○夜可平深偷可仄展香羅薦叶，七字句。暗可平窗前、醉眠葱蒨[三]叶，七字句。浮可仄花浪可平蘂都相識[四]七字句，誰可仄更曾擡眼[五]叶，五字句。休可仄問蒨可平色舊香[六]六字句，但可平認可平取、芳心一點[七]七字句，又可平片可平時一可平陣五字句，風可仄雨惡可平、吹分散[八]叶，六字句。

【校】

［一］「是舊日」句：《詞律》卷十五、《詞譜》卷二十七皆作五言一句、四言一句。

(一) 按：《詞譜》卷二十七收此調，注：「此調創自周邦彥《清真集》，方千里、楊澤民、陳允平俱有和詞。姜夔又有自度黃鍾商曲，與周詞句讀迥別。」

(二) 按：《片玉集》卷二、《清真集》卷上入「春景」類，《類編草堂詩餘》卷三、《花草粹編》卷十九題「春思」。

[二]「念想」句：《百家詞》本《片玉集》卷二、《片玉詞》卷上、《詞律》、《詞譜》於句首皆有「細」字。

[三]蒨：仄聲，叶韻，此誤左劃綫。

[四]都：平聲，當左劃綫，此蓋脫漏；重訂本、《彙刊》本左劃綫。

[五]擡眼：原本作「臺眼」；茲從《片玉集》及《明辯》本、《彙刊》本校訂。

[六]休問：原本作「休門」；茲從《明辯》本、重訂本、《彙刊》本校訂。

[七]按：此句《詞律》、《詞譜》皆注叶韻。

[八]「風雨」句：《詞律》、《詞譜》皆作三言二句。雨，仄聲，此誤左劃綫。

花犯[一] 雙調○長調

梅花　宋周邦彦

粉可平牆低三字句，梅可仄花照可平眼四字句，依可仄然舊風味韻，五字句。露可平痕輕綴[二]四字句，疑淨可平洗鉛華五字句，無可仄限佳麗叶，四字句。去可平年勝可平賞四字句，曾可仄孤可仄倚冰盤、

[一]按：《詞譜》卷三十收此調，注「調始清真樂府，周密詞名《繡鸞鳳花犯》」。

共可平宴喜[二]叶，八字句。更可平可可平惜雪可平中高樹七字句，香可仄篝薰素被[三]叶，五字句。○今可仄年可仄對可平花、最匆匆可仄相逢九字句，似可平有可平恨依依愁可仄悴[四]叶，七字句。凝可仄望可平久三字句，青可仄苔上、旋可平看飛墜[五]叶，七字句。相可仄將見、脆可平圓薦可平酒七字句，人可仄正可平在、空江煙浪裏叶，八字句。但可平夢可平想、一枝瀟灑七字句，黃可仄昏斜照水叶，五字句。

【校】

[一]「露痕」句：《詞譜》卷三十此句注叶韻。《詞律》卷十七以王沂孫詞為例，於此句亦注叶韻。

[二]「去年」二句：《詞譜》作七言一句、五言一句，於「倚」字注叶韻。《詞律》亦作七、五句式，兩句皆叶韻。

[三]篝：平聲，當左劃綫；《明辯》本譜注平聲。

[四]「今年」二句：《詞譜》作七言一句、五言一句、四言一句，《詞律》作七言一句、九言一句。

[五]「青苔」句：四庫本《梅苑》卷二作「青苔一簇春飛墜」。

詩餘譜卷六[一]

遍字題

甘州遍[二]

雙調○中調　　唐毛文錫

春可仄光好三字句，公可仄子愛閑遊韻，五字句。足風流叶，三字句。金可仄鞍白可平馬四字句，雕可仄弓寶可平劍四字句，紅可仄纓錦可平襜出長鞦叶，七字句。○花蔽可平膝，玉銜頭叶，三字句。尋可仄芳逐可平勝歡宴六字句，絲可仄竹不曾休叶，五字句。美可平人唱三字句，揭可平調是甘州[一]叶，五字句。醉紅樓叶，三字句。堯可仄年舜可平日四字句，樂可平聖永無憂叶，五字句。

[一] 按：原本漏署卷數，重訂本、《彙刊》本皆署「詩餘六」，茲從校訂。

[二] 按：《詞譜》卷十四注：「按唐教坊大曲有《甘州》。凡大曲多遍，此則《甘州》曲之一遍也。」此調僅見五代毛文錫詞二首。五代另有《甘州曲》、《甘州子》，皆小令。

【校】

[一]「美人唱」二句:《詞譜》卷十四作八言一句,於三字下注「讀」。調,《明辯》、《詞譜》皆注仄聲。

哨遍[一]　凡二體,並雙調○長調

第一體

歸去來辭[二]　宋蘇　軾

為可平米折可平腰四字句,因可仄酒棄可平家四字句,口可平體交相累韻,五字句。歸可仄去可平來、誰可仄不遺可平君歸[二]可仄○八字句,覺可平從前皆可仄非可仄今是叶,七字句。露可平未可平晞可仄、征可仄夫指予歸路[二]九字句,門可仄前笑可平語喧可仄童稚叶,七字句。嗟可仄舊可平菊都荒五字句,新可仄松可仄暗可仄老[三]可平○四字句,吾可仄年可仄今可仄已可平如可仄此[四]可平○六字句,但可

[一] 按:汲古閣本《東坡詞》調名作《稍遍》。《詞律》卷二十收《稍遍》,注「稍」一作「哨」。《詞譜》卷三十九收《哨遍》,注又名《稍遍》。

[二] 按:原本此處無「辭」字,目錄及《明辯》本題「歸去來辭」,補;傅幹注本等《東坡詞》皆有東坡題序,敘此詞櫽括陶淵明《歸去來辭》之緣起。

平小可平窻容可仄膝閉柴扉八字句，策可平杖可平看、孤雲暮可平鴻可仄飛可仄〇八字句，雲可仄出無心四字句，鳥可平倦可平知可仄還可仄〇四字句，本可平非有可平意叶，四字句。〇噫可仄、歸可仄去可平來兮[五]五字句，我可平今忘可仄我兼可仄忘世叶，七字句。親可仄戚無浪可平語五字句，琴可仄書中、有真味叶，六字句。步可平翠可平麓崎嶇五字句，泛可平溪窈可平窕四字句，涓可仄涓暗可平谷流春水七字句，觀可仄草木欣榮五字句，幽可仄人自感四字句，吾可仄生行可仄且休矣六字句，念可平寓形宇可平內復可平幾可平時可仄〇八字句，不可平自可平覺皇皇可仄欲何可仄之可仄〇八字句，委可平吾心去留可仄惟計[六]叶，七字句。神可仄仙知可仄在何處六字句，富可平貴非吾願五字句，但可平知臨可仄水登山嘯詠八字句，自可平引壺觴自可平醉[七]叶，六字句。此可平生天可仄命更何疑七字句，且可平乘流、遇可平坎還止叶，七字句。

【校】

[一]「歸去來」句：《詞律》、《詞譜》皆作三言一句、五言一句，以「歸」字換叶平韻，以下「晞」、「扉」、「飛」、「噫」、「兮」、「時」、「之」、「疑」，皆注叶平韻。

[二]「露未晞」句：《詞律》、《詞譜》皆作三言一句、六言一句。

[三] 暗：此左劃綫表平聲，且注可仄，《明辯》本譜注亦作平可仄，蓋訛誤；《詞譜》注仄聲。

[四] 按：《詞律》、《詞譜》於此句皆注叶仄韻；於後段「吾生行且休矣」句亦注叶仄韻。

[五] 按：《詞律》、《詞譜》於此句皆作一言一句、四言一句，以「噫」、「兮」二字皆叶平韻。

[六] 惟：《東坡詞》卷八、《明辯》本、《詞譜》皆作「誰」，《詞律》作「難」。

[七] 觴：《明辯》本、《詞譜》皆注平聲。

第二體 前段與第一體同，唯第六句作八字○後段亦與第一體同，唯首句至第六句用平韻，又第十三句至第十七句改作第十三句、十四句皆五字，十五句七字，十六句六字，十七句八字

題趙成父魚計亭○「魚計」出《莊子》「於蟻棄知，於魚得計，於羊棄意」(一) 宋辛棄疾

池上主人，人適忘魚，魚適還忘水。洋洋乎、翠藻青萍裏，相魚兮、無便於此。嘗試思、莊周談兩事[一]，一明豕虱一羊蟻。說蟻慕於羶，於蟻棄知，又說於羊棄意，甚虱焚於豕獨忘之，卻驟說、於魚為得計[二]，千古遺文，我不知言，以我非子。○子固非魚噫[三]，魚之為計子焉

(一) 按：此題注乃撮取辛棄疾此詞題序而成。原作載《稼軒長短句》卷一，有長序敘創作之緣起。

知。河水深且廣，風濤萬頃堪依。有網罟如雲，鵜鶘成陣，過而留泣計應非。其外海茫茫，下有龍伯，饑時一啖千里，更任公五十犗為餌，使海上人人厭腥味，似鯤鵬變化，幾東遊入海[四]，此計直以命為嬉。古來謬算狂圖，五鼎烹死、栢為平地[五]。嗟魚欲事遠遊時，請三思而行可矣[六]。

【校】

[一] 按：《詞譜》卷三十九於「洋洋乎」、「相魚兮」、「嘗試思」皆作三言句。

[二] 按：《詞譜》於「裹」、「事」、「意」、「計」四字皆注叶仄韻，又以「之」字叶平韻。

[三] 「子固」句：汲古閣本《稼軒詞》以「噫」字冠句首。《詞譜》作以「噫」字為一言句，叶平韻。

[四] 「似鯤鵬」二句：《稼軒長短句》作「似鵾鵬變化能幾，東遊入海」，《詞譜》作「似鵾鵬，變化有幾，東遊入海」。

[五] 「五鼎」句：《詞譜》作四言二句。栢，《稼軒長短句》作「指」。

[六] 按：《詞譜》於後段注平仄韻通叶，以「噫」、「知」、「依」、「非」、「嬉」、「時」各字叶平韻，以「里」、「餌」、「味」、「幾」、「地」、「矣」各字叶仄韻。

詩餘譜卷七(一)

兒字題

胡蝶兒　雙調○小令

唐張　泌

胡蝶兒[一]三字句，晚春時韻，三字句。阿可平嬌初可仄著淡黃衣叶，七字句。倚可平窗學可平畫伊叶，五字句。○還可仄似花間見五字句，雙雙對對飛叶，五字句。無可仄端和可仄淚拭燕脂叶，七字句。惹可平教雙翅垂叶，五字句。

【校】

[一]按：《詞律》卷三、《詞譜》卷三於首句「兒」字皆注起韻。

(一)按：原本漏署卷數，重訂本、《彙刊》本皆署「詩餘七」，茲從校訂。

醜奴兒[一]　一名《採桑子》，一名《羅敷媚》○雙調○小令　○後段同　石晉和　凝

蛸可仄蹟領可平上訶梨子[二]七字句，繡可平帶雙垂韻，四字句。椒可仄戶閑時叶，四字句。競可平學樗蒲賭可平荔枝叶，七字句。○叢頭鞋子紅編細，裙窣金絲。無事嚬眉。春思飜教阿母疑。

【校】

［一］領：原本作「嶺」，重訂本、《彙刊》本同；《花間集》卷六、《花庵詞選》卷一、《明辯》本皆作「領」，兹從校訂。

又

秋怨[二]　南唐李後主

轆轤金井梧桐晚，幾樹驚秋。晝雨和愁。百尺蝦鬚上玉鉤。○瓊窻春斷雙蛾皺，回首邊

[一] 按：《詞律》卷四收此調，注「又名《羅敷媚》、《羅敷艷歌》、《采桑子》」；《詞譜》卷五收《采桑子》，注「唐教坊曲有《楊下采桑》，調名本此」。唐五代詞多名《采桑子》，宋詞始別名《醜奴兒》、《醜奴兒令》等。此詞原載《花間集》卷六，調名作《采桑子》。

[二] 按：《百家詞》本《南唐二主詞》無此題；《類編草堂詩餘》卷一、《花草粹編》卷四皆題「春怨」。

頭。欲寄鱗游。九曲寒波不泝流。

又

詠雪(一)　宋康與之

馮夷剪碎澄溪一作江練，飛下同雲一作吹下紛紛。著地無痕。柳絮梅花處處春。○山陰此夜明如晝，月滿前村。莫掩溪門。恐有扁舟乘興人。

促拍醜奴兒(二)

雙調○中調　元元好問(三)

朱可仄麝室中香[一]韻，五字句。可可平憐兒可仄、初可仄浴蘭湯叶，七字句。靈可仄椿未可平老丹桂

(一) 按：《草堂詩餘・後集》卷上入「節序・詠雪」類；《中興以來絕妙詞選》卷一題「促養直赴雪夜溪堂之約」。本處原作「求雪」，目錄及《明辯》本題「詠雪」，改。

(二) 按：《詞律》卷四收《促拍醜奴兒》，以黃庭堅詞為例；《詞譜》卷八收《促拍采桑子》，以朱敦儒詞為例，注一名《促拍醜奴兒》。元好問詞與山谷詞體同。

(三) 按：原本署作者為元人，《明辯》本、重訂本、《彙刊》本同；《全金元詞》收錄為金詞人。

可平秀[二]七字句，東可仄隣西舍、排可仄家助喜[三]八字句，沽可仄酒牽羊叶，四字句。○天可仄與讀書郎叶，五字句。便可平安排富可平貴文章叶，七字句。高可仄門自可平有容車日七字句，明可仄年且看、青可仄衫竹可平馬[四]八字句，鴈可平鴈成行叶，四字句。

【校】

[一]室：景明弘治本《遺山樂府》卷中、《花草粹編》卷十四作「掌」。

[二]桂：《遺山樂府》、《花草粹編》作「枝」。

[三]「東隣」句：《全金元詞》作四言二句。

[四]「明年」句：《全金元詞》作四言二句。

粉蝶兒[一]　凡二體，並雙調○中調

第一體　　宋毛　滂

雪可平偏梅花四字句，素可平光都可仄共奇絕韻，六字句。到可平窻前可仄、認可平君時可仄節叶，七字

[一]按：《詞譜》卷十六注：「調見毛滂《東堂詞》，因詞有『粉蝶兒、這回共花同活』句，取以為名。」

句。下可平重幃可仄、香篆可平冷[一]六字句，蘭可仄膏明可仄滅叶，四字句。夢可平悠可仄揚、空可仄遶可平斷可平雲殘可仄月[二]叶，九字句。○沈可平郎可仄帶可平寬四字句，同可仄心放可平開可仄重結[三]叶，六字句。褪可平羅衣、楚可平腰一可平捻叶，七字句。正可平春風、新著音灼摸六字句，花可仄花葉可平葉叶，四字句。粉可平蝶可平兒、這可平回可仄共可平花同活[四]叶，九字句。

【校】

[一]「下重幃」句：《詞律》卷十、《詞譜》卷十六皆作三言二句；後段「正春風」句亦同。

[二]「夢悠揚」句：《詞譜》作三言一句、六言一句；後結「粉蝶兒」句亦同。

[三]結：此左劃綫作平聲，蓋衍誤；《明辯》本譜注作仄聲。

[四]兒：平聲，當左劃綫，此蓋脫漏；《明辯》本譜注作平聲。

第二體　後段同

和趙晉臣敷文賦落梅　宋辛棄疾

昨可平日可平春如可仄、十可平三可仄女兒可仄學可平繡[一]韻，十字句。一可平枝枝、不教花瘦叶，七字句。甚可平無可仄情、便可平下得可平雨僝可仄風僽[二]叶，十字句。向園林可仄、鋪作地衣紅縐叶，九字句。○而今春似、輕薄蕩子難久。記前時、送春歸後。把春波、却釀作一江醇酎[三]。約清愁、楊柳岸邊相候[四]。

【校】

[一] 按：《詞律》卷十、《詞譜》卷十六所收此調於兩段開頭皆作四言一句、六言一句。

[二] 「甚無情」句：原本以「僽」字屬下句，《明辯》本亦有脫誤；茲據重訂本、《彙刊》本校訂；《全宋詞》作三、三、四句式，後段「把春波」句同。

[三] 却：《稼軒詞》、《稼軒長短句》、《明辯》本皆作「都」。醇酎：《稼軒詞》丙集作「春酎」。

[四] 岸：原本作「暗」，蓋訛誤；茲從《稼軒詞》、《稼軒長短句》、《明辯》本校訂。

黃鶯兒 雙調○長調

詠鶯　　宋柳　永

園可仄林晴可仄晝春誰主[一]韻，七字句。暖可平律潛催、幽可仄谷暄和八字句，黃可仄鸝可仄翩翩、乍遷芳樹[二]叶，八字句。觀可仄露濕縷金衣六字句，葉可平映如簧語叶，五字句。曉可平來枝可仄上綿蠻六字句，似可平把芳心、深意低訴[三]叶，八字句。○無據叶，二字句。乍可平出暖煙來五字句，又可平趂遊蜂去叶，五字句。恣可平狂踪可仄跡、兩可平兩相呼八字句，黃可仄昏霧可平吟風可仄舞叶，六字句。當可仄上可平苑柳濃時六字句，別可平館花深處叶，五字句。此可平際海可平燕偏饒六字句，都可仄把韶光與叶，五字句。

【校】

[一]春誰主：汲古閣本《樂章集》、《詞律》卷十四、《詞譜》卷二十四皆作「誰為主」。

[二]「暖律」、「黃鸝」二句：《詞律》作六、四、六句式，以「谷」字叶韻；《詞譜》作四言四句。暄，《明辯》本注平聲。

[三]「似把」句：《詞譜》作四言二句；後段「恣狂」句亦同。低，《明辯》本注平聲，當左劃綫，此蓋脫漏。

摸魚兒　雙調○長調

淳熙己亥，自湖北漕移湖南，同官王正之置酒小山亭賦(一)　宋辛棄疾

更可平能消可仄、幾可平番風可仄雨[二]七字句，匆可仄匆可仄春可仄又可平歸去韻，六字句。惜可平春長可仄怕花開早[二]七字句，何可仄況落可平紅無數叶，六字句。春且可平住[三]叶，三字句。且可平說道、天可仄涯芳可仄草迷一作無歸路[四]叶，十字句。怨可平春不可平語叶，四字句。算可平只可平有殷勤五字句，畫可平簷蛛可仄網四字句，盡可平日惹可平飛絮叶，五字句。○長可仄門事、準可平擬佳期又可平誤[五]九字句，蛾可仄眉曾可仄有可平人妒叶，六字句。千可仄金縱一作曾○可平買相如賦七字句，脉可平脉此可平情誰訴[六]叶，六字句。君莫可平舞叶，三字句。君可仄不可平見、玉可平環唐楊貴妃小字飛可仄燕漢趙婕妤名皆塵土叶，十字句。閑可仄愁最苦叶，四字句。休可仄出倚危欄五字句，斜可仄陽正可平在四字句，煙可仄柳斷可平腸處叶，五字句。

(一) 按：《中興以來絕妙詞選》卷三題「暮春」，《草堂詩餘・前集》卷上題「春晚」。

【校】

〔一〕按：《詞譜》卷三十六收此調，於兩段首句皆注用韻。

〔二〕長怕：《稼軒詞》甲集作「長恨」。

〔三〕春：平聲，當左劃綫，此蓋脱漏。

〔四〕且、迷：《稼軒長短句》、《中興以來絕妙詞選》、《草堂詩餘・前集》皆作「見」、「無」。

〔五〕「長門」句：《詞譜》作三言一句、六言一句，注叶韻。

〔六〕脉脉：原本作「詠詠」，蓋訛誤；兹從《稼軒詞》、《稼軒長短句》、《明辯》、《彙刊》及重訂本校訂。

又

退居〔一〕　宋晁補之

買陂塘、旋栽楊柳，依稀淮岸湘浦〔二〕。東皋雨過新痕漲〔三〕，沙嘴鷺來鷗聚。堪愛處。最好

〔一〕按：景宋本《晁氏琴趣外篇》卷一題「東皋寓居」，《花庵詞選》卷五題「幽居」；《草堂詩餘・後集》卷下入「人物・隱逸」類，題「退居」。

是、一川夜月光流注[三]。無人自舞。任翠幄張天，柔裀藉地，酒盡未能去。○青綾被、休憶金閨故步。儒冠曾把身誤。弓刀千騎成何事，荒了邵平瓜圃。君試覷。滿青鏡、星星鬢影今如許。功名浪語。便似得班超，封侯萬里，歸計恐遲暮。

【校】

[一] 湘浦：《晁氏琴趣外篇》卷一、《樂府雅詞》卷上皆作「江浦」。

[二] 雨過：《晁氏琴趣外篇》作「嘉雨」，《樂府雅詞》作「新雨」，《花庵詞選》作「雨足」。

[三] 注：《晁氏琴趣外篇》、《花庵詞選》皆作「渚」。

詩餘譜卷八

古歙程明善纂輯

子字題

搗練子　單調○小令

秋閨　宋秦　觀㈠

心耿耿三字句，淚雙雙韻，三字句。皓可平月清風冷透窻叶，七字句。人可仄去秋來宮漏永七字句，夜可平深無可仄語對銀釭叶，七字句。

㈠按：此詞《草堂詩餘・前集》卷下入「秋景・秋閨」類，未署名；《全宋詞》收作無名氏詞，注《類編草堂詩餘》卷一誤作秦觀詞。

甘州子[一]　單調○小令　○二首

唐顧　夐

每可平逢清可仄夜與良晨韻，七字句。多悵可平望三字句，足傷神叶，三字句。雲可仄迷水可平隔意中人叶，七字句。寂可平寞繡羅茵叶，五字句。山枕上三字句，幾可平點淚痕新叶，五字句。

曾如劉阮訪仙蹤。深洞客，此時逢。綺筵散後繡衾同。款曲見韶容。山枕上，長是怯晨鐘。

西溪子[二]　凡二體，並單調○小令

第一體

唐牛　嶠

捍可平撥雙可仄盤金鳳韻，六字句。蟬可仄鬢玉可平釵搖動叶，六字句。畫堂前三字句，人不可平語更韻，三字句。絃解語叶，三字句○韻重。彈可仄到昭君怨處[三]叶，六字句。翠蛾愁更韻，三字句。不擡

[一] 按：此調僅見五代顧夐詞五首，俱載《花間集》卷六。《詞律》卷一分列《甘州曲》、《甘州子》二調，《詞譜》卷二列顧夐《甘州子》詞為《甘州曲》「又一體」。

[二] 按：此調蓋始見五代牛嶠詞，另有毛文錫一首、李珣二首，俱載《花間集》卷四、卷五、卷十，《尊前集》亦選錄二首。

頭叶，三字句。

【校】

［一］昭：平聲，當左劃綫，此蓋脱漏；《明辯》本、《詞譜》卷二皆注平聲。

第二體　唐毛文錫

昨可平日西可仄溪遊賞韻，六字句。芳可仄樹奇可仄花千樣叶，六字句。瑣春光三字句，金鐏可平滿更韻，三字句。聽絃可仄管叶，三字句。嬌可仄妓舞可平衫香暖叶，六字句。不可平覺到斜暉更韻，五字句。馬馱歸叶，三字句。

又　唐李　珣

金縷翠鈿浮動。糚罷小窻圓夢。日高時，春已老。人來到。滿地落花慵掃。無語倚屏風。泣殘紅。

醉公子（一）

雙調〇小令　〇後段同，亦更仄平兩韻互叶

唐顧　敻

岸可平柳可平垂金可仄線韻，五字句。雨可平晴鶯百囀叶，五字句。家可仄住綠楊邊更韻，五字句。往可平來多可仄少年叶，五字句。〇馬嘶芳草遠。高樓簾半捲。斂袖翠蛾攢。相逢爾許難。

生查子

凡四體，並雙調〇小令〇與《醉花間》相近（二）

第一體　後段同

唐魏承班

煙可仄雨可平晚可平晴可仄天五字句，零可仄落花無語韻，五字句。難可仄話此時心五字句，梁可仄燕雙來去叶，五字句。〇琴韻對薰風，有恨和情撫。腸斷斷絃頻，淚滴黃金縷。

（一）按：原本作《醉翁子》，蓋訛誤；茲據目錄及《明辯》本校訂。《詞譜》卷三注：「唐教坊曲名，薛昭蘊、顧敻詞俱四換韻，一名《四換頭》。」宋詞有長調。

（二）按：《詞律》卷三收《醉花間》，注曰：「按《嘯餘》注云：《生查子》與《醉花間》相近。不知《生查子》正體前後皆五字起，間有用六字兩句者；《醉花間》正體則前必六字，後必五字也。」《詞譜》卷四所注略同，皆分列《生查子》與《醉花間》為二調。

又

春恨(一)　宋晏幾道

金鞍美少年，去躍青驄馬。牽繫玉樓人，翠被春寒夜。○消息未歸來，寒食梨花謝。無處說相思，背面鞦韆下。

又

山行寄楊民瞻　宋辛棄疾

昨宵醉裏行，山吐三更月。不見可憐人，一夜頭如雪。○今宵醉裏歸，明月關山笛。收拾錦囊詩，要寄楊雄宅。

第二體

唐牛希濟

春可仄山可仄煙可仄欲可平收五字句，天可仄澹稀星小韻，五字句。殘可仄月臉邊明五字句，別淚臨清

(一) 按：《小山詞》無題，《花庵詞選》卷三題「閨思」，《草堂詩餘・前集》卷下入「春景・春恨」類，《類編草堂詩餘》卷一題「春恨」。

曉叶，五字句。○語已可平多三字句，情未了叶，三字句。迴首猶重道叶，五字句。記得綠羅裙五字句，處可平處憐芳草叶，五字句。

又

唐孫光憲

金井墮高梧，玉殿籠斜月。永巷寂無人，斂態愁堪絕。○玉爐寒，香燼滅。還似君恩歇。翠輦不歸來，幽恨將誰說。

第三體

唐孫光憲

暖可平日策花驄五字句，嚲可平鞚垂楊陌韻，五字句。芳可平草惹煙青五字句，落可平絮隨風白叶，五字句。○誰家繡轂動香塵七字句，隱映神仙客叶，五字句。枉可平殺玉鞭郎[一]五字句，咫尺音容隔叶，五字句。

【校】

[一] 枉：《花間集》卷八作「狂」。

第四體　後段同　唐張　泌

相見稀三字句，喜相見[一]三字句，相可仄見還相遠韻，五字句。檀可仄畫荔枝紅五字句，金可仄蔓蜻蜓軟叶，五字句。○魚雁疎，芳信斷，花落庭陰晚。可惜玉肌膚，銷瘦成慵懶。

【校】

[一]按：此句及後段第二句，《詞律》卷三、《詞譜》卷三皆注叶韻。

酒泉子　凡十三體，並雙調○小令

第一體　唐毛熙震

鈿可平匣舞可平鸞韻，四字句。隱可平映艷可平紅脩碧六字句，月梳斜三字句，雲鬢膩三字句，粉香寒叶，三字句。○曉可平花微可仄斂輕呵展更韻，七字句。裹可平釵金燕軟叶，五字句。日初昇三字句，簾半捲叶，三字句。對殘粧[一]不叶韻，三字句○按：末句未有不叶韻者，此詞獨不叶，不知何謂，今姑闕之。後第九體及《上行盃》第一體放此

【校】

［一］對殘糚：《詞律》卷三於毛熙震「閒卧繡幃」詞注云：「舊譜收『鈿匣舞鸞』一首，本鸞寒韻，末三字『對殘粧』不叶韻，註云不知何謂。余謂此蓋『粧殘』倒寫傳訛耳。詞豈有末字不叶者乎？其第二句『隱映艷紅修碧』，三句『月梳斜』，四句『雲鬢膩』，『膩』字應叶『碧』字。」

第二體

唐孫光憲

空可仄磧無邊四字句，萬可平里陽關道可平路韻，六字句。馬蕭蕭三字句，人去去[一]叶，三字句。隴雲愁更韻，三字句。○香可仄貂舊可平製戎衣窄更韻，七字句。胡可仄霜千里白叶，五字句。綺羅心三字句，魂夢隔叶，三字句。上高樓叶前段末句韻，三字句。

【校】

［一］人：平聲，當左劃綫，此蓋脫漏；《明辯》本注平聲。

第三體　唐溫庭筠

羅可仄帶惹可平香韻，四字句。猶可仄繫別可平時紅豆更韻，六字句。淚痕新三字句，金縷舊叶第二句韻，三字句。斷離腸叶首句韻，三字句。○一可平雙嬌可仄燕語雕梁[二]叶前段首句韻，七字句。還可仄是去可平年時節更韻，六字句。綠陰濃三字句，芳草歇叶後段第二句韻，三字句。柳花狂叶前段首句韻，三字句。

【校】

［二］一雙：原本作「二雙」，蓋訛誤；《花間集》、《明辯》、《彙刊》本皆作「一雙」，茲從校訂。

第四體　前段本與第三體同，今以後段首句更韻，故復註之　唐韋莊

月可平落星沈韻，四字句。樓可仄上美可平人春睡更韻，六字句。綠雲傾三字句，金枕膩叶第二句韻，三字句。畫屏深叶首句韻，三字句。○子可平規啼可仄破相思夢更韻，七字句。曙可平色東可仄方纔動叶，六字句。柳煙輕三字句，花露重叶，三字句。思難任[二]叶前段首句韻，三字句。

【校】

［一］任：注叶前段首句韻，應作平聲，當左劃綫，此蓋脱漏；《明辯》本注平聲。

第五體

唐牛　嶠

記可平得去可平年四字句，煙可仄暖杳可平園花正發七字句，雪飄香［一］三字句，江草緑三字句，柳絲長韻，三字句。◯鈿可仄車纖可仄手卷可平簾望［二］更韻，七字句。眉可仄學春山樣叶，五字句。鳳可平釵低可仄裹翠可平鬟上［三］叶，七字句。落梅糚叶前段韻，三字句。

【校】

［一］按：《詞律》卷三、《詞譜》卷三皆以此句為起韻；《明辯》本此句亦未注起韻。

［二］鈿：《明辯》本譜注亦作平可仄；《詞譜》作仄聲。

［三］鬟：原本作「寰」；兹從《花間集》卷四校訂。

第六體

唐李　珣

秋可仄月嬋娟皎潔六字句，碧可平紗窗外四字句，照可平花穿可仄竹冷沈沈韻，七字句。印池心叶，三字句。○凝露可平滴三字句，砌蛩吟叶，三字句。驚可仄覺謝可平娘殘可仄夢六字句，夜可平深斜可仄傍枕前來更韻，七字句。影徘徊叶，三字句。

第七體

唐張　泌

春可仄雨打可平窗韻，四字句。驚可仄夢覺來天氣曉韻[一]，七字句。畫堂深三字句，紅焰小叶，三字句。背蘭釭叶，三字句。○酒可平香噴可平鼻懶開釭即用前段末句韻為叶，七字句。惆可仄悵更無人共醉[二]七字句，舊巢中三字句，新燕子三字句，語雙雙叶，三字句。

【校】

[一]按：據例詞此句換用仄韻，依例當注「更韻」。《詞律》卷三此句即注「換仄」；《詞譜》卷三亦注換用仄韻。

[二]按：《詞律》於此句注「三換仄」，於隔句「新燕子」注「叶三仄」；《詞譜》亦於「醉」、「子」注換叶仄韻。

第八體

唐顧敻

黛可平怨紅羞韻，四字句。掩可平映畫可平堂春欲暮韻[一]，七字句。殘可仄花微可仄雨隔青樓[二]叶，七字句。思悠悠[三]叶，三字句。○芳可仄菲時節看將度叶，七字句。寂可平寞共人還欲語[四]七字句，畫羅濡三字句，香粉汗去聲，叶，三字句。不勝愁叶，三字句。

【校】

[一] 按：此句《詞律》卷三、《詞譜》卷三皆注換叶仄韻。

[二] 按：此句《詞譜》作四言一句、三言一句，以「雨」字叶仄韻。

[三] 思：《明辯》本譜注仄聲。

[四] 「寂寞」句：《詞律》、《詞譜》皆注叶仄韻。欲語：《花間集》卷七作「獨語」。

第九體

唐李珣

秋可仄雨聯綿[一]四字句，聲可仄散敗荷叢裏六字句，那可仄堪深可仄夜枕前聽[二]韻，七字句。酒初醒[三]叶，三字句。○牽可仄愁惹可平思更無停[四]叶，七字句。燭可平暗香可仄凝天欲曉[五]七字句，細和煙三字句，冷和雨三字句，透簾中[六]不叶韻，三字句。

【校】

［一］綿：《明辯》本作「錦」，蓋訛誤。
［二］前：平聲，當左劃綫，此蓋脱漏；《明辯》本注平聲。
［三］醒：注叶韻，即為平聲，當左劃綫，此蓋脱漏；《明辯》本注平聲。
［四］思：《明辯》本、《詞譜》皆注仄聲。
［五］曉：《詞律》作「曙」，注「換仄」，於隔句「冷和雨」注「叶仄」。
［六］中：《詞律》、《詞譜》皆作「旌」，注叶平韻。

第十體　前段與第九體同　唐張　泌

紫陌青門，三十六宮春色，御溝輦路暗相通。杏花風［一］。○咸可仄陽沾可仄酒寶釵空叶，七字句。笑可平指未可平央歸去六字句，插可平花走可平馬落殘紅叶，七字句。月明中叶，三字句。

【校】

［一］杏花：《花間集》卷四、《詞律》、《詞譜》皆作「杏園」。

第十一體　前段與第九體同，唯第二句作七字[一]〇後段與第十體同，唯第二句作五字

唐顧　夐

掩却菱花，收拾翠鈿休上面，金蟲玉燕瑣香奩[二]。恨厭厭。〇雲鬟半墜懶重篸。淚侵仙枕濕[三]，銀燈背帳夢方酣。鴈飛南。

【校】

[一]七字：原本注「七句」，《明辯》本同，蓋訛誤；例詞第二句即為七字，茲從校訂。

[二]按：《詞譜》此句作四言一句、三言一句，以「燕」字與上句「面」字為換叶仄韻。

[三]仙：《花間集》卷七作「山」。

第十二體　前段與第十一體同

唐顧　夐

水碧風清，入檻細香紅藕膩，謝娘斂翠恨無涯。小屏斜。〇堪可仄憎蕩可平子不還家叶，七字句。謾可平留羅帶結五字句，帳可平深枕可平膩炷沉煙更韻，七字句。負當年叶，三字句。

第十三體　前段亦與第十一體同〇後段與第十體同，唯第二句作七字　唐毛文錫

綠樹春深，燕語鶯啼聲斷續，蕙風飄蕩入芳叢。惹殘紅。〇柳絲無力裹煙空。金盞不辭須滿酌，海棠花下思朦朧。醉春風。

女冠子〔一〕　凡五體，並雙調

第一體　小令　唐韋莊

四可平月可平十可平七四字句，正可平是去可平年今可仄日、別君時〔二〕韻，九字句。忍可平淚佯低面五字句，含可仄羞半斂眉叶，五字句。〇不可平知魂已斷五字句，空可仄有夢相隨叶，五字句。除可仄却天邊月五字句，没人知叶，三字句。

【校】

〔二〕按：《詞律》卷三、《詞譜》卷四收此調，皆以溫庭筠(《詞律》誤署牛嶠)「含嬌含笑」一詞為例，

〔一〕按：此調蓋源於唐教坊曲，唐五代詞皆為小令，屬同調異體；宋詞皆為長調，與唐小令詞實屬同名異調；柳永詞蓋另翻新聲，李邴等作與柳詞蓋屬同調異體。

於前段第二句皆作六言一句、三言一句，注首二句叶二仄韻，第三句以下叶平韻。

又 唐薛昭蘊

求仙去也。翠鈿金篦盡捨。入喦巒。霧捲黃羅帔，雲雕白玉冠。○野煙溪洞冷，林月石橋寒。靜夜松風下，禮天壇。

又 唐毛熙震

碧桃紅杏。遲日媚籠光影。綵霞深。香暖薰鶯語，風清引鶴音。○翠鬟冠玉葉，霓袖奉瑤琴。應共吹簫侶，暗相尋。

第二體 長調(一) 宋康與之(二)

火可平雲初可仄布韻，四字句。遲可仄遲永日炎暑[一]六字句，濃可仄陰高樹叶，四字句。黃可仄鸝葉可

(一) 按：原本未注「長調」，蓋脫漏；茲從目錄及《明辯》本校訂。

(二) 按：《全宋詞》據《類編草堂詩餘》卷四作柳永詞，注「或作康與之詞，見沈際飛《草堂詩餘正集》卷六」；《花草粹編》卷二十三、《詞律》卷三、《詞譜》卷四皆作康與之詞。

平底四字句，羽可平毛學整四字句，方可仄調嬌語叶，四字句。薰可仄風時漸動五字句，峻可平閣池塘四字句，芰可仄荷爭可仄吐叶，四字句。畫可平梁紫可平燕、對可平對喃泥[二]八字句，飛可仄來又去叶，四字句。〇想可平佳期可仄、容可仄易成辜負叶，八字句。共可平人可仄人、同可仄上畫可平樓斟香可仄醑叶，十字句。恨可平花無可仄主四字句，卧象牀犀枕五字句，成可仄何情緒叶，四字句。有時魂夢斷[三]五字句，半可平窗殘可仄月四字句，透可平簾穿可仄戶叶，四字句。去可平年今可仄夜扇可平兒六字句，搧可平我情可仄人何處[四]叶，六字句。

【校】

[一]「遲遲」句：《詞律》卷三、《詞譜》卷四皆於此句注叶韻。

[二]「畫梁」句：《词律》、《词谱》皆作四言二句。

[三]魂：平聲，當左劃綫，此蓋脱漏。

[四]「去年」二句：《词律》、《词谱》皆作四言三句。

第三體　長調

上元

宋李　邴

帝可平城三可仄五四字句，燈光可仄花可仄市可平盈路叶，六字句。天可仄街遊處[一]四字句，此可平時方可仄信、鳳可平闕都民[二]八字句，奢可仄華豪富叶，四字句。紗可仄籠帷過處[三]五字句，喝可平道轉可平身、一壁小可平來且住[四]叶，十字句。見可平許多才子可平艷質七字句，攜可仄手並肩低語叶，六字句。〇東可仄來西往誰家女叶，七字句。買可平玉梅爭戴五字句，緩可平步香風度叶，五字句。北觀南顧叶，四字句。見可平晝可平燭影可平裏可平、神仙無數[五]叶，九字句。引可平人可仄魂似可平醉[六]五字句，不可平如趁早、步月可平歸去叶，八字句。這可平一雙情眼五字句，怎可平生禁可平得、許多胡覷叶，八字句。

【校】

[一]「帝城」、「天街」二句：《詞譜》皆注叶韻。

[二]「此時」句：《詞譜》作四言二句。後段「不如」句、「怎生」句亦同。

[三]帷：《明辯》本作「䌊」。

[四]「喝道」句：《詞譜》作四言一句、六言一句。

[五]「見畫燭」句：《詞譜》作五言一句、四言一句。

[六] 魂：平聲，當左劃綫，此蓋脫漏。

第四體　長調

夏景　宋柳　永

淡可平煙飄薄韻，四字句。鶯花謝三字句，清可仄和院可平落[一]叶，四字句。樹可平陰翠、密可平葉可平成幄叶，七字句。麥可平秋霽景四字句，夏可平雲忽可平變奇峰、倚可平寥可仄廓叶，九字句。波可仄暖銀塘漲五字句，新可仄萍可仄綠可平魚躍[二]叶，五字句。想可平憂可仄端多暇五字句，陳可仄王是可平日、嫩可平苔生閣叶，八字句。◯正可平鑠可平石天高五字句，流可仄金晝可平永四字句，楚可平樹光風轉惡叶，六字句。披襟處、波翻翠幕[三]叶，七字句。以可平文會友四字句，沉可仄李浮瓜忍可平輕可仄諾叶，七字句。別可平館清閒[四]四字句，避炎可仄蒸、豈可平須河朔叶，七字句。但尊前隨分、雅可平歌艷可平舞[五]九字句，盡可平成懽樂叶，四字句。

【校】

[一]「鶯花」二句：《詞律》卷三、《詞譜》卷四皆作七言一句，於三字下注「豆」或「讀」。

[二]「波暖」二句：《词谱》作四言一句、六言一句。

[三]波：原本作「汲」；《樂章集》、《明辯》本皆作「波」，茲從校訂。

[四]閒：平聲，當左劃綫；《明辯》本譜注平聲。

[五]「但尊前」句：《詞律》、《詞譜》皆作五言一句、四言一句。

第五體　長調

詠雪

宋周邦彥(一)

同可仄雲密可平布韻，四字句。撒可平梨可仄花柳可平絮叶，五字句。飛可仄舞樓可仄臺俏可平似玉[一]叶，七字句。向可平紅可仄爐煖可平閣五字句，院可平宇深沉四字句，廣可平排筵會[二]叶，四字句。聽笙可仄歌可仄猶未徹六字句，漸可平覺輕可仄寒、透簾穿戶[三]叶，八字句。亂可平飄僧舍四

(一)按：此詞《草堂詩餘·前集》卷下「冬景」類未署名；《類編草堂詩餘》卷四署周邦彥，汲古閣本《片玉詞·補遺》題「雪景」；《詞譜》卷四、《全宋詞》皆作無名氏詞。

字句，密可平灑歌樓四字句，酒可平帘如故叶，四字句。○想可平樵可仄人、山可仄徑迷踪路叶，八字句。料可平漁可仄人、收可仄綸可仄罷可平釣可平歸南可仄浦叶，十字句。路可平無伴侶四字句，見可平孤可仄村寂可平寞五字句，招可仄颭酒旗斜處叶，六字句。南可仄軒孤鴈過五字句，嚦可平嚦聲可仄聲四字句，又可平無書度叶，四字句。見臘可平梅枝上嫩蘂七字句，兩兩三三微可仄吐叶，六字句。

【校】

［一］「撒梨花」二句：《詞律》、《詞譜》皆作七言一句、五言一句，以「舞」字叶韻；《詞律》於「玉」字未注叶韻。

［二］「向紅爐」三句：《全宋詞》作：「向紅爐煖閣院宇。深庭廣排筵會……」以「宇」字叶韻。《詞律》不注「會」字叶韻。

［三］「漸覺」句：《詞律》、《詞譜》皆作四言二句。

贊浦子〔一〕　雙調○小令

唐毛文錫

錦可平帳添香睡五字句，金鑪換夕薰韻，五字句。懶可平結芙蓉帶五字句，慵拖翡翠裙〔二〕叶，五字句。○正可平是桃可仄夭柳可平媚六字句，那可仄堪暮可平雨朝雲叶，六字句。宋可平玉高唐意五字句，裁瓊欲贈君叶，五字句。

【校】

〔一〕拖：平聲，當左劃綫，此蓋脱漏；《明辯》本、《詞譜》卷四皆注平聲。

繡帶子〔二〕　雙調○小令

詠梅〔三〕

宋黄庭堅

小可平院一枝梅韻，五字句。衝可仄破曉寒開叶，五字句。晚可平到芳可仄園遊可仄戲〔二〕六字句，滿可

〔一〕按：此調為唐教坊曲名，一名《贊普子》，唐五代詞僅見敦煌寫本無名氏詞及毛文錫詞各一首，宋無作。

〔二〕按：此調又名《繡帶兒》、《好女兒》，實皆與《相思兒令》為同調異名；前卷「令字題」已收《相思兒令》，此卷乃同調重出。

〔三〕按：景宋本《山谷琴趣外篇》卷一題「梅」；四庫本《山谷詞》調名作《好女兒》，題「張寬夫園賞梅」；《梅苑》卷六亦名《好女兒》，題「戎州賞梅」。

平袖帶香回[二]叶，五字句。○玉可平酒覆銀盃叶，五字句。盡可平醉可平去、猶可仄待重來叶，七字句。東可仄鄰何可仄事四字句，驚可仄吹怨可平笛四字句，雪可平片成堆叶，四字句。

【校】

[一] 晚到芳園：《山谷詞》、《梅苑》卷六皆作「偶到張園」。

[二] 满袖：《山谷詞》、《梅苑》皆作「沾袖」。帶：此左劃綫表平聲，蓋衍誤。

更漏子[一]　雙調○小令　○後段同，亦更仄平兩韻各叶　唐溫庭筠

玉可平鑪可仄香可仄，三字句，紅可仄蠟可平淚韻，三字句。偏可仄照畫可平堂秋可仄思叶，六字句。眉可仄翠薄三字句，鬢雲殘更韻，三字句。夜可平長衾可仄枕寒叶，五字句。○梧桐樹[二]，三更雨。不道離情正苦。一葉葉，一聲聲。空堦滴到明。

[一] 按：此調蓋用唐教坊曲《更漏長》，敦煌寫本載溫庭筠、歐陽炯詞即作《更漏長》。宋詞另有杜安世、賀鑄《更漏子》，為長調慢詞。

【校】

［一］按：《詞律》卷四、《詞譜》卷六於此句皆注換叶仄韻。

又

唐毛文錫

春夜闌，春恨切。花外子規啼月。人不見，夢難憑。紅紗一點燈。○偏怨別，是芳節。庭下丁香千結。宵霧散，曉霞輝。梁間雙燕飛。

山花子〔一〕

凡二體，並雙調○小令

第一體〔二〕

石晉和凝

銀可仄字笙寒調正長韻，七字句。冰可仄紋簟可平冷畫屏涼〔二〕叶，七字句。玉可平腕重可仄金扼可平

〔一〕按：《教坊記》並列《浣溪沙》、《山花子》二曲。唐詞《浣溪沙》有七言六句雙片體，亦有兩片末尾各添短句之雜言體，别名《添字浣溪沙》、《攤破浣溪沙》等；《山花子》則僅見和凝詞二首及敦煌寫本無名氏詞一首，和凝詞實為《浣溪沙》雜言體，敦煌詞句式雖同，而用仄韻，平仄亦異，蓋與《浣溪沙》為異調。

〔二〕按：原本未標注「第一體」，蓋脱漏；茲從《明辯》本校訂。

臂[二]六字句，澹梳糚[三]叶，三字句。○幾可平度試可平香纖手暖七字句，一可平廻嘗可仄酒絳脣光叶，七字句。佯可仄弄紅可仄絲蠅拂子七字句，打檀郎叶，三字句。

【校】

[一] 氷：《花间集》卷六作「水」。

[二] 「玉腕」句：依律當作七言，蓋脱一字；《詞譜》卷七校作「玉腕重因金扼臂」，注「重」仄聲。

[三] 澹：仄聲，此誤左劃綫；後段「脣」字，平聲，當左劃綫。

第二體　一名《添字浣溪沙》　○後段同　石晉和凝

鶯可仄錦蟬可仄縠可平馥麝臍韻，七字句。輕可仄裾花草曉煙迷叶，七字句。鸂可仄鶒鸝可平金紅可仄掌可平墜[一]七字句，翠雲低叶，三字句。○星壓笑隈霞臉畔[二]，蹙金開襜襯銀泥。春思半和芳草嫩，綠萋萋。

【校】

[一] 鸝：《花間集》卷六作「顫」，一作「戰」。

[二] 壓：《花間集》作「靨」。

又

秋思　　南唐李　璟[一]

菡萏香消翠葉殘。西風愁起綠波間。還與韶光共憔悴，不堪看。○細雨夢回鷄塞遠，小樓吹徹玉笙寒。多少淚珠何限恨，倚欄干。

又

春恨　　南唐李　璟[二]

手捲真珠上玉鉤。依前春恨鎖重樓[一]。風裏落花誰是主，思悠悠。○青鳥不傳雲外信，丁香空結雨中愁。回首綠波三峽暮，接天流。

[一] 按：原本署南唐李後主；《尊前集》卷下署李王，《花庵詞選》卷一署李後主；王仲聞校訂本《南唐二主詞》作李璟詞，茲從校訂。

[二] 按：原本署宋李景，《明辯》本同；重訂本、《彙刊》本署南唐李後主；《草堂詩餘·前集》卷下亦署李景；茲從《南唐二主詞》校訂。

【校】

［一］重樓：《百家詞》本及《彊村叢書》本《尊前集》皆作「眉頭」。

漁歌子

雙調○小令　○後段同　唐顧　敻

曉風可仄清三字句，幽沼綠韻，三字句。倚可平欄凝可仄望珍禽浴［一］叶，七字句。畫可平簾可仄垂可仄，三字句，翠可平屏可仄曲可平，叶，三字句。滿可平袖荷可仄香馥可平郁叶，六字句。○好攄懷，堪寓目。身閒心靜平生足。酒杯深，光影促。名利無心較逐。

【校】

［一］珍：平聲，當左劃綫，此蓋脱漏；《明辯》本注平聲。

又

唐孫光憲

泛流螢，明又滅。夜凉水冷東灣闊。風浩浩，笛寥寥，萬頃金波澄澈。○杜若洲，香郁烈。

一聲宿鴈霜時節。經霅水，過松江，盡屬儂家日月。

又

唐魏承班

柳如眉，雲似髮。蛟蛸霧縠籠香雪[一]。夢魂驚，鐘漏歇。窻外曉鶯殘月。○幾多情，無處說。落花飛絮清明節。少年郎，容易別。一去音書斷絕。

【校】

[一] 蛟蛸：《花間集》卷九作「蛟綃」，一作「鮫綃」。

採蓮子

單調○小令　○即七言絕句二首，各用一韻(一)

唐皇甫松

菡萏香連十頃陂舉棹，小姑貪戲採蓮遲年少。晚來弄水船頭濕舉棹，更脫紅裙裹鴨兒年少。

(一) 按：原本八句相連，未用分段符號；各本《花間集》亦合為一首；《花草粹編》卷一錄作二首，《詞律》卷一、《詞譜》卷一亦以四句為一首；茲姑從原本，唯補加分段符號。

船動湖光灩灩秋舉棹，貪看年少信船流年少。無端隔水拋蓮子舉棹，遥被人知半日羞年少。

七娘子　雙調〇小令　〇後段同

賀人子晬　宋吳　申(一)

君可仄家諸可仄子燕山盛韻，七字句。去可平年兩見門弧慶叶，七字句。銀可仄蠟燒花四字句，寶可平香熏燼叶，四字句。晬可平盤珠可仄玉還相映叶，七字句。〇耳邊好語憑君聽。此兒不與羣兒並。右執干戈，左持金印。功名當似王文正。

破陣子　雙調〇中調　〇後段同

峽石道中有懷吳子似縣尉　宋辛棄疾

宿可平麥畦可仄中雉可平雊六字句，桑可仄葉可平陌可平上蠶生韻，六字句。騎可平火須可仄防花月

(一) 按：原本目錄及正文皆僅署姓名，未題朝代；《全宋詞》據《翰墨大全》丙集卷三收錄，小傳疑為宋理宗時人，兹從校訂，補題「宋」字。

暗七字句，玉可平唾長攜綵可平筆行叶，七字句。隔可平牆人笑聲叶，五字句。○莫說弓刀事業，依然詩酒功名。千載圖中今古事時脩圖經，故云[一]，萬石溪頭長短亭。小塘風浪平。

【校】

[一] 按：《稼軒長短句》此詞後注云：「時修圖經，築亭堠。」

行香子

雙調○中調　○後段同，唯首句及第二句無韻，亦有有韻同前者

與泗守過南山晚歸作[一]　　宋蘇　軾

北可平望平川韻，四字句。野可平水荒灣叶，四字句。共可平尋春可仄、飛可仄步孱顏叶，七字句。和可仄風弄可仄袖[一]四字句，香可仄霧縈鬟[二]叶，四字句。正酒可平酣口[三]四字句，人語笑三字句，白雲間叶，三字句。○飛虹落照，相將歸去，澹涓涓、玉宇清閒[四]。何人無事，宴坐空山。望長橋

[一] 按：此詞傅幹注本、《百家詞》本《東坡詞》皆不收，元本《東坡樂府》卷上收錄，無題。泗守，原作「白守」，《東坡詞》、《明辯》本皆作「泗守」，目錄亦作「泗守」，改。

上，燈火亂，使君還。

【校】

[一] 弄：本仄聲，譜注可仄，蓋訛誤；《明辯》本注平可仄，亦誤。

[二] 縈：平聲，當左劃綫；《明辯》本譜注平聲。

[三] 口：《明辯》本同，重訂本、《彙刊》本作「後」；汲古閣本《東坡詞》作「適」，屬下句；《彊村叢書》本《東坡樂府》卷二作「時」。

[四] 涓涓：《東坡詞》、《明辯》本皆作「娟娟」。

八六子　雙調○中調

春怨　宋秦觀

倚危亭韻，三字句。恨可平如芳可仄草萋萋六字句，剗可平盡還生[一]叶，四字句。念可平柳可平外青驄別可平後七字句，水可平邊紅可仄袂分時六字句，愴一作悽，可平然暗驚叶，四字句。○無可仄端天可仄與娉婷[二]叶，六字句。夜可平月一可平簾幽夢六字句，春可仄風十可平里柔情叶，六字句。怎可平柰向、歡娛漸可平隨流可仄水[三]九字句，素可平絃聲可仄斷四字句，翠可平綃香可仄減四字句，那可仄堪片可平片飛可仄花弄可平晚八字句，濛可仄濛殘可仄雨籠晴叶，六字句。正銷凝叶，三字句。黄可仄鸝又可平啼可仄數可平聲叶，六字句。

【校】

[一]「恨如」二句：《詞律》卷十三、《詞譜》卷二十二皆作四言一句、六言一句。

[二]娉：平聲，當左劃綫，此蓋脱漏；《明辯》本、《詞譜》皆注平聲。

[三]「怎柰向」句：《詞譜》作五言一句、四言一句。怎柰向，《詞律》、汲古閣本《淮海詞》皆作「怎奈何」，《詞譜》作「奈回首」。娛，《明辯》、《詞譜》皆注平聲。

南歌子

一名《南柯子》◯凡三體，有單調雙調

第一體　單調◯小令

唐温庭筠

轉可平眄如波眼[一]五字句，娉婷似柳腰[二]韻，五字句。花可仄裏暗相招叶，五字句。憶可平君腸欲斷五字句，恨春宵叶，三字句。

【校】

［一］轉眄：《百家詞》本《花間集》卷一作「轉盼」。

［二］娉：平聲，當左劃綫；似：仄聲，此左劃綫，蓋衍誤；《明辯》本分注為平、仄。

第二體　單調〇小令　〇二首　唐張　泌

岸可平柳拖煙可仄綠五字句，庭花照日紅韻，五字句。數可平聲蜀可平魄入簾櫳叶，七字句。驚可仄斷碧可平窗殘夢、畫屏空叶，九字句。

錦薦紅鸂鶒，羅衣繡鳳凰。綺疏飄雪北風狂。簾幕盡垂無事、鬱金香［一］。

【校】

［一］按：《詞律》卷一以張泌「柳色遮樓暗」詞為「又一體」，《詞譜》卷二以張泌「錦薦紅鸂鶒」詞為「又一體」，於結句皆作六言一句、三言一句。

第三體 雙調○中調[一] ○前段與第二體同○後段同 唐毛熙震

遠山愁黛碧，橫波慢臉明。膩香紅玉茜羅輕。深院晚堂人静、理銀箏。○鬢動行雲影，裙遮點屐聲。嬌羞愛問曲中名。楊柳杏花時節、幾多情。

又

端午[二] 宋蘇 軾

山與歌眉斂，波同碧眼流[一]。遊人都上十三樓。不羨竹西歌吹、古揚州。○菰黍連昌歜，瓊彝倒玉舟。誰家水調唱歌頭。聲遶碧山飛去、晚雲留。

【校】

［一］碧眼：傅幹注本、《百家詞》本、汲古閣本《東坡詞》皆作「醉眼」。

(一) 按：《南歌子》雙片體以五十二字為正體和多數，此體即五十二字，屬小令；此注「中調」，蓋訛誤。

(二) 按：傅幹注本《東坡詞》卷五題「錢塘端午」，《百家詞》本、汲古閣本皆題「遊賞」；《草堂詩餘・後集》卷上入「節序・端午」類。

又

獨坐蔗菴　宋辛棄疾

玄入參同契，禪依不二門。靜看斜日隙中塵。始覺人間、何處不紛紛。○病笑春先到，閒知懶是真。百般啼鳥苦撩人。除却提壺、此外不堪聞。

又

秋日〔一〕　宋僧仲殊〔二〕

十里青山遠，潮平路帶沙。數聲啼鳥怨年華。又是凄涼時候、在天涯。○白露收殘月〔一〕，清風散曉霞〔二〕。綠楊堤畔鬧荷花。記得年時沽酒、那人家。

【校】

〔一〕殘月：《樂府雅詞・拾遺》卷上作「殘暑」。

（一）按：《花庵詞選》卷九題「懷舊」，《類編草堂詩餘》卷一題「秋日」。

（二）按：《明辯》本僅署「宋僧」，此本補署其名；《樂府雅詞・拾遺》卷上、《花庵詞選》卷九皆作僧仲殊詞。

〔二〕散曉霞：《樂府雅詞·拾遺》作「襯晚霞」；霞，原本作「霜」，失叶，蓋訛誤，茲從《明辯》、《彙刊》及重訂本校訂。

南鄉子　凡四體，有單雙二調◯並小令

第一體　單調　唐歐陽炯

岸可平遠沙平韻，四字句。日可平斜歸可仄路晚霞明叶，七字句。孔可平雀自憐金翠尾更韻，七字句。臨水叶，二字句。認可平得行可仄人驚不起叶，七字句。

第二體　單調　唐歐陽炯

嫩可平草如煙韻，四字句。石可平榴花可仄發海南天叶，七字句。日可平暮江可仄亭春影淥更韻，七字句。鴛鴦浴叶，三字句。水可平遠山可仄長看不足叶，七字句。

第三體　單調　唐李　珣

煙漠漠三字句，雨淒淒〔一〕韻，三字句。岸可平花零可仄落鷓鴣啼叶，七字句。遠可平客扁舟臨野渡更

韻，七字句。思鄉處叶，三字句。潮可仄退水可平平春色暮叶，七字句。

【校】

［一］凄凄：皆平聲，重訂本、《彙刊》本皆左劃綫。以下「臨」、「平」亦平聲，皆當左劃綫。

第四體　雙調　○後段同

重陽〔一〕　宋蘇　軾

霜可仄降水痕收韻，五字句。淺可平碧粼粼露遠洲〔二〕叶，七字句。酒可平力漸可平消風力軟七字句，颼颼叶，二字句。破可平帽多情却可平戀頭叶，七字句。○佳節若為酬〔三〕。但把清樽斷送秋。萬事到頭都是夢，休休。明日黄花蝶也愁。

〔一〕按：傅幹注《東坡詞》等各本皆題「重九涵輝樓呈徐君猷」；《花庵詞選》卷二題「九日」，《草堂詩餘・後集》卷上入「節序・重陽」類，《類編草堂詩餘》卷一題「重陽」。

【校】

［一］粼粼：《東坡詞》、《草堂詩餘·後集》卷上皆作「鱗鱗」。

［二］佳節：《草堂詩餘·後集》、《花草粹編》卷十一皆作「詩酒」。

又

閨情　　宋孫夫人（一）

曉日壓重簷。斗帳春寒起未忺虛嚴反［一］，意所欲也。天氣困人梳洗懶，眉尖。淡畫春山不喜添。○閑把繡絲撏。認得金針又倒拈。陌上遊人歸也未，厭厭。滿院楊花不捲簾。

【校】

［一］反：原本作「仄」，蓋訛誤；茲從《明辯》、《彙刊》及重訂本校訂。

（一）按：《草堂詩餘·後集》卷下入「人事·閨情」類，署孫夫人；《類編草堂詩餘》卷一、《花草粹編》卷十一同；《全宋詞》據《樂府雅詞·拾遺》卷下收作無名氏詞。

又

舟中紀夢　宋辛棄疾

欹枕艣聲邊。貪聽咿啞聒醉眠。夢裏笙歌花底去，依然。翠袖盈盈在眼前。○別後兩眉尖。欲說還休夢已闌。只記埋冤前夜月，相看。不管人愁獨自眠。

又

登京口北固亭有懷　宋辛棄疾

何處望神州。滿眼風光北固樓。千古興亡多少事，悠悠。不盡長江滾滾流。○年少萬兜鍪。坐斷東南戰未休。天下英雄誰敵手，曹劉。生子當如孫仲謀。

天仙子　凡二體，有單雙二調

第一體　單調○小令　唐皇甫松

晴可仄野鷺可平鷥飛一隻韻，七字句。水可平濱可仄花可仄發可平秋江可仄碧叶，七字句。劉可仄郎此可平日別天仙七字句，登綺可平席叶，三字句。淚可平珠滴叶，三字句。十可平二晚可平峰高歷歷叶，七字句。

第二體　雙調○中調　○前段與第一體同○後段同

送春[一]　宋張　先

水調數聲持酒聽。午睡醒來愁未醒[一]。送春春去幾時回，臨晚鏡。傷流景。往事後期空記省。○沙上並禽池上暝。雲破月來花弄影。重重翠幙密遮燈[二]，風不定。人初靜。明日落紅應滿逕。

【校】

[一] 睡：《張子野詞》卷二、《樂府雅詞》卷一、《花庵詞選》卷五、《草堂詩餘・前集》卷上皆作「醉」。

[二] 翠：《張子野詞》作「簾」。

(一) 按：《花庵詞選》卷五題「春恨」，《草堂詩餘・前集》卷上入「春景・春暮」類，《類編草堂詩餘》卷二題「送春」；《張子野詞》序云「時為嘉禾小倅，以病眠不赴府會」。

風流子(一)　一名《内家嬌》○凡二體，有單雙二調

第一體　單調○小令　○二首　唐孫光憲

茅可仄舍槿可平籬溪曲韻，六字句。雞可仄犬自可平南自可平北叶，六字句。菰可平葉長[一]三字句，水簇開三字句，門可仄外春可仄波漲可平淥叶，六字句。聽可平織聲促[二]叶，四字句。軋可平軋鳴可仄梭穿屋叶，六字句。

金絡玉銜嘶馬[三]。繫向綠楊陰下。朱戸掩，繡簾垂，曲院水流花榭[四]。歡罷歸也。猶在九衢深夜。

【校】

[一] 菰：平聲，此注本仄可平，蓋訛誤。長：《明辯》本注仄聲。

(一) 按：《風流子》實有二調，五代孫光憲詞三首為小令單片體；宋詞皆為長調慢詞，實與唐詞為同名異調；劉弇、劉辰翁詞別名《内家嬌》。

[二] 按：《詞律》卷二、《詞譜》卷二收此調小令，皆以孫光憲「樓倚長衢欲暮」詞為例，第六句作「無語」、「無緒」二言二句，皆注叶韻。

[三] 銜：《明辯》本作「御」，蓋訛誤。

[四] 榭：《花間集》卷八作「謝」。

第二體　雙調○長調

初春

宋秦　觀

東可仄風吹可仄碧草五字句，年華換、行可仄客老滄州韻，八字句。見梅可仄吐舊英五字句，柳可平搖新綠四字句，惱可平人春可仄色四字句，還可仄上枝頭叶，四字句。寸可平心亂[一]三字句，北可平隨雲黯黯五字句，東可仄逐水悠悠叶，五字句。斜可仄日半山四字句，暝可平煙兩可平岸四字句，數可平聲橫笛四字句，一可平葉扁舟叶，四字句。◯青可仄門同攜可仄手五字句，前可仄歡記、渾可平似可平夢裏揚州叶，九字句。誰可仄念斷可平腸南陌六字句，回可仄首西樓叶，四字句。算天長地久五字句，有可仄時有盡[二]四字句，奈可平何可仄綿可仄綿可仄，四字句，此可仄恨無休[三]叶，四字句。擬可平待倩可平人說可平與六字句，生可仄怕伊愁叶，四字句。

【校】

[一]「寸心」句：《詞譜》卷二所收此調長調各體，此句皆連下句作八字一句，於三字下注「讀」。

[二]有：仄聲，此注本平可仄，蓋訛誤。

[三]此：仄聲，此注本平可仄，蓋訛誤。

又

秋思　宋張　耒

亭皋木葉下[一]，重陽近、又是擣衣秋。奈愁入庾腸，老侵潘鬢，謾簪黄菊，花也應羞。楚天晚，白蘋煙盡處，紅蓼水邊頭。芳草有情，夕陽無語，鴈横南浦，人倚西樓。○玉容知安否，香箋共錦字、兩處悠悠。空恨碧雲離合，青鳥沉浮。向風前懊惱，芳心一點，寸眉兩葉，禁甚閑愁。情到不堪言處，分付東流。

【校】

[一]亭皋木葉：《樂府雅詞・拾遺》卷下作「木葉亭皋」。亭，一作「庭」。

江城子　一名《江神子》○凡四體[一]，有單雙二調

第一體　單調○小令　唐牛　嶠

鵁可仄鶄飛可仄起郡城東韻，七字句。碧江空叶，三字句。半灘風叶，三字句。越可平王可仄宮可仄殿可平、蘋可仄葉藕花中[二]叶，九字句。簾可仄捲水可平樓漁浪起[三]七字句，千片雪、雨濛濛[四]叶，六字句。

【校】

[一] 凡四體：原本作「凡三體」，蓋訛誤；兹從《明辯》本校訂。

[二] 「越王」句：《詞律》卷二作四言一句、五言一句。

[三] 漁：平聲，當左劃綫，此蓋脱漏；《明辯》本注平聲。

[四] 「千片」句：《詞律》卷二、《詞譜》卷二皆作三言二句。

第二體　單調○小令[一]　唐歐陽炯

晚可平日可平金陵可仄岸草可平平韻，七字句。落霞明叶，三字句。水無情叶，三字句。六可平代可平

繁可仄華可仄、暗可平逐逝波聲叶，九字句。空可仄有姑可仄蘇臺上月七字句，如可仄西子鏡、照江城[二]叶，七字句。

【校】

[一]按：《明辯》本僅注「小令」，脱漏「單調」二字。

[二]按：《詞譜》卷二作四言一句、三言一句。

第三體　單調○小令　唐牛　嶠

極可平浦煙消水可平鳥飛[一]韻，七字句。離可仄筵分首時可仄、送金巵[二]叶，八字句。渡可平口楊花、狂可仄雪任風吹叶，九字句。日可平暮空可仄江波浪急七字句，芳可仄草可平岸可平、雨如絲[三]叶，六字句。

【校】

[一]浦：《明辯》本注仄聲。

〔二〕「離筵」句：《詞譜》卷二作五言一句、三言一句，以「時」字叶韻。

〔三〕「芳草」句：《詞譜》作三言二句。

第四體 雙調○中調 ○前段與第一體同○後段同

春思 宋謝 逸

杏花村館酒旗風。水溶溶。颺殘紅。野渡舟横、楊柳緑陰濃。望斷江南山色遠，人不見、草連空。○夕陽樓外晚煙籠。粉香融。淡眉峰。記得年時、相見畫屏中。只有關山今夜月，千里外、素光同。

又

春别〔一〕 宋蘇 軾

天涯流落思無窮。既相逢。却匆匆。攜手佳人、和淚折殘紅。為問東風餘幾許，春縱在、

〔一〕按：傅幹注本《東坡詞》卷六題「别徐州」，《百家詞》本、汲古閣本皆題「恨别」；《花庵詞選》卷二、《草堂詩餘・前集》卷上皆題「春别」。

與誰同。○隋堤三月水溶溶。背歸鴻。去吳中。回望彭城、清泗與淮通。寄我相思千點淚[一]，流不到、楚江東。

【校】

[一] 寄我：傅幹注本《東坡詞》卷六作「欲寄」。

又

離別(一)　宋秦　觀

西城楊柳弄春柔。動離憂。淚難收。猶記多情、曾為繫歸舟。碧野朱橋當日事，人不見、水空流。○韶華不為少年留。恨悠悠。幾時休。飛絮落花時候、一登樓。便作春江都是淚，流不盡、許多愁。

(一) 按：《淮海長短句》、《淮海詞》無題，《花庵詞選》卷四題「春別」，《草堂詩餘・後集》卷下入「人事・離別」類，《詩餘圖譜》題「春恨」。

河滿子(一)　凡三體，有單雙二調

第一體　單調○小令

唐毛文錫

紅可仄粉樓前月可平照六字句，碧可平紗窗可仄外鶯啼韻，六字句。夢可平斷遼可仄陽音信六字句，那可仄堪獨可平守空閨叶，六字句。恨可平對百可平花時可仄節六字句，王可仄孫綠可平草萋萋叶，六字句。

又

石晉和凝

寫得魚牋無限，其如花鎖春輝。目斷巫山雲雨，空教殘夢依依。却愛薰香小鴨，羨他長在屏幃。

第二體　單調○小令

唐孫光憲

冠可仄劒不可平隨君可仄去六字句，江可仄河還可仄共恩深韻，六字句。歌可仄袖半可平遮眉黛慘七字句，淚可平珠旋可平滴衣襟叶，六字句。惆可仄悵雲可仄愁雨可平怨六字句，斷可平魂何可仄處相尋

(一) 按：此調正名當作《何滿子》。《詞律》卷二收《何滿子》，注此曲因歌者何滿子而得名；《詞譜》卷三收《河滿子》，注一名《何滿子》。

叶，六字句。

第三體　雙調○中調　○前段與第二體同○後段同　唐毛熙震

寂寞芳菲暗度，歲華如箭堪驚。緬遠也想舊歡多少事，轉添春思去聲難平。曲檻絲垂金柳，小窻絃斷銀箏。○深院空聞燕語，滿園閑落花輕。一片相思休不得[一]，忍教長日愁生。誰見夕陽孤夢，覺音教來無限傷情。

【校】

［一］一片：原本作「二片」，蓋訛誤；兹從《花間集》卷十及《明辯》、《彙刊》本校訂。

又

秋思(一)　宋孫洙

悵望浮生急景，凄凉寶瑟餘音。楚客多情偏怨別，碧山遠水登臨。目送連天衰草，夜闌幾

(一) 按：《花庵詞選》卷三、《明辯》本皆題「秋怨」；《詩餘圖譜》一題「傷怨」。

處疎砧。○黃葉無風自落，秋雲不雨長陰。天若有情天亦老，搖搖幽恨難禁。惆悵舊歡如夢，覺來無處追尋。

卜算子　凡二體，並雙調○小令○用平韻即《巫山一段雲》

第一體　後段同

春恨　　宋秦　觀（一）

春可仄透可平水可平波可仄明五字句，寒可仄峭花枝瘦韻，五字句。極可平目煙中百尺樓七字句，人可仄在樓中否叶，五字句。○四和裊金鳧，雙陸思纖手。擬倩東風浣此情，情更濃如酒[一]。

【校】

[一] 濃如：《花庵詞選》卷四作「濃於」。

（一）按：《明辯》本署「宋秦」，此本署秦觀作；《花庵詞選》卷四作秦湛詞，題「春情」；《草堂詩餘・前集》卷下入「春景・春恨」類，《全宋詞》作秦湛詞。

又

孤鴻〔一〕　宋蘇軾

缺月掛疎桐，漏斷人初靜。時見幽人獨往來，縹緲孤鴻影。○驚起却回頭，有恨無人省。揀盡寒枝不肯棲，楓落吴江冷〔二〕。

【校】

〔二〕「楓落」句：傅幹注本《東坡詞》卷十二、汲古閣本《東坡詞》、《類編草堂詩餘》卷一皆作「寂寞沙洲冷」。

第二體

前段與第一體同○後段同，唯首句末用仄字不叶韻〔一〕，末句作六字

春怨　宋徐俯

胷中千種愁〔二〕，掛在斜陽樹。緑葉陰陰自得春〔三〕，草滿鶯啼處。○不見凌波步〔四〕，空想如

〔一〕按：傅幹注本《東坡詞》卷十二題「黄州定惠院寓居作」；《草堂詩餘·後集》卷下入「花柳禽鳥·孤鴻」類，《類編草堂詩餘》卷一、《花草粹編》卷四皆題「孤鴻」。

簧語。門外重重疊疊山[五]，遮不斷、愁來路。

【校】

[一] 按：《詞律》卷三、《詞譜》卷五皆以此詞為「又一體」，於後段首句皆注叶韻。

[二] 「胷中」句：《樂府雅詞》卷中、《花庵詞選》卷六、《花草粹編》卷四皆作「天生百種愁」。

[三] 自得：《樂府雅詞》、《花庵詞選》皆作「占得」。

[四] 凌波：《樂府雅詞》作「生塵」。

[五] 門外：《樂府雅詞》、《花庵詞選》皆作「柳外」。

詩餘譜卷九(一)

天文題　以末字為主，地理、人物、時令皆放此(二)

鶴冲天(三)　雙調○小令　宋歐陽脩

梅謝粉三字句，柳拖金韻，三字句。香可仄滿舊園林叶，五字句。養可平花天可仄氣半晴陰叶，七字句。花可仄好却愁深叶，五字句。○花可仄無數更韻，三字句。愁可仄無數叶，三字句。花可仄好却愁春去叶，六字句。戴可平花持可仄酒祝東風更韻，七字句。千可仄萬莫匆匆叶，五字句。

(一) 按：原本未署卷數，蓋脱漏；重訂本、《彙刊》本皆署「詩餘九」，茲從校訂。
(二) 按：重訂本、《彙刊》本題下無注文，以下各卷各題原本有注文者，二本皆删而不録。
(三) 按：此調本名《喜遷鶯》，始見晚唐韋莊詞，南唐馮延巳詞别名《鶴冲天》；宋歐陽修等《鶴冲天》即《喜遷鶯》；宋詞另有柳永等《鶴冲天》，蓋慢詞，與此為異調。

杏花天　雙調○小令　○後段同　宋朱敦儒

淺可平春可仄庭可仄院東風曉[一]韻，七字句。細可平雨打、鴛鴦寒可仄峭叶，七字句。花可仄尖望可平見鞦韆了叶，七字句。無可仄路踏可平青鬬可平草叶，六字句。○人別後、碧雲信杳。對好景、愁多歡少。等他燕子傳音耗。紅杏開時未到[二]。

【校】

[一]淺：《百家詞》本《樵歌》卷上、四印齋本《樵歌》卷中皆作「殘」。

[二]「紅杏」句：《明辯》本作「紅杏開未到」，脫落一字；《樵歌》、《詩餘圖譜》皆作「紅杏開也未到」，《詞譜》卷十作「紅杏開還未到」。

鷓鴣天　雙調○小令　○前段即七言絕句，首句末用平韻

春閨　宋秦　觀(一)

枝上流鶯和淚聞[一]。新啼痕間舊啼痕。一春魚鴈無消息[二]，千里關山勞夢魂。○無一語

(一)按：此詞《草堂詩餘·前集》卷下未署名；《類編草堂詩餘》卷一、《花草粹編》卷十皆題秦觀作；汲古閣本《淮海詞》收此詞；《全宋詞》錄為無名氏詞。

三字句，對芳樽叶，三字句。安可仄排腸可仄斷到黃昏[三]叶，七字句。甫可平能炙可平得燈兒了七字句，雨可平打梨花深可仄閉門叶，七字句。

【校】

[一] 枝上：《類編草堂詩餘》卷一、《詞律》卷八作「枕上」。

[二] 魚鴈：《草堂詩餘・前集》卷下、《明辯》本等皆作「魚鳥」。

[三] 排：平聲，當左劃綫，此蓋脱漏；《明辯》本譜注平聲。

又(一)

宋晏幾道

綵袖慇懃捧玉鍾。當年拚却醉顏紅。舞低楊柳樓心月，歌盡桃花扇底風[二]。○從別後，憶相逢。幾回魂夢與君同。今朝剩把銀釭照[三]，猶恐相逢是夢中。

(一) 按：《花庵詞選》卷三題「佳會」，《草堂詩餘・後集》卷下入「飲饌器用・詠酒」類，題「勸酒」。

【校】

[一]扇底風：汲古閣本及《彊村叢書》本《小山詞》、《類編草堂詩餘》卷一、《詞譜》卷十一皆作「扇影風」。

[二]今朝：《小山詞》、《花庵詞選》卷三、《草堂詩餘·後集》卷下、《花草粹編》卷十皆作「今宵」。

詩餘譜卷十[一]

地理題

浪淘沙[二]　凡二體，有單雙二調

第一體　單調○小令　○即七言絶句，首句末用平韻○二首　唐皇甫松

灘頭細草接疎林，浪惡罾船半欲沈。宿鷺眠鷗非舊浦，去年沙觜是江心。

戀歌荳蔻北人愁[三]，蒲雨杉風野艇秋。浪起鵁鶄眠不得，寒沙細細入江流。

[一] 按：此卷標題原本署於「地理題」卷之末，兹據例移置卷前。

[二] 按：此調始見中唐劉禹錫、白居易詞，皆七言四句單片體；兩段雜言體始見南唐李煜詞，當屬同名異調；宋詞此調或加「令」、「近」，又别名《賣花聲》，另有《浪淘沙慢》。

【校】

[一] 戀歌：《花間集》卷二作「蠻歌」。

第二體　一名《賣花聲》○雙調○小令　○後段同

閨情[一]　宋康與之

蹙可平損遠山眉韻，五字句。幽可仄怨誰知叶，四字句。羅可仄衾滴可平盡淚臙脂叶，七字句。夜可平過春可仄寒愁未起七字句，門可仄外鴉啼叶，四字句。○惆悵阻佳期。人在天涯。東風頻動小桃枝。正是銷魂時候也，撩亂花飛。

又

閨思　宋康與之

愁撚斷釵金。遠信沉沉。秦箏調怨不成音。郎馬不知何處也，樓外春深。○好夢已難尋。

[一] 按：《中興以來絕妙詞選》卷一調名作《賣花聲》，題「閨思」；《草堂詩餘·後集》卷下入「人事·閨情」類；《花草粹編》卷九題「春情」。

夜夜餘衾。目窮千里正傷心。記得當初郎去路，綠樹陰陰。

又

春暮懷舊(一)　　南唐李後主

簾外雨潺潺。春意闌珊[一]。羅衾不暖五更寒[二]。夢裏不知身是客，一餉貪歡。○獨自莫凭欄。無限江山[三]。別時容易見時難。流水落花春去也[四]，天上人間。

【校】

[一] 闌珊：《南唐二主詞》一作「將闌」。

[二] 不暖：《南唐二主詞》一作「不耐」，《詞律》卷一、《詞譜》卷十同。

[三] 江山：《南唐二主詞》作「關山」。

[四] 春去：《南唐二主詞》一作「歸去」，《花庵詞選》卷一同。

(一) 按：原本此題脫「舊」字，茲從《明辯》、《彙刊》本校訂。《南唐二主詞》調名作《浪淘沙令》，無題；《草堂詩餘·前集》卷上入「春景·懷舊」類；《詩餘圖譜》題「春暮」。

浣溪沙(一) 凡二體，並雙調○小令

第一體 二首

唐薛昭蘊

粉可平上依稀有可平淚痕韻，七字句。郡可平庭花可仄落斂黄昏叶，七字句。遠可平情深可仄恨與誰論叶，七字句。○記可平得去可平年寒食日七字句，延可仄秋門可仄外卓金輪叶，七字句。日可平斜人可仄散暗銷魂叶，七字句。

握手河橋柳似金。蜂鬢輕惹百花心。蕙風蘭思寄清琴。○意滿便同春水滿，情深還似酒盃深。楚煙湘月兩沉沉。

(一) 按：此調五代和凝詞別名《山花子》。前卷「子字題」已收《山花子》二體，以和凝及李璟詞為例，即《浣溪沙》雜言體；此卷所收為齊言體，實屬同調異體。

又

春景　宋歐陽脩㈠

小院閑窻春色深。重簾未捲影沉沉。倚樓無語理瑤琴。◯遠岫出雲催薄暮[一]，細風吹雨弄輕陰。梨花欲謝恐難禁。

【校】

[一] 出雲：《樂府雅詞》卷下、《花草粹編》卷三皆作「出山」。

第二體　前段與第一體同，唯首句用仄字，不用韻◯後段同　唐薛昭藴

紅蓼渡頭秋正雨，印沙鷗跡自成行。整鬟飄袖野風香。◯不語含嚬深浦裏，幾廻愁煞棹船郎。燕歸帆盡水茫茫。

㈠ 按：《草堂詩餘・前集》卷上未署名，題「春景」；《類編草堂詩餘》卷一作歐陽修詞；《樂府雅詞》卷下、《花草粹編》卷三皆署李易安，《全宋詞》據以收作李清照詞。

詩餘譜卷十一

古歙程明善纂輯

時令題

洛陽春(一)

一名《一絡索》〇雙調〇小令　〇後段同

宋陳師道

素可平手拈可仄花纖軟韻，六字句。生可仄香相亂[二]叶，四字句。卻可平須詩可仄力與丹青七字句，恐可平俗可平手、難成染叶，六字句。〇一顧教人微倩。那堪親見。不辭紫袖拂清塵，也要識、春風面。

【校】

[二] 相：《明辯》本譜注平聲。

(一) 按：此調蓋首見張先詞，名《玉聯環》；歐陽修等人詞又名《洛陽春》、《一落索》、《一絡索》、《玉連環》、《上陽春》。《詞律》卷四、《詞譜》卷五皆以《一落索》為正名。

又

閨思(一)　宋辛棄疾

羞見鑑鸞孤卻。倩人梳掠。一春長是為花愁，甚夜夜、東風惡。◯行遶翠簾珠箔。錦牋誰託。玉觴淚滿卻停觴，怕酒似、郎情薄。

畫堂春　雙調◯小令

春怨　宋徐俯(二)

落可平紅鋪可仄徑水平池韻，七字句。弄可平晴小可平雨霏霏叶，六字句。杏可平花憔可仄悴杜鵑啼[一]叶，七字句。無可仄奈春歸叶，四字句。◯柳可平外畫可平樓獨可平上六字句，凭可仄欄手可平撚花枝叶，六字句。放可平花無可仄語對斜暉叶，七字句。此可平恨誰知叶，四字句。

(一) 按：《稼軒詞》甲集調名作《一落索》，題「閨思」；《稼軒長短句》卷十二調名《一絡索》，無題。

(二) 按：此詞《草堂詩餘・前集》卷下入「春景・春怨」類，未署名；《花草粹編》卷七作徐俯詞；《淮海長短句》、《淮海詞》俱載此詞；《全宋詞》收作秦觀詞。

【校】

［一］杏花：《淮海長短句》、《淮海詞》皆作「杏園」。

又

同上〔一〕　宋秦　觀

東風吹柳日初長。雨餘芳草斜陽。杏花零落燕泥香。睡損紅粧。○香篆暗消鸞鳳，畫屏縈遶瀟湘。暮寒輕透薄羅裳。無限思量。

海棠春　雙調○小令　○後段同

春曉　宋秦　觀〔二〕

流可仄鶯牕可仄外啼聲巧［一］韻，七字句。睡可平未足、把可平人驚覺叶，七字句。翠可平被曉寒

〔一〕按：《明辯》本題「春怨」。此詞《花庵詞選》卷四署秦觀作，又載明刻本《豫章黄先生詞》，《全宋詞》於黄庭堅、秦觀兩收並存。

〔二〕按：此詞《草堂詩餘・前集》卷下未署名；《詩餘圖譜》未署名，注據《詩餘》；《類編草堂詩餘》卷一署秦觀作；《樂府雅詞・拾遺》卷下闕名，《全宋詞》據以錄為無名氏詞。

輕[二]五字句，寶可平篆沈烟裊叶，五字句。○宿醒未解宮娥報。道別院、笙歌會早。試問海棠花，昨夜開多少。

【校】

[一]「流鶯」句：《樂府雅詞・拾遺》卷下作「曉鶯窗外啼春曉」。

[二]曉：此左劃綫表平聲，蓋訛誤；《明辯》本注仄聲。

洞天春[一]

雙調○小令　宋歐陽脩

鶯可仄啼可仄綠可平樹可平聲可仄早韻，六字句。檻可平外殘可仄紅未可平掃叶，六字句。露可平點珍珠遍可平芳可仄草叶，七字句。正可平簾可仄幃清曉叶，五字句。○鞦可仄韆宅可平院悄可平悄叶，六字句。又可平是清可仄明過可平了叶，六字句。燕可平蝶輕狂四字句，柳可平絲撩亂四字句，春可仄心

[一]按：此調宋詞僅見歐陽修一首，景宋本《近體樂府》卷三、《六一詞》並收，為孤調。《詞律》卷五此調不注可平可仄，《詞譜》卷七同。

多可仄少叶，四字句。[一]

【校】

[一] 按：後段平聲字皆未左劃綫，重訂本、《彙刊》本同。

月宮春[一] 雙調◯小令

唐毛文錫

水可平精宮裏桂花開[一]韻，七字句。神可仄仙探可平幾迴[二]叶，五字句。紅可仄芳金可仄蘂繡重臺叶，七字句。低可仄傾瑪可平瑙盃[三]叶，五字句。◯玉可平兔銀蟾爭守護[四]七字句，嫦可仄娥奼可平女戲相隈[五]叶，七字句。遙可仄聽鈞天九可平奏六字句，玉可平皇親可仄看來叶，五字句。

【校】

[一] 水精：《花間集》一作「水晶」。桂：此左劃綫表平聲，蓋訛誤。

(一) 按：此調唐五代詞僅見毛文錫一首，宋詞有周邦彥等四人各一首。

［二］ 幾：此左劃綫表平聲，亦誤。

［三］ 低：當左劃綫，此蓋脱漏。瑪瑙：《明辯》本作「瑙瑪」。

［四］ 爭：當左劃綫，此蓋脱漏。

［五］ 嫦娥：《花間集》、《明辯》本作「姮娥」。限：《花間集》一作「佷」。

武陵春　凡二體，並雙調○小令

第一體　後段同

燈夜觀雪既而月復明〔一〕　宋毛滂

風可仄過冰可仄簷環珮響七字句，宿可平霧在華茵韻，五字句。賸可仄落瑤花襯可平月明〔二〕叶，七字句。嫌可平怕有纖塵〔三〕叶，五字句。○鳳口銜燈金炫轉，人醉覺寒輕。但得清光解照人。不負五更春。

〔一〕 按：《百家詞》本、汲古閣本《東堂詞》皆題「正月十四夜孫使君席上觀雪既而月復明」。

【校】

［一］賸：此左劃綫，注可仄，蓋訛誤；《明辯》本、《詞譜》卷七皆注本仄可平。

［二］嫌：當左劃綫，此誤注本仄可平；《詞譜》注本平可仄。

第二體　前段與第一體同○後段同，唯末句作六字

春晚(一)　　宋婦李清照

風住塵香花已盡，日晚倦梳頭。物是人非事事休。欲語淚先流。○聞說雙溪春向好[一]，也擬泛輕舟。只恐雙溪舴艋舟，載不動、許多愁。

【校】

［一］向：《漱玉詞》、《草堂詩餘·前集》、《明辯》等各本皆作「尚」。

(一) 按：《草堂詩餘·前集》卷上入「春景·春暮」類，未署名；汲古閣本《詩詞雜俎》、《漱玉詞》、《類編草堂詩餘》卷一皆作李清照詞，題「春晚」。

錦堂春(一)　雙調○小令　○後段同

閨怨(二)　　宋趙令畤

樓可仄上縈可仄簾弱可平絮六字句，牆可仄頭礙可平月低花韻，六字句。年可仄年春可仄事關心事七字句，腸可仄斷欲棲鴉叶，五字句。○舞鏡鸞衾翠減，啼珠鳳蠟紅斜。重門不鎖相思夢，隨意遶天涯。

錦帳春　雙調○中調　○後段同

杜叔高席上作　　宋辛棄疾

春可仄色難留四字句，酒可平杯常淺韻，四字句。更可平舊可平恨新可仄愁相可仄間[一]叶，七字句。五更風[二]三字句，千里夢三字句，看可平飛可仄紅幾片叶，五字句。這可平般庭院叶，四字句。○幾許風

(一) 按：此調正名實為《烏夜啼》，唐五代詞僅見李煜一首，與《相見歡》別名《烏夜啼》為異調。此調宋詞別名《聖無憂》、《烏啼月》、《錦堂春》。宋詞另有《錦堂春》慢詞。

(二) 按：《草堂詩餘・前集》卷下入「春景・春怨」類，《花庵詞選》卷六、《花草粹編》卷八皆題「春思」。

流，幾般嬌嬾。問相見何如不見。燕飛忙，鶯語亂，恨重簾不捲。翠屏平遠。

【校】

[一] 更：《稼軒詞》丙集、《花草粹編》卷十二、《詞譜》卷十三皆作「把」。

[二] 五：仄聲，此左劃綫表平聲，蓋衍誤。

玉堂春[一]

雙調○中調

宋晏　殊

斗可平城池舘韻，四字句。二可平月風可仄和煙可仄煖叶，六字句。繡可平戶珠簾四字句，日可平影初長更韻，四字句。玉可平轡金鞍四字句，繚可仄繞沙堤路五字句，幾可平處行人映綠楊[二]叶，七字句。○小可平檻朱闌回可仄倚六字句，千可仄花淚可仄露香[三]叶，五字句。脆可平管清絃四字句，欲可平奏新翻曲五字句，依可仄約林間坐夕陽叶，七字句。

[一] 按：此調宋詞僅見晏殊詞三首，俱載《珠玉詞》。

【校】

［一］幾：仄聲，此左劃綫，蓋訛誤；《明辯》本注仄聲可平。

［二］淚：《珠玉詞》、《明辯》本皆作「濃」。露：此左劃綫，蓋衍誤；《明辯》本注仄聲。

謝池春〔一〕　凡二體，並雙調○中調

第一體　後段同，唯首句末用仄字，不叶韻　宋陸　游

賀可平監湖邊四字句，初可仄繫放可平翁歸棹韻，六字句。小可平園林可仄、時可仄時醉可平倒〔二〕叶，七字句。春可仄眠鶯可仄起四字句，聽可平啼可仄鶯催曉叶，五字句。嘆可平功名可仄、誤可平人堪可仄笑叶，七字句。○朱橋翠徑，不許京塵飛到。掛朝衣、東歸欠早。連宵風雨，卷殘紅如掃。恨尊前、送春人老。

〔一〕按：此調當以《風中柳》為正名，始見《高麗史・樂志》無名氏詞，注「令」；陸游等多別名《謝池春》，陳著又別名《賣花聲》。張先等《謝池春慢》，與此為異調。

【校】

[一] 園：原本空闕，重訂本、《彙刊》本作「踈」；茲從《渭南詞》、《放翁詞》、《明辯》本校訂。

第二體(一)　後段同　　宋張　先

繚可平墻重可仄院四字句，時可仄聞可仄有、啼鶯到韻，六字句。繡可平被掩可平餘寒[一]可仄，五字句，畫可平幕明新曉叶，五字句。朱可仄檻連空闊五字句，飛可仄絮舞可平多少[二]叶，五字句。徑可平沙平可仄，三字句，池水渺叶，三字句。日可平長風靜四字句，花可仄影閑相照叶，五字句。○塵香拂馬，逢謝女、城南道。秀豔過施粉，多媚生輕笑。鬬色鮮衣薄，碾玉雙蟬小。歡難偶，春過了。琵琶流怨，都入相思調。

【校】

[一] 掩：《張子野詞》注「一作堆」；《花草粹編》卷十六作「堆」。

(一) 按：鮑本《張子野詞》卷一調名作《謝池春慢》，題「玉仙觀道中逢謝媚卿」，與陸游《謝池春》迥異；《詞律》卷十、《詞譜》卷十五及卷二十二皆分列為二調。

［二］舞：《張子野詞》作「無」，注「一作知」；《花草粹編》作「知」。

越溪春[一]

雙調◯中調　宋歐陽脩

三可仄月十可平三寒食日七字句，春可仄色遍天涯韻，五字句。越可平溪閬可平苑繁華地七字句，傍可平禁垣可仄、珠可仄翠煙霞叶，七字句。紅可仄粉牆頭四字句，鞦可仄韆影可平裏四字句，臨可仄水人家叶，四字句。◯歸可仄來晚可平駐香車叶，六字句。銀可仄箭透牕紗叶，五字句。有可平時三可仄點兩可平點雨霽八字句，朱可仄門柳可平細風斜叶，六字句。沉可仄麝不燒金鴨冷七字句，籠可仄月照梨花[二]叶，五字句。

【校】

［一］按：此調僅見歐陽修詞一首，為孤調。《詞律》卷十二收此調，不注可平可仄；《詞譜》卷十七亦同。

［二］「沉麝」二句：四庫本《六一詞》、《花草粹編》卷十五、《詞律》卷十一皆作「沈麝不燒金鴨，玲瓏月照梨花」。

鳳樓春(一) 雙調○中調

唐歐陽炯

鳳可平髻綠雲叢韻，五字句。深可仄掩房櫳叶，四字句。錦書通叶，三字句。夢可平中相可仄見覺來慵[一]叶，七字句。匀可仄面淚、臉珠融[二]叶，六字句。因可仄想玉可平郎何處去七字句，對可平淑景誰同叶，五字句。○小樓中叶，三字句。春可仄思無窮叶，四字句。倚可平欄顒望四字句，闇可平牽愁緒四字句，柳可平花飛可仄起東風叶，六字句。斜可仄日照可平簾四字句，羅可仄幌可平香可仄冷粉屏空叶，七字句。海可平棠零落四字句，鶯可仄語殘紅叶，四字句。

【校】

[一] 來：平聲，當左劃綫，此蓋脱漏。

[二] 「匀面」句：《詞律》卷十一、《詞譜》卷十八皆作三言二句。

(一) 按：此調僅見五代歐陽炯詞一首，為孤調。《詞律》卷十一、《詞譜》卷十八收此調，皆不注可平可仄。

塞垣春　雙調○長調

秋思(一)　宋周邦彦

暮可平色分平野韻，五字句。傍可平葦可平岸、征帆卸叶，六字句。煙可仄村極可平浦四字句，樹可平藏孤可仄館四字句，秋可仄景可平如畫叶，四字句。漸可平別離氣可平味難禁也叶，八字句。更可平物象、供瀟灑[一]叶，六字句。念多可仄才、渾衰可仄減六字句，一可平懷幽可仄恨難寫叶，六字句。○追可仄念綺牕人五字句，天可仄然自可平、風韻可平嫻雅叶，七字句。竟可平夕起相思五字句，謾可平嗟怨可平遙可仄夜叶，五字句。又可平還可仄將可仄、兩可平袖可平珠可仄淚沉吟九字句，向可平寂可平寥可仄寒燈下[二]叶，六字句。玉可平骨為可平多感五字句，瘦可平來無一把叶，五字句。

【校】

[一]「更物象」句：《詞律》卷十四作三言二句，《詞譜》卷二十五作六言折腰句。

(一) 按：《片玉集》卷五、《清真集》卷下入「秋景」類，無題；《類編草堂詩餘》卷三、《花草粹編》卷十八、《明辯》本皆題「秋怨」。

〔二〕「又還將」二句：《詞律》、《詞譜》皆作「又還將、兩袖珠淚，沈吟向、寂寥寒燈下」。

漢宮春　凡二體，並雙調○長調

第一體

上元前一日立春〔一〕　宋京　鏜

暖可平律初回韻，四字句。又可平燒可仄燈市可平井五字句，賣可平酒樓臺叶，四字句。誰可仄將可仄星移萬可平點六字句，月可平滿千街叶，四字句。輕可仄車細可平馬隘通衢七字句，蹴可平起香埃〔二〕叶，四字句。今可仄歲可平好、土可平牛作可平伴〔二〕七字句，挽可平留春可仄色同來叶，六字句。○不可平是天公省可平事六字句，要可平一可平時壯觀五字句，特可平地安排叶，四字句。何可仄妨綵可平樓鼓可平吹六字句，綺可平席樽罍叶，四字句。良可仄宵勝可平景四字句，語可平邦可仄人、莫可平惜徘徊叶，七字句。休可仄笑我、痴可仄頑不可平去〔三〕七字句，年可仄年爛可平醉金釵叶，六字句。

〔一〕按：《百家詞》本《松坡居士詞》題「元宵十四夜作是日立春」。

【校】

[一]「輕車」二句：《詞譜》卷二十四作「輕車細馬，隘通衢、蹴起香埃」。

[二]今歲好：《明辯》本作「今好歲」。

[三]笑：《中興以來絕妙詞選》卷三作「教」。

第二體

元宵(一)　宋康與之

雪可平海沉沉[一]四字句，峭可平寒收可仄建可平章可仄，五字句，雪可平殘鳷可仄鵲韻，四字句。華可仄燈照可平夜四字句，萬可平井禁可平城行樂叶，六字句。春可仄隨鬢可平影映參差七字句，柳可平絲梅萼[二]叶，四字句。丹可仄禁可平香、罨可仄峰對可平聳可平三可仄山可仄，九字句，上可平通寥廓[三]叶，四字句。○春可仄衫可仄繡可平羅香薄叶，六字句。步可平金可仄蓮影可平下五字句，三可仄千綽可平約叶，四字句。冰可仄輪桂可平滿四字句，皓可平色冷可平侵樓閣[四]叶，六字句。霓可仄裳帝可平樂奏

(一)按：《中興以來絕妙詞選》卷一題「慈寧殿元夕被旨作」，《草堂詩餘・後集》卷上入「節序・上元」類，《類編草堂詩餘》卷三題「元宵」。

昇平七字句，天可仄風吹落[五]叶，四字句。留可仄鳳可平輦、通可仄宵宴可平賞[六]七字句，莫可平放漏可平聲閑卻叶，六字句。

【校】

[一]雪海：《中興以來絕妙詞選》、《草堂詩餘・後集》、《類編草堂詩餘》皆作「雲海」。

[二]「春隨」二句：《詞律》卷十四、《詞譜》卷二十四皆作「春隨鬢影，映參差、柳絲梅萼」。

[三]「丹禁」二句：《詞律》作三言一句、四言一句、六言一句，《詞譜》作七言一句、六言一句。香，《明辯》本等皆作「杳」。

[四]侵：《中興以來絕妙詞選》、《草堂詩餘・後集》、《詩餘圖譜》皆作「浸」。

[五]「霓裳」二句：《詞律》、《詞譜》皆作「霓裳帝樂，奏昇平、天風吹落」。

[六]「留鳳輦」句：《詞律》作三言一句、四言一句。

燕臺春（一）　雙調〇長調

春景（二）　　宋張　先

麗可平日千門[一]四字句，紫可平煙雙可仄闕四字句，瓊可仄林又可平報春回韻，六字句。殿可平閣風微四字句，當可仄時去可平燕還來叶，六字句。五可平侯池可仄館屏開叶，六字句。探可平芳可仄菲走可平馬[二]五字句，重可仄簾人可仄語四字句，轔可仄轔車可仄幰[三]四字句，遠可平近輕雷叶，四字句。〇雕可仄觴霞可仄灩四字句，翠可平幙雲飛四字句，楚可平腰舞可平柳四字句，宮可仄面糚梅叶，四字句。金可仄猊夜可平煖四字句，羅可仄衣暗可平裛香煤叶，六字句。洞可平府人歸四字句，笙可仄歌院可平落四字句，燈可仄火樓臺叶，四字句。下蓬萊[四]叶，三字句。猶可仄有花上可平月五字句，清可仄影徘徊叶，五字句。

（一）按：鮑本《張子野詞》卷一調名作《燕春臺慢》，或訛作《燕臺春》；宋詞多名《宴春臺》，又別名《夏初臨》。《詞律》卷十五並列《燕春臺》、《夏初臨》，而注為同調。

（二）按：鮑本《張子野詞》卷一題「東都春日李閣使席」，《百家詞》本題末有「上」字；《草堂詩餘・前集》卷上入「春景・春思」類，《類編草堂詩餘》卷三題「春思」。

【校】

[一] 千：平聲，當左劃綫；以下「當」、「猶」亦平聲，皆漏劃綫。

[二] 「探芳菲」句：《張子野詞》卷一、《樂府雅詞》卷上、《草堂詩餘·前集》卷上皆作「探芳菲走馬天街」，《詞譜》卷二十六同，於「街」字注叶韻。

[三] 車幰：《張子野詞》作「繡軒」，注「一作幰車，一作車幰」。

[四] 「笙歌」三句：《張子野詞》作「放笙歌燈火，下樓臺蓬萊」；《樂府雅詞》作「放笙歌、燈火樓臺。下蓬萊」，《詞譜》「放」作「擁」。

帝臺春(一)

雙調○長調

宋李景元(二)

芳可仄草碧韻，三字句。色萋萋三字句，遍可平南可仄陌[一]叶，三字句。飛可仄絮亂可平紅[二]四字句，

(一) 按：唐教坊曲有此名，無唐詞；《宋史·樂志》載為琵琶曲，蓋屬新聲。此調宋詞僅見李甲詞一首，《詞律》卷十五、《詞譜》卷二十五收此詞，皆不注可平可仄。

(二) 按：《明辯》本僅署「宋李」，此本補署李景元；《樂府雅詞》卷下、《花庵詞選》卷三等皆同；《全宋詞》作李甲，小傳注字景元。

也可平似知人四字句，春可仄愁無力叶，四字句。憶可平得盈盈拾可平翠侶七字句，共可平攜可仄賞鳳可平城寒食[三]叶，七字句。到今來三字句，海可平角逢春四字句，天可仄涯行客[四]叶，四字句。○愁旋釋叶，三字句。還似織叶，三字句。淚可平暗拭叶，三字句。又可平偷滴叶，三字句。謾可平遍可平倚危欄五字句，儘可平黃昏也四字句，只可平是暮可平雲凝碧[五]叶，六字句。拚可仄則而可仄今已拚可仄了[六]七字句，忘可仄則可平怎可平生可仄便可平忘得叶，七字句。又可平還可仄問鱗鴻五字句，試可平重可仄尋消息叶，五字句。

【校】

[一]「芳草」三句：《詞律》卷十五、《詞譜》卷二十五皆作四言一句、五言一句，以「色」字叶韻。南，當左劃綫。

[二]飛絮：《樂府雅詞》卷下、《花庵詞選》卷三、《詞譜》皆作「暖絮」。

[三]鳳：仄聲，此誤左劃綫；以下「旋」、「淚」、「也」、「暮」亦仄聲，皆誤劃綫。

[四]行客：《樂府雅詞》作「為客」，《花庵詞選》、《詞譜》皆作「倦客」。

[五]「儘黃昏」二句：《詞譜》作「儘黃昏，也只是、暮雲凝碧」。

〔六〕拵：此字间隔重複，皆注可仄，《明辯》本亦注本平可仄，當左劃綫；《詞律》、《詞譜》皆作「拌」。

絳都春 雙調○長調

上元 宋丁仙現〔一〕

融可仄和又可平報韻，四字句。乍可平瑞靄可平霽可平色可平、皇可仄州春早〔二〕叶，九字句。翠可平幰競可平飛四字句，玉可平勒爭馳四字句，都門道〔三〕叶，三字句。鼇可仄山綵可平結蓬萊島叶，七字句。向可平晚可平色、雙可仄龍啣照叶，七字句。絳可平綃樓上四字句，彤可仄芝蓋可平底四字句，仰可平瞻天表叶，四字句。○縹緲叶，二字句。風可仄傳帝可平樂四字句，慶可平三殿可平共可平賞可平、羣可仄仙同到叶，九字句。迤可仄邐御可平香四字句，飄可仄滿人可仄間閒嬉可仄笑叶，七字句。須可仄臾一可平點星毬小叶，七字句。漸可平隱隱、鳴可仄梢聲杳叶，七字句。遊可仄人月可平下歸來六字句，洞

〔一〕按：《明辯》本僅署「宋丁」，此本補署其名；《草堂詩餘·後集》卷上「節序·上元」類、《花草粹編》卷二十皆作丁仙現，題「上元」。

可平天未可平曉叶，四字句。

【校】

〔一〕「乍瑞靄」句：《詞律》卷十六、《詞譜》卷二十八所收此調各體，皆作五言一句、四言一句，僅趙彥端詞作九言一句，於三字下注「讀」。乍，仄聲，此誤左劃綫。

〔二〕「玉勒」二句：《詞譜》作七言一句；《詞律》作四言一句、三言一句，注三字句「用平平仄，是定格」，後段「飄滿」句亦同此。

沁園春　凡二體，並雙調○長調

第一體

帶湖新居將成〔一〕　宋辛棄疾

三可仄徑初成四字句，鶴可平怨可平猿驚〔二〕可仄，四字句，稼可平軒棄疾自號未可平來韻，四字句。甚可平

〔一〕按：《中興以來絕妙詞選》卷三、《草堂詩餘・後集》卷下、《類編草堂詩餘》卷四皆題「退閑」，《詩餘圖譜》卷三題「恬退」。

雲可仄山自可平許五字句，平可仄生可仄意氣四字句，衣可仄冠人笑四字句，抵可平死塵埃叶，四字句。意可平倦須還四字句，身可仄閑貴可平早四字句，豈可平為蓴羹鱸可仄膾哉叶，七字句。秋江上三字句，看可平驚可仄弦鴈可平避五字句，駭可平浪船回叶，四字句。○東可仄岡更可平葺茅齋叶，六字句。好可平都可仄把軒牕臨可仄水開叶，八字句。要可平小可平舟行可仄釣五字句，先可仄應種可平柳四字句，疎可仄籬護可平竹四字句，莫可平礙觀梅叶，四字句。秋可仄菊堪餐四字句，春可仄蘭可可平佩四字句，留可仄待先生手可平自栽叶，七字句。沉吟久三字句，怕可平君可仄恩未可平許五字句，此可平意徘徊叶，四字句。

【校】

[一]鶴：仄聲，此左劃綫，蓋訛誤。以下「都」、「臨」、「應」平聲字，皆當左劃綫。

第二體　前段與第一體同，唯第八句作七字，九句作八字

春思　　宋秦觀

宿靄迷空，膩雲籠日，晝景漸長。正蘭皋泥潤[二]，誰家燕喜，蜜脾香少，觸處蜂忙。盡日無

人簾幙挂，更風遞游絲時過墻。微雨後，有桃愁杏怨，紅淚淋浪。○風可仄流寸心易可平感六字句，但可平依可仄依竚可平立、回可仄盡愁腸叶，九字句。念可平小可平奩瑤可仄鑑五字句，重可仄勻絳可平蠟四字句，玉可平籠金可仄斗四字句，時可仄熨沈香叶，四字句。柳可平下相可仄將遊冶處七字句，便可平回可仄首、青樓成可仄異鄉叶，八字句。相憶事三字句，縱可平鸞可仄牋萬可平疊〔二〕五字句，難可仄寫微茫叶，四字句。

【校】

〔一〕蘭臯泥潤：《淮海長短句》卷上、《花草粹編》卷二十四、《詩餘圖譜》卷三皆作「蘭泥膏潤」。

〔二〕鸞牋：《淮海長短句》、《淮海詞》、《花草粹編》、《詩餘圖譜》皆作「蠻牋」。

詩餘譜卷十二[一]

人物題

河瀆神　雙調○小令

唐溫庭筠

孤可仄廟對寒潮韻，五字句。西可仄陵風可仄雨蕭蕭[二]叶，六字句。謝可平娘惆可仄悵倚蘭橈叶，七字句。淚可平流玉可平筯千條叶，六字句。○暮可平天愁可仄聽思歸樂更韻，七字句。早可平梅香可仄滿山郭叶，六字句。回可仄首兩可平情蕭索叶，六字句。離可仄魂何處飄泊叶，六字句。

【校】

[二] 西：平聲，當左劃綫；下句「惆」字平聲，亦未左劃綫。

(一) 按：原本此卷標題附於卷末，署曰「詩餘譜卷十二終」，茲依例題署於卷前。

二郎神(一)　凡二體，並雙調○長調

第一體

七夕　宋柳　永

炎可仄光謝可平過四字句，暮可平雨芳可仄塵輕可仄灑[一]韻，六字句。乍可平露可平冷風可仄清五字句，庭可仄戶爽可平天如水、玉可平鉤遙掛[二]叶，十字句。應可仄是星可仄娥嗟久阻七字句，叙可平舊可平約、飇可仄輪欲可平駕叶，七字句。極可平目處、微可平雲暗可平度[三]七字句，耿可平耿銀可仄河高瀉叶，六字句。○閑雅叶，二字句。須可仄知此可平景、古今無價[四]叶，八字句。運可平巧思、穿針樓上女[五]八字句，擡可仄粉面、雲可仄鬟相亞叶，七字句。鈿可平合金可仄釵私語處七字句，算可平誰在、回廊影下叶，七字句。願可平天可仄上人間、占可平得歡娛[六]九字句，年可仄年今夜叶，四字句。

【校】

[一]「炎光」二句：《詞律》卷十五、《詞譜》卷三十二皆作：「炎光謝。過暮雨、芳塵輕灑。」以「謝」

(一) 按：唐教坊曲有此名，無唐詞；宋詞始見柳永，一名《二郎神慢》，蓋另創新聲；徐伸詞別名《轉調二郎神》，吳文英詞又名《十二郎》。

字為起韻。

[二]「乍露泠」二句：《詞律》作「乍露泠、風清庭户爽，天如水、玉鈎遥掛」，《詞譜》同，唯於「泠」字未注「讀」。

[三] 微：《明辯》本注本平可仄。

[四]「須知」句：《词律》、《词谱》皆作四言二句。

[五] 巧思：《明辯》本皆注仄聲。

[六]「願天上」句：《詞律》、《詞譜》皆作五言一句、四言一句。

第二體

春怨(一)　　宋徐幹臣(二)

悶可平來彈可仄鵲四字句，又可平攪可平碎、一簾花影韻，七字句。謾可平試著春衫五字句，還可仄思纖可仄手、熏可仄徹金可仄虬燼可平泠[二]叶，十字句。動可平是愁端如何可仄向七字句，更可平怪可平

(一) 按：《樂府雅詞》調名作《轉調二郎神》，無題；《花庵詞選》題「春詞」；《草堂詩餘·前集》卷下入「春景·春怨」類。

(二) 按：《明辯》本僅署「宋徐」，此本補署徐幹臣，即徐伸；《樂府雅詞·拾遺》卷上、《花庵詞選》卷八皆同。

得、新可仄來多病叶，七字句。嗟可仄舊可平日沈可平腰五字句，而可仄今潘可仄鬢、怎可平堪臨鏡[二]叶，八字句。○重省叶，二字句。別可平時淚可平漬、羅可仄襟猶凝[三]讀作去聲，叶，八字句。料可平為可平我厭厭、日可平高慵可仄起[四]九字句，長可仄託春酲未醒叶，六字句。鴈可平足不可平來四字句，馬可平蹄難駐四字句，門可仄掩一可平庭芳景叶，六字句。空可仄竚可平立、盡可平日欄干遍可平倚九字句，晝可平長人靜叶，四字句。

【校】

[一]「還思」句：《詞譜》卷三十二作四言一句、六言一句。

[二]「而今」句：《詞譜》作四言二句。

[三]「別時」句：《樂府雅詞》作「別來淚滴、羅衣猶凝」，《花庵詞選》作「別時淚濕、羅衣猶凝」；《詞譜》作四言二句。

[四]「料為」句：《詞譜》作五言一句、四言一句。

鵲橋仙　雙調○小令　○後段同

七夕　　宋秦觀

纖可仄雲弄可平巧四字句，飛可仄星傳可仄恨四字句，銀可仄漢迢可仄迢暗可平度韻，六字句。金可仄風玉可平露一相逢七字句，便可平勝可平卻、人可仄間無可仄數叶，七字句。○柔情似水，佳期如夢，忍顧鵲橋歸路。兩情若是久長時，又豈在、朝朝暮暮。

臨江仙　凡七體，並雙調

第一體　小令　○後段同

石晉和凝

海可平棠可仄香可仄老可平春江晚七字句，小可平樓霧可平縠涳濛[一]韻，六字句。翠可平鬟初可仄出繡簾中叶，七字句。麝可平煙鸞可仄珮惹蘋風[二]叶，七字句。○碾玉釵搖鸂鶒戰，雪肌雲鬢將融。含情遥指碧波東。越王臺殿蓼花紅。

【校】

[一] 涳：《彙刊》本作「空」。

［二］ 麝：此左劃綫，蓋訛誤；《明辯》本注仄聲。

第二體　小令　○後段同，唯首句末用仄字，不叶韻　唐閻　選

十可平二高可仄峰天可仄外寒韻，七字句。竹可平梢輕可仄拂仙壇叶，六字句。寶可平衣行可仄雨在雲端叶，七字句。畫可仄簾深可仄殿四字句，香可仄霧冷風殘叶，五字句。○欲問楚王何處去，翠屏猶掩金鸞。猿啼明月照空灘。孤舟行客，驚夢亦艱難。

第三體　小令　○前段與第二體同，唯首句末用仄字，不叶韻○後段同　唐鹿虔扆

金鏁重門荒苑靜，綺牕愁對秋空。翠華一去寂無蹤。玉樓歌吹，聲斷已隨風。○烟月不知人事改，夜闌還照深宮。藕花相向野塘中。暗傷亡國，清露泣香紅。

第四體　小令　○前後段並與第三體同，唯首句皆作六字，第四句皆作五字

憶舊　宋晏幾道

鬬草階前初見，穿針樓上曾逢。羅裙香露玉釵風。靚糚眉沁綠，羞豔粉生紅。○流水便隨

春遠，行雲終與誰同。酒醒長悵錦屏空[一]。相尋夢裏路，飛雨落花中。

【校】

[一] 悵：《小山詞》、《明辯》、《彙刊》本皆作「恨」。

第五體　中調　○前後段並與第三體同，唯第四句皆作五字

立春(一)　宋賀鑄

巧剪合歡羅勝子，釵頭春意翩翩。豔歌淺笑拜嫣然[一]。願郎宜此酒，行樂駐華年。○未至文園多病客，幽襟淒斷堪憐。舊遊夢掛碧雲邊。人歸落鴈後，思發在花前。

【校】

[一] 淺笑拜嫣然：《彊村叢書》本《賀方回詞》卷二作「淺拜笑嫣然」。

(一) 按：《彊村叢書》本《賀方回詞》卷二別名《雁後歸》，題「人日席上作」；《草堂詩餘·後集》卷上入「節序·立春」類；《花庵詞選》卷四題「立春」。

又

春暮　宋晁補之[一]

綠暗汀洲三月暮，落花風静帆收。垂楊低映木蘭舟。半篙春水滑，一段夕陽愁。○灞水橋東回首處，美人親上簾鉤。青鸞無計入紅樓。行雲歸楚峽，飛夢到揚州。

又

送祐之弟歸浮梁　宋辛棄疾

鐘鼎山林都是夢，人間寵辱休驚。只消閑處遇平生。酒杯秋吸露，詩句夜裁冰。○記取小牕風雨夜，對牀燈火多情。問誰千里伴君行。曉山眉樣翠，秋水鏡般明。

又

戲為期思詹老壽　宋辛棄疾

手種門前烏桕樹，而今千尺蒼蒼。田園只是舊耕桑。杯盤風月夜，簫鼓子孫忙。○七十五

[一] 按：此詞《草堂詩餘・前集》卷上入「春景・春暮」類，未署名；《類編草堂詩餘》卷二、《花草粹編》卷十三皆署晁无咎作；《全宋詞》錄作無名氏詞。

年無事客，不妨兩鬢如霜。綠牕剗地調紅糚。更從今日醉，三萬六千場。

第六體 中調 ○前後段並與第三體同，唯末句皆作六字[一] 唐顧夐

碧染長空池似鏡，倚樓閑望凝情。滿衣紅藕細香清。象牀珍簟，山障掩、玉琴横。○暗想昔時歡笑事，如今贏得愁生。博山鑪暖澹煙輕。蟬吟人静，殘日傍、小窓明。

【校】

[一]按：《詞律》卷八、《詞譜》卷十收此調，俱以顧夐詞為「又一體」，於兩結皆作三言二句。

第七體 中調 ○前後段並與第四體同，唯第二句皆作七字 宋晏殊(一)

東野亡來無麗句，于君去後少交親。追思往事好沾巾。白頭王建在，猶見詠詩人。○學道深山空自老，留名千載不干身。酒筵歌席莫辭頻。爭如南陌上，占取一年春。

(一)按：此詞《全宋詞》據《小山詞》收作晏幾道詞，注「此首別誤作晏殊詞，見《嘯餘譜》卷二」。

瑞鶴仙〔一〕　雙調○長調　宋康與之

瑞可平煙浮禁苑韻，五字句。正可平絳可平闕春回五字句，新可仄正方半叶，四字句。冰可仄輪可仄桂可平華滿叶，五字句。溢可平花可仄衢歌可仄市五字句，芙可仄蓉開可仄遍叶，四字句。龍可仄樓兩可平觀〔一〕叶，四字句。見可平銀可仄燭、星毬有可平爛叶，八字句〔二〕。捲可平珠可仄簾、盡可平日笙歌七字句，盛可平集寶可平釵金可仄釧叶，六字句。○堪羨叶，二字句。綺可平羅叢裏四字句，蘭可仄麝香中四字句，正可平宜遊可仄翫叶，四字句。風可仄柔夜可平暖四字句，花影亂三字句，笑可平聲喧去聲，叶，三字句。鬧蛾兒三字句，滿可平路成可仄團打可平塊六字句，簇可平著冠兒鬭轉叶六字句。喜可平皇可仄都、舊可平日風光七字句，太可平平再可平見叶四字句。

【校】

〔一〕觀：仄聲，叶韻，此左劃綫，蓋訛誤；《明辯》本注仄聲。後段「麝」字，亦誤左劃綫。

〔二〕八字句：例詞此句實為七字，當注為七字句。

（一）按：此詞《中興以來絕妙詞選》卷一、《草堂詩餘・後集》卷上「節序・上元」類皆題「上元應制」。

又

春情　　宋歐陽脩[一]

臉霞紅印枕。睡覺來，冠兒還是不整[二]。屏間麝煤冷。但眉山壓翠，淚珠彈粉。堂深晝永。燕交飛、風簾露井。恨無人、説與相思，近日帶圍寬盡。○重省。殘燈朱幌，淡月紗牕，那時風景。陽台路遠，雲雨夢，便無準。待歸來，先指花梢教看，卻把心期細問。問因循過了青春，怎生意穩。

【校】

［二］「睡覺來」二句：《詞律》卷十七作九言一句，於三字處注「豆」。茲據《詞譜》卷三十一校訂。

［一］按：《草堂詩餘·前集》卷上「春景·春情」類、《類編草堂詩餘》卷四皆署歐陽修；《花草粹編》卷二十二署陸子逸；《全宋詞》據《絕妙好詞》卷一收作陸淞詞。

八拍蠻　凡二體，並單調○小令

第一體　即七言絶句，第三句拗　　唐孫光憲

孔雀尾拖金線長。怕人飛起入丁香。越女沙頭爭拾翠，相呼歸去背斜陽。

第二體　二首○與第一體同，唯首句末用仄字，不叶韻　　唐閻　選

雲鎖嫩黄煙柳細，風吹紅蒂雪梅殘。光影不勝閨閣恨，行行坐坐黛眉攢。

愁鎖黛眉煙易慘，淚飄紅臉粉難勻。憔悴不知緣底事，遇人推道不宜春。

菩薩蠻　一名《重疊金》，一名《子夜歌》，又與《醉公子》相近(一)○並雙調○小令

唐李　白

○此詞乃百代詞曲之祖(二)

平可仄林漠可平漠煙如織韻，七字句。寒可仄山一可平帶傷心碧叶，七字句。暝可平色入高樓更韻，五

(一) 按：此調宋趙善扛等人詞別名《重疊金》，南唐李煜詞別名《子夜歌》。唐詞有薛昭藴等《醉公子》，體式雖與《菩薩蠻》相近，而實為異調。

(二) 按：《花庵詞選》卷一首録李白《菩薩蠻》、《憶秦娥》，評曰「二詞為百代詞曲之祖」；此注乃摘録其評語，《明辯》本注於例詞之後。

字句。有可平人樓可仄上愁叶，五字句。○玉可平階空佇立[一]更韻，五字句。宿可平鳥歸飛急叶，五字句。何可仄處是歸程更韻，五字句。長可仄亭連可仄短亭[二]叶，五字句。

【校】

[一] 玉階：四庫本《湘山野錄》卷上作「玉梯」；《草堂詩餘·後集》卷下、《類編草堂詩餘》卷一作「欄干」。

[二] 連：《彊村叢書》本《尊前集》作「接」，《類編草堂詩餘》作「更」。

又

唐溫庭筠

玉樓明月長相憶。柳絲裊娜春無力。門外草萋萋。送君聞馬嘶。○畫羅金翡翠。香燭銷成淚。花落子規啼。綠牕殘夢迷。

又

唐韋莊

洛陽城裏春光好。洛陽才子他鄉老。柳暗魏王堤。此時心轉迷。○桃花春水淥。水上鴛鷟浴。凝恨對殘暉。憶君君不知。

又　唐李珣

迴塘風起波紋細。刺桐花裏門斜閉。殘日照平蕪。雙雙飛鷓鴣。○征帆何處客。相見還相隔。不語欲魂消。望中煙水遙。

又　宋張先（一）

哀箏一弄湘江曲。聲聲寫盡湘波綠。纖指十三弦。細將幽恨傳。○當筵秋水慢。玉柱斜飛鴈。彈到斷腸詩。春山眉黛低。

（一）按：此詞《草堂詩餘·後集》卷下入「飲饌器用·詠箏」類，未署名；《類編草堂詩餘》卷一作張先詞；又載《小山詞》，《全宋詞》收作晏幾道詞。

又 此下二首並迴文

次圭父韻　宋朱熹

暮江寒碧縈長路。路長縈碧寒江暮。花塢夕陽斜。斜陽夕塢花。○客愁無勝集。集勝無愁客。醒似醉多情。情多醉似醒。

又

呈秀野　宋朱熹

晚紅飛盡春寒淺。淺寒春盡飛紅晚。樽酒綠陰繁。繁陰綠酒樽。○老仙詩句好。好句詩仙老。長恨送年芳。芳年送恨長。

詩餘譜卷十三

古歙程明善纂輯

人事題　首末二字皆為主

思帝鄉　凡三體，並單調〇小令

第一體　　唐韋　莊

雲髻墜三字句，鳳釵垂韻，三字句。髻可平墜釵垂無力六字句，枕函欹叶，三字句。翡可平翠屏深月落六字句，漏依依叶，三字句。說可平盡人間天上六字句，兩心知叶，三字句。

第二體　　唐韋　莊

春可仄日遊韻，三字句。杏可平花吹滿頭叶，五字句。陌可平上誰可仄家年可仄少六字句，足風流叶，三字句。妾可平擬將身嫁與六字句，一生休叶，三字句。縱可平被無情棄五字句，不能羞叶，三字句。

第三體

唐孫光憲

如何韻，二字句。遣可平情情更多叶，五字句。永可平日水可平晶簾可仄下六字句，斂羞蛾叶，三字句。六可平幅羅裙窣地六字句，微可仄行曳碧波叶，五字句。看可平盡滿可平池疎可仄雨[一]六字句，打團荷叶，三字句。

【校】

[一]池：平聲，當左劃綫，此蓋脫漏；《明辯》本作「地」。

思越人[一]　雙調○小令

唐孫光憲

古臺平三字句，芳草遠三字句，館可平娃宮可仄外春深[二]韻，六字句。翠可平黛空可平留千載恨七字句，教可仄人何可仄處相尋叶，六字句。○綺可平羅無可仄復當時事更韻，七字句[三]。露花點三字句，

[一]按：此調當始見敦煌寫本無名氏詞二首，蓋晚唐之作，另有五代張泌、鹿虔扆、孫光憲三人詞。宋無此調之作，宋詞《思越人》乃《鷓鴣天》之異名。

滴香淚[三]叶，三字句。惆可仄悵遙可仄天橫淥水[四]七字句，鴛可仄鴦對可平對飛起叶，六字句。

【校】

[一]「春深」：原作「仄深」，蓋訛誤；重訂本、《彙刊》本作「庭深」；茲從《花間集》卷八及《明辯》本校訂。

[二]七字句：原作「十字句」，據例詞此句實為七字，「十」蓋「七」字形近之訛。

[三]「露花」二句：《詞律》卷六、《詞譜》卷九皆作六言一句。

[四]「惆悵」句：《詞律》、《詞譜》皆注叶韻。惆，平聲，當左劃綫。

憶江南[一]

一名《謝秋娘》○單調○小令　○三首

唐白居易

江南好三字句，風可仄景舊曾諳韻，五字句。日可平出江可仄花紅勝火七字句，春可仄來江可仄水綠如藍[二]叶，七字句。能可仄不憶江南叶，五字句。

[一]按：此調以《望江南》為通用名，蓋源於唐教坊曲，唐詞別名《謝秋娘》、《憶江南》、《夢江南》、《望江梅》，多為單片體；宋詞多雙片體，又別名《江南柳》、《江南好》等。

江南憶，最憶是杭州。山寺月中尋桂子，郡亭枕上看潮頭。何日更重遊。

江南憶，其次憶吳宮。吳酒一盃春竹葉，吳娃雙舞醉芙蓉。早晚復相逢。

【校】

［一］綠：仄聲，此左劃綫表平聲，蓋訛誤；《明辯》本注仄聲。

憶王孫(一)

一名《豆葉黃》○單調○小令○改用仄韻後加一疊即《漁家傲》

春景

宋秦　觀(二)

萋可仄萋芳可仄草憶王孫韻，七字句。柳可平外樓高空可仄斷魂叶，七字句。杜可平宇聲聲不忍聞

(一) 按：此調蓋首見謝克家詞，調名《憶君王》；又別名《豆葉黃》、《怨王孫》等，而以《憶王孫》為通用名；多為單片，故別名《獨脚令》；雙片體蓋加一疊並攤破句法而成。

(二) 按：此詞《草堂詩餘·前集》卷上入「春景」類，未署名；《花庵詞選》卷七署李重元作，題「春詞」，《全宋詞》據以收作李重元詞，注「又誤作秦觀詞」。

叶，七字句。欲黄昏叶，三字句。雨可平打梨花空可仄掩門[一]叶，七字句。

【校】

[一] 空掩：《花庵詞選》卷七、《類編草堂詩餘》卷一、《花草粹編》卷一皆作「深閉」，《草堂詩餘・前集》卷上作「空閉」。

又

冬景　宋歐陽脩(一)

同雲風掃雪初晴。天外孤鴻三兩聲。獨擁寒衾不忍聽。月籠明。牕外梅花影瘦横[一]。

【校】

[一] 影瘦：《明辯》本同；《花庵詞選》卷七、《花草粹編》卷一皆作「瘦影」。

(一) 按：《全宋詞》據《花庵詞選》卷七收李重元詞為一組四首，此首題「冬詞」，注《類編草堂詩餘》卷一誤作歐陽修詞。

憶秦娥〔一〕　一名《秦樓月》○雙調○小令○亦有用平韻者〔一〕

唐李　白

簫可仄聲可仄咽韻，三字句。秦可仄娥夢可平斷秦樓月〔二〕叶，七字句。秦樓月複出三字。年可仄年柳可平色四字句，灞可平陵傷別叶，四字句。○樂可平游原可仄上清秋節叶，七字句。咸可仄陽古可平道音塵絕叶，七字句。音塵絕複出三字。西可仄風殘可仄照四字句，漢可平家陵闕叶，四字句。

【校】

〔一〕按：原本目錄中此調注「亦有用平仄者」，「仄」乃「韻」字之誤，已據正文校訂。

〔二〕樓：平聲，當左劃綫，此蓋脱漏；下句「樓」字同。

又

春思　宋康與之

春寂寞。長安古道東風惡。東風惡。臙脂滿地，杏花零落。○臂銷不柰黄金杓〔一〕。天寒

〔一〕按：此調蓋始見李白詞，汲古閣本《邵氏聞見後録》卷十九、《花庵詞選》卷一皆載録；另見南唐馮延巳一首，體式不同，蓋為同名異調；宋詞多用李白詞調，又别名《秦樓月》等。

尚怯春衫薄。春衫薄。不禁搵淚[二]，為君彈卻。

【校】

[一] 杓：《中興以來絕妙詞選》卷一、《草堂詩餘・前集》卷上皆作「約」，《花草粹編》卷七作「鐲」。

[二] 搵：《中興以來絕妙詞選》作「珠」。

又

詠雪　宋張孝祥[一]

雲垂幕。陰風慘淡天花落。天花落。千林瓊玖，滿空鸞鶴。○征車渺渺穿華薄。路迷迷路增離索。增離索。楚溪山水，碧湘樓閣。

(一) 按：此詞汲古閣本《于湖詞》收錄，題「雪」；《草堂詩餘・後集》卷上未署名；《中興以來絕妙詞選》卷二署張孝祥；《全宋詞》錄作朱熹詞，題「雪、梅二闋懷張敬夫」。

又

佳人　　宋周邦彦[一]

香馥馥。樽前有個人如玉。人如玉。翠翹金鳳，内家粧束。○嬌羞愛把眉兒蹙。逢人只唱相思曲。相思曲。一聲聲是，怨紅愁緑。

又

閨情　　宋孫夫人[二]

花深深。一鉤羅襪行花陰。行花陰。閑將柳帶，試結同心。○耳邊消息空沉沉[一]。畫眉樓上愁登臨。愁登臨。海棠開後，望到如今。

[一] 按：《草堂詩餘·後集》卷下入「人物·佳人」類，未署名；《類編草堂詩餘》卷一、《花草粹編》卷七、汲古閣本《片玉詞補遺》皆作周邦彦詞；《全宋詞》錄作無名氏詞。

[二] 按：《草堂詩餘·後集》卷下入「人事·閨情」類，未署名；《花草粹編》卷七題「閨情」，署孫夫人，注「鄭文妻」；《全宋詞》據《古杭雜記》錄作鄭文妻詞。

【校】

［一］耳邊：《詞律》卷四、《全宋詞》皆作「日邊」。

憶漢月（一）　雙調○小令　宋歐陽脩

紅可仄豔幾可平枝輕裊韻，六字句。早可平被東風開可仄了［二］叶，六字句。倚可平煙啼可仄露為誰嬌［三］七字句，故可平惹蝶可平怜蜂可仄惱叶，六字句。○多可仄情遊賞處五字句，留可仄戀向、綠可平叢千繞叶，七字句。酒可平闌歡可仄罷不成歸七字句，腸可仄斷月斜春老叶，六字句。

【校】

［一］早：《近體樂府》卷三、《醉翁琴趣外篇》卷四、《六一詞》卷四、《花草粹編》卷八皆作「新」。

［二］為：仄聲，此左劃綫表平聲，蓋訛誤；《明辯》本注仄聲。

（一）按：此調蓋源於唐教坊曲，無唐詞；宋詞始見李遵勗、柳永、晏殊詞，皆名《望漢月》；歐陽修、杜安世詞則名《憶漢月》，當屬同調異名。

憶帝京　雙調○中調

慶壽(一)

宋黃庭堅

鳴可仄鳩乳可平燕春閒暇韻，七字句。化可平作綠可平陰槐可仄夏叶，六字句。壽可平酒舞紅裳[一]五字句，羅可仄鴨飄香麝[二]叶，五字句。醉可平此洛陽人[三]五字句，佐可平郡深儒雅叶，五字句。○況可平座可平上、玉可平麟金可仄馬[四]叶，七字句。更可平莫可平問、鶯老可平花謝叶，七字句。萬可平里相依四字句，千可仄金為可仄壽四字句，未可平厭玉可平燭可平傳清可仄夜叶，七字句。不可平醉欲言歸五字句，笑可平殺高陽社叶，五字句。

【校】

[一] 壽酒：《山谷詞》、《花草粹編》、《詞律》卷十皆作「壽斝」。

[二] 羅鴨：《山谷詞》、《花草粹編》、《詞律》皆作「睡鴨」。

[三] 洛：仄聲，此左劃綫，蓋訛誤；《明辯》本譜注仄聲。

[四] 麟：平聲，此未左劃綫，蓋脱漏；《明辯》本譜注平聲。

(一) 按：《明辯》本無題；《山谷詞》卷一題「黔州張倅生日」，《花草粹編》卷十五題「慶壽」。

憶舊遊(一)　雙調○長調

春恨(二)

宋周邦彥

記可平愁可仄橫淺可平黛五字句，淚可平洗紅鉛四字句，門可仄掩秋宵韻，四字句。墜可平葉驚離思五字句，聽可平寒螿夜泣五字句，亂可平雨瀟瀟叶，四字句。鳳可平釵半脫可平雲鬢六字句，牕可仄影燭花搖叶，五字句。漸可平暗可平竹敲涼五字句，踈可仄螢照可平曉四字句，兩可平地魂銷叶，四字句。○迢可仄迢可仄問可平音信[一]五字句，道可平徑可平底花陰、時可仄認鳴鑣[二]叶，九字句。也可平擬臨朱戶[三]五字句，嘆可平因可仄郎憔悴五字句，羞可仄見郎招叶，四字句。舊可平巢更可平有新可仄燕六字句，楊可仄柳拂河橋叶，五字句。但可平滿可平眼京塵五字句，東可仄風竟可平日吹可仄露可平桃叶，七字句。

【校】

[一] 按：《詞譜》卷三十以「迢迢」作二字句，注叶韻。《詞律》卷十七以張炎詞為例，換頭「留連」二

(一) 按：《詞譜》卷三十收此調，注「調始清真樂府，一名《憶舊遊慢》」。

(二) 按：《片玉集》卷二、《清真集》卷上入「春景」類；《草堂詩餘・前集》卷上入「春景・春思」類。

字亦作一句，注用韻。

[二]「道徑底」句：《詞譜》作五言一句、四言一句。

[三] 臨：平聲，當左劃綫，此蓋脫漏；《明辯》本注平聲。末句「露」字仄聲，誤左劃綫。

望梅花(一) 凡二體，有單雙二調◯並小令

第一體 單調

石晉和凝

春可仄草全可仄無消可仄息韻，六字句。臘可平雪猶可仄餘蹤跡叶，六字句。越可平嶺寒可仄枝香自折[一]叶，七字句。冷可平豔奇可仄芳堪惜叶，六字句。何可仄事壽可平陽無處覔叶，七字句。吹可仄入誰可仄家橫笛叶，六字句。

【校】

[一] 折：《明辯》本作「拆」，《花間集》卷六同；《花草粹編》卷二、《詞譜》卷三作「坼」。

(一) 按：此調蓋源於唐教坊曲，唐五代詞僅見和凝、孫光憲各一首，皆詠梅，屬同調異體。宋詞另有蒲宗孟等作，為七十二字、七十字體，蓋與唐詞為同名異調。

第二體　雙調　　唐孫光憲

數可平枝開可仄與短墻平韻，七字句。見可平雪可平萼紅可仄跗相映〔一〕七字句，引可平起誰人邊可仄塞情叶，七字句。◯簾可仄外欲三更叶，五字句。吹可仄斷離愁月正明叶，七字句。空可仄聽隔江聲叶，五字句。

【校】

〔一〕相：平聲，此未左劃綫，蓋脱漏；《明辯》本譜注平聲。以下「邊」、「三」皆平聲字，亦漏劃綫。

望仙門〔一〕　雙調◯小令　　宋晏殊

玉可平池波可仄浪碧如鱗韻，七字句。露蓮新叶，三字句。清可仄歌一可平曲翠眉嚬叶，七字句。舞華茵叶，三字句。◯滿可平酌蘭英酒五字句，須可仄知獻可平壽千春叶，六字句。太可平平無可仄事荷君恩叶，七字句。荷君恩複出三字。齊可仄唱望仙門叶，五字句。

〔一〕按：此調宋詞僅見晏殊、張掄詞，各三首。《詞譜》卷六注：「調見《珠玉詞》，取詞中結句為名。」

望江南[一]

一名《望江梅》，即《夢江南》後加一疊〇雙調〇小令　〇後段同，唯更前韻[二]

南唐李後主

多少可平恨三字句，昨可仄夜夢魂中[二]韻，五字句。還可仄似舊可平時遊上苑七字句，車可仄如流可仄水馬如龍[二]叶，七字句。花可仄月正春風叶，五字句。〇多少淚，斷臉復橫頤。心事莫將和淚說，鳳笙休向淚時吹。腸斷更無疑。

【校】

[一] 昨：仄聲，此左劃綫作平聲，注可仄，蓋訛誤。

[二] 流：平聲，此未左劃綫，蓋脱漏。

(一) 按：此卷前收《憶江南》，又收《望江南》，乃同調重出。

(二) 按：此詞《南唐二主詞》、《詩餘圖譜》卷一、《花草粹編》卷十皆作雙片一首。實則兩片用韻不同，且唐宋詞此調雙片體無換韻者，當為單片二首，《尊前集》等即分作二首。

望海潮　凡二體，並雙調◯長調

第一體

錢塘(一)　　宋柳　永

東可仄南形可仄勝四字句，三可仄吳都會四字句，錢可仄塘自可平古繁華韻，六字句。煙可仄柳畫可平橋四字句，風可仄簾翠可平幙四字句，參可仄差十可平萬人家叶，六字句。雲可仄樹繞堤沙叶，五字句。怒可平濤可仄卷可平霜可仄雪五字句，天可仄塹無涯叶，四字句。市可平列可平珠璣四字句，戶可平盈羅可仄綺競豪奢叶，七字句。◯重可仄湖疊可平巘清佳叶，六字句。有可平三可仄秋桂可平子五字句，十可平里荷花叶，四字句。羌可仄笛弄可平晴四字句，菱可仄歌泛可平夜四字句，嬉可仄嬉釣可平叟蓮娃叶，六字句。千可仄騎擁高牙[二]叶，五字句。乘可仄時聽可平簫可仄鼓[二]五字句，吟可仄賞煙霞叶，四字句。異可平日圖將好可平景鳳池誇[三]叶，九字句。

(一) 按：《樂章集》無題；《草堂詩餘・後集》卷上入「地理宮室・錢塘」類；《花草粹編》卷二十三題「京都」。

【校】

[一]騎：仄聲，此左劃綫表平聲，蓋訛誤；《明辯》本譜注仄聲。

[二]乘時：《樂章集》、《花草粹編》、《詞譜》卷三十四皆作「乘醉」。

[三]「異日」句：《樂章集》、《草堂詩餘》、《花草粹編》於「鳳」前有「歸去」二字，《詞譜》作六言一句、五言一句。

第二體 前段與第一體同○後段亦與第一體同，唯末句分作一句四字，一句七字

春景[一] 宋秦觀

梅英踈淡，冰澌溶洩，東風暗換年華。金谷俊游，銅駞巷陌，新晴細履平沙。長記誤隨車。正絮飜葉舞[二]，芳思交加[三]。柳下桃蹊，亂分春色到人家。○西園夜飲鳴笳。有華燈礙月，飛蓋妨花。蘭苑未空，行人漸老，重來是事堪嗟。煙暝酒旗斜。但倚樓極目，時見棲鵶。無柰歸心，暗隨流水到天涯。

[一]按：張綖刻本《淮海長短句》、汲古閣本《淮海詞》、《花草粹編》卷二十三皆題「洛陽懷古」；《草堂詩餘·前集》卷上入「春景」類。

【校】

[一] 葉舞：《淮海長短句》、《淮海詞》作「蝶舞」。

[二] 芳思：原本作「方思」，茲從《淮海長短句》、《淮海詞》、《明辯》、《彙刊》本校訂。

望梅[一]　雙調○長調

小春　宋柳　永[二]

小可平寒時節韻，四字句。正可平同雲暮可平慘五字句，勁可平風朝洌叶，四字句。信可平早可平梅、偏可仄占陽和七字句，向可平日處、凌晨數枝先發[一]叶，九字句。時可仄有香來四字句，望可平明可仄豔、遙可仄知非雪叶，七字句。展可平磯可仄金嫩可平蘂、弄可平粉素英[二]九字句，旖可平旎清徹叶，四字句。○仙可仄姿更誰並可平列[三]叶，六字句。有可平幽可仄光照可平水五字句，踈可仄影可平

(一) 按：此調正名當為《解連環》，蓋創始於周邦彥，《梅苑》卷四載無名氏詠梅詞，別名《望梅》；《詞譜》卷三十四收《解連環》，以柳永詞為創始，注本名《望梅》，後改名。

(二) 按：《梅苑》卷四載此詞未署名，其前為同調「畫闌人寂」詞，署王聖與作；《類編草堂詩餘》卷四、《花草粹編》卷二十三皆署柳永；《全宋詞》收為無名氏詞。

籠月叶，四字句。且可平大可平家、留可仄倚欄干七字句，闘可平醁醑飛可仄看、錦可平箋吟閲[四]叶，九字句。桃可仄李春花四字句，料可平比此、芬可仄芳俱別叶，七字句。見可平和可仄羹可仄大用[五]可平，五字句，莫可平把翠可平條謾可平折叶，六字句。

【校】

[一]「向日處」句：《詞譜》卷三十四作三言一句、六言一句。晨，平聲，當左劃綫，此蓋脫漏。

[二]「展礲金」句：《词谱》作「想玲瓏嫩蕊，弄粉素英」。

[三]誰：平聲，當左劃綫，此蓋脫漏；重訂本、《彙刊》本左劃綫。

[四]「闘緑醑」句：《詞譜》作「對緑醑飛觥，錦箋吟闋」。

[五]「見和羹」句：《詞譜》作「等和羹待用」。和，平聲，當左劃綫，此蓋脫漏；《明辯》本譜注仄可平。

望湘人〔一〕　雙調○長調

春思　宋賀　鑄

厭可平鶯聲到可平枕五字句，花可仄氣動可平簾四字句，醉可平魂愁可仄夢相半〔一〕韻，六字句。被可平惜餘薰四字句，帶可平驚剩可平眼四字句，幾可平許傷可仄春春可仄晚叶，六字句。淚可平竹痕鮮四字句，佩可平蘭香老四字句，湘可仄天濃可仄暖〔二〕叶，四字句。記可平小可平江、風可仄月佳時七字句，屢可平約非可仄煙遊伴叶，六字句。○須可仄信鸞可仄絃易可平斷叶，六字句。奈可平雲可仄和再可平鼓五字句，曲可平終人遠叶，四字句。認可平羅可仄襪無蹤五字句，舊可平處弄可平波清可仄淺叶，六字句。青可仄翰棹艤、白可平蘋洲畔〔三〕叶，八字句。儘可平日臨可仄臯飛觀叶，六字句。不可平解可平寄、一可平字相思七字句，幸可平有歸可仄來雙可仄燕叶，六字句。

【校】

〔一〕相：平聲，此未左劃綫；《明辯》本、《詞譜》皆注平聲。

〔一〕按：此調宋詞僅見賀鑄一首，為孤調。《詞律》卷十九、《詞譜》卷三十四收此調，皆不注可平可仄。

[二] 湘天：原本作「相天」，茲從《明辯》、《彙刊》本校訂。

[三] 「青翰」句：《词谱》作「青翰棹，檥白蘋洲畔」。

夢江南〔一〕

單調○小令○後段加一疊為《望江南》，亦名《望江梅》

唐溫庭筠

千萬可平恨三字句，恨可平極在天涯韻，五字句。山可仄月不可平知心裏事七字句，水可平風空可仄落眼前花叶，七字句。搖可仄曳碧雲斜叶，五字句。

又

唐皇甫松

蘭燼落，屏上暗紅蕉。閑夢江南梅熟日，夜船吹笛雨蕭蕭。人語驛邊橋。

夢揚州〔二〕

雙調○長調

宋秦觀

晚雲收韻，三字句。正可平柳可平塘、煙可仄雨初休[一]叶，七字句。燕可平子未可平歸四字句，惻可平

〔一〕按：原本作《夢江口》，茲从目錄及《花間集》、《明辯》、《彙刊》本校訂，其通用名即《望江南》。

〔二〕按：此調僅見秦觀詞一首，並載《淮海長短句》和《淮海詞》，為孤調。《詞譜》卷二十六注：「宋秦觀自製詞，取詞中結句為名。」

惻輕寒可仄如秋叶，六字句。小可平欄外東可仄風軟可平透七字句，繡可平幃花可仄密香稠[二]叶，六字句。江南遠三字句，人何處[三]三字句，鷓可平鴣啼可仄破春愁叶，六字句。○長可仄記曾陪燕遊叶，六字句。酬可仄妙舞清歌五字句，麗可平錦纏頭叶，四字句。殢可平酒困可平花四字句，十可平載因誰可仄淹留[四]叶，六字句。醉可平鞭拂可平面歸來晚七字句，望可平翠樓、簾可仄捲金鉤叶，七字句。佳會阻三字句，離可仄情正可平亂四字句，頻可仄夢揚州叶，五字句[五]。

【校】

[一]「正柳塘」句：《词谱》卷二十六作「正柳塘花塢，煙雨初休」，多「花塢」二字。

[二]「小欄」二句：《詞律》卷十四作「小闌干外東風軟，透繡幃、花密香稠」；《詞譜》同，唯「花」作「陰」。幃，《明辯》本譜注平聲。

[三]「人何」句：《詞譜》作「人今何處」四字句。

[四]困花、因誰：《花庵詞選》卷四作「為花」、「因甚」。

[五]頻：平聲，當左劃綫，此蓋脫漏；五字句：例詞實為四字句。

賀聖朝[一]　雙調○小令　○後段同，唯第二句作六字

春暮　宋葉清臣

滿可平斟綠可平醑留君住韻，七字句。莫可平匆可仄匆歸可仄去叶，五字句。三可仄分春可仄色四字句，二可平分愁悶四字句，一可平分風雨[一]叶，四字句。○花開花謝都來幾，日且高歌休訴[二]。知他來歲，牡丹時候，相逢何處[三]。

【校】

[一]「三分」三句：《花庵詞選》卷六、《詞譜》卷六皆作「三分春色二分愁，更一分風雨」。

[二]「花開」二句：《詩餘圖譜》卷一以「日」字屬上句，《詞譜》作四言二句、五言一句。幾日，《花庵詞選》、《詞譜》皆作「幾許」，以「許」字叶韻。

[三]「知他」三句：《花庵詞選》、《詞譜》皆作「不知來歲牡丹時，再相逢何處」。

[一] 按：此調唐五代僅見馮延巳詞一首，宋有張先等人詞。《詞譜》卷三注：「唐教坊曲名。《花間集》有歐陽炯詞本名《賀明朝》，《詞律》混入《賀聖朝》，誤。」

賀明朝(一)　凡二體，並雙調○中調

第一體

唐歐陽炯

憶可平昔花可仄問相見後韻，七字句。只可平憑纖可仄手、暗可平拋紅豆[一]叶，八字句。人可仄前不可平解、巧傳心事八字句，別可平來依舊、辜負春晝叶，八字句。○碧可平羅衣可仄上蹙可平金繡叶，七字句。覩可平對鴛鴦[二]四字句，空可仄裛淚可平痕透叶，五字句。想可平韶可仄顏非可仄久五字句，終可仄是為可平伊、只可平恁偷瘦[三]叶，八字句。

【校】

[一] 按：此句以下凡三個八字句，《詞譜》卷十三作四言六句，以「手」、「舊」叶韻；《詞律》卷五同，唯「人前」句作八言句，於第四字旁注「豆」。

[二] 覩對鴛鴦：《詞律》、《詞譜》皆作「覩對對鴛鴦」。

(一) 按：此調僅見五代歐陽炯詞二首，無宋詞。原本誤作《賀聖朝》，重訂本、《彙刊》本、《詞律》卷五同，《詞譜》卷十三作《賀熙朝》；茲从《花間集》卷六及《明辯》本校訂。

[三]「終是」句：《詞律》、《詞譜》皆作四言二句。

第二體

唐歐陽炯

憶可平昔花可仄間初識面叶，七字句。紅可仄袖半可平遮粧臉叶，六字句。輕可仄轉石可平榴裙帶六字句，故可平將可仄纖纖玉指六字句，偷可仄撚雙鳳可平金線[一]叶，六字句。○碧可平梧桐可仄鎖深深院叶，七字句。誰可仄料可平得兩可平情、何可仄日教纏可平綣[二]叶，十字句。羨可平春可仄來雙可仄燕叶，五字句，飛可仄到玉可平樓、朝可仄暮相見[三]叶，八字句。

【校】

[一]「紅袖」四句：《詞譜》卷十三作四言六句，以「轉」、「撚」二字叶韻。雙，平聲，當左劃綫。

[二]「誰料」句：《詞譜》作五言二句。

[三]「飛到」句：《詞譜》作四言二句。相，平聲，當左劃綫；《明辯》本譜注平聲。

賀新郎　凡三體，並雙調○長調

第一體

夏景　　宋蘇　軾

乳可平燕飛華屋[一]韻，五字句。悄可平無人、槐可仄陰轉可平午[二]七字句，晚可平涼新浴叶，四字句。手可平弄生綃白可平團可仄扇七字句，扇可平手一可平時似可平玉叶，六字句。漸可平困可平倚、孤可仄眠清熟叶，七字句。簾可仄外誰可仄來推繡戶七字句，枉可平教可仄人、夢可平斷瑤臺曲叶，八字句。又可平卻可平是三字句，風可仄敲竹叶，三字句。○石可平榴半可平吐紅巾蹙叶，七字句。待可平浮可仄花浪可平蕊可平都可仄盡七字句，伴可平君幽可仄獨叶，四字句。穠可仄豔一可平枝四字句，細可平看可平取[三]三字句，芳可仄心可仄千可仄重似可平束[四]叶，六字句。又可平恐可平被、秋可仄風驚可仄綠叶，七字句。若可平待可平得可平君來向此七字句，花可仄前對可平酒不可平忍可平觸叶，七字句。共可平粉淚三字句，兩可平蔌可平蔌叶，三字句。

【校】

［一］華：平聲，當左劃綫，此蓋脱漏；《明辯》本注平聲。

［二］槐：各本《東坡詞》、《花庵詞選》卷二、《草堂詩餘·前集》卷下皆作「桐」。
［三］「穠豔」二句：《詞譜》卷三十六作七言一句。細：《花庵詞選》作「君」。
［四］芳心：《草堂詩餘·前集》、《類編草堂詩餘》卷四、《詞譜》皆作「芳意」。

第二體 前段與第一體同，後段亦與第一體同，唯第九句作八字

春情 宋李　玉（一）

篆縷銷金鼎［一］。醉沉沉、庭陰轉午，畫堂人靜。芳草王孫知何處，唯有楊花糝徑。漸玉枕、騰騰春醒［二］。簾外殘紅春已透，鎮無聊、殢酒厭厭病。雲鬢亂，未欣整［三］。○江南舊事休重省。遍天涯、尋消問息，斷鴻難倩。月滿西樓，憑闌久，依舊歸期未定。又只恐、缾沉金井。嘶騎不來銀燭暗，枉教人、立盡梧桐影。誰伴我，對鸞鏡。

【校】

［一］金鼎：《草堂詩餘·前集》卷上、《陽春白雪》卷一皆作「香鼎」。

（一）按：原本未題朝代，茲據《花庵詞選》卷八校補。《粵雅堂叢書》本《陽春白雪》卷一又作潘汾詞，《全宋詞》兩收並存。

［二］「漸玉枕」句：《陽春白雪》作「正玉枕、瞢騰初醒」。

［三］「雲鬟」二句：《陽春白雪》作「雲髻亸，未忺整」。

第三體　前段與第一體同，後段亦與第一體同，唯第四句作七字，第八句作八字，末句作五字

端午　　宋劉潛夫(一)

深院榴花吐。畫簾開、綵衣紈扇[一]，午風清暑。兒女紛紛新結束，時樣釵符艾虎。早已有、遊人觀渡。老大逢場慵作戲，任白頭、年少爭旗鼓。溪雨急，浪花舞。○靈均屈平字標致高如許。憶生平、既紉蘭佩，又懷椒糈。誰信騷魂千載後，波底垂涎角黍。又說是、蛟饞龍怒。把似而今醒到了，料當年、醉死差無苦。一笑弔千古[二]。

【校】

［一］綵衣：景宋本《後村居士詩餘》作「練衣」，《百家詞》本作「練衣」。

(一) 按：《明辯》本僅署「宋劉」，此本補署劉潛夫。

[二二]「一笑」句：《後村居士詩餘》、《中興以來絕妙詞選》皆作三言二句，上句作「聊一笑」；《彙刊》本手校「原缺一字」。

醉太平[一]

雙調◎小令　◎後段同

宋劉潛夫[二]

情可仄高意真[一]韻，四字句。眉可仄長鬢青叶，四字句。小可仄樓明可仄月調箏叶，六字句。寫可平春風數聲叶，五字句。◎思君憶君[二]。魂牽夢縈。翠綃香暖雲屏。更那堪酒醒。

【校】

[一] 高：《全宋词》作「深」。

[二] 思君憶君：《明辯》本「君」皆作「唐」，失叶，蓋訛誤。

(一) 按：四庫本《龍洲集》卷十二、《陽春白雪》卷五調名皆作《四字令》。宋詞此調又別名《醉思凡》等；《詞律》卷二、《詞譜》卷三皆收《醉太平》一調為正名。

(二) 按：《明辯》本僅署「宋劉」，此本署劉潛夫，未題朝代；汲古閣本《龍洲詞》收此詞；《全宋詞》錄為劉過詞，調名《四字令》。茲補題「宋」字。

醉花間〔一〕　雙調〇小令〇與《生查子》相近

唐毛文錫

深可仄相憶韻，三字句。莫可平相憶叶，三字句。相可仄憶情難極叶，五字句。銀可仄漢是紅墻五字句，一可平帶遙相隔叶，五字句。〇金可仄盤珠露滴叶，五字句。兩可平岸榆花白叶，五字句。風可仄搖玉珮清五字句，今可仄夕為何夕叶，五字句。

醉桃源〔二〕　一名《阮郎歸》〇雙調〇小令

宋歐陽脩〔三〕

南可仄園春可仄半踏青時〔一〕韻，七字句。風可仄和聞馬嘶叶，五字句。青可仄梅如可仄豆柳如眉叶，七字句。日可平長蝴蝶飛叶，五字句。〇花可仄露重三字句，草煙低叶，三字句。人可仄家簾可仄幙垂叶，五字句。鞦可仄韆慵可仄困解羅衣叶，七字句。畫可平梁雙可仄燕棲〔二〕叶，五字句。

〔一〕按：此調蓋源於唐教坊曲，始見五代毛文錫詞二首，另有馮延巳等人詞，蓋屬同調異體。宋詞無此調之作。

〔二〕按：此調蓋始見南唐馮延巳詞，至宋代以《阮郎歸》為通用名；《詞律》卷四、《詞譜》卷六皆收《阮郎歸》為正名。

〔三〕按：《近體樂府》卷一、《醉翁琴趣外篇》卷五並收此詞；《樂府雅詞》卷上、《花庵詞選》卷二、《草堂詩餘・前集》卷上亦作歐詞；另見晏殊《珠玉詞》；《全宋詞》於歐、晏皆不收此詞；又載馮延巳《陽春集》，原作共三首，《全唐五代詞》錄作馮詞。

【校】

[一] 半：《近體樂府》卷一、《醉翁琴趣外篇》卷五皆作「早」。踏：《詩餘圖譜》卷一作「路」。

[二] 「畫梁」句：四印齋本《陽春集》作「畫梁雙燕歸」；《詩餘圖譜》作「畫堂雙燕飛」。

醉花陰　雙調○小令　○後段同

重陽(一)　　宋婦李清照

薄可平霧可平濃可仄雲可仄愁永可平晝韻，七字句。瑞可平腦噴可平金獸[一]叶，五字句。佳可仄節又重陽五字句，寶可平枕紗可仄厨、半可平夜秋初透[二]叶，九字句。○東籬把酒黃昏後。有暗香盈袖。莫道不銷魂，簾捲西風、人似黃花瘦[三]。

【校】

[一] 噴：《樂府雅詞》卷下、《花庵詞選》卷十皆作「銷」。

(一) 按：《漱玉詞》、《花庵詞選》卷十、《花草粹編》卷九皆題「九日」，《草堂詩餘・後集》卷上入「節序・重陽」類。

［二］「寶枕」句：《詞律》卷七作四言一句、五言一句。寶，《樂府雅詞》、《花庵詞選》作「玉」。秋初，《花庵詞選》作「涼初」。

［三］「簾捲」句：《詞律》作四言一句、五言一句。似，《明辯》本作「事」，蓋訛誤；《漱玉詞》、《詞律》作「比」。

醉紅粧(一)　雙調○小令　宋張　先

瓊可仄林玉可平樹不相饒韻，七字句。薄雲衣可仄，三字句，細柳可平腰叶，三字句。一可平般粧可仄樣百般嬌［一］叶，七字句。眉兒秀三字句，總如描［二］叶，三字句。○東可仄風搖可仄草雜花飄叶，七字句。恨無計三字句，上青條叶，三字句。更可平起雙可仄歌郎且飲［三］七字句，郎未可平醉三字句，有金貂叶，三字句。

【校】

［一］般、粧：皆平聲，當左劃綫，此蓋脫漏；《明辯》本皆注平聲。

(一) 按：「粧」原本訛作「樓」，茲從《明辯》本校訂。僅見張先詞一首，為孤調。

[二]「眉兒」二句：鮑本《張子野詞》卷二作「眉眼細，好如描」。眉兒，《明辯》本作「眉眼」。兒，平聲，當左劃綫，蓋脱漏。

[三] 雙：平聲，當左劃綫，蓋脱漏。

醉落魄[一]　雙調◯小令

詠茶　　宋黃庭堅[二]

紅可仄牙板歇韻，四字句。韶可仄聲斷、六可平么初徹叶，七字句。小可平槽酒可平滴珍珠竭叶，七字句。紫可平玉甌圓四字句，淺可平浪泛可平春雪叶，五字句。◯香可仄牙嫩可平蘸清心骨[二]叶，七字句。醉可平中襟可仄量與可平天闊叶，七字句。夜可平闌似可平覺歸仙闕叶，七字句。走可平馬章臺四字句，踏可平碎滿可平街月叶，五字句。

(一) 按：此調始見南唐李煜詞一首，名《一斛珠》；宋詞多別名《醉落魄》，又名《怨春風》、《章臺月》。《詞律》卷八、《詞譜》卷十二皆以《一斛珠》為正名。

(二) 按：《草堂詩餘・後集》卷下入「飲饌器用・詠茶」類，未署名；《類編草堂詩餘》卷一、《花草粹編》卷十二皆署黃庭堅；《全宋詞》錄為無名氏詞。

【校】

［一］骨：《明辯》本注「紀劣反」。

又

詠佳人吹笛（一）　宋張　先

雲輕柳弱。内家髻子新梳掠。生香真色人難學。橫管孤吹，月淡天垂幕。○朱脣淺破櫻桃蕚。倚樓人在闌干角。夜寒指冷羅衣薄。聲入霜林，簌簌驚梅落。

醉春風

雙調○中調　○後段同

春閨　宋趙德仁（二）

陌可平上清明近韻，五字句。行可仄人可仄難借可平問叶，五字句。風可仄流何可仄處不歸來七字句，

（一）按：《花庵詞選》卷五題「美人吹笛」，《詩餘圖譜》卷一題「佳人吹笛」。

（二）按：《明辯》本署「宋趙」，此本補署趙德仁；《樂府雅詞・拾遺》卷下未署名，《草堂詩餘・前集》卷下同，入「春景・春恨」類；《全宋詞》收作無名氏詞。

悶悶悶[一]叶，此句連疊三字。回可仄鴈峰前四字句，戲可平魚波可仄上四字句，試可平尋芳信叶，四字句。○夜永蘭膏燼。春睡何曾穩。枕邊珠淚幾時乾，恨恨恨。唯有牕前，過來明月，照人方寸。

【校】

[一]按：此句及後段「恨恨恨」句，《詞律》卷九、《詞譜》卷十四皆作三疊句，於第一字注叶韻，後二字注疊韻。

醉蓬萊 雙調○長調

上巳(一)

宋葉夢得

問可平春可仄風何可仄事五字句，斷可平送繁紅四字句，便可平拚歸去韻，四字句。牢可仄落征途四字

(一) 按：《百家詞》本及汲古閣本《石林詞》、《樂府雅詞》卷中皆有長題，略有異文；《中興以來絕妙詞選》卷一、《草堂詩餘・後集》卷上皆題「上巳日有懷許下西湖」。

句，笑可平行可仄人羇可仄旅[一]可平，五字句。一可平曲陽關四字句，斷可平雲殘可仄靄四字句，做可平渭城朝雨叶，五字句。欲可平寄離愁四字句，綠可平陰千可仄嶂[二]四字句，黃可仄鸝空可仄語叶，四字句。○遙可仄想湖可仄邊、浪可平搖空可仄翠八字句，絃可仄管風高四字句，亂可平花飛絮叶，四字句。曲可平水流可仄觴四字句，有可平山可仄翁行處叶，五字句。翠可平袖朱可仄欄四字句，故可平人應也四字句，弄可平畫可平船煙可仄浦叶，五字句。會可平寫相思四字句，尊可仄前為可平我四字句，重可仄翻新句叶，四字句。

【校】

[一]「笑行人」句：當注叶韻，此蓋脱漏；《明辯》本注叶韻。

[二]綠：仄聲，此左劃綫，蓋訛誤。

相見歡 一名《上西樓》○雙調○小令 唐薛昭蘊

羅可仄襦繡可平袂香紅韻，六字句。畫堂中叶，三字句。細可平草平可仄沙蕃可仄馬六字句，小屏風[一]叶，三字句。○捲可平羅可仄幕三字句，凭可仄糚閣[二]三字句，思無窮叶，三字句。暮可平雨輕煙四字句，魂可仄斷隔簾櫳叶，五字句。

【校】

［一］按：《詞律》卷二收此調以李煜詞為例，於兩段結句皆作九言一句，注可於四字略斷；《詞譜》卷三收此詞，兩結亦作九字句，於第六字注「讀」。

［二］按：《詞律》、《詞譜》於後段换頭二句皆注「换仄韻」、「間入兩仄韻」。

萬年歡 雙調○長調

元宵　　宋胡浩然（一）

燈可仄月交光四字句，漸可平輕可仄風布可平煖五字句，先可仄到可平南國韻，四字句。羅可仄綺嬌容四字句，十可平里絳可平紗籠可仄燭叶，六字句。花可仄豔驚可仄郎醉可平目叶，六字句。有可平多可仄少、佳可仄人如可仄玉叶，七字句。春可仄衫袂、整可平整齊齊七字句，内可平家新可仄樣粧束叶，六字

（一）按：《明辯》本僅署「宋胡」，此本補署胡浩然；《草堂詩餘・後集》卷上入「節序・上元」類。

句。○歡可仄情未可平足叶，四字句。更可仄闌謾可平句可仄牽舊可平恨[一]七字句，縈可仄亂心曲叶，四字句。悵可平望歸期[二]四字句，應可仄是紫可平姑頻卜叶，六字句。暗可平想雙可仄眉對可平蹙叶，六字句。斷可平絃待、鸞可仄膠重續叶，六字句。休可仄迷可仄戀、野可平草閑花七字句，鳳可平簫人可仄在金谷叶，六字句。

【校】

[一] 句：平聲，當左劃綫，此蓋脱漏。

[二] 悵：原本作「恨」；茲從《明辯》本校訂。

歸朝歡　雙調○長調　○後段同

春遊　宋馬莊父[一]

聽可平得可平提可仄壺可仄沽美可平酒韻，七字句。人可仄道杏可平花深處有叶，七字句。杏可平花狼

[一] 按：《明辯》本僅署「宋馬」，此本補署馬莊父，即馬子嚴；《中興以來絕妙詞選》卷六、《草堂詩餘・前集》卷上皆同，並題「春遊」。

可仄藉鳥啼風七字句，十可平分春可仄色今無有叶，七字句。麝可平煤可仄銷永晝[一]叶，五字句。青可仄煙飛可仄上庭前柳叶，七字句。畫可平堂深三字句，不可平寒不可平煖四字句，正可平是好可平時候叶，五字句。○團團寶月憑纖手。暫借歌喉招舞袖。珍珠滴破小槽紅，香肌縮盡纖羅瘦。投分須白首。黄金散與親和舊。且銜杯，壯心未落，風月長相守。

【校】

[一] 麝：仄聲，此左劃綫，蓋訛誤；《彙刊》本誤刻「麋」，手校為「麝」。

詩餘譜卷十四〔一〕

宮室題　以末字為主，器用、花木、珍寶皆倣此

夜遊宮　雙調○小令

宮詞　　　宋陸　游

獨可平夜寒可仄侵翠可平被韻，六字句。柰可仄幽可仄夢、不可平成還可仄起叶，七字句。欲可平寫新可仄愁淚可平濺紙叶，七字句。憶承恩三字句，嘆可平餘可仄生、今至此〔二〕叶，六字句。○蔌可平蔌燈花墜叶，五字句。問可平此可平際、報可平何人事〔三〕叶，七字句。咫可平尺長可仄門過萬里叶，七字句。恨可平君心可仄、似危欄六字句，難久倚叶，三字句。

〔一〕按：原本未署卷數，重訂本、《彙刊》本皆題「詩餘十四」，兹從校補。

【校】

[一] 按：《詞律》卷八收此調以周邦彥詞為例，《詞譜》卷十二以毛滂、賀鑄詞為例，兩段結尾皆作三言三句。

[二] 報何人事：《渭南詞》、《放翁詞》皆作「報人何事」。

慶春宮(一) 雙調〇長調

秋怨(二) 宋周邦彥

雲可仄接半可平岡[一]四字句，山可仄圍寒可仄野四字句，路可平回漸可平轉孤城韻，六字句。衰可仄柳啼鴉四字句，驚可仄風驅可仄鴈四字句，動可平人一可平片秋聲叶，六字句。倦可平途休可仄駕四字句，淡可平煙可仄裹、微可仄茫可仄見可平星叶，七字句。塵可仄埃憔可仄悴四字句，生可仄怕黃昏、離可仄

(一) 按：此調蓋首見周邦彥，載《片玉集》卷六、《清真集》卷下，入「秋景」類，為平韻體；姜夔、張樞等人詞別名《慶宮春》；姜夔、周密、王沂孫等人詞為仄韻體。

(二) 按：《明辯》本無題；《草堂詩餘·前集》卷下入「秋景·秋怨」類，署「前人」，前首為柳永《尾犯》；汲古閣本《片玉詞》卷下題「悲秋」，注「或刻柳耆卿」。

思牽縈[二]叶，八字句。◯華可仄堂舊可平日逢迎叶，六字句。花可仄豔參差四字句，香可仄霧飄零叶，四字句。絃可仄管當頭四字句，偏可仄憐嬌可仄鳳四字句，夜可平深簧可仄暖笙清叶，六字句。眼可平波傳意四字句，恨可平密可平約、匆可仄匆可仄未可平成叶，七字句。許可平多煩惱四字句，只可平為當時、一可平餉留情叶，八字句。

【校】

[一] 半：《片玉集》、《片玉詞》、《清真集》、《草堂詩餘》皆作「平」。

[二] 「生怕」句：《詞譜》卷三十作四言二句，後段結句同；《詞律》卷十七收陳允平、王沂孫詞，兩段結尾亦皆作四言二句。

最高樓　雙調◯中調

醉中有索四時歌，為賦　　宋辛棄疾

長安可仄道三字句，投可仄老倦遊歸[一]韻，五字句。七可平十古來稀叶，五字句。藕可平花雨可平濕前湖夜七字句，桂可平枝風可仄澹小山時叶，七字句。怎消除[二]叶，三字句。須殢酒三字句，更吟詩叶，三字句。○也可平莫可平向、竹可平邊辜負雪八字句，也可平莫可平向、柳可平邊辜負月[三]八字句，閒可仄過了、總成癡[四]叶，六字句。種可平花事可平業無人問七字句，惜可平花情可仄緒只天知叶，七字句。笑山中三字句，雲出早三字句，鳥歸遲叶，三字句。

【校】

[一] 投：左旁漏劃綫。倦遊歸：《明辯》本作「倦歸遊」，失叶，蓋衍誤。

[二]「怎消除」句：《詞律》卷十二、《詞譜》卷十九此句皆不注叶韻。

[三] 按：《詞律》、《詞譜》所收此調各體，後段起二句多換叶兩仄韻；此詞換頭二句「雪」「月」實叶仄韻，依例當注「更韻」和叶韻。

[四] 總：仄聲，左旁誤劃綫。癡：平聲，當左劃綫。

過秦樓(一)　雙調○長調

夏景(二)

宋周邦彥

水可平浴清蟾四字句，葉可平喧涼可仄吹四字句，巷可平陌馬可平聲初斷韻，六字句。閒可仄依露可平井四字句，笑可平撲流螢四字句，惹可平破畫可平羅陘可仄扇[一]叶，六字句。人可仄靜夜可平久凭欄六字句，愁可仄不歸眠四字句，立可平殘更箭[二]叶，四字句。嘆可平年華一瞬五字句，人可仄今千里四字句，夢可平沈書可仄遠叶，四字句。○空可仄見可平說、鬢可平怯瓊梳七字句，容可仄銷金鏡四字句，漸可平懶趁可平時勻染叶，六字句。梅可仄風地溽四字句，虹可仄雨苔滋四字句，一可平架舞可平紅都變叶，六字句。誰可仄信無憀、為伊才減叶，八字句。江可仄淹可仄情可仄傷荀倩[三]叶，六字句。但可平明可仄河影下五字句，還可仄看稀星數點叶，六字句。

(一) 按：《詞律》卷十九收《過秦樓》，以李甲、周邦彥詞為例，注又名《惜餘春慢》、《蘇武慢》、《選冠子》；《詞譜》卷三十五收《過秦樓》，又收《選冠子》，列多種別名和異體。

(二) 按：此詞載《片玉集》卷四，入「夏景」類；汲古閣本《片玉詞》卷下無題，注「《清真集》作《選冠子》，或作《惜餘春慢》」；《花庵詞選》卷七題「夜景」。

【校】

[一]「脛扇」：《明辯》本、重訂本、《彙刊》本皆作「輕扇」。

[二] 箭：仄聲，叶韻，此左劃綫表平聲，蓋衍誤。

[三]「誰信」二句：《詞律》卷十九作六言一句、四言二句，《詞譜》卷三十五作四言一句、六言一句、四言一句。

燕春臺[一]　雙調○長調

春景　宋張　先

麗可平日千門四字句，紫可平煙雙闕四字句，瓊可仄林又可平報春回韻，六字句。殿可平閣風微四字句，當可仄時去可平燕還來叶，六字句。五可平侯池可仄館屏開叶，六字句。探可平芳菲走可平馬[二]五字句，重可仄簾人可仄語四字句，轔可仄轔車可仄幰四字句，遠可平近輕雷叶，四字句。○雕可仄觴霞可

[一] 按：此調首見張先詞，名《宴春臺慢》，或訛為《燕臺春》，又別名《夏初臨》。前卷時令題已收張先《燕臺春》，此卷又收其《燕春臺》，實為同調異名，且同詞重出。

仄灩四字句，翠可平幕雲飛四字句，楚可平腰舞可平柳四字句，宮可仄面粧梅叶，四字句。金可仄猊衣可平煖四字句，羅可仄衣暗可平裛香煤叶，六字句。洞可平府人歸四字句，笙可仄歌燈可仄火樓臺〔二〕叶，六字句。下蓬萊叶，三字句。猶可仄有花上可平月五字句，清可仄影徘徊叶，四字句。

【校】

〔一〕「探芳菲」句：《張子野詞》卷一、《樂府雅詞》卷上、《草堂詩餘・前集》卷上皆作「探芳菲走馬天街」，《詞譜》卷二十六同，注「街」字叶韻。

〔二〕按：時令題所錄例詞此句作「笙歌院落，燈火樓臺」，多「院落」二字，且分作四言二句。

高陽臺〔一〕　雙調○長調

春思　　宋僧皎然〔二〕

紅可仄入桃腮四字句，青可仄回柳可平眼四字句，韶可仄華已可平破三分韻，六字句。人可仄不歸來四

〔一〕按：《詞譜》卷二十八收此調，注「劉鎮詞名《慶春澤慢》，王沂孫詞名《慶春宮》」。宋詞另有張先等《慶春澤》、周邦彥等《慶春宮》，皆與此為異調。

〔二〕按：《明辯》本僅署「僧皎」，此本補署僧皎然；《草堂詩餘・前集》卷上未署名；《類編草堂詩餘》卷三署僧皎如晦；《全宋詞》據《陽春白雪》卷二作王觀詞。茲補題「宋」字。

字句，空可仄教草可平怨王孫叶，六字句。平可仄明幾可平點催花雨七字句，夢可平半可平闌、欹可仄枕初聞叶，七字句。問可平東君因可仄甚五字句，將可仄春老可平卻閑人[二]叶，六字句。○東可仄郊十可平里香塵[二]叶，六字句。旋可平安可仄排玉可平勒五字句，整可平頓雕輪叶，四字句。趂可平取芳時四字句，共可平尋島可平上紅雲叶，六字句。朱可仄衣引可平馬黄金帶七字句，算可平到頭、總可平是虚名叶，七字句。莫閑愁、一可平半悲秋七字句，一可平半傷春叶，四字句。

【校】

[一]「問東君」二句：與下片「莫閑愁」二句，《詩餘圖譜》卷三皆作七言一句、四言一句，《詞律》卷十、《詞譜》卷二十八皆作三言一句、四言二句。

[二]「東郊」句：《陽春白雪》卷二作「東郊十里香塵滿」，句末多一「滿」字，失叶。

鳳凰閣　雙調○中調

傷春　宋葉清臣[一]

遍可平園可仄林綠可平暗五字句，渾可仄如翠可平幄韻，四字句。下可平無一可平片是可平花萼叶，七字句。可可平恨狂可仄風橫可平雨[一]六字句，忒可平煞情薄叶，四字句。盡可平底把、韶可仄華送可平卻叶，七字句。○楊可仄花無柰四字句，是可平處穿可仄簾透可平幕叶，六字句。豈可平知人可仄意正可平蕭索叶，七字句。春去也三字句，這可平般愁、沒可平處安著[二]叶，七字句。怎可平柰可平向、黃可仄昏院可平落[三]叶，七字句。

【校】

[一] 横：仄聲，左旁誤劃綫。

[二]「春去」二句：《詞譜》卷十五作「春去也、這般愁，沒處安著」。

(一) 按：《草堂詩餘・前集》卷上入「春景・春暮」類，未署名，其前首為葉清臣《賀聖朝》；《類編草堂詩餘》卷二、《花草粹編》卷十四署葉清臣；《全宋詞》收作無名氏詞。

〔三〕向：《詞律》卷十作「何」。

遶佛閣　雙調○長調

旅況〔一〕

宋周邦彦

暗可平塵四可平斂韻，四字句。樓可仄觀可平迥可平出、高映孤館〔一〕叶，八字句。清可仄漏將短叶，四字句。厭可平聞夜可平久、籤聲動書幔叶，九字句。桂可平華又滿〔二〕叶，四字句。閑可仄步可平露可平草、偏愛可平幽可仄遠叶，八字句。花可仄氣可平清婉叶，四字句。望可平中迤邐四字句，城可仄陰渡可平河可仄岸〔三〕叶，五字句。○倦可平客最可平蕭索五字句，醉可平倚斜可仄橋穿柳線叶，七字句。還可仄似汴可平堤、虹可仄梁橫水面叶，九字句。看可平浪可平颭春燈五字句，舟可仄下如箭叶，四字句。此可平行重可仄見叶，四字句。歎可平故可平友難逢五字句，羈可仄思空亂叶，四字句。兩可平眉愁、向誰舒展叶，七字句。

〔一〕按：《片玉集》卷九題「旅情」，《片玉詞》卷下、《類編草堂詩餘》卷三皆題「旅況」；《草堂詩餘·後集》卷下入「人事·旅況」類。

【校】

［一］「樓觀」句：及下「閑步」句，《詞律》卷十六、《詞譜》卷二十八皆作四言二句。

［二］桂：仄聲，左旁誤劃綫。

［三］「望中」二句：與後段「還似」句實句法相同，《詞律》皆作九言一句。迤，平聲，當左劃綫。

詩餘譜卷十五(一)

器用題

荷葉杯　凡三體，有單雙二調〇並小令

第一體　單調

唐溫庭筠

楚可平女欲可平歸南浦韻，六字句。朝雨叶，二字句。濕愁紅更韻，三字句。小可平船搖可仄漾入可平花裏七字句，波可仄起隔西風[一]叶，五字句。

【校】

[一]「小船」二句：《詞律》卷一、《詞譜》卷一各以溫詞另首為例，結尾二句皆作七、二、三句式，皆注前二句換叶兩仄韻。

(一) 按：此卷標題原本附於卷末，茲依例移置卷前。

第二體　單調　〇二首　　唐顧　夐

歌可仄發誰可仄家筵上韻，六字句。寥亮叶，二字句。別可平恨正悠悠更韻，五字句。蘭可仄釭背可平帳月當樓叶，七字句。愁可仄摩愁叶，三字句。愁摩愁複出一句。

一去又乖期信。春盡。滿院長莓苔。手拈裙帶獨徘徊。來摩來。來摩來。

第三體　雙調　〇後段同，亦更仄平兩韻各叶　　唐韋　莊

絕可平代佳可仄人難可仄得韻，六字句。傾國叶，二字句。花可仄下見無期更韻，五字句。一可平雙愁可仄黛遠山眉叶，七字句。不可平忍更思惟叶，五字句。〇閑掩翠屏金鳳。殘夢。羅幕畫堂空。碧天無路信難通。惆悵舊房櫳。

上行杯〔一〕　凡三體，並雙調○小令

第一體　唐孫光憲

草可平草離可仄亭鞍可仄馬六字句，從可仄遠可平道、此可平地分襟韻，七字句。燕可仄宋秦可仄吳千萬里〔二〕不叶韻，七字句。○無可仄辭一醉四字句，野棠開三字句，江草濕更韻，三字句。佇可平立叶，二字句。沾可平泣叶，二字句。征可仄騎駸駸叶前段韻，四字句。

【校】

〔一〕按：《詞律》卷二、《詞譜》卷三皆以此句與下句換叶仄韻；據例詞，此二句末字「里」與「醉」實叶韻，依例當注更韻與叶韻。

第二體　唐孫光憲

離可仄棹逡可仄巡欲可平動韻，六字句。臨可仄極可平浦可平、故可平人相送叶，七字句。去可平住心

〔一〕按：唐教坊曲有此名，始見晚唐韋莊詞，另有孫光憲詞為同調，無宋詞。《詞譜》卷三收此調共分三體，以孫光憲二詞及韋莊詞為例，俱作單片體，不分段。

情知不共叶，七字句。○金可仄船可仄滿可平捧〔一〕四字句，綺羅愁三字句，絲管咽更韻，三字句。迴可平別〔二〕叶，二字句。帆可仄影滅叶，三字句。江可仄浪可平如可仄雪〔三〕叶，四字句。

【校】

〔一〕按：《詞律》卷二、《詞譜》卷三此句皆注叶韻；據例詞此句末字為「捧」，實與前段同韻，當注叶韻。

〔二〕迴：《花間集》卷八、《詞律》皆作「迴」。

〔三〕浪：仄聲，此左劃綫，蓋衍誤。

第三體　前段與第二體同○後段同，唯末句作八字　唐韋　莊

芳草灞陵春岸。柳煙深、滿樓絃管。一曲離聲腸寸斷。○今日送君千萬。紅鏤玉盞金樓盞〔一〕。須勸珍重意、莫辭滿〔二〕。

【校】

［一］「紅鏤」句：《花間集》卷三作「紅鏤玉盤金鏤盞」，《明辯》本作「紅鏤玉盞金鏤盞」，《詞律》、《詞譜》作「紅縷玉盤金鏤盞」。

［二］「須勸」句：《詞律》、《詞譜》皆作「須勸。珍重意，莫辭滿」，於「勸」字注叶韻。

鳳嘀杯　雙調○中調

宋柳　永

追可仄悔當初孤深可仄願韻，七字句。經可仄年可仄價、兩可平成幽怨叶，七字句。任可平越可平水吳山五字句，似可平屏如可仄障堪遊翫叶，七字句。柰可平獨可平自、慵擡眼叶，六字句。○賞煙花三字句，聽可平絃可仄管叶，三字句。圖可仄歡娛可仄、轉加腸斷叶，七字句。縱可平時可仄展丹青［一］五字句，強可平拈書可仄信頻頻看叶，七字句。又可平爭可仄似、親相見叶，六字句。

【校】

［一］縱：《明辯》本作「蹤」，蓋訛誤。《樂章集》一作「總」。

尉遲杯　雙調○長調

離情(一)　　宋周邦彦

隋堤路韻，三字句。漸可平日可平晚、密可平靄生深樹叶，八字句。陰可仄陰淡可平月籠沙六字句，還可仄宿河可仄橋深可仄處叶，六字句。無可仄情畫可平舸四字句，都可仄不可平管、煙波隔可平南可仄浦叶，八字句。等可平行人、醉可平擁重衾七字句，載可平將離恨歸去叶，六字句。○因可仄念可平舊可平客京華六字句，長可仄偎可仄傍、疎可仄林小可平檻歡聚叶，九字句。冶可平葉倡條俱相可仄識七字句，仍可仄慣見、珠可仄歌翠可平舞[二]叶，七字句。如可仄今向、漁可仄村水可平驛七字句，夜可平如歲、焚香獨自語叶，八字句。有可平何可仄人、念可平我無憀七字句，夢可平魂疑可仄想鴛侶[三]叶，六字句。

【校】

[一] 仍：平聲，當左劃綫。

[二] 疑：《片玉詞》卷下、《類編草堂詩餘》卷四、《彙刊》本、《詞譜》卷三十三皆作「凝」。

(一) 按：《片玉集》卷九題「離恨」；《片玉詞》卷下、《類編草堂詩餘》卷四題「離別」；《草堂詩餘・後集》卷下入「人事・離別」類；《花草粹編》卷二十二題「離情」。目錄原作「離別」。

詩餘譜卷十六

花木題

古歙程明善纂輯

後庭花[一]　凡三體，並雙調○小令

第一體　後段同

唐毛熙震

鶯可仄啼燕可平語芳菲節韻，七字句。瑞可平庭花發叶，四字句。昔可平時可仄歡可仄宴可平歌聲可仄揭叶，七字句。管可平絃可仄清越叶，四字句。○自從陵谷追遊歇。畫梁塵黦音謁。傷心一片如珪月[二]。閑鎖宮闕。

[一] 按：唐教坊曲有《玉樹後庭花》，或淵源於南朝陳後主所造豔曲，五代毛熙震等人作詞，調名作《後庭花》；宋詞又名《玉樹後庭花》。

【校】

[一]如珪月：《明辯》本作「月如珪」，失叶，蓋訛誤。

第二體　前段與第一體同　唐孫光憲

景陽鐘動宮鶯囀。露涼金殿。輕一作鮮飇吹起瓊花旋[一]。玉葉如剪。○晚可平來高閣上五字句，珠簾捲[二]叶，三字句。見可平墜香千片叶，五字句。修可仄蛾慢可平臉陪雕輦叶，七字句。後庭新宴叶，四字句。

【校】

[一]按：《花間集》卷八原本注「輕飇，一作鮮飇」。旋，《花間集》一作「綻」。

[二]「晚來」二句：《詞律》卷四、《詞譜》卷五皆作八字一句，於第五字注「讀」。

第三體　前段亦與第一體同　唐孫光憲

石城依舊空江國。故宮春色。七尺青絲芳草綠[一]。絕世難得。○玉可仄英凋落盡五字句，更可平何人識[二]叶，四字句。野可平棠如可仄織叶，四字句。只可平是教可仄人添怨憶叶，七字句。悵可平望無極叶，四字句。

【校】

[一]緑：《詞律》卷四、《詞譜》卷五皆作「碧」。

[二]「玉英」二句：《詞律》、《詞譜》皆作九字一句，於第五字注「讀」。

滿宫花[一]　凡二體，並雙調○小令

第一體　後段同

唐尹　鶚

月可平沉可仄沉三字句，人悄悄韻，三字句。一可平炷後可平庭香裊叶，六字句。風可仄流帝可平子不歸來七字句，滿可平地禁可平花慵掃叶，六字句。○離恨多，相見少。何處醉迷三島。漏清宫樹子規啼，愁鎖碧牕春曉。

[一]按：此調蓋始見五代尹鶚詞，另有魏承班二首、張泌一首；宋詞僅見許棐一首，别名《滿宫春》。

第二體　前段與第一體同　唐張　泌

花正芳，樓似綺。寂寞上陽宮裏。鈿籠金瑣睡鴛鴦，簾冷露華珠翠。〇嬌可仄豔輕盈香雪膩叶，七字句。細可平雨黄可仄鶯雙可仄起[二]六字句，東可仄風惆可仄悵欲清明[二]七字句，公可仄子橋可仄邊沈睡[三]叶，六字句。

【校】

[一]「细雨」句：原本未注叶韻；《詞律》卷六、《詞譜》卷八皆注叶韻。

[二]惆：平聲，當左劃綫，此蓋脱漏。

[三]睡：《花間集》卷四、《花庵詞選》卷一、《詞律》、《詞譜》皆作「醉」。

木蘭花(一)　凡三體[一]，並雙調〇小令

第一體　後段同　唐毛熙震

掩朱扉三字句，鉤翠箔韻，三字句。滿可平院鶯可仄聲春寂寞叶，七字句。匀可仄粉淚三字句，恨檀郎

(一) 按：此調蓋源於唐教坊曲，晚唐五代有韋莊、歐陽炯等人作詞，與《花間集》所載歐陽炯、顧敻等《玉樓春》體式雖相近，實分屬二調；宋詞二調多相混同。

三字句，一可平去可平不可平歸可仄花又可平落叶，七字句。○對斜暉，臨小閣。前事豈堪重想著。金帶冷，畫屏幽，寶帳慵薰蘭麝薄。

【校】

［一］凡三體：原本注「凡二體」，蓋偶誤；據例詞，實列三體，茲從校訂。

第二體　前段與第一體同　　唐魏承班

小芙蓉，香旖旎。碧玉堂深清似水。閉寶匣，掩金鋪，倚屏拖袖愁如醉。○遲可仄遲可仄好可平景可平煙花可仄媚叶，七字句。曲可平渚鴛可仄鴦眠錦翅叶，七字句。凝可仄然愁可仄望靜相思七字句，一可平雙可仄笑可平靨可平嚬香可仄蕊叶，七字句。

第三體　後段與第二體同，唯更前韻　　唐韋　莊

獨可平上小可平樓春欲暮韻，七字句。愁可仄望玉可平關芳草路叶，七字句。消息斷三字句，不逢人三字句，卻可平斂細可平眉歸繡戶叶，七字句。○坐看落花空歎息。羅袂濕斑紅淚滴。千山萬

水不曾行，魂夢欲教何處覓。

減字木蘭花

雙調○小令　○後段同，亦更仄平兩韻各叶[一]

長沙道中壁上有婦人題字若有恨者，用其意為賦(一)　宋辛棄疾

盈可仄盈淚可平眼韻，四字句。往可平日青可仄樓天樣遠叶，七字句。秋可仄月春花更韻，四字句。輸可仄與尋常姊妹家叶，七字句。○水村山驛。日暮行雲無氣力。錦字偷裁。立盡西風鴈不來。

【校】

[一]兩韻：《明辯》本作「爾韻」，蓋訛誤。

(一)按：原本目錄題中「長沙道」作「長沙府」；《稼軒詞》甲集題「紀壁間題」。

偷聲木蘭花[一]

雙調○小令　○後段同，亦更仄平兩韻各叶

宋張　先

雲可仄籠瓊可仄苑梅花瘦[一]韻，七字句。外可平院重可仄扉聮寶獸叶，七字句。海可平月新生更韻，四字句。上可平得高可仄樓没可平柰情[二]叶，七字句。○簾波不動銀缸小[三]。今夜夜長爭得曉。欲夢高唐。秖恐覺來添斷腸。

【校】

[一]瓊：平聲，當左劃綫。梅花瘦：《明辯》本作「梅花外」，以「瘦」字屬下句，蓋衍誤。

[二]没：《張子野詞》作「無」，注「一作没」。柰：仄聲，左旁誤劃綫。

[三]銀缸：《張子野詞》作「凝釭」，注「凝」字「一作銀」。

(一)按：此調宋詞僅見張先三首、謝薖一首；另有南唐馮延巳《上行杯》一首為同調；《詞譜》卷八收此調，以馮延巳詞為例，注「《陽春集》刻《上行杯》」，今從張先集改定」。

雨中花(一)　凡二體，並雙調○小令

第一體

餞別　　宋歐陽脩

千可仄古都可仄門行可仄路韻，六字句。能可仄使離可仄歌聲可仄苦叶，六字句。送可平盡行人四字句，花可仄殘春可仄晚四字句，又可平到君東去[一]。○醉可平藉落可平花可仄吹暖絮叶，七字句。多可仄少曲可平堤芳樹[二]叶，六字句。且可平攜可仄手留連五字句，良可仄辰美可平景四字句，留可仄作相思處叶，五字句。

【校】

[一]「又到」句：原本未注叶韻與字數，蓋脫漏，依例當注「叶，五字句」。

(一) 按：此調有令、慢二調，張先等人詞皆名《雨中花令》，別名《夜行船》等；蘇軾詞始名《雨中花慢》；另有晏殊等《雨中花》皆令詞，沈唐等《雨中花》為慢詞。

〔二〕少：仄聲，此左劃綫表平聲，蓋衍誤。

第二體　後段同

夏景〔一〕　　宋王　觀〔二〕

百可平尺清可仄泉聲陸續韻，七字句。映可平瀟可仄洒、碧可平梧翠可平竹叶，七字句。面可平千可仄步回廊五字句，重可仄重簾可仄幙四字句，小可平枕欹寒玉叶，五字句。○試展鮫綃看畫軸。見一片、瀟湘凝綠。待玉漏穿花，銀河垂地，月上闌干曲。

〔一〕按：目錄原與《明辯》本俱題「夏夜」；《草堂詩餘·前集》卷下題「夏景」；《花庵詞選》卷五題「呈元厚之」；《花草粹編》卷十一調名《送將歸》，題「夏」。

〔二〕按：原本署「宋王」，目錄原署宋王逐客；《花庵詞選》卷五作王通叟，注「名觀」；《類編草堂詩餘》卷一署王逐客；《全宋詞》錄作王觀詞，茲從校訂。

蝶戀花（一）

一名《鳳棲梧》，一名《鵲踏枝》○雙調○中調　○後段同

離別

宋蘇　軾（二）

春可仄事闌可仄珊芳草歇韻，七字句。客可平裏風光四字句，又可平過清明節叶，五字句。小可平院黃可仄昏人憶別叶，七字句。落可平紅處可平處聞啼鴂叶，七字句。○咫尺江山分楚越。目斷魂銷，應是音塵絕。夢破五更心欲折。角聲吹落梅花月。

又

感舊

宋秦　觀（三）

鐘送黃昏雞報曉。昏曉相催，世事何時了。萬苦千愁人自老。春來依舊生芳草。○忙處

（一）按：此調蓋源於唐教坊曲，始見敦煌寫本無名氏詞一首，又有南唐馮延巳詞，皆名《鵲踏枝》；宋詞別名《鳳棲梧》等，而以《蝶戀花》為通用名。

（二）按：傅幹注本、《百家詞》本《東坡詞》未收此詞；《草堂詩餘・後集》卷下入「人事・離別」類，未署名；汲古閣本《東坡詞》收錄，題「離別」。

（三）按：《草堂詩餘・後集》卷下「人事・感舊」類、《花草粹編》卷十三皆署秦觀作；《全宋詞》據《花庵詞選》卷三收作王詵詞。

人多閒處少。閒處光陰，幾箇人知道。獨上小樓雲杳杳。天涯一點青山小。

又

春暮　　宋晏　殊[一]

簾幙風輕雙語燕。午醉醒來，柳絮飛撩亂。心事一春猶未見。餘花落盡青苔院。○百尺朱樓閒倚遍。薄雨濃雲，抵死遮人面。消息未知歸早晚。斜陽只送平波遠。

一叢花

雙調○中調　○後段同　　宋張　先[二]

傷可仄高懷可仄遠幾時窮韻，七字句。無可仄物似情濃叶，五字句。離可仄心正可平引千絲亂[二]七字句，更可平南可仄陌、飛可仄絮濛濛叶，七字句。嘶可仄騎漸可平遙四字句，征可仄塵不可平斷四字句，

[一] 按：《草堂詩餘・前集》卷上「春景・春暮」類署晏殊作；《珠玉詞》各本皆收錄；又載《近體樂府》卷二，多有異文；《全宋詞》於晏、歐兩收並存。

[二] 按：《張子野詞》卷一調名作《一叢花令》，注「此闋又載《六一詞》」；《近體樂府》卷三收此詞，注「此篇世傳張子野詞」；《全宋詞》作張先詞，注「誤入《近體樂府》」。

何可仄處認郎蹤叶，五字句。○雙鴛池沼水溶溶。南北小橈通。梯横畫閣黄昏後，又還是、斜月簾櫳。沉恨細思[二]，不如桃杏，猶解嫁春風[三]。

【校】

[一]「離心」句：《張子野詞》作「離愁正引千絲亂」；《近體樂府》作「離愁正恁牽絲亂」。

[二] 沈恨細思：《張子野詞》作「沈思細恨」，注「一作沈恨細思」。

[三]「不如」二句：《近體樂府》作「不如桃李，還解嫁春風」。

鬬百花[一]　雙調○中調

春恨[二]　宋柳永

煦可平色韶可仄光明可仄媚韻[一]，六字句。輕可仄靄低可仄籠芳樹叶，六字句。池可仄塘淺可平蘸煙

[一] 按：此調仲殊詞名《鬬百花近拍》；汲古閣本《樂章集》注「亦名《夏州》」。

[二] 按：《草堂詩餘・前集》卷上入「春景・春思」類，《類編草堂詩餘》卷二題「春恨」。

蕪六字句，簾可仄幙閒可仄垂風絮叶，六字句。春可仄困厭厭四字句，拋可仄擲鬬可平草工夫六字句，冷可平落踏青心緒叶，六字句。終可仄日扃朱戶叶，五字句。◯遠可平恨綿綿四字句，淑可平景遲可仄遲難可仄度叶，六字句。年可仄少可平傅可平粉四字句，依可仄前醉眠何處叶，六字句。深可仄院無人四字句，黄可仄昏乍可平拆鞦韆[二]六字句，空可仄鏁滿可平庭花雨叶，六字句。

【校】

[一]按：《詞律》卷十二收晁補之詞，注起句「晁三首俱起韻，柳一韻二不韻」。柳永「滿搦宮腰纖細」一詞首句起韻，此詞首句則不起韻。

[二]拆：原本作「折」，重訂本同；《明辯》、《彙刊》本作「拆」，《樂章集》、《草堂詩餘》皆同，茲從校訂。

滿路花[一]

「滿」上一有「促拍」二字◯雙調◯中調　宋周邦彥[二]

金可仄花可仄落可平燼可平燈可仄，五字句，銀可仄鑠鳴牕雪韻，五字句。庭可仄深可仄微漏可平斷五字

(一)按：此調首見柳永詞，調名作《促拍滿路花》，用平韻；秦觀詞改叶仄韻，又別名《滿園花》、《歸去難》、《一枝花》等。

(二)按：《片玉集》卷六、《草堂詩餘·前集》卷下皆入「冬景」類，無題；汲古閣本《片玉詞》卷下題「詠雪」。

句，行可仄人絕[一]叶，三字句。風可仄扉不定四字句，竹可平圃琅玕折叶，五字句。玉可平人可仄新聞可平闊叶，五字句。著可平甚悰情四字句，更可平當恁可平地時節叶，六字句。〇無可仄言欹可仄枕四字句，帳可平底流清血[二]叶，五字句。愁可仄如可仄春後可平絮五字句，來相接叶，三字句。知可仄他那可平裏四字句，爭可仄信人心切叶，五字句。除可仄共天公說叶，五字句。不可平成可仄也可平還可仄、似可平伊無可仄箇分可仄別[三]叶，十字句。

【校】

[一]「庭深」二句：《詞譜》卷二十作八字一句，於五字下注「讀」，後段「愁如」二句亦同。

[二]清：原本作「情」，《明辯》本作「清」，《片玉集》、《片玉詞》、《草堂詩餘》等皆同，兹從校訂。

[三]「不成」句：《詞譜》作四言一句、六言一句。

又

宋秦　觀

露顆添花色，月彩投牕隙。春思如中酒，恨無力。洞房咫尺，曾寄青鸞翼。雲散無蹤跡。羅帳薰殘，夢回無處尋覓。〇輕紅膩白。步步薰蘭澤。約腕金環重，宜裝飾。未知安否，一向無消息。不似尋常憶。憶後教人、片時存濟不得。

滿園花（一）

雙調○中調[一]

宋秦　觀

一可平向沉吟久韻，五字句。淚可平珠可仄盈襟可仄袖叶，五字句。我可平當初不可平合、苦可平撋可平就叶，八字句。慣可平縱可平得軟可平頑五字句，見可平底心先有叶，五字句。行可仄待痴心守叶，五字句。甚可平捻著可平脉子五字句，倒可平把人來僝僽[二]叶，六字句。○近可平日來、非可仄常羅皂醜叶，八字句。佛可平也須眉皺叶，五字句。怎可平掩得眾可平人口叶，六字句。待可平收了孛可平羅五字句，罷可平了從來斗叶，五字句。從今後叶，三字句。休可仄道共可平我可平夢見也七字句，不可平能得勾[三]叶，四字句。

（一）按：《詞律》卷十二以此調附列於《滿路花》之下，疑為同調；《詞譜》卷二十收《促拍滿路花》，注「或名《滿路花》，無『促拍』二字，秦觀詞一名《滿園花》」，訂為同調。

【校】

〔一〕中調：原本目錄及正文皆注小令，蓋訛誤；據例詞和格律，實為中調，茲從校訂。

〔二〕慭：仄聲，此左劃綫表平聲，蓋衍誤；《明辯》本注仄聲。

〔三〕「休道」二句：《詞律》卷十二作「休道共我，夢見也、不能得勾」。勾，《明辯》本注「去聲」。

一枝花〔一〕　雙調○中調

醉中戲作　宋辛棄疾

千可仄丈擎天手韻，五字句。萬可平卷懸河口叶，五字句。黄可仄金腰可仄下印可平、大如斗叶，八字句。更可平千可仄騎弓刀〔二〕五字句，揮可仄霍遮前後叶，五字句。百可平計千方久叶，五字句。似可平鬭可平草兒童五字句，羸可仄箇他可仄家偏可仄有叶，六字句。○算可平枉了、雙可仄眉長可仄皺〔三〕叶，七字句。白可平髮空回首叶，五字句。那可平時閒可仄說向、山中友〔三〕叶，八字句。看可平丘可仄

〔一〕按：《詞律》卷十二以此調附列《滿路花》後，注為同調；《詞譜》卷二十亦以辛詞為《滿路花》異體。此卷以《一枝花》與《滿路花》、《滿園花》並列，為同調重出。

隴牛羊五字句，更可平辯賢愚否叶，五字句。且可平自栽花柳叶，五字句。怕可平有人來四字句，但可平只可平道、今朝中可仄酒叶，七字句。

【校】

[一]更：原本空闕，重訂本、《彙刊》本作「任」；茲從《明辯》及《稼軒詞》、《稼軒長短句》校訂。

[二]長皺：《稼軒詞》乙集、《稼軒長短句》卷五皆作「長恁皺」。

[三]「那時」句：《詞譜》卷二十作「那時間，說向山中友」。

掃地花[一] 雙調○長調

春恨[二] 宋周邦彥

曉可平陰翳可平日四字句，正可平霧可平靄煙横、遠可平迷平楚[一]韻，九字句。暗可平黃萬可平

[一]按：《片玉集》卷一作《掃花遊》，《清真集》卷上作《掃地花》；《詞律》卷十四收《掃花遊》，注又名《掃地花》、《掃地遊》；《詞譜》卷二十四收《掃地遊》，注又名《掃花遊》。

[二]按：《片玉集》、《清真集》皆入「春景」類，無題；《片玉詞》亦無題；《類編草堂詩餘》卷二題「春恨」。

縷[二]四字句，聽可平鳴可仄禽按可平曲五字句，小可平腰欲可平舞叶，四字句。細可平遶回堤四字句，駐可平馬河橋避可平雨叶，六字句。信可平流去叶，三字句。一可平葉怨可平題、今在何處[三]叶，八字句。○春可仄事可平能幾許叶，五字句。任可平占可平地持杯五字句，掃可平花尋可仄路[四]叶，四字句。淚可平珠濺可平俎[五]四字句，嘆可平將愁度日五字句，病可平傷幽素叶，四字句。恨可平入金徽四字句，見可平說文可仄君更可平苦叶，六字句。黯可平凝竚叶，三字句。掩可平重可仄關、遍城鐘鼓叶，七字句。

【校】

[一]「正霧靄」句：《詞譜》卷二十四作五言一句、四言一句。

[二]「暗黃」句：《詞譜》此句注叶韻，《詞律》以方千里詞為例，此句亦注叶韻。

[三]「一葉」句：《片玉集》句首有「想」字；《詞譜》作「問一葉怨題，今到何處」。

[四]花尋：皆平聲，當左劃綫，此蓋脫漏。

[五]「淚珠」句：《詞律》、《詞譜》此句皆注叶韻。

解語花 雙調○長調

元宵〔一〕 宋周邦彦

風可仄銷焰可平蠟四字句，露可平浥烘爐四字句，花可仄市光相射韻，五字句。桂可平華流瓦叶，四字句。纖可仄雲散三字句，耿可平耿素可平娥欲可平下〔一〕叶，六字句。衣可仄裳淡可平雅叶，四字句。看可平楚可平女、纖腰一可平把叶，七字句。簫可仄鼓可平喧、人可仄影參差七字句，滿可平路飄香麝叶，五字句。○因可仄念帝可平城放可平夜叶，六字句。望可平千可仄門如可仄晝〔二〕五字句，嬉可仄笑遊冶叶，四字句。鈿可平車羅可仄帕叶，四字句。相逢處三字句，自可平有暗可平塵隨馬叶，六字句。年可仄年是可平也叶，四字句。唯可仄只可平見、舊可平情衰謝叶，七字句。清可仄漏移、飛可仄蓋歸來七字句，從可仄舞休歌罷叶，五字句。

【校】

〔一〕「纖雲散」二句：與後段「相逢處」二句，《詞律》卷十六皆作九言句，於三字旁注「豆」；《詞譜》

（一）按：《片玉詞》題「上元」；《草堂詩餘·後集》卷上入「節序·上元」類。

卷二十八同。

〔二〕如：平聲，當左劃綫，此蓋脱漏。

御帶花〔一〕　雙調○長調

元宵　宋歐陽脩

青可仄春何可仄處風光好七字句，帝可平里偏愛可平元夕韻，六字句。萬可平重繒可仄綵四字句，構可平一可平屏峰可仄嶺、半空金碧〔二〕叶，九字句。寶可平檠可仄銀釭耀可平絳幕七字句，龍可仄虎可平騰擲〔二〕叶，四字句。沙堤遠三字句，雕可仄輪繡可平轂〔三〕四字句，爭可仄走五可平王宅叶，五字句。○擁可仄雍可仄熙熙四字句，作可平晝可平會樂可平府神姬七字句，海可平洞可平仙客〔四〕叶，四字句。拽可平香搖可仄翠四字句，稱可平執可平手行歌、錦可平街天可仄陌〔五〕叶，九字句。月可平淡寒輕四字句，漸可平向可平曉、漏可平聲寂寂叶，七字句。當可仄年少狂心未已七字句，不可平醉怎可平歸得叶，五字句。

〔一〕按：此調宋詞僅見歐陽修詞一首，為孤調；《近體樂府》卷三、《六一詞》並載；《明辯》本題「元宵」。

【校】

[一]「構一屏」句：《詞律》卷十六、《詞譜》卷二十八皆作五言一句、四言一句。

[二]「寶檠」二句：《詞律》、《詞譜》皆作四言一句、七言折腰一句。虎，仄聲，此左劃綫，蓋衍誤。

[三]「沙堤」二句：《詞律》、《詞譜》皆作七言折腰一句。

[四]「雍雍」三句：《詞律》作「雍雍熙熙，作晝會，樂府神姬，海洞仙客」，《詞譜》作六、五、四句式。雍雍，《明辯》本作「雍容」。

[五]「稱執手」句：《詞律》、《詞譜》皆作五言一句、四言一句。

楊柳枝[一]

一名《柳枝》，凡二體，有單雙二調○並小令

第一體

單調 ○二首[二]○即七言絕句

唐劉禹錫

煬帝行宮汴水濱。數株楊柳不勝春。晚來風起花如雪，飛入宮墻不見人。

(一) 按：《詞律》卷一收《楊柳枝》單片體，以雙片體為「又一體」，卷三另收《太平時》；《詞譜》卷一收《楊柳枝》，卷三收《添聲楊柳枝》，注別名《柳枝》、《賀聖朝影》、《太平時》。

(二) 按：四庫本《劉賓客文集》卷二十七《樂府下》收《楊柳枝》詞共九首；又載《樂府詩集》卷八十一《近代曲辭》，《尊前集》亦收錄。

城外春風吹酒旆。行人揮袂日西時。長安陌上無窮樹，唯有垂楊管別離。

又　唐溫庭筠

館娃宮外鄴城西。遠映征帆近拂堤。繫得王孫歸意切，不關春草綠萋萋。

又　唐孫光憲

閶門風暖落花乾。飛遍江城雪不寒。獨有晚來臨水驛，閒人多凭去聲赤闌干。

第二體　雙調　唐顧夐

秋可仄夜香閨思寂寥韻，七字句。漏迢迢叶，三字句。鴛可仄幃羅可仄幌麝煙銷叶，七字句。燭光搖叶，三字句。○正可平憶玉可平郎遊蕩去更韻，七字句。無尋處叶，三字句。更聞簾可仄外雨瀟瀟叶，七字句。滴芭蕉叶，三字句。

竹枝 本九首，今取四首[一]○即拗體七言絕句，亦有不拗者

唐劉禹錫

白帝城頭春草生。白鹽山下蜀江清[二]。南人上來歌一曲，北人莫上動鄉情。

日出三竿春霧銷。江頭蜀客駐蘭橈。憑寄狂夫書一紙，家住成都萬里橋。

瞿塘嘈嘈十二灘。此中道路古來難。長恨人心不如水，等閑平地起波瀾。

楊柳青青江水平。聞郎岸上唱歌聲。東邊日出西邊雨，道是無情還有情。宋黃庭堅曰：劉夢得《竹枝詞》辭意高妙，在元和間誠可獨步，道風俗而不俚，追古昔而不愧，比之子美《夔州歌》，所謂同工而異曲也[二]

[一] 按：其詞載《劉賓客文集》卷二十七《樂府下》，共九首，有序引；又載《樂府詩集》卷八十一《近代曲辭》，《尊前集》亦收錄。

[二] 按：此段文字，《明辯》本同，蓋節錄黃庭堅《跋劉夢得竹枝歌》，原文載四庫本《山谷集》卷二十六，《詩人玉屑》卷十五等皆有引錄。

【校】

［一］白鹽山：原本作「白監山」，茲從《尊前集》、《劉賓客文集》、《明辯》、《彙刊》及重訂本校訂。

又〔一〕

唐白居易

瞿唐峽口冷煙低。白帝城頭月向西。唱到竹枝聲咽處，寒猿晴鳥一時啼。

又　三首〔二〕

唐李　涉

十二峰頭月欲低。空濛灘上子規啼。孤舟一夜東歸客，泣向東風憶建溪。

荆門灘急水潺潺。兩岸猿啼煙滿山。渡頭年少應官去，月落西陵望不還。

石壁千重樹萬重。白雲斜掩碧芙蓉。昭君溪上年年月，獨自嬋娟色最濃。

〔一〕按：四庫本《白氏長慶集》卷十八收《竹枝詞四首》；又載《樂府詩集》卷八十一《近代曲辭》，《尊前集》亦收錄。

〔二〕按：四庫本《才調集》卷六收李涉《竹枝詞》共四首，又載《樂府詩集》卷八十一《近代曲辭》，《尊前集》未收錄。

連理枝[一] 雙調○中調 ○後段同

慶壽 宋晏 殊

綠可平樹鶯聲老韻，五字句。金可仄井生秋早叶，五字句。不可平寒可仄不可平煖可平四字句，裁可仄衣按可平曲四字句，天可仄時正可平好叶，四字句。況可平蘭可仄堂逢可仄著壽筵開八字句，見可平爐可仄香縹可仄緲叶，五字句。○組繡呈纖巧。歌舞誇年妙。玉酒頻傾，朱絃翠管，移宮易調。獻金杯重疊祝長生，永逍遙奉道。

金蕉葉[二] 雙調○中調 ○後段同

夜宴 宋柳 永

厭可仄厭夜可平飲平陽第韻，七字句。添可仄銀燭可平、旋可平呼佳麗[一]叶，七字句。巧可平笑可平難

[一] 按：此調始見唐李白詞，宋程垓、劉過詞別名《小桃紅》、《紅娘子》。此調例詞作者，目錄原誤署「宋柳永」，已校正。

[二] 按：《詞律》卷四注：「後起句有『金蕉葉』字，或因句立名，或取名入句，此類甚多。」《詞譜》卷十四注：「此調始自柳永，因詞有『金蕉葉泛金波霽』句，取以為名。」原本目錄無此調，蓋脫漏，已校補。

可仄禁可仄，四字句，豔可平歌無可仄間聲相紀[二]叶，七字句。準可平擬幕可平天席可平地叶，六字句。

〇金蕉葉泛金波霽。未更闌、已盡狂醉。就中有箇，風流暗向燈光底[三]。惱遍兩行珠翠。

【校】

[一]添：平聲，當左劃綫，此蓋脱漏。

[二]紀：《樂章集》、《明辯》等皆作「繼」；《彙刊》本手校作「繼」。

[三]「就中」二句：《詞律》卷四作六言一句、五言一句。

新荷葉[一]　雙調〇中調

採蓮　　宋僧仲殊[二]

雨可平過回塘四字句，圓可仄荷嫩可平綠新抽韻，六字句。越可平女輕盈四字句，畫可平橈穩可平泛蘭

(一) 按：《詞譜》卷十九收此調，注「趙抃詞名《折新荷引》」，「或名《泛蘭舟》」，然與仄韻《泛蘭舟》調迥别」，以黄裳詞為正格，列趙抃詞為「又一體」。

(二) 按：原本署「宋僧」，《明辯》本同；《樂府雅詞・拾遺》卷上署趙抃；《類編草堂詩餘》卷二、《彙刊》本及重訂本皆署僧仲殊，題「採蓮」，兹從校訂；《全宋詞》收作趙抃詞。

舟叶，六字句。波光豔三字句，粉可平紅相可仄間、脉可平脉嬌羞[一]叶，八字句。菱可仄歌隱可平隱四字句，漸可平遥依可仄約凝眸[二]叶，六字句。○堤可仄上郎心四字句，波可仄間糊可仄影遲留叶，六字句。不可平覺歸時、暮可平天碧可平襯蟾鉤[三]叶，十字句。風可仄蟬噪可平晚四字句，餘可仄霞映、幾可平點沙鷗叶，七字句。漁可仄笛可平不道、有人獨可平倚危樓[四]叶，十字句。

【校】

[一]「波光」二句：《詞譜》作「波光豔粉，紅相間、脈脈嬌羞」。

[二]「菱歌」二句：《詞譜》作六言一句、四言一句。漸遥，《明辯》本作「漸遠」。

[三]「不覺」句：《詞譜》作四言一句、六言一句。

[四]「漁笛」句：《詞譜》作六言一句、四言一句。

風中柳(一)　雙調〇中調　〇後段同

閨情　宋孫夫人

銷可仄減芳容四字句，端可仄的為可平郎煩可仄惱韻，六字句。鬢可平慵可仄梳、宮可仄粧草可平草叶，七字句。別可平離情可仄緒四字句，待可平歸可仄來都告叶，五字句。怕可平傷可仄郎可仄、又還休道叶，七字句。〇利鎖名韁，幾阻當年歡笑。更那堪、鱗鴻信杳。蟾枝高折，願從今須早。莫辜負、鳳幃人老。

山亭柳(二)　雙調〇中調

贈歌者　宋晏　殊

家可仄住西秦韻，四字句。賭可平博藝隨身叶，五字句。花可仄柳上、鬭尖新叶，六字句。偶可平學念

(一) 按：《高麗史・樂志》載無名氏詞於調名注「令」字。此調實與《謝池春》為同調異名，前卷時令題已收《謝池春》，以陸游詞為例，此卷乃同調重出。

(二) 按：此調宋詞僅見晏殊、杜安世各一首，一用平韻，一用仄韻；晏殊詞載《珠玉詞》，題「贈歌者」。

可平奴聲調六字句，有可平時高可仄遏行雲叶，六字句。蜀可平錦纏可仄頭無可仄數六字句，不可平負辛勤叶，四字句。○數可平年來可仄往咸京道七字句，殘可仄杯冷可平炙謾銷魂[一]叶，七字句。衷可仄腸事、託何人叶，六字句。若可平有知可仄音見可平採六字句，不可平辭遍可平唱陽春叶，六字句。一可平曲當可仄筵淚可平落六字句，重可仄掩羅巾叶，四字句。

【校】

[一] 冷：仄聲，此左劃綫，蓋衍誤。

詩餘譜卷十七[一]

珍寶題

滴滴金

雙調○小令　○後段同　　宋晏　殊

梅可仄花漏可平泄春消息韻，七字句。柳絲長三字句，草可平芽碧[一]叶，三字句。不可平覺星霜鬢可平邊可仄白叶，七字句。念可平時可仄光堪惜叶，五字句。○蘭堂把酒留嘉客[二]。對離筵，駐行色。千里音塵便疏隔。合有人相憶。

【校】

[一]「柳絲長」二句：與後段「對離筵」二句，《詞譜》卷八皆作六言折腰句，於三字下注「讀」。

[二]酒：原本作「家」，《彙刊》本手校作「酒」；茲從《珠玉詞》、《明辯》本校訂。

(一) 按：原本未標卷數，僅在「珍寶題」下注「十七」；重訂本、《彙刊》本皆題「詩餘十七」，茲從校訂。

一籮金(一)　雙調○中調　○後段同　宋李石才(二)

武可平陵可仄春可仄色可平濃如可平酒韻，七字句。遊可仄冶才郎四字句，初可仄試花間手叶，五字句。絳可平蠟燭可平殘人靜後[一]叶，七字句。眉可仄峰便可平作傷春皺叶，七字句。○一霎風狂和雨驟。柳嫩花柔，渾不禁僝僽。明日餘香知在否。粉羅猶有殘紅透。

【校】

[一] 燭：《花草粹編》卷十三作「燒」。

(一) 按：《詞譜》卷十三收《蝶戀花》，注「李石詞名《一籮金》」；另有無名氏《一籮金》，乃《菩薩蠻》異名。前卷花木題已收《蝶戀花》，此乃同調重出。

(二) 按：原本僅署「朱」字，《明辯》、《彙刊》及重訂本同；《花草粹編》卷十三署李石才；《全宋詞》據《翰墨大全》乙集卷十七作李石才詞，注別本誤作朱秋娘詞，茲從校訂。

詩餘譜卷十八(一)

聲色題　首末二字皆為主

杏園芳(二)　雙調○小令　○後段同，唯首句作七字，又末用仄字，不叶韻　唐尹　鶚

嚴可仄粧嫩可平臉花明韻，六字句。教可仄人見可平了關情叶，六字句。含可仄羞舉可平步越羅輕[一]叶，七字句。稱娉婷叶，三字句。○終朝咫尺窺香閣，迢遙似隔層城。何時休遣夢相縈。入雲屏。

【校】

[一]舉：《明辯》本作「與」，蓋訛誤。

(一)按：原本未題卷數，重訂本、《彙刊》本題「詩餘十八」，茲從校訂。

(二)按：此調唐五代詞僅見尹鶚一首，載《花間集》卷九，宋無作，為孤調。

早梅芳[一]

雙調○中調　○後段同，唯第九句作三字[二]

冬景　　宋周邦彦

花可仄竹可平深三字句，房可仄櫳可仄好韻，三字句。夜可平闃無人到叶，五字句。隔可平牕寒可仄雨[二]四字句，向可平壁孤燈弄可平餘可仄照叶，七字句。淚可平多羅袖重五字句，意可平密鶯聲小叶，五字句。正魂可仄驚夢可平怯五字句，門可仄外可平已可平知可仄曉叶，五字句。○去難留，話未了。早促登長道。風披宿霧，露洗初陽射林表。亂愁迷遠覽，苦語縈懷抱。謾回頭，更堪歸路杳。

【校】

[一]第九句：據例詞，應為後段第八句，乃三字句，比前段此句少二字。

[二]隔：仄聲，此左劃綫，蓋訛誤。

(一) 按：汲古閣本《片玉詞》卷上調名作《早梅芳近》，有李之儀、吕渭老等人詞為同調。另有長調慢詞，僅見柳永詞一首，《詞譜》卷三十三收作《早梅芳慢》。

滿庭芳　雙調○長調

晚景　宋秦觀

山可仄抹微雲四字句，天可仄連衰可仄草[一]四字句，畫可平角可平聲可仄斷譙門韻，六字句。暫可平停征可仄棹四字句，聊可仄共飲離樽叶，五字句。多可仄少蓬可仄萊舊可平事六字句，空可仄回可仄首、煙可仄靄紛紛叶，七字句。斜可仄陽外可平、寒可仄鴉數可平點[二]七字句，流可仄水遶孤村叶，五字句。○銷魂叶，二字句。當可仄此際、香可仄囊暗可平解[三]七字句，羅可仄帶輕分叶，四字句。謾可平贏可仄得可平秦樓[四]可仄，五字句，薄可平倖名存叶，四字句。此可平去何可仄時見可平也六字句，襟可仄袖可平上、空可仄染啼痕叶，七字句。傷可仄情處、高可仄城望可平斷[五]七字句，燈可仄火已黃昏叶，五字句。

【校】

[一]連：汲古閣本《淮海詞》作「粘」，詞末注：「『天粘衰草』，今本改『粘』作『連』，非也。」

[二]「斜陽」句：與後段「傷情」句，《詞律》卷十三、《詞譜》卷二十四所收此調各體皆作三言一句、四言一句。

［三］「銷魂」二句：《詞律》、《詞譜》所收各體多作二言短韻一句、三言一句、四言一句，換頭不藏短韻者則作五言一句、四言一句。

［四］秦樓：《淮海長短句》、《淮海詞》皆作「青樓」。

［五］情、高：皆平聲，當左劃綫，此蓋脱漏。

又

夏景〔一〕　宋周邦彦

風老鶯雛，雨肥梅子，午陰嘉樹清圓。地卑山近，衣潤費爐煙。人静烏鳶自樂，小橋外、新緑濺濺。凭闌久，黄蘆苦竹，擬泛九江船。◯年年。如社燕，飄流瀚海，來寄修椽。且莫思身外，長近樽前。憔悴江南倦客，不堪聽、急管繁絃。歌筵畔，先安簟枕，容我醉時眠。

〔一〕按：《清真集》卷上、《片玉詞》卷上題「夏日溧水無想山作」。

倦尋芳〔一〕　雙調○長調

春景　　宋王元澤〔二〕

露可平晞向可平曉〔一〕四字句，簾可仄幙風輕〔二〕四字句，小可平院閒晝韻，四字句。翠可平徑鶯來四字句，驚可仄下亂可平紅鋪可仄繡叶，六字句。倚危樓三字句，登高可仄榭三字句，海可平棠著可平雨胭脂透叶，七字句。算可平韶華、又因循過了〔三〕八字句，清可仄明時候叶，四字句。○倦可平游燕可平、風光滿目七字句，好可平景良辰四字句，誰可仄共攜手叶，四字句。恨可平被榆錢〔四〕四字句，買可平斷兩可平眉長鬬叶，六字句。憶可平得高可仄陽人散後七字句，落可平花流可仄水仍依舊〔五〕叶，七字句。這可平情懷、對東風〔六〕六字句，盡可平成消瘦叶，四字句。

【校】

〔一〕曉：《樂府雅詞・拾遺》卷上作「晚」。

〔一〕按：《樂府雅詞・拾遺》卷上調名作《倦尋芳慢》。

〔二〕按：《明辯》本署「宋王」，此本補署王元澤，即王雱。

[二] 幙：仄聲，此左劃綫，蓋衍誤。

[三] 按：此句《詞律》卷十四、《詞譜》卷二十四皆作三言一句、五言一句。

[四] 被：仄聲，此左劃綫，蓋衍誤。

[五] 依：平聲，當左劃綫，此蓋脱漏。

[六] 按：此句《詞律》、《詞譜》皆作三言二句。

秋蘂香[一]

雙調○小令

宋晏幾道

池可仄苑清可仄陰欲可平就韻，六字句。還可仄傍送可平春時候叶，六字句。眼可平中人可仄去歡難偶叶，七字句。誰可仄共一可平杯芳可仄酒叶，六字句。○朱可仄欄碧可平砌皆如舊叶，七字句。記可平攜手叶，三字句。有可平情不可平管別可平離久叶，七字句。情可仄在相可仄逢終可仄有叶，六字句。

[一] 按：此調黃鑄詞名《秋蕊香令》。宋詞另有柳永《秋蕊香引》，曹勛、史浩等《秋蕊香》乃慢詞。

天香　凡二體，並雙調○長調

第一體

冬景　　宋王　觀(一)

雪可仄瓦鴛鴦四字句，風可仄簾翡可平翠四字句，今可仄年早可平是可平寒少韻，六字句。矮可平釘明牕四字句，側可平開朱戶四字句，斷可平莫亂可平教人到叶，六字句。重可仄冷可平未可平解(二)四字句，雲可仄共雪、商量不可平少(二)叶，七字句。青可仄帳垂氈四字句，要可平密縫、放圍宜小(三)叶，七字句。○呵可仄梅可仄弄粧試可平巧叶，六字句。繡可平羅可仄衣、瑞可平雲芝可仄草叶，七字句。伴可平我可平語同語、笑可平時同笑(四)叶，九字句。已可平被金可仄樽勸可平酒六字句，又可平唱可平箇新詞故可平相可仄惱叶，八字句。盡可平道窮冬四字句，元可仄來怎可平好叶，四字句。

(一) 按：原本署「宋王充」；《草堂詩餘·前集》卷下「冬景」類未署名，《花草粹編》卷十八署王通叟；《全宋詞》據《樂府雅詞·拾遺》卷下作王觀詞，茲從校訂

【校】

［一］重冷：《樂府雅詞·拾遺》卷下、《花草粹編》卷十八、《詞律》卷十四、《詞譜》卷二十四皆作「重陰」。

［二］不少：《樂府雅詞》作「不了」，《花草粹編》、《詞譜》皆作「未了」。《明辯》本此句於「少」字注「重韻」。

［三］「青帳」二句：《樂府雅詞》作「青帳垂氈要密，紅爐收圍宜小」，《花草粹編》、《詞譜》皆作「青帳垂氈要密，紅爐圍炭宜小」。

［四］「伴我」句：《詞律》作五言一句、四言一句；《樂府雅詞》、《詞譜》皆作「伴我語時同語，笑時同笑」，「語」下多一「時」字。

第二體 前段與第一體同，唯末二句皆作六字○後段亦與第一體同，唯第二句作六字，第三句作十字

對梅花懷王侍御　　宋劉方叔〔一〕

漠漠江臯，迢迢驛路，天教為春傳信。萬木叢邊，百花頭上，不管雪飛風緊。尋交訪舊，唯

〔一〕按：《明辯》本僅署「宋劉」，此本補署劉方叔；《詞譜》卷二十四作劉儗詞；《全宋詞》錄作劉鎮詞。

翠竹寒松相認。不意牽詩動興，何心襯粧添暈。○孤標最甘冷落，不許蝶親蜂近。直自從來潔白、箇中清韻[一]。儘做重聞塞管，也何害香銷粉痕盡。待到和羹，纔明底藴。

【校】

[一]「直自」句：《詞譜》作六言一句、四言一句。

雪梅香　雙調○長調

秋思　宋柳　永

景可平蕭索三字句，危可仄樓獨可平立面晴空韻，七字句。動可平悲可仄秋情可仄緒五字句，當可仄時宋可平玉應同叶，六字句。漁可仄市孤可仄煙裊可平寒可仄碧七字句，水可平村殘可仄葉舞愁紅叶，七字句。楚可平天闊可平、浪浸斜陽七字句，千可仄里溶溶叶，四字句。○臨可仄風想可平佳可仄麗[二]五字句，別可平後愁顔四字句，鎮可平斂眉峰叶，四字句。可可平惜當年四字句，頓可平乖雨可平跡雲蹤叶，六字句。媚可平態妍姿正可平歡可仄洽七字句，落可平花流可仄水忽西東叶，七字句。無可仄憀可仄恨、相思意盡七字句，分可仄付征鴻[二]叶，四字句。

【校】

[一]「臨風」句：《詞律》卷十四、《詞譜》卷二十三皆作二字一句、三字一句，於「風」字注「韻」。

[二]「無憀」二句：《詞譜》作「無憀意，盡把相思，分付征鴻」，《全宋詞》作「無憀恨，相思意，盡分付征鴻」。

桂枝香[一]

一名《疎簾淡月》○凡二體，並雙調○長調

第一體

秋旅[二]　　宋張宗瑞[三]

梧可仄桐雨可平細韻，四字句。漸可平滴可平作秋可仄聲五字句，被可平風可仄驚可仄碎叶，四字句。潤

(一) 按：《中興以來絕妙詞選》卷九、《草堂詩餘・前集》卷下、《彊村叢書》本《東澤綺語》調名皆作《疎簾淡月》，注「寓《桂枝香》」。《高麗史・樂志》調名注「慢」字。

(二) 按：《明辯》本目錄題「秋旅」，正文無題；此本同，茲補題；《中興以來絕妙詞選》卷九題「秋思」，《草堂詩餘・前集》卷下入「秋景」類。

(三) 按：《明辯》本僅署「宋張」，此本補署張宗端，《彙刊》本作張宗瑞。《中興以來絕妙詞選》作張宗瑞，注名輯。詞載張輯《東澤綺語》，茲從校訂。

可平逼衣可仄篝線可平裊六字句，蕙可平爐沉可仄水[一]叶，四字句。悠可仄悠歲可平月天涯醉叶，七字句。一可平分秋、一可平分憔悴叶，七字句。紫可平簫吹斷四字句，素可平牋恨可平切四字句，夜可平寒可仄鴻起叶，四字句。〇又可平何可仄苦、淒可仄涼客可平裏叶，七字句。草可平堂可仄春緑[二]可平，四字句，竹可平溪可仄空翠叶，四字句。落可平葉西可仄風吹可仄老六字句，幾可平番塵世叶，四字句。從可仄前諳可仄盡江湖味[三]叶，七字句。聽可平商可仄歌、歸可仄興可平千里叶，七字句。露可平侵宿可平酒四字句，踈簾可仄淡可平月可平，四字句，照可平人無寐叶，四字句。

【校】

[一]「潤逼」二句：與後段「落葉」二句，《詞譜》卷二十九、《全宋詞》皆作四言一句、六言一句。篝，平聲，當左劃綫，此蓋脱漏。又，此段結句「寒」字亦未左劃綫。

[二]「草堂」句：《東澤綺語》、《中興以來絶妙詞選》皆作「負草堂春緑」，句首多一「負」字。

[三]諳：原本作「諳」，蓋訛誤，茲從《明辯》、《彙刊》本校訂。

第二體　前段與第一體同〇後段亦與第一體同，唯第三句作五字[一]

金陵懷古(一)　　宋王安石

登臨送目。正故國晚秋，天氣初肅。瀟洒澄江似練[二]，翠峰如簇。征帆去棹殘陽裏[三]，背西風、酒旗斜矗。綵舟雲淡，星河鷺起，圖畫難足。〇念自昔、豪華競逐。歎門外樓頭，悲恨相續。千古凭高對此，謾嗟榮辱。六朝舊事隨流水，但寒煙、衰草凝綠。至今商女，時時尚歌[四]，後庭遺曲。

【校】

[一] 第三句：《明辯》本注作「第二句」；據例詞後段「歎門外樓頭」實為第二句。

[二] 瀟洒：《臨川先生歌曲》、《樂府雅詞》卷上、《花庵詞選》卷二皆作「千里」。

[三] 按：此句及後段「六朝」句，第一體皆用韻，此體皆不用韻。

[四] 尚歌：《臨川先生歌曲》作「猶歌」；《樂府雅詞》、《花庵詞選》皆作「猶唱」。

(一) 按：《彊村叢書》本《臨川先生歌曲》無此題，《草堂詩餘·後集》卷上、《花庵詞選》卷二皆同此題。

綺羅香　雙調○長調

春雨　宋史達祖

做可平冷欺花四字句，將可仄煙困柳四字句，千可仄里偷可仄催春暮韻，六字句。盡可平日冥迷四字句，愁可仄裏欲可平飛還可仄住叶，六字句。驚可仄粉可平重可平、蝶可平宿西園七字句，喜可平泥可仄潤、燕可平歸南可仄浦叶，七字句。最可平妨他、佳可仄約風流七字句，鈿可平車不可平到杜可平陵路[一]叶，七字句。○沈可仄沈江可仄上望極六字句，還可仄被春潮急[二]五字句，難可仄尋官渡叶，四字句。隱可平約遥峰四字句，和可仄淚謝可平娘眉嫵叶，六字句。臨可仄斷可平岸、新可仄綠生時七字句，是可平落可平紅可仄、帶可平愁流可仄處叶，七字句。記可平當可仄日可平、門可仄掩梨花七字句，剪可平燈深夜語[三]叶，五字句。

【校】

[一] 鈿：此注可平，又左劃綫，蓋衍誤；《詞譜》卷三十三注本仄可平。

[二] 春潮急：汲古閣本《梅溪詞》、《絕妙好詞》卷二、《詞譜》卷三十三皆作「春潮晚急」。

[三] 語：原本作「話」，失叶，蓋訛誤；《明辯》、《彙刊》、《梅溪詞》等各本皆作「語」，茲從校訂。

賀聖朝影[一]　雙調○小令　○後段同，唯首句末用仄字，不叶韻　宋歐陽脩

白可平雪梨花紅可仄粉桃韻，七字句。露華高叶，三字句。垂可仄楊慢可平舞綠絲條[一]叶，七字句。草如袍叶，三字句。○風過小池輕浪起，似江臯。千金莫惜買香醪。且陶陶。

【校】

[一] 條：《明辯》本作「絛」。

虞美人影[二]　一名《桃源憶故人》○雙調○小令　○後段同

春閨　宋秦觀[三]

碧可平紗影可平弄東風曉韻，七字句。一可平夜海可平棠開可仄了叶，六字句。枝可仄上數可平聲啼

[一] 按：此調實為《楊柳枝》之別名，即《楊柳枝》之添字體。前卷花木題已收《楊柳枝》添字體，此卷乃同調重出。

[二] 按：《草堂詩餘·前集》卷下調名作《桃源憶故人》，《近體樂府》卷三注「一名《虞美人影》」。

[三] 按：汲古閣本《淮海詞》注「時刻不載」；《草堂詩餘·前集》卷下「春景」類未署名；《類編草堂詩餘》卷一署秦觀作；《全宋詞》錄作歐陽修詞。

可仄鳥叶，六字句。粧可仄點知多少叶，五字句。○妬雲恨雨腰肢裊。眉黛不堪重掃。薄倖不來春老。羞帶宜男草。

疏影(一)　雙調○長調

送尹簿之平江　元鄧光薦(二)

瑤可仄尊蘸可平翠韻，四字句。短可平長亭送別五字句，風可仄戀可平晴袂叶，四字句。臘可平樹迎春四字句，一可平路清寒四字句，能可仄消可仄幾日可平羈思叶，六字句。霜可仄華不可平借陽關柳〔一〕七字句，悄可平莫可平繫、行可仄人嘶騎叶，七字句。對可平梅可仄花一可平笑五字句，分可仄攜勝可平約四字句，別可平來相寄〔二〕叶，四字句。○人可仄物仙蓬妙可平韻六字句，瑞可平鸞斂可平迅翼、聊可仄憩可平香枳〔三〕叶，九字句。見可平說使可平君好語叶，六字句。先可仄傳付與、芙可仄蓉清致〔四〕叶，八

(一) 按：原本作「棘影」，《明辯》、《彙刊》及重訂本同。《詞律》卷十九收《疎影》，注《嘯餘譜》誤作「棘影」；《詞譜》卷三十五注為姜夔自度曲，茲從校訂。

(二) 按：《全宋詞》據趙萬里輯本《中齋詞》收鄧剡此詞，題「笋薄之平江」。

字句。客可平來欲可平問荆州事叶，七字句，但可平細可平語、岳可平陽樓可仄記叶，七字句。夢可平故可平人、剪可平燭西牕七字句，已可平隔洞可平庭煙可仄水[五]叶，六字句。

【校】

[一] 借：《全宋詞》作「惜」。

[二] 「對梅花」三句：《全宋詞》作「對梅花、一笑分攜，勝約別來相寄」。《詞譜》卷三十五所收此調各體，前結多作七言一句、六言一句。

[三] 「瑞鸞」句：《全宋詞》作五言一句、四言一句。《詞譜》所收此調各體，此句皆作五言一句、四言一句。

[四] 「見說」二句：《全宋詞》作「見說使君，好語先傳，付與芙蓉清致」；《詞譜》亦作四言二句、六言一句。語，原本注「叶」，誤。

[五] 洞：仄聲，此左劃綫，蓋訛誤。

青衫濕[一]　雙調○小令

感舊[二]　　宋吳彥高[三]

南可仄朝千可仄古傷心地[一]七字句，還可仄唱後庭花韻，五字句。舊可平時王可仄謝、堂可仄前燕可平子[二]八字句，飛可仄入人家叶，四字句。○恍可平然在可平遇四字句，天可仄姿勝可平雪[三]四字句，宮可仄鬢堆鴉[四]叶，四字句。江可仄州司可仄馬、青可仄衫濕可平淚八字句，同可仄是天涯叶，四字句。

【校】

[一] 地：景元至大本《中州樂府》、《花草粹編》卷七皆作「事」。

[二] 「舊時」二句：與後段「江州」二句，《詞律》卷五、《詞譜》卷七皆作四言二句。

(一) 按：此調為《人月圓》之別名，首見王詵詞，因詞中有「人月圓時」句，取以為名；吳激詞有「青衫淚濕」句，別名《青衫濕》。《詞律》卷五、《詞譜》卷七並收此調。

(二) 按：《中興以來絶妙詞選》卷二題「宴北人張侍御家有感」，《花草粹編》卷七題「席間遇流落婦人」，《類編草堂詩餘》卷一題「感舊」。

(三) 按：《明辯》本僅署「宋吳」，此本補署吳彥高；《花草粹編》卷七注吳彥高「宋宗室子」；《全金元詞》錄作金吳激詞，小傳注激字彥高。

〔三〕勝雪：《明辯》本作「勝雲」。

〔四〕鬢：仄聲，此左劃綫，蓋衍誤。

青玉案 凡二體，並雙調○中調

第一體 後段同，唯第二句作七字

春景〔一〕 宋賀　鑄

凌可仄波不可平過橫塘路韻，七字句。但可平目可平送、芳塵去叶，六字句。錦可平瑟年可仄華誰與度〔二〕叶，七字句。月可平樓花院〔二〕四字句，綺可平窗朱可仄戶〔三〕四字句，唯可仄有春知處叶，五字句。○碧雲冉冉蘅皋暮〔四〕。綵筆空題斷腸句。試問閒愁知幾許。一川煙草，滿城風絮，梅子黃時雨。

〔一〕按：原本目錄題「春暮」；景宋本《東山詞》卷上別名《橫塘路》，注正名《青玉案》，無題；《草堂詩餘·前集》卷上入「春景·春暮」類，未署名；《類編草堂詩餘》卷二題「春暮」。

【校】

［一］年華：《東山詞》卷上、《樂府雅詞》卷中作「華年」。

［二］月樓花院：《東山詞》作「月橋花院」，《花庵詞選》卷四作「月臺花榭」。

［三］按：《詞譜》卷十五於兩段第五句皆注用韻。綺，《東山詞》、《樂府雅詞》、《花庵詞選》皆作「瑣」。

［四］碧：《東山詞》作「飛」。衡：《樂府雅詞》、《花庵詞選》皆作「蘅」。

第二體　前段與第一體同○後段亦與第一體同，唯第二句作八字

詠雪［一］　宋陳　瓘

碧空黯淡同雲繞。漸枕上、風聲峭。明透紗窗天欲曉。珠簾纔捲，美人驚報，一夜青山老。○使君命客金尊倒［二］。正千里瓊瑤未經掃。欹壓江梅春信早。十分農事，滿城和氣，管取來年好。

［一］按：《樂府雅詞》卷中無題，《花庵詞選》卷六題「雪」；《草堂詩餘・後集》卷上入「天文氣候・詠雪」類。

【校】

［一］命客：《樂府雅詞》卷中作「留客」。

小桃紅（一）　雙調○中調　○後段同

詠美人畫眉（二）　　　　宋劉　過（三）

曉可平入紗窻靜［二］韻，五字句。戲可平弄菱花鏡叶，五字句。翠可平袖輕匀四字句，玉可平纖彈可仄去四字句，小可平粧紅粉叶，四字句。畫可平行可仄人、愁可仄外兩青山八字句，與可平尊可仄前離可仄恨叶，五字句。○宿酒醺難醒。笑記香肩並。暖借香腮，碧雲微透，暈眉斜印。最多情、生怕外人猜，拭香津微揾。

（一）按：此調即《連理枝》別名。前卷花木題已收《連理枝》，此乃同調重出。

（二）按：《百家詞》本、《彊村叢書》本《龍洲詞》卷上皆題「在襄州作」；《詩餘圖譜》卷二題「詠美人畫眉」。

（三）按：原本僅署「劉」字，《明辯》、《彙刊》及重訂本同；《全宋詞》據《龍洲詞》卷上錄作劉過詞，茲從校訂。

【校】

[一] 曉：《明辯》本作「晚」。

滿江紅　凡三體，並雙調○長調[一]

第一體

杜鵑　宋康與之

惱可平殺行人四字句，東可仄風裏、為可平誰啼可仄血[二]韻，七字句。正可平青春未可平老、流可仄鶯方歇[三]九字句。蝴可仄蝶枕可平前顛倒夢七字句，杏可平花枝可仄上朦朧月叶，七字句。問可平天可仄涯何可仄事苦關情八字句，思離別叶，三字句。○聲可仄一可平喚三字句，腸可仄千可仄結叶，三字句。閩可仄嶺可平外三字句，江可仄南可仄陌叶，三字句。正可平長可仄堤可仄楊可仄柳五字句，翠可平條堪可仄折叶，四字句。鎮可平日叮可仄嚀千百遍七字句，只可平將一可平句頻頻說叶，七字句。道可平不可平如可仄歸可仄去不如歸八字句，傷情切叶，三字句。

【校】

［一］長調：原本注中調，目錄同，蓋訛誤；《明辯》本亦誤。《詞律》卷十三、《詞譜》卷二十二所收此調各體，以九十三字為正體，實為長調，兹從校訂。

［二］誰：平聲，當左劃綫，此蓋脱漏。

［三］「正青春」句：《詞譜》此句作五言一句、四言一句。此句原本未注叶韻，《明辯》本同，據例詞「歇」字實用韻，當注叶韻。

第二體　後段與第一體同

春閨［一］

宋周邦彥

晝可平日移陰四字句，攬可平衣起、春可仄幃睡可平足韻，七字句。臨可仄寶可平鑑、綠可平雲繚可仄亂七字句，未可平忺粧可仄束［二］叶，四字句。蝶可平粉蜂可仄黄都退了七字句，枕可平痕一可平綫紅生玉叶，七字句。背可平畫可平欄、脉可平脉悄無言八字句，尋棋局叶，三字句。○重會面，何時

［一］按：《片玉集》卷二、《清真集》卷上入「春景」類；《片玉詞》卷下、《類編草堂詩餘》卷三皆題「春閨」。

卜[二]。無限事，縈心曲。想秦箏依舊，尚鳴金屋。芳草連天迷遠望，寶香薰被成孤宿。最苦是、蝴蝶滿園飛，無心撲。

【校】

[一] 忺：《片玉詞》作「懽」。此字平聲，當左劃綫，此蓋脱漏。

[二] 何時：《片玉集》、《清真集》、《片玉詞》皆作「猶未」。

第三體　前段與第二體同○後段亦與第一體同，唯第八句作八字

秋望(一)　宋趙元稹(二)

慘結秋陰，西風送、絲絲雨濕。凝望眼、征鴻幾字，暮投沙磧。欲往鄉關何處是，水雲浩蕩連南北。但修眉一抹有無中[二]，遙山色。○天涯路，江上客。腸欲斷，頭應白。空搔首興

(一) 按：《中興以來絶妙詞選》卷二題「丁未九日南渡泊舟儀真江口」，四印齋本《得全居士詞》題末多一「作」字；《草堂詩餘・前集》卷下入「秋景・秋望」類。

(二) 按：《明辯》本僅署「宋趙」，闕其名；此本補署趙元稹，即趙鼎；《全宋詞》據四印齋本《得全居士詞》録作趙鼎詞。

歎，暮年離隔。欲待忘憂除是酒[二]，奈酒行欲盡愁無極。便挽將江水入樽罍[三]，澆胸臆。

【校】

[一] 修眉一抹：《得全居士詞》作「一抹寒青」，注「一作修眉一抹」。

[二] 欲待忘憂：《得全居士詞》作「須信道消憂」，注一作「欲待忘憂」。

[三] 挽將江水：《得全居士詞》作「挽取長江」，注一作「挽將江水」。

燭影搖紅[一]　雙調○長調　○後段同

元宵[二]　宋張　掄

雙可仄闕中天四字句，鳳可平樓十可平二春寒淺韻，七字句。去可平年元可仄夜奉宸遊七字句，曾可仄

[一] 按：此調乃周邦彥以王詵《憶故人》小令詞別撰新腔而成長調；賀鑄等仍用小令體，張掄等皆與周詞為同調。《詞律》卷六並收二調，《詞譜》卷七僅收《燭影搖紅》。

[二] 按：《彊村叢書》本《蓮社詞》、《中興以來絕妙詞選》卷二、《花草粹編》卷十八皆題「上元有懷」；《草堂詩餘·後集》卷上、《類編草堂詩餘》卷三皆題「上元」。

侍瑤池宴叶，五字句。玉可平殿珠可仄簾盡可平捲叶，六字句。擁可平羣仙可仄、蓬可仄壺閬可平苑叶，七字句。五可平雲深可仄處四字句，萬可平燭光中四字句，揭可平天絲可仄管叶，四字句。○馳隙流年，恍如一瞬星霜換。今宵誰念泣孤臣，回首長安遠。可是塵緣未斷。謾惆悵、華胥夢短。滿懷幽恨，數點寒燈，幾聲歸鴈。

詩餘譜卷十九[一]

數目題　以首字為主

一剪梅　雙調○中調　○後段同

離別[二]　宋婦李清照

紅可仄藕香殘玉可平簟秋韻，七字句。輕可仄解羅裳四字句，獨可平上蘭舟叶，四字句。雲可仄中誰可仄寄錦書來[一]七字句，鴈可平字回時四字句，月可平滿西樓[二]叶，四字句。○花自飄零水自流。一種相思，兩處閑愁。此情無計可消除，纔下眉頭，卻上心頭。

(一) 按：原本未題卷數，重訂本、《彙刊》本皆題「詩餘十九」，茲從校訂。

(二) 按：《漱玉詞》、《花庵詞選》卷十皆題「別愁」，《草堂詩餘・後集》卷下入「人事・離別」類，《類編草堂詩餘》卷二題「離別」。

【校】

[一] 誰：平聲，當左劃綫，此蓋脱漏。

[二]「鴈字」二句：《詩餘圖譜》卷一作「鴈字回時月滿樓」；《詞律》卷九作「鴈字來時月滿樓」，注「『鴈字』句七字，自是古調」。

又

遊蔣山呈葉丞相　宋辛棄疾

獨立蒼茫醉不歸。日暮天寒，歸去來兮。探梅踏雪幾何時。今我來思，楊柳依依。○白石岡頭曲岸西。一片閑愁，芳草淒淒。多情山鳥不須啼。桃李無言，下自成蹊。

兩同心

此詞亦有用平韻者，並雙調○中調　○後段同，唯首句作六字　宋柳永

竚可平立東風四字句，斷可平魂南可仄國韻，四字句。花可仄光媚可平、春可仄醉瓊樓七字句，蟾可仄彩可平過、夜可平遊香可仄陌[二]叶，七字句。憶可平當可仄時可仄、酒可平戀花迷七字句，役可平損可平詞

客叶，四字句。○別有眼長腰搦，痛憐深惜。鴛衾冷、夕雨淒淒[二]，錦書斷、暮雲凝碧。想別來、好景良時，也應相憶。

【校】

[一] 過：《樂章集》、《花草粹編》卷十四、《詞譜》卷十六皆作「迥」。

[二] 「鴛衾」句：《百家詞》本《樂章集》作「鴛鴦阻、夕雨朝飛」，《彊村叢書》本作「鴛會阻、夕雨淒飛」。

三臺[一] 雙調[二]○長調

宋万俟雅言

清明[三]

見可平梨可仄花初可仄帶可平夜可平月七字句，海可平棠半含朝雨韻，六字句。內苑可平春、不可平禁

[一] 按：此為長調，與唐詞六言四句体《三臺》迥異，宋詞僅見万俟詠一詞，為孤調。

[二] 按：《詞律》卷一、《詞譜》卷三十九收此詞，皆分為三疊，第一疊自「太平簫鼓」斷，第二疊自「亂花飛絮」斷，「正清寒」以下為第三疊。

[三] 按：《花庵詞選》卷七、《草堂詩餘·後集》卷上皆題「清明應制」，《類編草堂詩餘》卷四題「清明」。

過青門八字句，御可平溝漲、潛可仄通南可仄浦叶，七字句。東可仄風靜三字句，細可平柳垂金縷叶，五字句。望可平鳳可平闕、非可仄煙非可仄霧叶，七字句。好可平時可仄代、朝可仄野多懽七字句，徧可平九可平陌、太可平平簫可仄鼓叶，七字句。乍可平鶯可仄兒百可平囀斷可平續七字句，燕可平子飛來飛去叶，六字句。近可平綠可平水可平、臺可仄榭映鞦韆八字句，鬭可平草聚、雙可仄雙遊可仄女叶，七字句。○餳可仄香更可平酒冷五字句，踏可平青路可平三字句，會可平暗可平識夭可仄桃朱可仄戶叶，七字句。向可平晚驟、寶可平馬雕鞍七字句，醉可平襟惹、亂可平花飛絮叶，七字句。正可平輕可仄寒輕煖漏永七字句，半可平陰半可平晴雲暮叶，六字句。禁可平火可平天、已是試新粧八字句，歲可平華可仄到、三可仄分佳處叶，七字句。清可仄明看、漢可平宮傳蠟炬[一]八字句，散可平翠可平煙、飛可仄入槐府叶，七字句。斂可平兵可仄衛、閶可仄闔門開七字句，住可平傳宣、又可平還休可仄務叶，七字句。

【校】

[一]按：此句未注叶韻；據例詞「炬」字實叶韻，《詞譜》卷三十九此句注叶韻。

四園竹(一)　雙調○中調

秋怨(二)

宋周邦彥

浮可仄雲護可平月四字句，未可平放滿朱扉韻，五字句。鼠可平搖暗可平壁四字句，螢可仄度破可平窗四字句，偷可仄入書幃叶，四字句。秋意濃三字句，閑竚可平立三字句，庭可仄柯影可平裏好可平風六字句，襟可仄袖先知[一]叶，四字句。○夜何其叶，三字句。江可仄南路可平遶重山六字句，心可仄知謾可平與前期叶，六字句。柰可平何可仄燈前墮可平淚[二]六字句，腸可仄斷蕭娘舊日書叶，七字句。辭可仄猶在可平紙鴈可平信可平絕七字句，清可仄宵夢可平又稀[三]叶，五字句。

【校】

[一]「閑竚立」三句：《詞律》卷十一、《詞譜》卷十八皆作：「閒竚立、庭柯影裏。好風襟袖先知。」以「裏」字夾叶一仄韻；又注後段「紙」字叶仄韻。

(一) 按：此調始見周邦彥，《片玉集》卷五、《清真集》卷下皆注「官本作《西園竹》」；《類編草堂詩餘》卷二注「作『西園』誤」。

(二) 按：《片玉集》卷五、《清真集》卷下皆入「秋景」類，《類編草堂詩餘》卷二題「秋怨」。

[二] 柰何：《片玉集》、《片玉詞》、《清真集》、《詞律》、《詞譜》皆作「奈向」。

[三] 「腸斷」三句：《詞律》作：「腸斷蕭娘，舊日書辭。猶在紙。鴈信絶，清宵夢又稀。」《詞譜》同，唯上作四言二句，末作上三下五句法八言一句。

六醜　雙調○長調

落花(一)　宋周邦彦

正單可仄衣試可平酒五字句，悵可平客可平裏、光陰虛可仄擲韻，七字句。願可平春暫留四字句，春可仄歸如過翼[一]五字句，一可平去無跡叶，四字句。為可平問家何在五字句，夜可平來風可仄雨四字句，送可平楚可平宮傾可仄國叶，五字句。釵可仄鈿可仄墮可平處可平遺香可仄澤叶，七字句。亂可平點桃可仄蹊四字句，輕可仄飜柳可平陌[二]四字句，多可仄情更誰追惜叶，六字句。但可平蜂可仄媒蝶可平使五字句，時可仄叩窗槅叶，四字句。○東可仄園岑可仄寂[三]叶，四字句。漸可平蒙可仄籠暗可平碧叶，五字句。靜可平遶珍叢底可平、成歎可平息[四]叶，八字句。長可仄條故可平惹行客叶，六字句。似可平

(一) 按：《草堂詩餘・後集》卷下入「花柳禽鳥・落花」類；《片玉詞》卷上題「薔薇謝後作」。

牽可仄衣待可平話、别可平情無可仄極[五]叶，九字句。殘可仄英小三字句，強可平簪巾可仄幘[六]叶，四字句。終可仄不似可平、一可平朶釵可仄頭顫可平裊九字句，向可平人欹側叶，四字句。漂流處三字句，莫可平趁可平潮汐叶，四字句。恐可平斷可平鴻、尚可平有相思字八字句，何可仄由見可平得叶，四字句。

【校】

[一]「春歸」句：原本未注叶韻；《詞譜》卷三十八注叶韻。

[二]「輕翻」句：原本未注叶韻；《詞譜》注叶韻。

[三]岑：平聲，當左劃綫，此蓋脱漏。

[四]「靜遶」句：《詞譜》作五言一句、三言一句。

[五]「似牽」句：《詞譜》作五言一句、四言一句。

[六]「殘英」二句：與下「漂流」二句，《詞譜》皆作七言折腰句，於三字下注「讀」。

八聲甘州　雙調〇長調

送參寥子(一)

宋蘇軾

有可平情可仄風、萬可平里捲可平潮來可仄，八字句，無可仄情可仄送潮歸韻，五字句。問可平錢可仄塘江可仄上五字句，西可仄河浦可平口[一]四字句，幾可平度斜暉叶，四字句。不可平用思量今古六字句，俯可平仰昔人非叶，五字句。誰可仄似東坡老五字句，白可平首忘機叶，四字句。〇記可平取西可仄湖西可仄畔六字句，正可平暮可平山好可平處五字句，空可仄翠煙霏叶，四字句。算可平詩可仄人相可仄得五字句，如可仄我與君稀叶，五字句。約可平他可仄年、東可仄還海可平道七字句，願可平謝可平公、雅可平志莫相違叶，八字句。西可仄州可仄路可平、不可平應回可仄首七字句，為可平我沾衣叶，四字句。

【校】

[一] 西河：各本《東坡詞》、《東坡樂府》、《詩餘圖譜》等皆作「西興」。

(一) 按：傅幹注本《東坡詞》題「寄參寥子，時在巽亭」，《百家詞》本等多題「寄參寥子」。

十二時[一]　三疊○長調

秋夜[二]

宋　柳　永

晚可平晴初、淡可平煙籠可仄月[一]七字句，風可仄透蟾可仄光如洗韻，六字句。覺可平翠可平帳、涼可仄生秋思叶，七字句[二]。漸可平入微可仄寒天氣叶，六字句。敗可平葉敲可仄窗四字句，西可仄風滿可平院四字句，睡可平不成還起叶，五字句。更可仄漏咽、滴可平破憂心七字句，萬可平感並可平生四字句，都可仄在離人愁可仄耳叶，六字句。○天可仄怎知[三]三字句，當可仄時一可平句四字句，做可平得十可平分縈可仄繫叶，六字句。夜可平永可平有時可仄，四字句，分明枕可平上可平、覷可平著孜孜地[四]叶，九字句。燭可平暗可平時酒可平醒五字句，元可仄來又可平是夢裏叶，六字句。○睡可平覺來、披可仄衣獨可平坐[五]七字句，萬可平種無可仄憀情意叶，六字句。怎可平得伊來四字句，重可仄諧雲雨[六]四字句，再可平整餘香被叶，五字句。祝可平告天發可平願[七]五字句，從可仄今

(一) 按：《詞律》卷二十分為三疊，後二疊體式相同；《詞譜》卷三十七作《十二時慢》；另有和峴等鼓吹曲詞《十二時》，蓋為同名異調。

(二) 按：《樂章集》不載此詞，《類編草堂詩餘》卷四、《花草粹編》卷二十四皆署柳永作，題「秋夜」，《全宋詞》據以收作柳永詞。

永無抛棄叶，六字句。

【校】

[一]「晚晴」句：《詞譜》卷三十七作三言一句、四言一句。

[二]叶：《詞譜》不注叶韻。七字句：《明辯》本注「六字句」，蓋偶誤。

[三]「天怎知」句：此句及第三疊換頭，《詞律》卷二十皆作三字讀，與下四字作七言折腰句；《詞譜》皆作三言一句、四言一句。

[四]「夜永」二句：《詞律》、《詞譜》皆作四言二句、五言一句，句式與第三疊「怎得」三句相同。

[五]拔：平聲，當左劃綫，此蓋脱漏。

[六]雲雨：《詞譜》作「連理」，注叶韻。

[七]願：《明辯》本作「頑」，蓋訛誤。

千秋歲　凡三體，並雙調○中調

第一體

宋秦　觀

水可平邊沙可仄外[一]韻，四字句。城可仄郭輕寒退叶，五字句。花影可平亂三字句，鶯聲碎叶，三字句。飄可仄零疎酒盞五字句，離可仄別寬衣帶叶，五字句。人可仄不可平見三字句，碧可平雲暮可平合空相對叶，七字句。○憶可平昔西池會叶，五字句。鴛可仄鷺同飛蓋[二]叶，五字句。攜手處三字句，今誰在叶，三字句。日可平邊可仄清夢可平斷五字句，鏡可平裏朱顏改叶，五字句。春可仄去也三字句，落可平紅萬可平點愁如海[三]叶，七字句。

【校】

［一］水：《草堂詩餘·前集》卷上、《類編草堂詩餘》卷二皆作「柳」。

［二］鴛鷺：《淮海長短句》、《淮海詞》作「鵷鷺」。

［三］落紅：《淮海長短句》、《淮海詞》作「飛紅」。

第二體　前段與第一體同，唯第三、第四句皆作七字○後段亦與第一體同　宋歐陽脩(一)

數聲鶗鴂[一]。又報芳菲歇。惜春更把殘紅折。雨輕風色暴，梅子青時節。永豐柳，無人盡日花飛雪。○莫把絲絃撥。怨極絃能說。天不老，情難絕。心似雙絲網，中有千千結。夜過也，東窗未白殘燈滅[二]。

【校】

[一] 數：《樂府雅詞》卷上作「幾」。

[二] 殘燈滅：鮑本《張子野詞》作「凝殘月」，《百家詞》本作「孤燈滅」。

第三體(二)　宋王安石

別可平館寒可仄砧四字句，孤可仄城畫可平角韻，四字句，一可平派秋可仄聲入可平寥可仄廓叶，七字句。

(一) 按：此詞《張子野詞》卷二、《樂府雅詞》卷上皆作張先詞；《全宋詞》據《張子野詞》收錄，注誤入《近體樂府》卷三。

(二) 按：此體與前二體迥異，當為同名異調。所錄王安石詞，《花庵詞選》卷四、《草堂詩餘・前集》卷下皆作《千秋歲引》，前卷歌行題已收此調此詞，此卷乃重複收錄。

東可仄歸燕從可仄海可平上可平去七字句，南可仄來可仄鴈可平向可平沙頭可仄落[一]叶，七字句。楚臺風三字句，庾可平樓月三字句，宛可平如昨叶，三字句。○無可仄柰被可平此名利縛叶，七字句。無可仄柰被可平他情擔可仄閣叶，七字句。可可平惜風流總閒卻叶，七字句。當可仄初謾留可仄華表可平語七字句，而可仄今誤可平我秦樓約叶，七字句。夢回時[二]三字句，酒醒可仄後三字句，思可仄量著叶，三字句。

【校】

[一] 鴈：仄聲，此左劃綫，蓋衍誤。

[二] 回：《花庵詞選》卷四、《草堂詩餘・前集》卷下皆作「闌」。

詩餘譜卷二十

古歙程明善纂輯

通用題　首末二字皆為主

摘得新(一)　單調○小令　○二首

唐皇甫松

摘可平得新韻，三字句。枝可仄枝葉可平葉春叶，五字句。管可平絃兼美酒五字句，最關人叶，三字句。平可仄生都可仄得幾可平十可平度七字句，展香茵叶，三字句。

酌一枝[一]。須教玉笛吹。錦筵紅蠟燭，莫來遲。繁紅一夜驚風雨[二]，是空枝。

【校】

[一]枝：《花間集》卷二作「巵」。

(一)按：此調蓋源於唐教坊曲，唐詞僅見皇甫松二首，載《花間集》卷二；宋詞無作。

[二] 鶯：《花間集》作「經」。

柳初新 雙調◯中調

早春

宋柳　永

東可仄郊向可平曉星杓亞韻，七字句。報可平帝里、春來也叶，六字句。柳可平臺煙可仄眼[一]四字句，花可仄勻露可平臉四字句，漸可平覺綠可平嬌紅可仄姹叶，六字句。粧可仄點層可仄臺芳榭叶，六字句。運可平神可仄功、丹可仄青無價叶，七字句。◯別可平有堯階試可平罷叶，六字句。新可仄郎君、成可仄行如畫叶，七字句。杏可平園風細四字句，桃可仄花浪可平暖四字句，競可平喜羽可平遷鱗可仄化叶，六字句。遍可平九可平陌、將遊冶[二]叶，六字句。驟可平香可仄塵、寶可平鞍嬌可仄馬叶，七字句。

【校】

[一] 臺：《樂章集》一作「擡」。

[二] 將遊冶：《樂章集》作「相將遊冶」。

玉燭新〔一〕　雙調○長調

梅花〔二〕　宋周邦彦

溪可仄源新臘後韻，五字句。見可平數可平朵江可仄梅、剪可平裁初可仄就〔一〕叶，九字句。暈可平酥可仄砌玉可平芳英可仄嫩七字句，故可平把春可仄心輕漏〔二〕叶，六字句。前可仄村昨可平夜四字句，想可平弄可平月、黄可仄昏時候叶，七字句。孤可仄岸可平峭、踈可仄影橫斜七字句，濃可仄香暗可平沾可仄襟袖叶，六字句。○樽可仄前付可平與多才六字句，問可平嶺可平外風光五字句，故可平人知可仄否叶，四字句。壽可平陽謾可平鬬〔三〕四字句，終可仄不可平似、照可平水一可平枝清可仄瘦叶，九字句。風可仄嬌雨可平秀四字句，亂可平插繁可仄花盈首〔四〕叶，六字句。須可仄信可平道、羌可仄笛無情七字句，看可仄看又可平奏叶，四字句。

〔一〕按：《詞譜》卷二十九注：「調始《清真樂府》。《爾雅》云：『四時和，謂之玉燭。』取以為名。」

〔二〕按：《清真集》卷下、《片玉詞》卷下、《花草粹編》卷二十一皆題「早梅」；《草堂詩餘・後集》卷下入「花柳禽鳥・梅花」類。

【校】

［一］「見數朵」句：《詞譜》卷二十九作五言一句、四言一句。《詞律》卷十七以史達祖詞為例，句式亦同。

［二］「暈酥」二句：《詞譜》作「暈酥砌玉，芳英嫩、故把春心輕漏」。

［三］「壽陽」句：此句及下「風嬌雨秀」句，《詞譜》皆注叶韻。

［四］「亂挿」句：《片玉集》、《清真集》、《片玉詞》、《梅苑》、《草堂詩餘》、《詞譜》皆作「好亂插繁花盈首」，句首多一「好」字。

殢人嬌　雙調○中調

上壽　　宋晏　殊

玉可平樹微涼四字句，漸可平覺銀可仄河影可平轉韻，六字句。林可仄葉靜、疎可仄紅欲可平偏叶，七字句。朱可仄簾細可平雨四字句，尚遲留歸可仄燕叶，五字句。嘉慶日三字句，多可仄少世可平人良願［一］叶，六字句。○楚可平竹驚鸞四字句，秦可仄箏起雁叶，四字句。縈可仄舞可平袖、急可平翻羅薦叶，七字句。雲可仄廻一曲四字句，更可平輕可仄櫳檀板叶，五字句。香炷遠三字句，同可仄祝壽可平期無限叶，六字句。

【校】

[一] 按：《詞譜》卷十五收此調，以晏殊「二月春風」詞為正體，兩結皆作九言一句，於三字下注「讀」。

念奴嬌

一名《百字令》，一名[二]《赤壁詞》、《大江東去》、《酹江月》，皆因蘇軾詞而稱之也○凡九體，並雙調○長調

第一體

詠雪(一)　宋張孝祥

朔可平風吹雨四字句，送淒涼可仄，三字句，天可仄意垂垂欲可平雪[二]韻，六字句。萬可平里南可仄荒雲霧滿七字句，弱可平水蓬可仄萊相可仄接叶，六字句。凍可平合龍岡四字句，寒可仄侵桐可仄柱[三]四字句，碧可平海冰澌結叶，五字句。憑可仄高一笑[四]四字句，問可平君何可仄處炎熱叶，六字句。○家可仄在可平楚可平尾吳頭六字句，歸可仄期猶未四字句，對可平此可平驚時節叶，五字句。記可平得年

(一) 按：景宋本《于湖居士樂府》題「欲雪呈朱漕元順」，景宋本《于湖先生長短句》卷一、《中興以來絕妙詞選》卷二皆題「欲雪呈朱漕」。

可仄時貂帽暖七字句，鐵可平馬千可仄羣觀可仄獵叶，六字句。狐可仄兔成車四字句，歌可仄鐘殷可平地四字句，歸可仄踏層城月叶，五字句。持可仄盃且可平醉四字句，不可平須北可平望悽切叶，六字句。

【校】

〔一〕一名：《明辯》本作「其名」。

〔二〕「送凄凉」二句：《詞律》卷十六、《詞譜》卷二十八所收此調各體多作五言一句、四言一句，亦作九言一句。

〔三〕桐柱：《于湖居士樂府》、《于湖先生長短句》、《明辯》本等皆作「銅柱」。

〔四〕一笑：《于湖先生長短句》作「獨嘯」。

第二體　後段與第一體同

永安張寬夫園待月〔一〕　宋黄庭堅

斷可平虹霽可平雨四字句，淨秋空可仄，三字句，山可仄染脩可仄眉新可仄緑韻，六字句。桂可平影扶疎

〔一〕按：《百家詞》本《山谷詞》卷一序曰：「八月十七日同諸甥待月，有孫彦立者善吹笛，有名酒酌之。」汲古閣本序曰：「八月十八日同諸生步自永安城樓，過張寬夫園待月。偶有名酒，因以金荷酌衆客。客有孫彦立，善吹笛。援筆作樂府長短句，文不加點。」

四字句，誰可仄便道、今可仄夕清輝不足[一]叶，九字句。萬可平里青天四字句，嫦可仄娥何可仄處[二]四字句，駕可平此一可平輪玉叶，五字句。寒可仄光零可仄亂四字句，為可平人偏可仄照醽醁叶，六字句。○年少從我追遊[三]，晚城幽徑，遶張園森木。共倒金荷主人以金荷葉酌酒家萬里[四]，難得樽前相屬。老子平生，江南江北，最愛臨風曲。孫郎微笑客有孫叔敏善長笛，坐來聲歎霜竹。

【校】

[一]「誰便道」句：《全宋詞》作三言一句、六言一句。

[二]嫦娥：《明辯》本作「姮娥」。

[三]從我追遊：汲古閣本《山谷詞》、《花草粹編》卷二十皆作「隨我追涼」。

[四]共倒：《山谷詞》、《花草粹編》皆作「醉倒」。「金荷」注語及下「孫郎」句注語，皆摘錄原作詞序語。主，原本作「王」，茲從《明辯》本校訂。

第三體

詠月

宋范元卿〔一〕

尋可仄常三可仄五〔二〕四字句，問今夕可平何可仄夕、嬋娟都勝〔三〕韻，九字句。天可仄闊雲收崩浪靜七字句，深可仄碧琉可仄璃千可仄頃〔三〕六字句，銀可仄漢無聲四字句，冰輪直可平上四字句，桂可平濕扶疏影叶，五字句。綸可仄巾玉可平塵四字句，庾可平樓無可仄限清興叶，六字句。○誰可仄念江可仄海飄零六字句，不可平堪回可仄首四字句，驚可仄鵲南枝冷叶，五字句。萬可平點蒼山四字句，何可仄處是、脩可仄竹吾廬三徑〔四〕叶，九字句。香可仄霧雲鬟四字句，清可仄輝玉可平臂四字句，醉可平了愁重醒叶，五字句。參可仄橫斗可平轉四字句，轆轤聲斷金井叶，六字句。

【校】

〔二〕三：平聲，當左劃綫，此蓋脱漏。

〔一〕按：《明辯》本署「宋范」，此本補署范元卿；《草堂詩餘·後集》卷上署名同，題「中秋月」；《全宋詞》據《寶真齋法書贊》卷二十七録作范端臣詞。

[二]「問今」句：《全宋詞》作五言一句、四言一句。

[三]「深碧」句：原本未注叶韻；《詞律》、《詞譜》所收此調各體，此句皆叶韻。

[四]「萬點」二句：《全宋詞》作七言一句、六言一句。

第四體　後段與第一體同，惟第二句三句合作九字

詠月　　宋韓　駒[一]

海可平天向可平晚四字句，漸可平霞可仄收餘綺五字句，波可仄澄微可仄綠韻，四字句。木可平落山高四字句，真可仄個可平是、一可平雨可平秋可仄容新可仄沐[二]叶，九字句。喚可平起嫦娥四字句，撩可仄雲撥可平霧四字句，駕可平此一可平輪玉叶，五字句。桂可平華疎可仄淡四字句，廣可平寒誰伴幽獨叶，六字句。○不見弄玉吹簫，樽前空對此、清光堪掬[三]。霧鬢風鬟何處問，雲雨巫山六六。珠斗斕編，銀河清淺，影轉西樓曲。此情誰會，倚風三弄橫竹。

[一] 按：《草堂詩餘・前集》卷上入「天文氣候」類，署韓子蒼；《全宋詞》據以錄作韓駒詞，題「月」，注「此首別又誤作李呂詞，見《澹軒集》卷四」。

【校】

［一］「木落」二句：《全宋詞》作七言一句、六言一句。

［二］「樽前」句：《全宋詞》作五言一句、四言一句。

第五體

風情　　宋朱敦儒（一）

別可平離情緒四字句，奈可平一可平番好景五字句，一可平番愁可平慼韻，四字句。燕可平語鶯可仄啼人乍遠七字句，還可仄是他可仄鄉寒食叶，六字句。桃可仄李無言四字句，不可平堪攀可仄折四字句，總可平是风流客叶，五字句。東可仄君也可平自怪可平人、冷可平淡可平蹤跡［二］叶，十字句。○花可仄豔草可平草春工六字句，酒可平隨花意薄五字句，踈可仄狂何益叶，四字句。除可仄却清可仄風并可平皓月七字句，脉可平脉此可平情誰識叶，六字句。料可平得文君四字句，重可仄簾不可平捲四字句，只可

（一）按：原本誤署宋婦朱希真；《草堂詩餘·後集》卷下署朱希真，入「人事·風情」類，《全宋詞》據以錄作朱敦儒詞，注別本誤作朱秋娘，茲從校訂。

平等閒消息叶，五字句。不可平如歸可仄去四字句，受可平他真可仄個怜惜叶，六字句。

【校】

［一］「東君」句：《全宋詞》作四言一句、六言一句。

第六體　前段與第四體同○後段與第三體同，唯第二句作五字，三句作四字

贈送（一）　宋趙鼎臣

舊遊何處，記金湯形勝，蓬瀛佳麗。綠水芙蓉，元帥與賓僚、風流濟濟。萬柳庭邊，雅歌堂上，醉倒春風裏。十年一夢，覺來煙水千里。○惆悵送子重遊，南樓依舊否，朱欄誰倚。要識當時，唯是有、明月曾陪珠履。量減杯中，雪添頭上，甚矣吾衰矣。酒徒相問，為言憔悴如此。

（一）按：《樂府雅詞·拾遺》卷上無題，《花庵詞選》卷五、《花草粹編》卷二十皆題「送王長卿赴河間司錄」。

第七體　前段與第二體同

梅花[一]　　宋朱敦儒

見梅驚笑，問經年，何處收香藏白。似語如愁，却問我、何苦紅塵久客。觀裏栽桃，壇頭種杏[二]，到處成疎隔。千林無伴，淡然獨傲霜雪。○且可平與可平管可平領春回[三]六字句，孤可仄標爭可仄肯、接雄可仄蜂雌蝶叶，九字句。豈可平是無情四字句，知可仄受了、多可仄少凄涼風月叶，九字句。寄可平驛人遙[三]四字句，和可平羹心在四字句，謾可平使芳塵歇叶，五字句。東可仄風寂寞四字句，可可平人誰可仄為攀折叶，六字句。

【校】

[一] 壇頭：《樵歌》、《樂府雅詞》、《中興以來絕妙詞選》皆作「仙家」。

[二] 春回：皆平聲，當左劃綫，此蓋脫漏；以下平聲字皆未劃綫。

[三] 寄驛人遙：《百家詞》本《樵歌》作「寄隴程遙」。

(一) 按：《樵歌》卷上、《樂府雅詞》卷下無題；《中興以來絕妙詞選》卷一題「梅詞」。

第八體　前段與第三體同○後段與第四體同

書東流村壁(一)

宋辛棄疾

野棠一作塘花落，又匆匆過了、清明時節[一]。剗地東風欺客夢，一枕雲一作銀屏寒怯。曲岸持觴，垂楊繫馬，此地曾經別。樓空人去，舊遊飛燕能說。○聞道綺陌東頭，行人長一作會見、簾底纖纖月[二]。舊恨春江流不斷，新恨雲山千疊。料得明朝，樽前重見，鏡裏花難折。也應驚問，近來多少華髮。

【校】

[一]「又匆匆」句：《詩餘圖譜》卷三作三言一句、六言一句。

[二]「行人」句：《詞律》卷十六作四言一句、五言一句。會，《明辯》本作「曾」。

(一) 按：《中興以來絕妙詞選》卷三、《草堂詩餘・前集》卷上皆題「春恨」。

第九體

赤壁懷古[一]

宋蘇　軾

大可平江東去四字句，浪可平淘盡、千可仄古風可仄流人物[一]叶，微月反叶，九字句。故可平壘西邊四字句，人可仄道是、三可仄國周可仄郎赤可平壁[二]叶，九字句。亂可平石穿空四字句，驚可仄濤拍可平岸四字句，捲可平起千堆雪叶，五字句。江可仄山如可仄畫四字句，一時多少豪傑叶，六字句。〇遙可仄想公可仄瑾當年六字句，小可平喬初嫁了五字句，雄可仄姿英可仄發[三]四字句，羽可平扇綸巾談可仄笑間七字句，檣可仄艣灰可仄飛煙滅[四]叶，六字句。故可平國神遊四字句，多可仄情應可仄笑我、早可平生華可仄髮[五]九字句，人可仄生如夢四字句，一可平樽還可仄酹江月叶，六字句。

【校】

[一]淘：平聲，當左劃綫，此蓋脱漏。

[二]「故壘」二句：《詞譜》卷二十八作七言一句、六言一句。

(一) 按：傅幹注本《東坡詞》卷二、《花庵詞選》卷二、《草堂詩餘·後集》卷上「地理宫室」類皆有此題。

[三]「雄姿」句：《詞律》卷十六、《詞譜》此句皆注叶韻。

[四]「羽扇」二句：《词谱》作「羽扇綸巾，談笑處、檣艣灰飛煙滅」。檣艣，《東坡詞》一作「強虜」。

[五]「多情」句：《詞律》、《詞譜》皆作五言一句、四言一句，並注叶韻。

惜分飛(一)

雙調○小令　○後段同　宋毛滂

淚可平濕闌可仄干花著露韻，七字句。愁可仄到眉可仄峯碧可平聚叶，六字句。此可平恨平分取叶，五字句。更可平無言可仄語空相覷叶，七字句。○斷雨殘雲無意緒[一]。寂寞朝朝暮暮。今夜山深處。斷魂分付潮回去。

【校】

[一] 斷雨：《樂府雅詞》卷下、《東堂詞》皆作「短雨」。

(一) 按：此調首見張先詞，名《惜雙雙》；劉弇詞名《惜雙雙令》，晁補之、毛滂詞又名《惜分飛》；南宋詞多名《惜分飛》，曹冠詞又別名《惜芳菲》。

霜葉飛　雙調○長調

秋思[一]

宋周邦彦

露可平迷衰可仄草韻，四字句。疎可仄星可仄掛、涼蟾低可仄下可平林表叶，九字句。素可平娥青可仄女鬬嬋娟七字句，正可平倍可平添悽可仄悄叶，五字句。漸可平颯可平颯丹可仄楓撼可平曉叶，七字句。横可仄天雲可仄浪魚鱗小叶，七字句。見可平皓可平月相看五字句，又可平透可平入、清輝半餉七字句，特可平地可平留照叶，四字句。○迢可仄遞可平望可平極關山六字句，波可仄穿千可仄里四字句，度可平日如歲可平難到叶，六字句。鳳可平樓今可仄夜聽西風七字句，奈可平五更愁抱叶，五字句。想可平玉可平匣哀絃閉了叶，七字句。無可仄心重可仄理相思調叶，七字句。念可平故人可仄、牽離可仄恨六字句，屏可仄掩孤顰四字句，淚可平流多可仄少叶，四字句。

[一] 按：《片玉集》卷五、《清真集》卷下、《草堂詩餘·前集》卷下皆入「秋景」類；《類編草堂詩餘》卷四題「秋思」，《花草粹編》卷二十三題「秋夜」。

解蹀躞　雙調○中調

秋思[一]　宋周邦彦

候可平館丹可仄楓吹盡面七字句，旋可平隨風可仄舞[二]韻，四字句。夜可平寒霜可仄月四字句，飛可仄來伴可平孤可仄旅叶，五字句。還可仄是可平獨可平擁秋衾六字句，夢可平餘酒可平困都醒六字句，滿可平懷離可仄苦叶，四字句。○甚可平情緒叶，三字句。深可仄念凌可仄波微步叶，六字句。幽可仄房暗可平相可仄遇叶，五字句。沈可仄珠都可仄作、秋宵枕可平前可仄雨叶，九字句。此可平恨可平音可仄驛難通六字句，待可平憑征可仄雁歸時六字句，帶可平將愁去叶，四字句。

【校】

[二]「候館」二句：《詞律》卷十一、《詞譜》卷十七皆作「候館丹楓吹盡，回旋隨風舞」。

(一) 按：《片玉集》卷六、《清真集》卷下、《草堂詩餘·前集》卷下皆入「秋景」類；《片玉詞》卷下題「秋思」，《花庵詞選》卷七題「秋詞」

解連環[一] 雙調○長調

閨情[二]

宋周邦彥

怨可平懷難可仄託韻，四字句。嗟可仄情可仄人斷可平絕五字句，信可平音遼邈叶，四字句。信可平妙可平手、能可仄解連環七字句，似可平風可仄散雨可平收五字句，霧可平輕雲可仄薄叶，四字句。燕可平子樓空四字句，暗可平塵鎖、一可平床絃可仄索叶，七字句。想可平移可仄根換可平葉五字句，盡可平是舊可平時、手可平種紅藥[一]叶，八字句。○汀可仄洲漸可平生杜可平若叶，六字句。料可平舟可仄移岸可平曲五字句，人可仄在可平天角叶，四字句。記可平得當可仄日音書[二]六字句，把可平閒可仄語閒言、盡可平總可平燒却[三]叶，九字句。水可平驛春回四字句，望可平寄可平我、江可仄南梅萼叶，七字句。拚可仄今可仄生、對可平花對可平酒七字句，為可平伊淚可平落叶，四字句。

[一] 按：此調別名《望梅》。前卷人事題已收《望梅》，此卷乃同調重出。

[二] 按：《片玉集》卷二入「春景」類；《片玉詞》卷上、《花庵詞選》卷七題「怨別」；《草堂詩餘·後集》卷下入「人事·閨情」類，《類編草堂詩餘》卷四題「閨情」。

【校】

[一]「盡是」句：《詞譜》卷三十四作四言二句。

[二]「記得」句：《片玉集》、《清真集》、《花庵詞選》於句首皆有「謾」字，《類編草堂詩餘》、《詞譜》作「漫」。

[三]「把閒語」句：《詞譜》作五言一句、四言一句。

詩餘譜卷二十一

二字題

漁父　單調○小令

石晉和　凝

白可平芷汀寒立鷺鷥韻，七字句。蘋可仄風輕可仄剪浪花時叶，七字句。煙冪冪三字句，日遲遲叶，三字句。香可仄引芙蓉惹釣絲叶，七字句。

河傳　凡十二體，並雙調○小令

第一體

唐張　泌

渺可平莽可平雲可仄水[二]韻，四字句。惆可仄悵暮可平帆四字句，去可平程迢遞叶，四字句。夕可平陽芳草四字句，千可仄里可平萬里叶，四字句。雁可平聲無限起叶，五字句。○夢可平魂悄可平斷煙波裏叶，七字句。心如醉叶，三字句。相可仄見何處可平是叶，五字句。錦可平屏香冷無睡叶，六字句。

被可平頭多少淚叶，五字句。

【校】

［一］按：《詞譜》卷十一此句作二言二句。

第二體

唐張泌

紅杏［一］韻，二字句。交可仄枝相映叶，四字句。密密濛濛更韻，四字句。一可平庭濃可仄豔倚東風叶，七字句。香融叶，二字句。透簾櫳叶，三字句。◯斜可仄陽似可平共春光語更韻，七字句。蝶可平爭可仄舞叶，三字句。更可平引流鶯妬叶，五字句。魂可仄銷千可仄片玉鐏前更韻，七字句。神仙叶，二字句。瑤可仄池醉可平暮天叶，五字句。

【校】

［一］按：《詞譜》卷十一此句作二言二句，第二句疊用「紅杏」二字，於「杏」字分別注起韻和疊韻。

第三體　唐顧　敻

曲檻韻，二字句。春晚叶，二字句。碧可平流紋可仄細四字句，綠可平楊絲軟叶，四字句。露花鮮三字句，杏枝繁[一]三字句，鶯可仄囀野可平蕪平似剪[二]叶，七字句。○直可平是可平人可仄間到可平天可仄上更韻，七字句。堪遊可仄賞叶，三字句。醉可平眼疑可仄屏障叶，五字句。對可平池可仄塘更韻，三字句。惜可平韶可仄光叶，三字句。斷可平腸叶，二字句。為可平花須可仄盡狂叶，五字句。

【校】

[一]「露花」二句：《詞律》卷六注「換平」「叶平」，謂舊譜失注叶韻。

[二]「鶯囀」句：《詞律》、《詞譜》皆作二言一句、五言一句，於「囀」字注叶仄韻，《詞律》又注「舊譜『囀』字失注叶韻，連下作七字句謬」。

第四體　後段與第三體同　唐孫光憲

柳可平拖金可仄縷韻，四字句。著可平煙籠可仄霧叶，四字句。濛可仄濛落可平絮叶，四字句。鳳可平皇舟上楚女叶，六字句。妙可平舞叶，二字句。雷可仄喧波上鼓叶，五字句。○龍爭虎戰分中土。人無主。桃葉江南渡。襞花牋。豔思牽。成篇。宮娥相與傳。

第五體　後段與第二體同　唐閻選

秋雨秋雨[一]四字句，無晝無夜四字句，滴滴霏霏韻，四字句。暗可平燈涼可仄簟怨分離叶，七字句。妖姬叶，二字句。不勝悲叶，三字句。○西風稍急喧窻竹。停又續。膩臉懸雙玉。幾迴邀約雁來時。違期。雁歸人不歸[二]。

【校】

[一]按：《詞譜》此句作二言二句，於兩「雨」字分注仄韻和疊韻，又注「《河傳》詞體凡兩結平韻者，其兩起皆仄韻」。

[二]「雁歸」句：《詞律》作二言一句、三言一句，於兩「歸」字皆注叶平韻。

第六體　唐韋莊

錦可平浦春女四字句，繡可平衣金縷[一]四字句，霧薄雲輕韻，四字句。花可仄深柳可平暗四字句，時可仄節正可平是清明叶，六字句。雨初晴叶，三字句。○玉可平鞭魂可仄斷煙霞路更韻，七字句。鶯鶯語叶，三字句。一可平望巫山雨叶，五字句。香可仄塵隱可平映四字句，遙可仄見可平翠可平檻紅樓更韻，六字句。黛眉愁叶，三字句。

【校】

[一]「錦浦」二句：《詞律》、《詞譜》皆作二言二句、四言一句，三句皆注叶仄韻；《詞律》又注：「『浦』字是韻，舊譜但注四字句，於『輕』字始注起韻，是一注而失三韻，大謬。」

第七體　後段與第三體同　唐顧　敻

燕可平颺晴景[一]韻，四字句。小可平窗屏可仄暖四字句，鴛可仄鴦交頸叶，四字句。菱可仄花掩可平卻翠鬟欹七字句，慵可仄整海可平棠簾外影[二]叶，七字句。○繡幃香斷金鸂鶒。無消息。心事空相憶。倚東風。春正濃。愁紅。淚痕衣上重。

【校】

[一] 按：此句《詞譜》作二言二句。

[二] 按：此句《詞律》、《詞譜》皆作二言一句、五言一句，於「整」字注叶韻。

第八體　後段亦與第三體同　唐孫光憲

太可平平天子韻，四字句。等可平閒遊戲[一]四字句，疏可仄河千可仄里叶，四字句。柳如絲三字句，隈可仄倚淥波春水[二]叶，六字句。長可仄淮風不起叶，五字句。○如花殿脚三千里。爭雲雨。何處留人住。錦帆風。煙際紅。燒空。魂迷大業中。

【校】

[一] 按：此句《詞律》、《詞譜》皆注叶韻。

[二] 按：此句《詞律》作二言一句、四言一句，於「倚」字注叶韻。

第九體　後段亦與第三體同　　唐顧　敻

棹可平舉韻，二字句。舟去叶，二字句。波可仄光渺可平渺四字句，不可平知何可仄處叶，四字句。岸可平花汀可仄草共依依更韻，七字句。雨微叶，二字句。鷓可平鴣相可仄逐飛叶，五字句。○天涯離恨江聲咽。啼猿切。此意向誰說。艤蘭橈。獨無憀。魂銷。小鑪香欲焦。

第十體　後段亦與第三體同　　唐孫光憲

風可仄颭韻，二字句。波斂叶，二字句。團可仄荷閃閃叶，四字句，珠可仄傾露可平點叶，四字句。木可平蘭舟上四字句，何可仄處吳可仄娃越可平豔叶，六字句。藕可平花紅照臉叶，五字句。○大堤狂殺襄陽客。煙波隔。渺渺湖光白。身已歸。心不歸。斜暉。遠汀鸂鶒飛。

第十一體　後段亦與第三體同　　唐溫庭筠

湖上閑望[一]四字句，雨蕭蕭[二]韻，三字句。煙可仄浦花橋路遙叶，六字句。謝可平娘翠蛾可仄愁可仄不可平銷叶，七字句。終朝叶，二字句。夢可平魂迷可仄晚潮叶，五字句。○蕩子天涯歸棹遠。春已晚。鶯語空腸斷。若耶溪。溪水西[三]。柳堤。不聞郎馬嘶。

【校】

［一］按：此句《詞律》、《詞譜》皆作二言二句，注仄韻與叶韻。

［二］蕭蕭：皆平聲，此只於第二字左劃綫，蓋脱漏。

［三］「若耶」二句：《明辯》本作「若溪溪，耶水西」，蓋訛誤。

第十二體

唐李珣

去去韻，二字句。何處叶，二字句。迢可仄迢巴可仄楚叶，四字句。山可仄水相連［一］四字句，朝可仄雲暮可平雨叶，四字句。依可仄舊可平十二峯前更韻，六字句。猿可仄聲到可平客船叶，五字句。○愁可仄腸豈可平異丁香結更韻，七字句。因離別叶，三字句。故可平國音書絕［二］叶，五字句。想可平佳可仄人花可仄下、對可平明可仄月春風［三］更韻，十字句。恨應同叶，三字句。

【校】

［一］「山水」句：《詞律》、《詞譜》皆注换平韻。

［二］「故國」句：《詞律》作「故國音書斷絕」，多一「斷」字。

[三]「想佳人」句：《詞律》、《詞譜》皆作五言二句。

孤鸞 雙調○長調

早梅

宋朱敦儒(一)

天可仄然標格韻，四字句。是可平小萼堆紅五字句，芳可仄姿凝白叶，四字句。淡可平竚新粧四字句，淺可平點壽陽宮額叶，六字句。東可仄君可仄想可平留厚可平意六字句，倩可平年可仄年、與傳消息叶，七字句。昨可平日前可仄村雪可平裏六字句，有可平一枝先拆[一]叶，五字句。○念可平故可平人、何可仄處水可平雲隔[二]叶，八字句。縱可平驛可平使相逢、難可仄寄可平春色[三]叶，九字句。試可平問丹青手五字句，是可平怎可平生描可仄得叶，五字句。曉可平來一可平番雨可平過六字句，更可平那可仄堪、數聲羌笛叶，七字句。歸可仄去和可平羹未晚六字句，勸可平行可仄人休摘叶，五字句。

(一) 按：《百家詞》本《樵歌》不載此詞，四印齋本入《補遺》；《草堂詩餘・後集》卷下入「花柳禽鳥・梅花」類，題「早梅」，未署名，《全宋詞》據以錄作無名氏詞。

【校】

[一] 拆：《明辯》本作「折」，《詞譜》卷二十六作「坼」。

[二] 雲：平聲，當左劃綫，此蓋脱漏。

[三] 「縱驛使」句：《詞譜》作五言一句、四言一句；《詞律》卷十五以馬莊父詞為例，句式亦同。

南浦(一)　雙調○長調

旅況(二)　宋魯逸仲(三)

風可仄悲畫可平角四字句，聽可平單可仄于、三可仄弄落譙門韻，八字句。投可仄宿駸可仄駸征騎六字句，飛可仄雪滿孤村叶，五字句。酒可平市漸可平閑燈火[一]六字句，正可平敲可仄窗、亂可平葉舞紛紛叶，八字句。送可平數可平聲驚可仄雁、下可平離煙可仄水[二]九字句，嘹可仄唳度寒雲[三]叶，五

(一) 按：《詞律》卷十七收此調，以魯逸仲平韻詞為正體，以程垓仄韻詞為異體；《詞譜》卷三十三以魯逸仲詞為異體，注「此調押平聲韻者秖此一詞，無別首宋詞可校」。

(二) 按：《花庵詞選》卷八題「旅懷」，《類編草堂詩餘》卷四、《花草粹編》卷二十一皆題「旅況」。

(三) 按：《明辯》本署「宋魯」，闕其名；此本補署魯逸仲，即孔夷隱名；《全宋詞》錄作孔夷詞。

字句。○好可平在半可平朧溪月六字句，到可平如可仄今、無可仄處不銷魂叶，八字句。故可平國梅可仄花歸夢六字句，愁可仄損綠羅裙叶，五字句。為可平問暗可平香閑豔也七字句，相可仄思萬可平點付啼痕[四]叶，七字句。箄可平翠屏應可仄是兩可平眉七字句，餘可仄恨倚黃昏[五]叶，五字句。

【校】

[一]闌：《類編草堂詩餘》卷四、《花草粹編》卷二十一、《詞律》卷十七、《詞譜》卷三十三皆作「闌」。

[二]「送數聲」句：《詞律》、《詞譜》皆作五言一句、四言一句；下，皆作「乍」。

[三]「嘹唳」句：《明辯》本未注「叶，五字句」，蓋脫漏。嘹，當左劃綫。

[四]「為問」二句：《詞律》、《詞譜》皆作「為問暗香閑艷，也相思、萬點付啼痕」。

[五]「箄翠屏」二句：《詞律》、《詞譜》皆作五言一句、七言一句。餘，平聲，當左劃綫，此蓋脫漏。

春霽〔一〕　雙調〇長調

春晴〔二〕　宋胡浩然〔三〕

遲可仄日和融乍可平雨歇七字句，東可仄郊嫩可平草凝碧〔一〕韻，六字句。紫可平燕雙飛四字句，海可平棠相襯四字句，粧可仄點上可平林春可仄色叶，六字句。黯可平然望可平極〔二〕四字句，困可平人天可仄氣渾無力叶，七字句。又可平聽可平得園苑可平，五字句，數可平聲鶯可仄囀柳可平陰直〔三〕叶，七字句。〇當可仄此可平暗可平想、故可平國繁華八字句，儼可平然可仄遊可仄人、依可仄舊可平南陌〔四〕叶，八字句。院深沈三字句，梨可仄花亂可平落〔五〕四字句，那可仄堪如可仄練點可平衣白叶，七字句。酒可平量頓可平寬洪量窄叶，七字句。算可平此可平情景〔六〕四字句，除可仄非可仄殢可平酒狂歡、恣可平歌沈可仄醉〔七〕十字句，有可平誰知可仄得叶，四字句。

〔一〕按：宋詞此調多名《秋霽》，蓋首見曾紆詞；胡浩然詞別名《春霽》。《詞律》卷十八收《秋霽》，注即《春霽》；《詞譜》卷三十四注一名《春霽》，以為始自胡浩然春晴詞。

〔二〕按：《明辯》本題「春情」，「情」蓋「晴」之訛誤。

〔三〕按：《明辯》本署「宋胡」，闕其名；此本補署胡浩然。

【校】

[一]「遲日」二句：《詞律》、《詞譜》所收皆作四、五、四句式，或四、九句式；和，平聲，當左劃綫。

[二]「黯然」句：《詞律》、《詞譜》所收此調各體此句皆注叶韻。

[三]「又聽」二句：《全宋詞》作：「又聽得。園苑，數聲鶯囀柳陰直。」

[四]「當此」二句：《詞譜》所收各體多作四言四句，《全宋詞》亦作四言四句。

[五]「院深」二句：《詞律》、《詞譜》、《全宋詞》皆作七言折腰一句。

[六]「酒量」二句：「寛」、「洪」、「情」三字皆平聲，當左劃綫，此蓋脱漏。

[七]「除非」句：《詞律》、《詞譜》、《全宋詞》皆作六言一句、四言一句。

秋霽[一]

雙調◯長調◯與《春霽》同

秋晴　　宋無名氏[二]

虹影侵堦乍雨歇，長空萬里凝碧。孤鶩高飛，落霞相暎，遠狀水鄉秋色。黯然望極，動人無

[一] 按：此調實與《春霽》為同調異名，此卷二調並列，乃同調重出。

[二] 按：原本署「陳後主」，蓋承沿《草堂詩餘・後集》卷下之訛誤；《全宋詞》注必非陳後主作，別本或作胡浩然詞亦不足據，録作無名氏詞，茲從校訂。

限愁如織。又聽得雲外，數聲新雁正嘹嚦。○當此暗想、畫閣輕拋，杳然殊無、些個消息。漏聲稀，銀屏冷落，那堪殘月照窗白。衣帶頓寬猶阻隔。算此情苦，除非宋玉風流、共懷傷感，有誰知得。

西河(一)　雙調○長調

金陵懷古(二)　宋周邦彦

佳可仄麗可平地韻，三字句。南可仄朝盛可平事誰記叶，六字句。山可仄圍故可平國遶清江七字句，髻可平鬟對可平起叶，四字句。怒可平濤寂可平寞打孤城七字句，風可仄檣遙度天際〔一〕叶，六字句。斷可平岸樹、猶倒可平倚〔二〕六字句，莫可平愁可仄艇可平子可平曾繫叶，六字句。空可仄遺舊可平跡四字句，鬱可平蒼蒼、霧可平沈半可平壘〔三〕叶，七字句。夜可平深月可平過女墻來七字句，傷可仄心東可仄畔

(一) 按：《詞律》卷十八收此調分三疊，注「《清真集》誤作兩段」；《詞譜》卷三十四亦分三段，注引《碧雞漫志》云「大石調《西河慢》聲犯正平」，又注張炎詞名《西湖》。

(二) 按：《片玉集》卷八、《清真集》卷下皆題「金陵」；《片玉詞》卷下、《花庵詞選》卷七、《類編草堂詩餘》卷四皆題「金陵懷古」；《草堂詩餘・後集》卷上題「懷古」。

淮水[四]叶，六字句。◯酒可平旗戲可平鼓甚可平處可平市七字句，想可平依可仄稀、王可仄謝鄰里叶，七字句。燕可平子不可平知何世叶，六字句。入可平尋常、巷可平陌人可仄家相對叶，九字句。如可仄說興亡斜陽可仄裏[五]叶，七字句。

【校】

[一]「風檣」句：《花庵詞選》、《片玉集》、《清真集》、《詞律》、《詞譜》皆於此句分斷為第一疊，至「傷心」句為第二疊，「酒旗」句以下為第三疊。

[二]「斷岸」句：《詞譜》作三言二句；《詞律》所收此調各體亦同。岸，《明辯》及《片玉集》等各本皆作「崖」。

[三]「空餘」二句：《詞譜》作七言一句、四言一句；《詞律》所收各體亦同。

[四]傷心東畔：《片玉集》、《片玉詞》、《清真集》皆作「賞心東望」，《花庵詞選》作「傷心東望」。

[五]「入尋常」二句：《詞譜》作「入尋常、巷陌人家，相對如說興亡，斜陽裏」，未注「對」字叶韻；《詞律》所收各體結尾句式亦略有參差。

薄倖　雙調○長調

春情(一)　　宋賀鑄

淡可平糚多可仄態[二]韻，四字句。更可平的可平的、頻可仄回眄可平睞叶，七字句。便可平認可平得琴心五字句，先可仄許可平與綰合歡雙帶[三]叶，八字句。記可平畫可平堂、風可仄月逢迎七字句，輕可仄顰淺可平笑嬌無奈叶，七字句。向可平睡可平鴨爐可仄邊、翔可仄鴛屏可仄裏九字句，羞可仄把香可仄羅偷解[三]叶，六字句。○自可平過了、收燈後六字句，都可仄不可平見、踏可平青挑可仄菜叶，七字句。幾可平回憑可平雙可仄燕、丁可仄寧深意[四]九字句，往可平來翻可仄恨重簾礙叶，七字句。約可平何可仄時再可平、正春可仄濃酒可平煖[五]九字句，人可仄閑晝可平永無聊賴叶，七字句。懨可仄懨睡可平起四字句，猶可仄有花可仄稍日可平在叶，六字句。

(一) 按：此處原作「春晴」。目錄題「春情」；《明辯》本題「春情」；《花庵詞選》卷四題「憶故人」，《草堂詩餘・前集》卷上入「春景・春情」類，《類編草堂詩餘》卷四題「春情」。改。

【校】

〔一〕淡糊：《東山詞》作「艷真」。

〔二〕「便認」二句：《詞譜》卷三十五作「便認得、琴心先許，與綰合歡雙帶」。歡，平聲，當左劃綫。

〔三〕「向睡」二句：《詞譜》作五言一句、四言一句、六言一句；《東山詞》作「便翡翠屏開，芙蓉帳掩，與把香羅偷解」。裹，仄聲，誤左劃綫。

〔四〕「幾回」句：《詞譜》作五言一句、四言一句。

〔五〕「約何」句：《詞譜》作四言一句、五言一句，於「再」字注叶韻。約，《樂府雅詞》、《花庵詞選》皆作「知」。

白苧 雙調〇長調

冬景

宋柳　永〔一〕

繡簾垂三字句，畫可平堂可仄悄可平、寒風淅瀝〔二〕韻，七字句。遙可仄天萬可平里四字句，黯可平淡同

〔一〕按：《全宋詞》收入「宋人依託神仙鬼怪詞」，署紫姑作，注曰：「此首原見《類編草堂詩餘》卷四，題柳永作。《碧雞漫志》卷二引其下半片首尾各句，云：世傳紫姑神作。」

可仄雲冪可平冪叶，六字句。漸可平紛可仄紛可仄、六可平花零可仄亂散可平空碧[二]叶，十字句。姑可仄射宴瑤池[三]五字句，把可平碎可平玉零可仄珠拋擲叶，七字句。林可仄巒可仄望可平中四字句，高可仄下瓊可仄瑤一可平色叶，六字句。嚴可仄子陵可仄釣可平臺五字句，歸可仄路迷蹤跡[四]叶，五字句。○追惜叶，二字句。燕可仄然畫可平角四字句，寶可平簪珊瑚[五]四字句，是可平時丞可仄相四字句，虛可仄作銀可仄城換可平得叶，六字句。當此可平際三字句，偏可仄宜可仄訪袁安宅[六]叶，六字句。醺可仄醺醉可平了四字句，任可平他釵可仄舞困可平、玉可平壺傾可仄側[七]叶，九字句。又可平是東君、暗可平遣花神[八]八字句，先可仄報可平南國叶，四字句。昨可平夜江梅四字句，漏可平泄春消息叶，五字句。

【校】

[一]「畫堂」句：《詞律》卷二十、《詞譜》卷三十六、《全宋詞》皆作三言一句、四言一句。

[二]花：平聲，當左劃綫，此蓋脫漏。

[三]「姑射」句：《詞律》、《詞譜》皆作二言一句、三言一句，於「射」字注叶韻。

[四]「嚴子陵」二句：《詞律》、《詞譜》皆作「嚴子陵、釣臺歸路迷蹤跡」；《全宋詞》無「歸路」二字。蹤，平聲，當左劃綫，此蓋脫漏。

[五] 簥：《詞譜》作「嶠」，《全宋詞》作「鑰」。

[六] 「當此」二句：《詞律》、《詞譜》皆作五言一句、四言一句。

[七] 「任他」句：《詞律》作「任他金釵舞困，玉壺傾側」。傾，《詞譜》、《全宋詞》皆作「頻」；《詞譜》無「他」字。

[八] 「又是」句：《詞律》、《詞譜》、《全宋詞》皆作四言二句。

大酺 雙調◯長調

春雨　　宋周邦彥

對可平宿煙收四字句，春禽靜三字句，飛可仄雨時可仄鳴高可仄屋韻，六字句。墻可仄頭青玉旆五字句，洗可平鉛可仄霜都可仄盡五字句，嫩可平梢相可仄觸叶，四字句。潤可平逼琴絲四字句，寒可仄侵枕可平障四字句，蟲可仄網吹可仄粘簾可仄竹叶，六字句。郵可仄亭無人可仄處五字句，聽可平簷可仄聲不可平斷五字句，困可平眠初熟叶，四字句。奈可平愁可仄極頓可平驚[一]五字句，夢可平輕難可仄記四字句，自可平憐幽獨叶，四字句。◯行可仄人歸意速叶，五字句。最可平先可仄念、流可仄潦妨車轂[二]叶，八字句。怎可平奈可平向、蘭可仄成憔悴七字句，衛可平玠清羸[三]四字句，等可平閑時、易可平傷心可仄目叶，七字句。

耒可平怪平陽客五字句，雙可仄淚落、笛可平中哀曲叶，七字句。況可平蕭可仄索青蕪國[四]六字句，紅可仄糝可平鋪可仄地四字句，門可仄外荊可仄桃如可仄菽叶，六字句。夜可平遊誰可仄共可平秉燭叶，六字句。

【校】

[一]頓：《片玉詞》卷上作「頻」。

[二]念：仄聲，此左劃綫，蓋衍誤。

[三]衛玠：《片玉詞》作「樂廣」。

[四]「況蕭索」句：《詞譜》卷三十七注叶韻。

多麗[一]　雙調○長調

春景　宋聶冠卿

想可平人可仄生可仄、美可平景良可仄辰堪惜[二]韻，九字句。向可平其可仄間、賞可平心樂可平事七字

[一] 按：此調蓋始見聶冠卿詞，用仄韻；晁端禮等别名《緑頭鴨》，用平韻；張元幹又别名《隴頭泉》，亦用平韻。

句，古可平來難可仄是并可平得叶，六字句。況可平東可仄城、鳳可平臺沁可平苑七字句，泛可平晴可仄波、淺可平照金碧叶，七字句。露可平洗華桐四字句，煙可仄霏絲可仄柳四字句，綠可平陰搖可仄曳四字句，蕩可平春一可平色叶，四字句。畫堂迥三字句，玉可平簪瓊可仄佩[二]四字句，高可仄會盡可平詞客[三]叶，五字句。清可仄歡可仄久三字句，重可仄燃絳可平蠟四字句，別可平就可平瑤席叶，四字句。◯有可平翩可仄若驚可仄鴻體可平態[四]七字句，暮可平為可仄行雨可平標格叶，六字句。逞可平朱可仄脣可仄、緩可平歌妖麗七字句，似可平聽流可仄鶯亂可平花可仄隔叶，七字句。慢可平舞縈回四字句，嬌可仄鬟低軃四字句，腰可仄肢纖細困可平無力叶，七字句。忍分散三字句，彩可平雲歸可仄後四字句，何可仄處更可平尋覓叶，五字句。休可仄辭醉三字句，明可仄月好可平花四字句，莫可平謾可平輕可仄擲叶，四字句。

【校】

[一]「想人生」句：《詞律》卷二十、《詞譜》卷三十七皆作三言一句、六言一句。

[二]「畫堂」二句：《詞律》、《詞譜》皆作七言折腰一句。此下「清歌」二句、「忍分」二句亦同。

[三]「高會」句：《花庵詞選》卷五此句注「一本於此分段」。

[四]若：仄聲，此誤左劃綫。《明辯》本譜注仄聲。

戚氏　三疊〇長調

秋夜

宋柳　永

晚秋天韻，三字句。一可平霎可平微可仄雨灑庭軒叶，七字句。檻可平菊蕭疎四字句，井可平桐零可仄亂惹殘煙叶，七字句。凄可仄然可仄望江可仄關[一]五字句，飛可仄雲黯可平淡夕陽間叶，七字句。當可仄時宋可平玉悲感六字句，向可平此可平臨可仄水與登山叶，七字句。遠可平道可平迢遞可平，四字句，行可仄人凄楚四字句，倦可平聽隴可平水潺湲叶，六字句。正可平蟬可仄鳴敗可平葉五字句，蛩可仄響可平衰可仄草四字句，相可仄應聲喧[二]叶，四字句。〇孤可仄館可平度日如年叶，六字句。風可仄露可平漸可平變四字句，悄可平悄至更闌叶，五字句。長可仄天靜[三]三字句，絳可平河清淺四字句，皓可平月嬋娟[四]四字句，思可平綿可仄綿夜可平永五字句，對可平景那堪叶，四字句。屈可平指暗可平想從前[五]叶，六字句。未可平名未可平祿四字句，綺可平陌紅樓四字句，往可平往可平經可仄歲遷延叶，六字句。〇帝可平里可平風光可仄好五字句，當可仄年少可平日四字句，暮可平宴朝歡叶，四字句。況可平有狂可仄朋怪可平侶六字句，遇可平當可仄歌對可平酒競留連[六]叶，八字句。別可平來迅可平景如梭六字句，舊可平遊似可平夢四字句，煙可仄水程何限五字句，念可平名可平利、憔可仄悴長縈絆[七]八字句，追可仄往可平事、空可仄慘愁顏叶，七字句。漏可平箭移、稍可平覺輕寒叶，七字句。聽可平嗚可仄咽、畫可平角數聲殘叶，八字句。對可平閑窻可仄畔四字句，停可仄針向可平曉四字句，抱可平影無眠叶，四字句。

【校】

［一］「凄然」句：《詞律》卷二十、《詞譜》卷三十九皆作二言一句、三言一句，於「然」、「關」皆注叶韻。

［二］聲：平聲，當左劃綫。《明辯》本譜注平聲。

［三］「長天」句：《詞律》、《詞譜》皆連下句作七言折腰一句。

［四］「皓月」句：《詞律》、《詞譜》皆注叶韻。

［五］「思綿綿」三句：《詞律》作：「思綿綿。夜永對景那堪。屈指暗想從前。」《詞譜》作：「思綿綿。夜永對景，那堪屈指，暗想從前。」

［六］竟：《樂章集》、《類編草堂詩餘》、《花草粹編》、《詞律》、《詞譜》皆作「競」。

［七］「煙水」二句：《詞律》、《詞譜》皆注换叶兩仄韻。名利，應作「利名」，《明辯》本作「利名」。

詩餘譜卷二十二上(一)

三字題上

訴衷情(二)　凡四體，有單雙二調〇並小令

第一體　單調　唐韋莊

碧可平沼紅芳煙雨靜七字句，倚蘭橈韻，三字句。垂可仄玉可平珮三字句，交可仄帶裹纖腰(一)叶，五字句。鴛可仄夢隔星橋叶，五字句。迢迢叶，二字句。越可平羅香暗銷叶，五字句。墜花翹叶，三字句。

(一) 按：原本未題卷數，重訂本、《彙刊》本題「詩餘二十二上」，茲從校訂。

(二) 按：此調蓋源於唐教坊曲，始見晚唐溫庭筠、韋莊詞，皆單片體，又有雙片體；《詞律》卷二、《詞譜》卷二皆收為同調異體，實為同名異調；宋詞此調蓋另翻新曲，又與唐詞為同名異調，《詞譜》卷五另收為《訴衷情令》；宋詞另有柳永《訴衷情近》，又與令詞體調不同。

【校】

[一]「垂玉珮」二句：《詞律》卷二、《詞譜》卷二皆作：「垂玉珮。交帶。褭纖腰。」以「珮」、「帶」換叶兩仄韻。

第二體 單調[一] 唐顧　夐

○與第一體同，惟第六句作三字，七句作六字，八句作五字

永夜抛人何處去，絕來音。香閣掩，眉斂月將沈[二]。爭忍不相尋。怨孤衾。換我心、為你心。始知相憶深。

【校】

[一]按：《詩餘圖譜》卷一收此調，附錄顧夐此詞為異體，分為兩段，前段至「月將沈」分斷，「爭忍」句以下為後段。

[二]「香閣掩」二句：《詞律》、《詞譜》皆作三言一句、二言一句、三言一句，以「掩」、「斂」換叶兩仄韻。

第三體 雙調 唐毛文錫

桃可仄花流可仄水漾縱橫韻，七字句，春可仄晝彩霞明叶，五字句。劉郎去[一]三字句，阮郎行叶，三字

句。惆可仄悵恨難平叶，五字句。○愁可仄坐對雲屛叶，五字句。算歸程叶，三字句。何可仄時攜可仄手洞邊迎叶，七字句。訴衷情叶，三字句。

【校】

〔一〕去：仄聲，此左劃綫表平聲，蓋衍誤。

第四體　雙調　○前段與第三體同，惟第三、四句合六字　宋僧仲殊〔一〕

湧金門外小瀛洲。寒食更風流。紅船滿湖歌吹，花外有高樓。○晴日暖三字句，淡煙浮叶，三字句。恣嬉遊叶，三字句。三可仄千粉黛四字句，十二闌干四字句，一片雲頭叶，四字句。

定西番

雙調○小令　唐孫光憲

帝可平子枕可平前秋夜六字句，霜幄冷三字句，月華明韻，三字句。正三更叶，三字句。○何可仄處戍

〔一〕按：《明辯》本僅署「宋僧」，闕其名，此本補署其名；《花庵詞選》卷九署名同，題「寒食」；《草堂詩餘・後集》卷上亦同，入「節序・寒食」類。

可平樓寒笛六字句，夢可平殘聞可仄一聲叶，五字句。遙可仄想漢可平關萬可平里六字句，淚縱橫叶，三字句。

烏夜啼(一)　雙調◯小令

山行約范先生不至　　宋辛棄疾

山可仄頭醉倒山公韻，六字句。月明中叶，三字句。記可平得昨可平宵四字句，歸可仄路笑兒童[二]叶，五字句。◯溪欲轉三字句，山已斷三字句，兩三松叶，三字句。一段可可平憐四字句，風可仄月欠詩翁叶，五字句。

【校】

[一] 按：《詞律》卷二收此調，以李煜詞為例，兩段結尾皆作六言一句、三言一句；《詞譜》卷三所收此調各體皆作九字一句，於第六字注「讀」。

(一) 按：此調正名為《相見歡》，前卷人事題已收《相見歡》，此乃同調重出。

薄命女[一] 一名《長命女》○單調○小令 石晉和凝

天可仄欲可平曉韻，三字句。宮可仄漏穿花聲繚繞叶，七字句。窗可仄裏星光少叶，五字句。冷可平霞可仄寒侵帳額六字句，殘可仄月光沈樹杪[一]叶，六字句。夢可平斷錦可平幃空悄悄叶，七字句。强可平起愁眉小叶，五字句。

【校】

[一] 杪：仄聲，叶韻，此左劃綫表平聲，蓋訛誤。

感恩多[二] 凡二體，並雙調○小令

第一體 唐牛嶠

兩條紅粉淚韻，五字句。多可仄少香閨意叶，五字句。强攀桃李枝更韻，五字句。斂愁眉叶，三字句。

[一] 按：《花間集》卷六、《花庵詞選》卷一收和凝《薄命女》，皆注一名《長命女》；另有馮延巳《長命女》一首為同調；宋無作。《詞律》卷二、《詞譜》卷三皆收《長命女》。

[二] 按：此調蓋源於唐教坊曲，唐五代有牛嶠詞二首，另僅見路巖殘篇五言二句；宋詞無此調。

○陌可平上鶯可仄啼蝶可平舞六字句，柳花飛叶，三字句。柳花飛複出一句。願得郎心四字句，憶家還早歸[二]叶，五字句。

【校】

[二] 家：平聲，當左劃綫；《明辯》本譜注平聲。

第二體　前段與第一體同○後段亦與第一體同，惟首句作七字　唐牛　嶠

自從南浦別。愁見丁香結。近來情轉深。憶鴛衾。○幾度將書託煙雁，泪盈襟。泪盈襟。禮月求天，願君知我心。

詩餘譜卷二十二中

三字題中

古歙程明善纂輯

玉蝴蝶　凡三體，並雙調

第一體　小令　唐溫庭筠

秋可仄風凄可仄切傷離韻，六字句。行可仄客可平未可平歸可仄時叶，五字句。塞可平外草先衰叶，五字句。江南雁到遲叶，五字句。○芙可仄蓉凋嫩臉五字句，楊可仄柳墮新眉叶，五字句。搖可仄落使人悲叶，五字句。斷腸誰得知叶，五字句。

第二體　小令　○前段與第一體同○後段亦與第一體同，惟首句作六字　唐孫光憲

春欲盡、景仍長[一]。滿園花正黃。粉翅兩悠颺。翩翩過短墻。○鮮飈暖、牽遊伴[二]，飛去立殘芳。無語對蕭娘。舞衫沈麝香。

【校】

［一］「春欲」句：《詞律》卷三、《詞譜》卷四皆作三言二句。

［二］「鮮飈」句：《詞律》、《詞譜》皆作三言二句，注「暖」、「伴」換叶兩仄韻。

第三體 長調（一）

春遊（二）

宋柳 永

漸可平覺東可仄郊明媚六字句，夜可平來膏可仄雨、一可平洗塵埃［一］韻，八字句。滿可平目殘可平桃深可仄杏［二］六字句，露可平染煙裁叶，四字句。銀可仄塘靜、魚可仄鱗簟可平展七字句，煙岫可平翠、龜可仄甲屏開叶，七字句。殷上聲晴雷叶，三字句。雲可仄中鼓可平吹四字句，遊可仄徧蓬萊叶，四字句。◯徘徊叶，二字句。隼可平旟前後四字句，三可仄千珠履四字句，十可平二金釵叶，四字句。雅可平俗熙熙四字句，下可平車成可仄宴盡春臺叶，七字句。好雍容、東可仄山妓可平女七字句，堪可仄笑可平

（一）按：宋詞《玉蝴蝶》為長調，首見柳永詞，當與唐詞為同名異調。《詞律》卷三以李之儀等長調詞附列小令調後，注「與唐調全異」；《詞譜》卷四同，注一名《玉蝴蝶慢》。

（二）按：汲古閣本《樂章集》卷下、《花庵詞選》卷五、《類編草堂詩餘》卷三皆有此題；《花草粹編》卷十九題「京城」。

傲、北可平海樽罍叶，七字句。且追陪叶，三字句。鳳可平池歸去四字句，那可仄更重來叶，四字句。

【校】

[一]「夜來」句：《詞律》、《詞譜》所收長調各體皆作四言二句。洗，《樂章集》、《花庵詞選》作「洒」。

[二]殘：《明辯》、《花庵詞選》、《草堂詩餘》、《花草粹編》皆作「淺」。

春光好　凡二體，並雙調○小令

第一體　石晉和凝

紗窻可仄暖三字句，畫屏閑韻，三字句。嚲雲鬟叶，三字句。睡可平起四可平肢無力六字句，半春閒[一]叶，三字句。○玉可平指剪可平裁羅可仄勝六字句，金可仄盤點可平綴酥可仄山叶，六字句。窺可仄舞深可仄心無限事七字句，小眉彎叶，三字句。

【校】

[一]閒：《彙刊》本同；《明辯》本、重訂本、《花間集》各本作「間」。

第二體　前段與第一體同，惟第四句作七字○後段亦與第一體同　石晉和　凝(一)

蘋葉軟，杏花明。畫船輕。雙浴鴛鴦出淥汀[一]，棹歌聲。○春水無風無浪，春天半雨半晴。紅粉相隨南浦晚，幾含情。

【校】

[一]「雙浴」句：《詞律》卷三、《詞譜》卷三此句皆注叶韻。

點絳唇　雙調○小令

詠草(二)　宋林　逋

金可仄谷年年四字句，亂可平生春可仄樹誰為主[一]韻，七字句。餘可仄花落可平處叶，四字句。滿可平地和煙雨叶，五字句。○又可平是離可仄歌[二]四字句，一可平闋長亭暮叶，五字句。王孫去叶，三字

(一) 按：和凝此詞載《花間集》卷六；《百家詞》本、《彊村叢書》本《尊前集》錄作歐陽炯詞，蓋誤收，略有異文。

(二) 按：《花庵詞選》卷二題「草」，《草堂詩餘·後集》卷下入「花柳禽鳥·草」類，《類編草堂詩餘》卷一題「詠草」，《花草粹編》卷二題「春草」。

句。萋可仄萋無數叶，四字句。南可仄北東西路叶，五字句。

【校】

〔一〕樹：《花庵詞選》、《草堂詩餘・後集》、《類編草堂詩餘》、《花草粹編》皆作「色」。

〔二〕歌：《花庵詞選》作「愁」。

又

春閨〔一〕　宋何　籀〔二〕

鶯踏花翻，亂紅堆徑無人掃。杜鵑來了。梅子枝頭小。○撥盡琵琶，總是相思調。知音少。暗傷懷抱。門掩青春老。

〔一〕按：《明辯》本題「春閨」，此本原題「春」，蓋脱「閨」字，目錄題「春閨」，補；《草堂詩餘・前集》卷下入「春景・春恨」類，《類編草堂詩餘》卷一題「春閨」。

〔二〕按：《草堂詩餘・前集》卷下未署名，《全宋詞》據以作無名氏詞，注「別又誤作何籀詞，見《類編草堂詩餘》卷一」。

紗窻恨　凡二體，並雙調〇小令

第一體　　唐毛文錫

新可仄春燕子還來至韻，七字句。一雙飛更韻，三字句。壘可平巢泥可仄濕時時墜叶，七字句。涴人衣叶，三字句。〇後可平園裏三字句，看百可平花發[一]四字句，香可仄風可仄拂可平、繡可平戶金扉叶，七字句。月可平照紗窻四字句，恨依依[二]叶，三字句。

【校】

[一]「後園」二句：《詞律》卷三作七言一句，《詞譜》卷四同，於第三字注「讀」。

[二]「月照」二句：《詞律》作七言一句，於第四字注「豆」。

第二體　前段與第一體同〇後段亦與第一體同，惟第四句作五字　　唐毛文錫

雙雙蝶翅塗鉛粉。咂花心。綺窻繡戶飛來穩。畫堂陰。〇二三月，愛隨飄絮[一]，伴落花、來拂衣襟。更剪輕羅片，傅黃金[二]。

【校】

〔一〕「二三月」二句：《詞律》作七言一句，《詞譜》同，於第三字注「讀」。

〔二〕「更剪」二句：《詞律》作八言一句，於第五字注「豆」。

戀情深〔一〕　雙調〇小令　　唐毛文錫

滴可平滴銅可仄壺寒漏咽韻，七字句。醉可平紅樓月叶，四字句。宴可平餘香可仄殿會鴛衾更韻，七字句。蕩春心叶，三字句。〇真可仄珠簾可仄下曉光侵叶，七字句。鶯可仄語隔瓊林叶，五字句。寶可平帳欲開慵起六字句，戀情深叶，三字句。

〔一〕按：此調蓋源於唐教坊曲，唐五代詞僅見毛文錫詞二首，並載《花間集》卷五；宋詞無此調之作。

歸國遙〔一〕 凡二體，並雙調○小令

第一體 唐溫庭筠

香玉韻，二字句。 翠可平鳳寶可平釵垂罣簌叶，七字句。 鈿可平筐可仄交可仄勝可平金粟叶，六字句。 越可平羅可平春水淥〔一〕叶，五字句。○畫可平堂可仄照簾殘燭叶，六字句。 夢可平餘更漏促叶，五字句。 謝可平娘可仄無可仄限心曲叶，六字句。 曉可平屏山斷續叶，五字句。

【校】

〔一〕羅：平聲，當左劃綫，此注本仄可平，《明辯》本同，蓋訛誤。

第二體 前段與第一體同，惟首句作三字○後段亦與第一體同 唐韋莊

春欲暮。 滿地落花紅帶雨。 惆悵玉籠鸚鵡。 單棲無伴侶。 ○南望去程何許。 問花花不

〔一〕按：此調蓋源於唐教坊曲，始見晚唐溫庭筠、韋莊詞，並載《花間集》，為同調異體；馮延巳《阳春集》又載《歸自謠》三首，蓋與溫、韋詞為同名異調。

語。早晚得同歸去。恨無雙翠羽。

柳含煙(一)　凡二體，並雙調〇小令

第一體

唐毛文錫

河可仄橋柳三字句，占芳春韻，三字句。映可平水含煙拂路六字句，幾迴攀可仄折贈行人叶，七字句。暗傷神叶，三字句。〇樂可平府吹為橫笛曲更韻，七字句。能可仄使離腸斷續叶，六字句。不可平如移可仄植在金門再更韻[二]，七字句。近天恩叶，三字句。

【校】

[二]再更韻：《詞譜》卷五注：「此調換頭二句例用仄韻，餘皆平韻，毛詞三首同。但此詞後結兩平韻，與前韻本通。按別首俱各換韻，則不必仍押前韻也。」

(一) 按：此調蓋源於唐教坊曲，唐五代詞僅見毛文錫詞四首，俱載《花間集》卷五；宋詞無此調之作。

第二體　後段與第一體同　唐毛文錫

隋可仄堤柳三字句，汴河春[一]三字句，夾可平岸綠可平陰千可仄里六字句，龍可仄舟鳳可平舸木蘭香韻七字句。錦帆張叶三字句。○因夢江南春景好。一路流蘇羽葆。笙歌未盡起橫流。鎖春愁。

【校】

[一]春：平聲，當左劃綫。《詞律》卷四作「旁」，標起韻，又注：「『汴河旁』，舊刻俱訛作『汴河春』，故作譜者謂與下『香』、『張』字不叶韻，另作一體，而又收第二句起韻者作一體也。不知毛詞四首精工麗密，豈有三首皆同而一首獨異之理？」

謁金門　雙調○小令　○二首　唐韋莊(一)

空相可仄憶[一]韻，三字句。無可仄計得可平○一作與傳消息[二]叶，六字句。天可仄上嫦可仄娥人

(一)按：「空相憶」一首載《花間集》卷三，為韋莊作；「春雨足」一首載《草堂詩餘・前集》卷下「春景・春恨」類，次於「空相憶」一首後，皆未署名；《全唐五代詞》據《類編草堂詩餘》卷一錄作韋莊詞；《全宋詞》以《類編草堂詩餘》為誤收而錄作無名氏詞。

不識叶，七字句。寄可平書何處覓叶，五字句。○春可仄睡覺可平來無可仄力叶，六字句。不可平忍把可平伊書可仄跡叶，六字句。滿可平院落可平花春寂寂叶，七字句。斷可平腸芳草碧叶，五字句。

春雨足。染就一溪新綠。柳外飛來雙羽玉。弄晴相對浴。○樓外翠簾高軸。倚遍闌干幾曲。雲淡水平煙樹簇。寸心千里目。

【校】

［一］憶：原本作「意」，重訂本同，蓋訛誤；茲從《花間集》、《明辯》、《彙刊》本校訂。

［二］得：《草堂詩餘・前集》卷下、《類編草堂詩餘》卷一皆作「與」。

又

春閨(一)　　南唐馮延巳

風乍起[一]。吹皺一池春水。閑引鴛鴦芳徑裏[二]。手挼紅杏蘂。◯鬭鴨闌干獨倚。碧玉搔頭斜墜。終日望君君不至。舉頭聞鵲喜。

【校】

[一] 乍：原本作「昨」，蓋訛誤，兹從《陽春集》、《花庵詞選》、《明辯》、《彙刊》及重訂本校訂。

[二] 芳：《百家詞》本《陽春集》、《花庵詞選》卷一皆作「香」，《尊前集》作「花」。

聖無憂(二)

雙調◯小令　　宋歐陽脩

此可平路風波險[二]五字句，十可平年一別須臾韻，六字句。人可仄生聚可平散長如此七字句，相可仄

(一) 按：《陽春集》、《尊前集》、《花庵詞選》卷一皆無題，《草堂詩餘·前集》卷下入「春景·春怨」類。

(二) 按：此調正名為《烏夜啼》，首見李煜詞，非《相見歡》之異名，宋詞別名《聖無憂》、《烏啼月》、《錦堂春》；前卷時令題已收《錦堂春》，此卷乃同調重出。

見且歡娛叶，五字句。○好可平酒能可仄消光景六字句，春可仄風不可平染髭鬚叶，六字句。為可平公一可平醉花前倒七字句，紅可仄袖莫來扶叶，五字句。

【校】

［一］此：《明辯》本作「世」，《近體樂府》、《六一詞》皆同。

玉聯環〔一〕　雙調○小令○與《玉樹後庭花》相近

宋張　先

來可仄時露可平浥衣香潤韻，七字句。綵可平縧垂可仄鬢叶，四字句。卷可平簾還可仄喜月相親七字句，把可平酒與、花相近叶，六字句。○西可仄去陽可仄關休問叶，六字句。未可平歌先可仄恨叶，四字句。玉可平峯山可仄下水長流七字句，流可仄水盡、情無盡叶，六字句。

〔一〕按：此調以《一落索》為通用名，首見張先《玉聯環》，別名《一絡索》、《玉連環》、《洛陽春》、《上陽春》等。前卷時令題已收《洛陽春》，此卷乃同調重出。

喜遷鶯[一]　凡三體，並雙調

第一體　小令

唐薛昭蘊

金門曉[一]三字句，玉京春韻，三字句。駿可平馬驟輕塵叶，五字句。樺可平煙深處白衫新叶，七字句。認可平得化龍身叶，五字句。◯九陌喧三字句，千門啓[二]三字句，滿可平袖桂可平香風細六字句，杏可平園歡可仄宴曲江濱叶，七字句。自可平古占芳辰叶，五字句。

【校】

[一]　曉：《花間集》卷三、《花草粹編》卷七皆作「曉」。

[二]　「千門」二句：《詞譜》卷六注叶兩仄韻。《詞律》卷四收韋莊詞，亦注叶兩仄韻。門，平聲，當左劃綫；《花間集》、《明辯》本皆作「戸」。

（一）按：前卷天文題已收《鶴冲天》，即《喜遷鶯》小令調，此卷又收《喜遷鶯》，乃同調重出；又宋詞《喜遷鶯》另有長調，一名《喜遷鶯慢》，與小令屬同名異調，當予另列。

第二體　小令　○前段與第一體同　唐毛文錫

芳春景[一]，曖晴煙。喬木見鶯遷。傳枝隈葉語關關。飛過綺叢間。○錦翼鮮三字句，金毳軟更韻，三字句。百囀千嬌相喚叶，六字句。碧可平紗窗可仄曉怕聞聲七字句，驚可仄破鴛鴦暖叶，五字句。

【校】

[一] 春：四庫本《花間集》卷五、《詞譜》卷六作「草」。

第三體　長調

端午　撰人　闕(一)

梅可仄霖初可仄歇韻，四字句。正可平絳可平色海可平榴[一]五字句，爭可仄開佳節叶，四字句。角可平黍包金四字句，香可仄蒲切可平玉四字句，是可平處玳可平筵羅列叶，六字句。鬭可平巧盡可平輸年少

(一) 按：《樂府雅詞・拾遺》卷下、《草堂詩餘・後集》卷上「節序・端午」類未署名；《全宋詞》據《演山先生文集》卷三十一作黃裳詞，題「端午泛湖」，注別本誤作吳禮之詞。

六字句，玉可平腕綵可平絲雙結叶，六字句。艤可平綵舫三字句，見龍可仄舟兩可平兩五字句，波可仄心齊發叶，四字句。○奇絕叶，二字句。難可仄畫處、激可平起浪可平花七字句，翻可仄作湖間雪叶五字句。畫可平鼓轟雷四字句，紅可仄旗掣可平電四字句，奪可平罷錦可平標方徹叶，六字句。望可平中可仄水天日可平暮六字句，猶可仄自珠可仄簾高揭叶，六字句。棹可平歸晚三字句，載可平荷可仄香十可平里五字句，一可平鉤新可仄月叶，四字句。

【校】

［一］正絳色海榴：《樂府雅詞·拾遺》作「正海榴絳蘂」，《全宋詞》作「乍絳蕊海榴」。

眼兒媚(一)

一名《秋波媚》○雙調○小令　○後段同，惟首句末用仄字，不叶韻

春景

宋王元澤(二)

楊可仄柳絲絲弄輕可仄柔韻，七字句。煙可仄縷織成愁叶，五字句。海可平棠未可平雨四字句，梨可仄

(一) 按：此調陸游詞別名《秋波媚》，盧祖皋詞又別名《小闌干》等。

(二) 按：《明辯》本署「宋王」，此本補署王元澤；《草堂詩餘·前集》卷上「春景·曉夜」類未署名；《花草粹編》卷七署王元澤；《全宋詞》錄作無名氏詞，注別本誤作王雱詞。

花先可仄雪四字句，一可平半春休叶，四字句。○而今往事難重省，歸夢遶秦樓。相思只在，丁香枝上，豆蔻稍頭。

又

春景　宋秦　觀(一)

樓上黄昏杏花寒。斜月小欄干。一雙燕子，兩行歸雁，畫角聲殘。○綺窻人在東風裏，無語對春閒[一]。也應似舊，盈盈秋水，淡淡春山。

【校】

[一] 無語：《樂府雅詞·拾遺》卷下、《花庵詞選》卷六、《詞譜》卷七、《全宋詞》皆作「灑淚」。

(一) 按：《樂府雅詞·拾遺》卷下、《草堂詩餘·前集》卷下皆未署名；《花庵詞選》卷六作阮閲詞，題「離情」；《全宋詞》録作阮閲詞，注《類編草堂詩餘》卷一誤作秦觀詞。

朝中措 雙調〇小令

平山堂(一) 宋歐陽脩

平可仄山欄可仄檻倚晴空韻，七字句。山可仄色有無中〔一〕叶，五字句。手可平種堂可仄前楊可仄柳〔二〕六字句，別可平來幾可平度春風叶，六字句。〇文可仄章太可平守〔三〕四字句，揮可仄毫萬可平字四字句，一可平飲千鍾叶，四字句。行可仄樂直可平須年可仄少六字句，樽可仄前看可平取衰翁叶，六字句。

【校】

〔一〕山色：《花庵詞選》卷二作「樓閣」。

〔二〕楊柳：《近體樂府》、《六一詞》、《樂府雅詞》卷上皆作「垂柳」。

〔三〕文：平聲，下句「毫」亦平聲，當左劃綫，此蓋脫漏。

(一) 按：《近體樂府》卷一題「送劉仲原甫出守維揚」，汲古閣本《六一詞》題「平山堂」；《花庵詞選》卷二題「送劉原父守揚州」。

柳梢青　凡二體，用平仄兩韻，並雙調○小令

第一體

春景　宋秦　觀(一)

岸可平草平沙韻，四字句。吳可仄王故可平苑、柳可平裊煙斜叶，八字句[一]。雨可平後寒輕四字句，風可仄前香可仄軟四字句，春可仄在梨花叶，四字句。○行可仄人一可平棹天涯叶，六字句。酒可平醒可平處、殘陽亂鴉叶，七字句。門可仄外鞦韆四字句，墻可仄頭紅可仄粉四字句，深可仄院誰家叶，四字句。

【校】

[一]「吳王」句：《詞律》卷五、《詞譜》卷七皆作四言二句。

(一)按：《草堂詩餘・前集》卷上入「春景」類，未署名；《花庵詞選》卷九作僧仲殊詞，題「吳中」；《花草粹編》卷八署秦觀作；《全宋詞》作仲殊詞，注別本誤作秦觀詞。

第二體 前後段並與第一體同，惟改用仄韻

春暮　　宋賀　鑄[一]

子規啼血[二]。可憐又是，春歸時節。滿院東風，海棠鋪繡，梨花飛雪。〇丁香露泣殘枝，悄未比、愁腸寸結。自是休文，多情多感，不干風月。

【校】

［一］子規啼血：《百家詞》本《友古居士詞》作「數聲鶗鴂」。

西江月 凡二體，並雙調〇小令

第一體

春夜[二]　　宋蘇　軾

照可平野可平瀰可仄瀰淺可平浪六字句，橫可仄空曖曖微霄[二]韻，六字句。障可平泥未可平解玉驄驕

（一）按：《草堂詩餘・前集》卷上入「春景・春暮」類，未署名；《花草粹編》卷八、《詞譜》卷七皆署賀鑄；《全宋詞》據《友古居士詞》作蔡伸詞，注別本誤作賀鑄詞。

（二）按：各本《東坡詞》、《花庵詞選》卷二皆有題序，略有異文；《草堂詩餘・前集》卷上、《類編草堂詩餘》卷一、《花草粹編》卷六皆題「春夜」。

叶，七字句。我可平欲醉可平眠芳可仄草叶轉上聲，六字句。〇可惜一溪明月，莫教踏破瓊瑤。解鞍欹枕綠楊橋。杜宇數聲春曉[二]。

【校】

[一] 曖曖微霄：傅幹注本《東坡詞》卷二作「隱隱層霄」。

[二] 數聲：傅幹注本《東坡詞》、《花庵詞選》皆作「一聲」。

第二體　前段與第一體同〇後段亦與第一體同，惟更前段韻

勸酒[一]　宋黄庭堅

斷送一生惟有，破除萬事無過。遠山橫黛蘸秋波[二]。不飲旁人笑我。〇花病等閒瘦弱[三]，春愁沒處遮攔。杯行到手莫留殘。不道月斜人散。

[一] 按：《草堂詩餘・後集》卷下入「飲饌器用」類，題「勸酒」；汲古閣本《山谷詞》序云：「老夫既戒酒不飲，遇宴集獨醒其傍，坐客欲得小詞，援筆為賦。」

【校】

［一］横黛蘸秋波：汲古閣本《山谷詞》作「微影蘸横波」。

［二］弱：《百家詞》本、汲古閣本《山谷詞》皆作「惡」。

燕歸梁 雙調◯小令

宋柳　永

織可平錦裁篇寫可平意深韻，七字句。字可平直千金叶，四字句。一可平回披可仄翫一愁吟叶，七字句。腸成可仄結三字句，淚盈襟叶，三字句。◯幽可仄歡已可平散前期遠七字句，無可仄聊賴可平、是而今叶，六字句。密可平憑歸可仄燕寄芳音叶，七字句。恐可平冷可平落、舊時心叶，六字句。

少年遊 凡四體，並雙調◯小令　◯後段同，惟首句末用仄字，不叶韻

第一體

曉行

宋林少瞻(一)

霽可平霞散可平曉可平月猶明韻，七字句。疎可仄木掛殘星叶，五字句。山可仄逕可平人可仄稀可仄，

(一) 按：《明辯》本署「宋林」，此本補署林少瞻；《花庵詞選》卷七署林少詹，題「早行」；《全宋詞》錄作林仰詞。

四字句，翠可平羅深處四字句，啼可仄鳥兩三聲叶，五字句。○霜華重逼雲裘冷，心共馬蹄輕。十里青山，一溪流水，都做許多情。

又

詠井桃〔一〕　宋張　先

碎霞浮動曉朦朧。春意與花通〔二〕。銀瓶素綆，玉泉金甃，真色浸朝紅。○花枝人面難常見，青子小叢叢。韶華長在，明年依舊，相與笑春風。

【校】

〔二〕與：原本作「興」，重訂本、《彙刊》本作「藉」，茲據《張子野詞》卷二及《明辯》本校訂。

第二體

宋蘇　軾

去可平年相可仄送四字句，餘可仄杭門可仄外四字句，飛可仄雪似楊花韻，五字句。今可仄年可仄春可

〔一〕按：《張子野詞》卷二、《花草粹編》卷九皆題「井桃」。

仄盡可平，四字句，楊可仄花似可平雪四字句，猶可仄不見還家叶，五字句。○對可平酒捲可平簾邀明可仄月七字句，風可仄露透窗紗叶，五字句。恰可平似嫦可仄娥憐雙可仄燕[一]七字句，分可仄明照、畫梁斜叶，六字句。

【校】

[一] 嫦娥：《明辯》本作「姮娥」。雙：平聲，當左劃綫。

第三體 前段與第二體同 宋晏幾道

雕梁燕去，裁詩寄遠，庭院舊風流。黄花醉了，碧梧題罷，閒卧對高秋。○繁可仄雲破可平後四字句，分明素月四字句，涼可仄影掛金鉤叶，五字句。有人凝可仄澹倚西樓叶，七字句。新可仄樣兩眉愁叶，五字句。

第四體 前段與第二體同○後段同 宋晏幾道

綠句欄畔，黄昏淡月，攜手對殘紅。紗窗影重[一]，朦朧春睡[二]，繁杏小屏風。○須愁別後，天高海闊，何處更相逢。幸有花前，一杯芳酒，歸計莫匆匆。

【校】

[一] 重：《小山詞》、《花草粹編》卷九、《詞譜》卷八作「裏」。

[二] 朧：《彊村叢書》本《小山詞》、《詩餘圖譜》卷一作「騰」。

應天長(一) 凡六體，並雙調

第一體 小令 〇二首(二) 唐韋莊

綠可平槐陰可仄裏黃鸝語[一]韻，七字句。深可仄院無可仄人春晝午[二]叶，七字句。畫簾垂可仄，三字句，金可仄鳳可平舞叶，三字句。寂可仄寞繡可平屏香一炷叶，七字句。〇碧天雲三字句，無定處[三]

(一) 按：此調始見唐韋莊等人詞，皆小令，為同調異體；宋毛幵、許棐詞又名《應天長令》，即用唐小令調；另有柳永等人詞為長調慢詞，調名或加「慢」字，與小令為同名異調。

(二) 按：此二首並載《花間集》卷二，為韋莊作；其中「綠槐陰裏」一首，又載馮延巳《陽春集》、歐陽修《近體樂府》卷三，蓋誤收。

叶，三字句。空可仄有夢可平魂來去叶，六字句。夜可平夜綠可平窻風可仄雨叶，六字句。斷可平腸可仄君信可平否[四]叶，五字句。

別來半歲音書絕。一寸離腸千萬結。難相見，易相別。又是玉樓花似雪。〇暗相思，無處說。惆悵夜來煙月。想得此時情切。淚沾紅袖黦。

【校】

[一] 鸝：《花間集》卷二、《花庵詞選》卷一皆作「鶯」。

[二] 春晝：《詩餘圖譜》卷一作「日正」。

[三] 「碧天」二句：《詩餘圖譜》作「碧雲凝合處」。

[四] 斷腸君信否：《詩餘圖譜》作「問君知也否」。

第二體 小令 〇前段與第一體同，惟第三句四句合作七字 唐毛文錫

平江波暖鴛鴦語。兩兩釣船歸極浦。蘆洲一夜風和雨。飛起淺沙翘雪鷺。〇漁可仄燈明

遠渚叶，五字句。蘭可仄棹今可仄宵何處叶，六字句。羅可仄袂從可仄風輕舉叶，六字句。愁可仄殺採蓮女叶，五字句。

第三體　小令　○前段與第二體同○後段與第一體同　唐牛　嶠(一)

雙眉淡薄藏心事。清夜背燈嬌又醉。碧玉釵橫山枕膩。寶帳鴛鴦春睡美。○別經時，無限意。虛道相思憔悴。莫信綵牋書裏。賺人腸斷字。

第四體　長調　○後段同　宋葉夢得

松可仄陵可仄秋可仄已可平老五字句，正柳可平岸田家、酒可平醅初熟韻，九字句。鱸可仄膾蓴羹四字句，萬可平里水可平天相續叶，六字句。扁可仄舟凌浩渺五字句，寄一葉暮可平濤吞沃叶，七字句。青篛笠五字句，西可仄塞山前四字句，自可平翻新曲叶，四字句。○來往未應足，便細雨斜風、有誰拘束。陶寫中年，何待更須絲竹。鴟夷千古意，算入手、比來尤速。最好是，千點雲峯，

(一) 按：此首原本未題署朝代和作者，蓋脱漏；兹從《花間集》卷四及《明辯》本校訂。

半篙澄綠。

第五體　長調

閨情〔一〕

宋康與之

管可平絃繡可平陌四字句，燈可仄火畫可平橋四字句，塵可仄香可仄舊時可仄歸路韻，六字句。腸可仄斷蕭娘四字句，舊可平日風簾映可平朱可仄戶叶，七字句。鶯能舞三字句，花可仄解可平語〔二〕三字句，念可平後約、頓成輕負叶，七字句。緩可平雕轡、獨可平自歸來〔三〕七字句，凭可仄欄可仄情緒叶，四字句。○楚可平岫在可平何處叶，五字句。香可仄夢悠悠四字句，花可仄月更可平無主叶，五字句。惆可仄悵後可平期四字句，空可仄有鱗鴻寄可平紈可仄素叶，七字句。枕可平前淚三字句，窗外雨叶，三字句。翠可平幙可平冷、夜可平涼虛度叶，七字句。未可平應信可平、此可平度相思七字句，寸可平腸可仄千可仄縷叶，四字句。

〔一〕按：《中興以來絕妙詞選》卷一題「閨思」；《草堂詩餘·後集》卷下入「人事·閨情」類，《類編草堂詩餘》卷四、《花草粹編》卷十九皆題「閨情」。

【校】

[一]「鶯能舞」二句:《詞譜》卷八皆注叶韻;後段「枕前淚」二句同。

[二]「緩雕轡」句:《詞譜》作三言一句、四言一句;後段「未應信」句同。

第六體(一) 長調 ○前後段並與第五體同,惟第四句皆作六字,第五句皆作五字 宋周邦彥

條風布暖,飛霧弄晴,池塘遍滿春色。正是夜堂無月,沈沈暗寒食。梁間燕,社前客[一],似笑我、閉門愁寂。亂花過、隔院芸香,滿地狼籍。○長記那回時,邂逅相逢,郊外駐油壁。又見漢宮傳燭,飛煙五侯宅。青青草,迷路陌。強帶酒、細尋前跡。市橋邊、柳下人家[二],猶自相識。

【校】

[一]社前:《片玉集》卷一、《草堂詩餘·後集》卷上皆作「前社」。《詞律》卷五、《詞譜》卷八此句皆

(一) 按:《花草粹編》卷十九調名作《應天長慢》,題「寒食」;《片玉集》卷一入「春景」類,《片玉詞》卷上題「寒食」;《草堂詩餘·後集》卷上入「節序·寒食」類。

注叶韻。

[二]邊：《片玉集》、《片玉詞》、《草堂詩集·後集》、《花草粹編》等皆作「遠」。

尋芳草[一]

雙調○小令　○後段同，惟首句末用平字，不叶韻

嘲陳辛叟憶内[二]

宋辛棄疾

有可平得許多淚韻，五字句。更閒可仄却、許多鴛可仄被叶，七字句。枕頭兒、放處都不可平是叶，八字句。舊可平家可仄時可仄、怎可平生睡叶，六字句。○更也没書來[一]，那堪被、雁兒調戲。道無書、却有書中意。排幾個、人人字。按：此調當以後段為正，其前段句讀不同，蓋作者偶失之耳，不足據也

【校】

[一]没：《明辯》本作「波」，蓋訛誤。

(一)按：此調僅見辛棄疾詞，載《稼軒詞》乙集，調名《王孫信》，注「即《尋芳草》」；又載《稼軒長短句》卷十二。

(二)按：《明辯》本題同，唯「辛」作「莘」；《稼軒詞》題「調陳莘叟」，《稼軒長短句》題「調陳莘叟憶内」。

怨王孫[一]　雙調○小令　○二首

春景　　宋婦李清照[二]

夢可平斷可平漏可平悄[二]四字句，愁可仄濃酒可平惱韻，四字句。寶可平枕生寒四字句，翠可平屏向曉叶，四字句。門外誰可仄掃殘紅更韻，六字句。夜來風叶，三字句。○玉可平簫聲可仄斷人何處再更韻，七字句。春又可平去叶，三字句。忍把可平歸期可仄負叶，五字句。此可平情此恨此可平際六字句，擬托行雲三更韻，四字句。問東君叶，三字句。

帝里春晚[二]，重門深院。草綠堦前[三]，暮天雁斷。樓上遠信誰傳。恨綿綿。○多情自是多沾惹。難拚捨。又是寒食也。鞦韆巷陌人靜，皎月初斜[四]。浸梨花。

[一] 按：此調正名為《河傳》，始見唐温庭筠等人詞，宋詞别名《怨王孫》、《怨春郎》等。宋詞另有《憶王孫》，亦别名《怨王孫》。前卷二字題已收《河傳》，此乃同調重出。

[二] 按：《花草粹編》卷十調名作《月照梨花》，題「春暮」；「夢斷」一首，《草堂詩餘・前集》卷上次於李清照《武陵春》詞後，未署名，《全宋詞》據以録作無名氏詞。

【校】

[一] 按：《詞律》卷六、《詞譜》卷十一所收《河傳》各體，起句或作二言二句，多用韻；此句「悄」字當注起韻。

[二] 按：《詞譜》收此詞為《河傳》「又一體」，此句作二言二句，於「晚」字注起韻。

[三] 按：此句《詞譜》注平韻，與「傳」、「綿」相叶。

[四] 「鞦韆」二句：《詞譜》作四言一句、六言一句。

戀繡衾　雙調○小令

退閑[一]　宋陸　游

不可平惜貂裘換釣篷韻，七字句。嗟可仄時人、誰可仄識放翁叶，七字句。歸可仄棹借、可平風輕可仄穩[二]六字句，數可平聲聞可仄、林可仄外暮可平鐘叶，七字句。○幽可仄棲莫可平笑蝸廬小七字句，有可平雲可仄山、煙可仄水萬可平重叶，七字句。半可平世可平向、丹青看六字句，喜如今、身可仄在畫可

[一] 按：《渭南詞》、《放翁詞》皆無此題；《詩餘圖譜》卷一題「退閑」，《明辯》本題「閒退」。

平中叶，七字句。

【校】

［一］風輕：《渭南詞》、《放翁詞》皆作「樵風」，《詩餘圖譜》作「輕風」。

芳草渡（一）　雙調○小令　宋歐陽脩（二）

梧桐落三字句，蓼花秋韻，三字句。煙初冷三字句，雨纔收叶，三字句。蕭可仄條風可仄物正堪愁叶，七字句。人去後三字句，多少恨三字句，在心頭叶，三字句。○燕可平鴻可仄遠更韻，三字句。羌笛怨叶，三字句。渺可平渺澄可仄波一可仄片叶，六字句。山如黛三字句，月如鉤叶前段韻，三字句。笙歌散［一］三字句，夢魂斷［二］叶後段韻，三字句。倚高樓叶前段韻，三字句。

（一）按：此調始見南唐馮延巳詞，宋歐陽修、張先別名《繫裙腰》；《詞律》卷八、卷九，《詞譜》卷十一、卷十三，收《芳草渡》、《繫裙腰》為二調；宋詞另有《芳草渡》為長調。

（二）按：此詞載馮延巳《陽春集》，《全唐五代詞》錄作馮詞；又載《近體樂府》卷三，《全宋詞》於歐陽修入存目詞，注為馮延巳詞。

【校】

［一］「笙歌」句：《詞律》卷八、《詞譜》卷十一皆注叶仄韻。

［二］夢魂：《陽春集》作「魂夢」。

夜行船［一］

雙調○小令　　宋歐陽脩

憶可平昔西可仄都歡縱韻，六字句。自可平別後、有可平誰能可仄共叶，七字句。伊可仄川山可仄水洛川花七字句，細尋思、舊遊如夢叶，七字句。○記今可仄日相可仄逢情愈重［二］叶，八字句。愁可仄聞可仄唱、畫可平樓鐘動叶，七字句。白可平髮天涯逢此景七字句，倒金樽、殢誰相送叶，七字句。

【校】

［一］「記今日」句：《近體樂府》卷三、《詞譜》卷十一皆作七言句，無「記」字。

［一］按：《詞譜》卷十一收此調，注曰：「黄公紹詞名《明月棹孤舟》。《詞律》以《夜行船》混入《雨中花》，今照《花草粹編》分列。」

虞美人　凡二體，並雙調○小令

第一體　後段同，亦更仄平兩韻各叶

感舊[一]　　南唐李後主

春可仄花秋可仄月何時了韻，七字句。往可平事知多少叶，五字句。小可平樓昨可平夜又東風更韻，七字句。故可平國不可平堪回可仄首六字句，月明中[二]叶，三字句。○雕欄玉砌應猶在。只是朱顏改。問君都有幾多愁[三]。恰是當作似一江春水[三]，向東流。

【校】

[一] 按：《詞律》卷八、《詞譜》卷十二所收此調各體，兩結多作九言一句，或於第六字注「讀」；另有兩結作七言一句、三言一句，七言句叶韻。

[二] 問君：《尊前集》作「不知」。都：《尊前集》作「能」，《花庵詞選》卷一作「還」。

(一) 按：《南唐二主詞》、《尊前集》皆無題；《明辯》本題「感舊」，《類編草堂詩餘》卷一同，《草堂詩餘・後集》卷下入「人事・感舊」類；此處原題「舊感」，為「感舊」之誤，改。

〔三〕恰是：《花庵詞選》、《草堂詩餘》皆作「恰似」，《詩餘圖譜》作「却似」。

又

離別〔一〕　宋蘇　軾

波聲拍枕長淮曉。隙月窺人小。無情汴水自東流。只載一船離恨，向西州。○竹溪花浦曾同醉。酒味多於淚。誰教風鑑任塵埃。醞造一場煩惱，送人來。

第二體　前後段並與第一體同，唯第四句皆作七字，又叶平韻　唐毛文錫

寶檀金縷鴛鴦枕。綬帶盤宫錦。夕陽低映小窻明。南園綠樹語鶯鶯。夢難成。○玉鑪香暖頻添炷。滿地飄輕絮。珠簾不卷度沈煙。庭前閑立畫鞦韆。豔陽天。

〔一〕按：《草堂詩餘·後集》卷下入「人事·離別」類，《類編草堂詩餘》卷一題「離別」，《花草粹編》卷十二題「維揚别少游」，注出《冷齋夜話》。

又　唐顧　敻

曉鶯啼破相思夢。簾捲金泥鳳。宿粧猶在酒初醒。翠翹慵整倚雲屏。轉娉婷。○香檀細畫侵桃臉。羅袂輕輕斂。佳期堪恨再難尋。綠蕪滿院柳成陰。負春心。

瑞鷓鴣(一)　凡三體，並雙調

第一體　小令　○前段即七言絕句○後段首句末用仄字，不叶韻　宋歐陽脩(二)

楚王臺上一神仙。眼色相看意已傳。見了又休還似夢，坐來雖近遠如天。○隴禽有恨猶能說，江月無情也解圓。更被春風送惆悵，落花飛絮兩翩翩。

(一) 按：《詞律》卷八收此調，列五十六字、六十四字、八十八字三體；《詞譜》卷十二略同，注謂此調始見馮延巳《舞春風》，至柳永另有添字體、慢詞體。實則當分為三調。

(二) 按：此首非詞，亦非歐陽修作。《近體樂府》卷一注：「此詞本李商隱詩，公嘗筆於扇，云可入此腔歌之。」《全宋詞》入歐陽修存目詞，注為唐吳融詩，見《才調集》卷二。

第二體 中調

詠紅梅[一]

宋晏 殊

越可平娥紅可仄淚泣朝雲[二]韻，七字句。越可平梅從可仄此學妖頻[二]叶，七字句。臘可平月初頭、庾可平嶺繁開後九字句，特可平染妍華贈世人叶，七字句。○前可仄溪昨可平夜深深雪[三]七字句，朱可仄顏不可平掩天真叶，六字句。何可仄時驛可平使西歸六字句，寄可平與相思客五字句，一枝新叶，三字句。報可平道江梅別樣春叶，七字句。

【校】

[一] 泣：《梅苑》卷八作「染」。

[二] 頻：《珠玉詞》作「嚬」。

[三] 溪：《梅苑》作「村」。

(一) 按：《梅苑》卷八收此詞，無題；汲古閣本《珠玉詞》有此題。

第三體　中調

宋柳　永

寶可平髻瑤簪麗可平糚可仄巧[一]七字句，天可仄然綠可平媚紅深韻，六字句。綺可平羅叢裏、獨可平逞謳吟[二]叶，八字句。一可平曲陽春定可平價六字句，何可仄啻直千金叶，五字句。傾聽處三字句，王可仄孫帝可平子、鶴可平蓋成陰叶，八字句。◯疑可仄態掩霞襟[三]叶，五字句。動可平象板聲可仄聲、怨可平思難任叶，九字句。嘹嚦處三字句，迴可仄壓絃可仄管低沈叶，六字句。時可仄恁回可仄眸斂可平黛叶[四]，六字句，空可仄役五陵心叶，五字句。須信道三字句，緣可仄情寄可平意四字句，別可平有知音[五]叶，四字句。

【校】

[一]「寶髻」句：《詞譜》卷十二作四言一句、三言一句，注「簪」叶韻；《詞律》卷八同，唯後三字連下作九言一句。瑤，《明辯》本作「缺」。

[二]「綺羅」句：《詞律》、《詞譜》皆作四言二句；「王孫」句亦同。

[三]疑：《樂章集》、《明辯》本作「凝」。

[四]叶：《明辯》本譜注同，皆誤；此句《詞律》、《詞譜》皆不注叶韻。

[五]有：仄聲，此左劃綫，蓋衍誤。

小重山[一]

一名《小冲山》○雙調○小令

唐韋莊

一可平閉昭陽春可仄又春韻，七字句。夜可平寒宫漏永五字句，夢君恩叶，三字句。卧可平思塵可仄事暗消魂[一]叶，七字句。羅衣可仄濕三字句，紅可仄袂有啼痕叶，五字句。○歌可仄吹隔重閽叶，五字句。遶可平庭芳草緑五字句，倚長門叶，三字句。萬可平般惆可仄悵向誰論叶，七字句。凝情可仄立三字句，宫可仄殿欲黄昏[二]叶，五字句。

【校】

[一]塵事：《花間集》卷三、《花庵詞選》卷一、《草堂詩餘·後集》卷下皆作「陳事」。

[二]宫：平聲，當左劃綫，此蓋脱漏。

又

石晉和凝

春入神京萬木芳。禁林鶯語滑，蝶飛狂。曉花擎露妬啼糚。紅日永，風和百花香。○煙鎖

(一)按：唐教坊曲有《感皇恩》，始見敦煌寫本無名氏詞；至晚唐韋莊等人始名《小重山》，至宋為通用名，又别名《小冲山》等，唯張先仍用舊名。宋又另創《感皇恩》新調。

柳絲長。御溝澄碧水，轉池塘。時時微雨洗風光。天衢遠，到處引笙簧。

又

秋閨（一）　　宋汪　藻

月下潮生紅蓼汀。淺霞都斂盡，四山青。柳梢風急墮流螢。隨波去，點點亂寒星。◯別語寄丁寧。如今能間隔，幾長亭。夜來秋氣入銀屏。梧桐雨，還恨不同聽。

接賢賓（二）

雙調◯小令　　唐毛文錫

香可仄韉鏤可仄襜五花驄[一]韻，七字句。值可平春景初可仄融叶，五字句。流可仄珠噴沫四字句，躞可平蹀汗血流紅[二]叶，六字句。◯少可平年公可仄子能乘駿[三]七字句，金可仄鑣玉可平轡瓏璁叶，六字

（一）按：《草堂詩餘・前集》卷下入「秋景・秋閨」類，《類編草堂詩餘》卷一題「秋閨」；《花草粹編》卷十二題「紅蓼汀憶別」。

（二）按：此調唐五代僅見毛文錫詞一首，載《花間集》卷五，凡五十九字，近於小令。宋柳永有《集賢賓》一首，一百十七字，《詞譜》卷十三注「此即毛詞體再加一疊」。

句。為可平惜珊可仄瑚鞭不下七字句，驕可仄生百可平步千蹤叶，六字句。信穿花三字句，從拂柳三字句，向可平九陌追風叶，五字句。

【校】

[一] 鏤：《詞譜》卷十三注仄聲。

[二] 「流珠」二句：《詞律》卷九、《詞譜》皆作六言一句、四言一句。

[三] 駿：《花間集》、《明辯》本皆作「馭」。

感皇恩　凡二體，有平仄兩韻，並雙調○中調

第一體(一)

安車訪趙閱道同遊湖山(二)　　宋張　先

廊可仄廟當時共代工韻，七字句。睢可仄陵千里約五字句，遠相從[一]叶，三字句。欲可平知賓可仄主

(一) 按：張先此詞實為《小重山》，乃用唐詞古調名，與宋代《感皇恩》為同名異調；《百家詞》本、《彊村叢書》本《張子野詞》收此詞及另二首，調名即皆作《小重山》。

(二) 按：《張子野詞》卷一、《花草粹編》卷十二皆題「安車少師訪閱道大資同遊湖山」。

與誰同叶，七字句。宗枝内三字句，黄可仄閣舊可平、有三公[二]叶，六字句。○廣可平樂起雲中叶，五字句。湖可仄山看可平畫軸、兩仙翁[三]叶，八字句。武可平林佳可仄話幾時窮[四]七字句，元豐際三字句，德星驟[五]三字句，照江東叶，三字句。

【校】

[一]「睢陵」二句：《張子野詞》卷一作「睢陵千里遠，約過從」。

[二]「黄閣」句：《詩餘圖譜》卷二、《詞律》卷九皆作三言二句。

[三]「湖山」句：《詩餘圖譜》、《詞律》皆作五言一句、三言一句。

[四]「武林」句：《詞律》注叶韻。

[五]驟：《張子野詞》、《花草粹編》、《詞律》皆作「聚」。

第二體

飲酒(一)　　宋毛　滂

多可仄病酒樽疎五字句，飲可平少可仄輒醉[一]韻，四字句。年可仄少銜盃可追記叶，七字句。無可仄多

(一)按：《百家詞》本、汲古閣本《東堂詞》皆題「晚酌」。

可仄酌我四字句，醉可平倒阿可平誰扶可仄起叶，六字句。滿可平懷明月冷五字句，爐煙細[二]叶，三字句。○雲可仄漢雖高四字句，風可仄波無際叶，四字句。何可仄似歸可仄來醉可平鄉可仄裏叶，七字句。玻可仄璃江上四字句，滿可平載春可仄光花氣[三]叶，六字句。蒲可仄萄仙浪軟五字句，迷紅翠叶，三字句。

【校】

［一］少：《明辯》本譜注本仄可平。

［二］煙：平聲，當左劃綫，此蓋脱漏。

［三］氣：《明辯》本無此字，與譜注六字叶韻不合，蓋脱漏。

釵頭鳳[一]　雙調○中調　○後段同

憶舊[二]　宋陸　游

紅酥手韻，三字句。黄藤酒[二]叶，三字句。滿可平城春可仄色宫墻柳叶，七字句。東風惡更韻，三字句。

[一] 按：此調始名《擷芳詞》，蓋首見《古今詞話》無名氏詞；陸游改名《釵頭鳳》，又有《玉瓏璁》、《折紅英》、《摘紅英》等别名。《詞譜》卷十以《擷芳詞》為正名。

[二] 按：《渭南詞》、《放翁詞》皆無題，《中興以來絶妙詞選》卷二題「閨詞」。

歡情薄叶，三字句。一可平懷愁可仄緒四字句，幾可平年離索叶，四字句。錯錯錯叶，此句連疊三字。〇春如舊。人空瘦。淚痕紅浥鮫綃透[二]。桃花落。閑池閣。山盟雖在，錦書難託。莫莫莫。

【校】

[一] 藤：《渭南詞》、《中興以來絕妙詞選》作「滕」。

[二] 鮫綃：《渭南詞》作「蛟綃」，《放翁詞》、《中興以來絕妙詞選》等作「鮫綃」。

蘇幙遮　凡二體，並雙調〇中調

第一體

風情　宋周邦彥(一)

隴雲沈三字句，新月小韻，三字句。楊可仄柳梢可仄頭四字句，能可仄有可平春多可仄少叶，五字句。試

(一) 按：《草堂詩餘・後集》卷下入「人事・風情」類，未署名；《花草粹編》卷十四、《類編草堂詩餘》卷四、《片玉詞・補遺》皆作周邦彥詞；《全宋詞》錄作無名氏詞。

可平著羅可仄裳寒尚峭叶，七字句。簾可仄捲青樓四字句，占可平得東風可仄早叶，五字句。○翠屏深三字句，香篆裊叶，三字句。流可仄水落可平花、不可平管劉郎到[一]叶，九字句。三可仄疊陽可仄關聲漸杳叶，七字句。斷雲只可平怕巫山曉[二]叶，七字句。

【校】

[一]按：《詞律》卷九、《詞譜》卷十四收此調，於兩片第三句及兩結皆分作四言一句、五言一句。

[二]「斷雲」句：《花草粹編》卷十四作「斷雨殘雲，只怕巫山曉」，多「雨殘」二字，《詞律》、《詞譜》同。

第二體　前段與第一體同○後段亦與第一體同，唯末句分作一句四字，一句五字

懷舊(一)　宋范仲淹

碧雲天，黃葉地。秋色連波，波上寒煙翠。山映斜陽天接水。芳草無情，更在斜陽外。○黯鄉魂，追旅思。夜夜除非、好夢留人睡。明月樓高休獨倚。酒入愁成[二]，化作相思淚。

(一)按：《樂府雅詞·拾遺》卷上未署名，亦無題；《彊村叢書》本《范文正公詩餘》、《類編草堂詩餘》卷二皆有此題。

【校】

[一] 愁成：《明辯》、《彙刊》本作「愁腸」，《范文正公詩餘》、《樂府雅詞》等皆同。

繫裙腰

雙調○中調　○後段同，唯首句末用仄字不叶韻，末句作七字　宋張　先

惜可平霜澹可平照夜雲天[一]韻，七字句。朦朧可仄影、畫句欄[二]六字句，人可仄情縱可平似長情月七字句，筭可平一年年叶，四字句。又可平能得、幾番圓叶，六字句。○欲寄江西題葉字[三]，流不到、五亭前，東池始有荷新綠，尚小如錢。問何日藕、幾時蓮。

【校】

[一] 惜：《花草粹編》卷十三、《詞譜》卷十三皆作「清」，《詞律》卷九作「濃」。澹：《花草粹編》、《張子野詞》皆作「蟾」。

[二] 「朦朧」句：原本未注叶韻；《詞律》、《詞譜》皆注叶韻，後段「流不到」句同。

[三] 江西：《張子野詞》、《明辯》等皆作「西江」。

定風波　凡二體，並雙調○中調

第一體　此體兩段並用平韻，又前段及後段第二句以前中用仄韻，又後段第四、第五句別用仄韻

詠梅[一]　宋葉夢得

破可平萼初驚一可平點紅韻，七字句。又可平看青可仄子映簾櫳叶，七字句。冰可仄雪肌可仄膚誰復見更韻，七字句。清淺叶，二字句。尚可平餘疎可仄影照晴空叶，七字句。○惆可仄悵年年桃李伴叶，七字句。腸斷叶，二字句。秪可平應芳可仄信負東風叶，七字句。待可平得微可仄黃春亦暮更韻，七字句。煙雨叶，二字句。半可平和飛可仄絮作濛濛叶，七字句。

第二體　前後段並與第一體同，唯中間不用仄韻

宋蘇　軾

好睡慵開莫厭遲。自憐冰臉不宜時。偶作小紅桃杏色，閑雅[二]，尚餘孤瘦雪霜姿。○休把閑心隨物態，何事，酒生微暈沁瑶肌。詩老不知梅格在，吟詠，更看綠葉與青枝。

[一] 按：《石林詞》題為「與幹譽才卿步西園始見青梅」。

【校】

［一］雅：原本作「鵶」，蓋訛誤，兹從《東坡詞》、《明辯》、《彙刊》本校訂。

漁家傲　即《憶王孫》改用仄韻後加一疊[一]○雙調○中調　○後段同

春景[二]　宋王安石

平可仄岸小可平橋千嶂抱韻，七字句。揉可平藍一可平水縈花草[二]叶，七字句。茅可仄屋數可平間窗窈窕叶，七字句。塵不到叶，三字句。時可仄時自可平有春風掃叶，七字句。○午枕覺來聞語鳥。欹眠似聽朝雞早。忽憶故人今總老。貪夢好。茫茫忘了邯鄲道。

(一) 按：《憶王孫》一調起自北宋末年，別名《憶君王》、《豆葉黄》、《獨脚令》等，為單片體，句式雖與《漁家傲》單片相同，然平仄不同，聲情相異，當非同調。

(二) 按：《臨川先生歌曲》無此題，《草堂詩餘·前集》卷上題「春夜」；《類編草堂詩餘》卷二、《花草粹編》卷十三題「春景」；《詞餘圖譜》卷二題「山居」。

【校】

[一]揉藍：《臨川先生歌曲》、《樂府雅詞》卷上作「柔藍」。揉，本平聲，此注本仄可平，蓋訛誤。

贊成功[一]

雙調◯中調　◯後段同

唐毛文錫

海可平棠可仄未可平坼四字句，萬點深紅韻，四字句。香可仄包緘可仄結一重重叶，七字句。似可平含羞可仄態四字句，邀可仄勒春風叶，四字句。蜂來蝶去四字句，任可平遶芳叢叶，四字句。◯昨夜微雨，飄灑庭中。忽聞聲滴井邊桐。美人驚起，坐聽晨鐘。快教折取，戴玉瓏璁。

獻衷心[二]

凡二體，並雙調◯中調

第一體

唐歐陽炯

見好可平花顔可仄色五字句，爭可仄笑東風韻，四字句。雙臉上三字句，晚糚同叶，三字句。閉可平小

[一] 按：此調僅見五代毛文錫詞一首，載《花間集》卷五，為孤調。

[二] 按：唐教坊曲有《獻忠心》，始見敦煌寫本無名氏詞，賦詠本意，蓋盛唐之作；至五代歐陽炯、顧敻用其調寫戀情，因更名《獻衷心》。宋詞無作。

可平樓深可仄閣五字句，春可仄景重重叶，四字句。三五可平夜三字句，偏有恨三字句，月明中叶，三字句。〇情未已三字句，信曾通叶，三字句。滿可平衣猶可仄自染檀紅叶，七字句。恨可平不如雙可仄燕，飛可仄舞簾櫳[一]叶，九字句。春欲暮三字句，殘絮盡三字句，柳條空叶，三字句。

【校】

[一]「恨不如」句：《詞律》卷九、《詞譜》卷十四皆作五言一句、四言一句，與前段「閉小樓」二句同。

第二體　前段與第一體同，唯第二及第六句皆作五字　唐顧　敻

繡鴛鴦帳暖，畫孔雀屏欹。人悄悄，月明時。想昔年懽笑，恨今日分離。銀缸背，銅漏永，阻佳期。〇小可平爐煙細四字句，虛可仄閣簾垂叶，四字句。幾可平多心可仄事四字句，暗地思惟叶，四字句。被嬌可仄娥牽役五字句，魂可仄夢如癡叶，四字句。金閨裏三字句，山枕上三字句，始應知叶，三字句。

錦纏道　雙調○中調

春景

宋　宋　祁〔一〕

燕可平子呢喃四字句，景可平色乍可平長春可仄晝韻，六字句。覩可平園可仄林、萬可平花如可仄繡叶，七字句。海可平棠經可仄雨胭脂透叶，七字句。柳可平展宮眉四字句，翠可平拂行人首叶，五字句。○向郊可仄原可仄踏可平青五字句，恣可平歌攜可仄手叶，四字句。醉可平醺可仄醺可仄、尚可平尋芳酒叶，七字句。問牧可平童、遙可仄指孤村七字句，道杏可平花深可仄處〔二〕五字句，那裏人家有叶，五字句。

【校】

〔二〕「問牧童」二句：《詩餘圖譜》卷二、《詞律》卷十、《詞譜》卷十四皆以「道」字屬上句。

〔一〕按：《全宋詞》據《草堂詩餘・前集》卷上錄作無名氏詞，注「此首別又誤作宋祁詞，見《類編草堂詩餘》卷二」。

看花回（一）

雙調○中調　○後段同，唯第四句作六字

警悟（二）　宋柳永

屈可平指勞生百可平歲期韻，七字句。榮可仄瘁相隨叶，四字句。利可平牽名可仄惹逡巡過七字句，奈可平兩可平輪可仄、玉可平走金飛叶，七字句。紅可仄顏成白首五字句，極品何為叶，四字句。○塵事常多雅會稀。忍不開眉。晝堂歌管深深處，難忘酒盞花枝。醉鄉風景好，攜手同歸。

隔浦蓮（三）

雙調○中調

夏景（四）　宋周邦彥

新可仄篁可仄搖可仄動可平翠可平葆韻，六字句。曲可仄徑通深窈[一]叶，五字句。夏可平果收新脆[二]

（一）按：《詞譜》卷十五收此調，注「琴曲有《看花回》，調名本此」；分列兩體，六十八字者僅見柳永詞二首；一百一字者有黃庭堅、周邦彥等人詞，實屬同名異調。

（二）按：《樂章集》無題，《詩餘圖譜》卷二同此題；《花草粹編》卷十四題「述懷」。

（三）按：《清真集》卷上、《片玉詞》卷上調名作《隔浦蓮近拍》；吳文英等人詞又名《隔浦蓮近》；《詞律》卷十一、《詞譜》卷十七皆收《隔浦蓮近拍》。

（四）按：《清真集》卷上、《片玉詞》卷上題「中山縣圃姑射亭避暑作」。

五字句，金丸落三字句，驚飛鳥[三]叶，三字句。濃可仄靄可平迷岸可平草叶，五字句。蛙聲鬧三字句，驟雨鳴三字句，池可仄沼水可平亭小[四]叶，五字句。◯浮萍破處四字句，簷可仄花簾影顛倒[五]叶，六字句。綸巾羽扇[六]四字句，醉可平臥北可平窗清可仄曉叶，六字句。屏可仄裏吳可仄山夢可平自到叶，七字句。驚覺叶，二字句。依可仄前身在江表叶，六字句。

【校】

［一］曲：此注可仄，蓋誤作平聲；《明辯》本、《詞譜》卷十七皆注仄可平。

［二］脆：原本作「膾」，蓋訛誤，茲從《片玉集》、《明辯》、《彙刊》本校訂。

［三］「金丸」二句：《樂府雅詞》一作「金丸驚落飛鳥」。汲古閣本《片玉詞》注「一作『金丸落飛鳥』」。

［四］「驟雨」二句：《片玉集》卷四、《清真集》卷上、《樂府雅詞》皆作「驟雨鳴池沼」，以「水亭小」三字為後段起句。

［五］簷花簾影：《片玉集》、《清真集》、《片玉詞》、《花庵詞選》、《花草粹編》皆作「簾花簷影」。

［六］綸巾：原本作「輪巾」，蓋訛誤，茲從《片玉集》及《明辯》、《彙刊》本校訂。

詩餘譜卷二十二下

古歙程明善纂輯

三字題下

風入松　凡二體，並雙調○中調

第一體　後段同，唯第四句作七字

春晚[一]　宋康與之

一可平宵風可仄雨送春歸韻，七字句。綠可平暗紅稀叶，四字句。畫可平樓整可平日無人到叶[二]，七字句，與可平誰同可仄撚花枝叶，六字句。門可仄外薔可仄薇開也六字句，枝可仄頭梅可仄子酸時叶，六字句。○玉人應是數歸期。翠斂愁眉。塞鴻不到雙魚遠，嘆樓前、流水難西。新恨欲題紅葉，東風滿院花飛。

[一] 按：《草堂詩餘・前集》卷上、《中興以來絕妙詞選》卷一皆題「春晚」；《詩餘圖譜》卷二題「春恨」。

【校】

［一］叶：據例詞，「到」為仄聲，與所用平聲韻不相叶，蓋誤注；《詞譜》卷十七此句不注叶韻。

第二體　後段同

元　虞　集

畫可平堂紅可仄袖倚清酣韻，七字句。華可仄髮不勝簪［一］叶，五字句。幾可平回晚可平直金鑾殿七字句，東可仄風軟、花可仄裏停驂叶，七字句。書可仄詔許可平傳宫燭六字句，輕可仄羅初可仄試朝衫叶，六字句。○御溝冰泮水拖藍［二］。紫燕語呢喃。重重簾幙寒猶在，憑誰寄、錦字泥緘。報道先生歸也，杏花春雨江南。

【校】

［一］勝：應作平聲，當左劃綫；《明辯》本譜注平聲。

［二］拖：《彊村叢書》本《道園樂府》作「挼」。

剔銀燈　雙調○中調　○後段同，唯第二句作六字

春景〔一〕　宋柳　永

何可仄事春可仄工用可平意韻，六字句。繡可平畫出、萬可平紅千可仄翠叶，七字句。豔可平杏可平夭可仄桃四字句，垂可仄楊芳可仄草四字句，各可平鬬雨可平膏煙膩叶，六字句。如可仄斯佳致叶，四字句。早可平晚是、讀書天氣叶，七字句。○漸漸園林明媚。便好安排歡計。論籃買花〔二〕，盈車載酒，百琲千金邀妓。何妨沈醉。有人伴、日高春睡。

【校】

〔二〕籃：《樂章集》一作「檻」，《詩餘圖譜》一作「藍」。

〔一〕按：《樂章集》無題，《詩餘圖譜》卷二題「春景」，《花草粹編》卷十五題「新春」。

上西平[一] 雙調○中調

會稽秋風亭觀雪

宋辛棄疾

九衢中三字句，盃逐馬三字句，帶隨車韻，三字句。問可平誰解、愛可平惜瓊華叶，七字句。何可仄如竹外四字句，靜可平聽窣可平窣蟹行沙[二]叶，七字句。自可平憐可仄是、海可平山頭可仄種可平玉人家[三]叶，十字句。○紛如鬭三字句，嬌如舞三字句，纔整整三字句，又斜斜叶，三字句。要可平圖畫、還可仄我漁簑叶，七字句。凍可平吟應可仄笑四字句，羔可仄兒無可仄分謾煎茶叶，七字句。起可平來極目四字句，向瀰茫、數可平盡歸鴉叶，七字句。

【校】

[一] 聽：應作平聲，當左劃綫；《明辯》本、《詞譜》卷十八皆注平聲。

[二]「自憐」句：《詞譜》作三言一句、七言折腰一句。

(一) 按：此調正名為《金人捧露盤》，「金人」一作「銅人」，別名《上西平》、《上平西》、《西平曲》等。

過澗歇(一)　雙調○中調

夏景　宋柳永

淮可仄楚曠可平望極可平千可仄里韻，七字句。火可平雲可仄燒空(二)四字句，盡可平日西可仄郊無可仄雨叶，六字句。厭行旅叶，三字句。數可平幅輕帆旋落(三)六字句，艤可平棹蒹葭浦叶，五字句。避可平畏景三字句，兩可平兩舟可仄人夜可平深可仄語叶，七字句。○此可平際爭可可平便五字句，恁可平奔可仄利可平名可仄、九衢塵裏(三)叶，八字句。衣冠冒可平炎可仄暑叶，五字句。回可仄首江鄉四字句，月觀風亭四字句，水邊石上四字句，幸可平有散可平髮披襟處叶，七字句。

【校】

〔一〕「淮楚」二句：《詞律》卷十二以晁補之詞為例，注引此詞「首句兩字起韻，次句三字，千里句六字」；《詞譜》卷十九同，唯於「極」字注「讀」。

〔二〕旋落：《樂章集》一作「漸落」。旋，此左劃綫作平聲，蓋衍誤；《明辯》本譜注仄聲。

(一) 按：《彊村叢書》本《樂章集》卷中、卷下調名皆作《過澗歇近》。此調宋詞僅見柳永二首、晁補之一首。

［三］「此際」二句：《詞律》注疑舊刻脱落二字；《樂章集》各本多作：「此際爭可，便恁奔名競利去。九衢塵裹。」《詞譜》亦同，注「去」字叶韻。

驀山溪 凡三體，並雙調○中調

第一體 後段同

春景[一] 宋黄庭堅

鴛可仄鴦翡可平翠四字句，小可平小思珍偶韻，五字句。眉可仄黛斂秋波五字句，儘可平湖可仄南可仄、山可仄明水可平秀叶，七字句。娉可仄娉嫋可平嫋[二]四字句，恰可平似十三餘[二]五字句，春未可平透叶，三字句。花枝瘦叶，三字句。正可平是愁時候叶，五字句。○尋芳載酒[三]，肯落誰人後。祇恐遠歸來，緑成陰、青梅如豆。心期得處，每自不由人，長亭柳。君知否。千里猶回首。

［一］按：汲古閣本《山谷詞》、《類編草堂詩餘》卷二皆題「贈衡陽妓陳湘」；《花庵詞選》卷四題「別意」；《草堂詩餘·前集》卷上入「春景」類。

【校】

［一］娉娉嫋嫋：《山谷詞》一作「傳傳儴儴」。娉娉，《詞譜》卷十九作「婷婷」。

［二］似：《山谷詞》、《花庵詞選》一作「近」，《類編草堂詩餘》作「是」。

［三］「尋芳」句：《詞譜》注叶韻。

第二體　前後段並與第一體同，唯第七句皆不叶韻

春情　　宋易彥祥〔一〕

海棠枝上，留得嬌鶯語。雙燕幾時來，並飛入、東風院宇。夢回芳草，綠遍舊池塘，梨花雪，桃花雨。畢竟春誰主。○東郊拾翠，襟袖沾飛絮。寶馬趁雕輪，亂紅中、香塵滿路。十千斗酒，相與買春閑，吳姬唱，秦娥舞。拚醉青樓暮。

〔一〕按：《明辯》本署「宋易」，此本補署易彥祥；《中興以來絕妙詞選》卷四、《草堂詩餘・前集》卷上皆同，題「春情」；《全宋詞》錄作易祓詞。

第三體　前後段並與第一體同，唯第七句、八句皆不叶韻

春半　　宋張東父(一)

青梅如豆，斷送春歸去。小綠間長紅，看幾處、雲歌柳舞。偎花識面，對月共論心，攜素手，採香遊，踏遍西池路。◯水邊朱戶，曾記銷魂處。小立背鞦韆，空悵望、娉婷韻度。楊柳撲面，香糝一簾風，情脉脉，酒厭厭，回首斜陽暮。

拂霓裳(二)　雙調◯中調　　宋晏殊

笑秋天〔一〕韻，三字句。晚可平荷花可仄上露珠圓〔二〕叶，七字句。風日可平好三字句，數可平行新可仄雁貼寒煙叶，七字句。銀可仄簧調脆管五字句，瓊可仄柱撥清絃叶，五字句。捧觥船叶，三字句。一可平聲聲可仄、齊可仄唱太平年叶，八字句。◯人可仄生百可平歲四字句，離可仄別可平易、會逢難叶，六字句。無可仄事可平日三字句，剩可平呼賓可仄友啓芳筵叶，七字句。星可仄霜催綠鬢五字句，風可仄

(一) 按：《明辯》本署「宋張」，此本補署張東父；《中興以來絕妙詞選》卷三、《草堂詩餘·前集》卷上皆同，題「春半」；《全宋詞》收作張震詞。

(二) 按：唐教坊曲有此名，無唐詞；宋女弟子舞隊有《拂霓裳隊》。此調宋詞僅見晏殊詞三首，俱載《珠玉詞》。

露損朱顏叶，五字句。惜清歡叶，三字句。又可平何可仄妨可仄、沈可仄醉玉樽前叶，八字句。

【校】

〔一〕笑：《珠玉詞》一作「樂」。

〔二〕上：《珠玉詞》作「綴」。

爪茉莉〔一〕　雙調〇中調

秋夜　宋柳　永

每可平到秋來四字句，轉可平添甚可平況味韻，五字句。金風動三字句，冷清清地〔二〕叶，四字句。殘可仄蟬噪晚四字句，甚可平聒得、人心欲可平碎叶，七字句。更可平休道可平、宋可平玉多悲七字句，石可平人也、須下淚〔三〕叶，六字句。〇衾可仄寒枕冷〔三〕四字句，夜迢迢可仄、更可平無寐叶，六字句。深院靜三字句，月明風細〔四〕叶，四字句。巴巴望曉四字句，怎生捱可仄、更迢遞叶，六字句。料可平我可平兒、只可平在枕可平頭根可仄底〔五〕叶，九字句。等可平人睡可平、來夢裏叶，六字句。

〔一〕按：此調宋詞僅見柳永一首，為孤調；《樂章集》未收，詞載《類編草堂詩餘》卷二、《花草粹編》卷十六，皆題「秋夜」。

【校】

[一]「金風」二句：《詞律》卷十二、《詞譜》卷十九皆作七言折腰一句。

[二]「石人」句：《詞律》、《詞譜》皆作三言二句；後結亦同。

[三]冷：仄聲，此誤左劃綫；《明辯》本、《詞譜》皆注仄聲。

[四]「深院」二句：《詞律》、《詞譜》皆作七言折腰句。

[五]我兒：《類編草堂詩餘》、《詞譜》皆作「可兒」。

離別難[一]

雙調○中調

唐薛昭蘊

寶可平馬曉可平鞴雕鞍韻，六字句。羅可仄幃乍可平別情難叶，六字句。那可仄堪春景媚更韻，六字句。送可平君千可仄萬可平里叶，五字句。半粧珠翠落、露華寒[一]叶首句韻，八字句。紅蠟燭再更韻，三字句。青絲曲叶，三字句。偏可仄能鈎可仄引淚闌干叶首句韻，七字句。○良夜促三更韻，三字句。香塵

[一]按：唐教坊曲有此名，唐詞僅見封特卿、薛昭蘊各一首，封詞五言四句，薛詞為八十七字雜言體，當為同名異調；宋柳永又有長調詞，蓋另翻新聲，與唐詞亦屬同名異調。

綠叶，三字句。魂欲迷四更韻，三字句。檀可仄眉半可平斂愁低叶，六字句。未可平別心先咽五更韻，五字句。欲語情難說[二]叶，五字句。出可平芳草可平、路東西叶四更韻，六字句。搖袖立六更韻，三字句。春風急叶，三字句。櫻可仄花楊可仄柳雨凄凄叶四更韻，七字句。

【校】

[一]「半粧」句：《詞譜》卷二十一作五言一句、三言一句。

[二] 語：此誤左劃綫，《明辯》本亦誤注平聲；《詞譜》卷二十一注仄聲。

夏雲峯[一]　雙調〇長調[二]

夏景　宋柳　永

宴堂深韻，三字句。軒可仄檻雨、輕可仄壓暑可平氣低沈叶，九字句。花可仄洞彩可平舟泛可平斝六字

[一] 按：此調蓋柳永首創，詞載《樂章集》；《高麗史・樂志》載柳永此詞，於調名注「慢」字。《詞律》卷十三、《詞譜》卷二十二收此調各體皆九十一字，應屬長調慢詞。

[二] 按：原本目錄及譜注皆作「中調」，《明辯》本同，蓋承前衍誤，茲據律校訂為「長調」。

句，坐可平遶清潯叶，四字句。楚可平臺風快四字句，湘簟冷三字句，永可平日披襟[一]叶，四字句。坐可平久覺、疎可仄絃脆可平管換新音[二]叶，十字句。○越可平娥蕙可平態蘭心叶，六字句。逞妖豔三字句，泥可仄歡邀可仄寵難禁[三]叶，六字句。筵可仄上笑可平歌間可平發六字句，舄可平履交侵叶，四字句。醉鄉歸處四字句，須可仄盡可平興、滿可平酌高吟叶，七字句。向可平此免、名韁利鎖七字句，虛可仄費光陰叶，四字句。

【校】

[一]「湘簟」二句：《詞律》、《詞譜》皆作七言句，於第三字注「豆」或「讀」。

[二]「坐久」句：《樂章集》「換」上多「時」字，《詞律》、《詞譜》皆作「坐久覺、疎絃脆管，時換新音」。

[三]「逞妖」二句：《詞律》、《詞譜》皆作九言句，於第三字注「豆」或「讀」。

意難忘　雙調〇長調

贈妓(一)　　宋周邦彥

鶯可仄染衣黃韻，四字句。愛可平停可仄歌駐可平拍五字句，勸可平酒持觴叶，四字句。低可仄鬟蟬影動五字句，私可仄語口脂香叶，五字句。蓮露滴[一]三字句，風竹涼叶，三字句。拚可仄劇飲淋浪叶，五字句。夜可平漸深、燈可仄籠就可平月七字句，仔可平細端相[二]叶，四字句。〇知可仄音見可平說無雙叶，六字句。解可平移可仄宮換可平羽五字句，未可平怕周郎叶，四字句。長可仄顰知有恨五字句，貪可仄要不成糍叶，五字句。些個事三字句，惱人腸叶，三字句。試可平說與何妨叶，五字句。又可平恐可平伊可仄、尋可仄消問可平息七字句，瘦可平減容光叶，四字句。

【校】

[一] 蓮露滴：《片玉集》卷十、《清真集》卷下作「簷露滴」，《樂府雅詞》卷中作「蓮露冷」，《花庵詞

(一) 按：《片玉集》卷十、《清真集》卷下題「美詠」，《草堂詩餘・後集》卷下入「人物・佳人」類，《花庵詞選》卷七題「美人」，《詩餘圖譜》卷三題「贈妓」。

選》卷七作「荷露滴」。

［二］「夜漸」二句：《樂府雅詞》、《花庵詞選》皆作「漏漸深，移燈背壁，細與端相」。《詞律》卷十三於兩結皆作三言一句、四言二句。

玉漏遲　雙調○長調

春景　　宋　宋　祁（一）

杏可平花飄禁苑五字句，須可仄知自可平古、皇可仄都春早［二］韻，八字句。燕可平子來時四字句，繡可平陌漸可平薰芳可仄草叶，六字句。蕙可平圃夭可仄桃過可平雨六字句，弄可平碎可平影、紅可仄篩清沼叶，七字句。深院悄叶，三字句。綠可平楊影可平裏、鶯可仄聲低巧［三］叶，八字句。○早可平是可平賦可平得多情六字句，更可平對可平景臨風、鎮可平辜歡可仄笑［三］叶，九字句。數可平曲欄干四字句，故可平人可仄謾可平勞登可仄眺叶，六字句。天可仄際微可仄雲過可平盡六字句，亂可平峯鎖、一可平

（一）按：《草堂詩餘·前集》卷上入「春景」類，未署名；《類編草堂詩餘》卷三署宋祁；《詩餘圖譜》卷三未署名，注據《詩餘》；《全宋詞》據《花草粹編》卷九錄為韓嘉彥詞。

竿斜可仄照叶，七字句。歸路杳叶，三字句。東可仄風淚零多少叶，六字句。

【校】

[一]「杳香」二句：《花草粹編》作「杳香消散盡，須知自昔、都門春早」。《詞譜》卷二十三於次句作四言二句。花，《明辯》本作「香」。

[二]「綠楊」句：《詞譜》作四言二句。

[三]「更対」句：《詞譜》作五言一句、四言一句。

夏初臨(一)　雙調○長調

夏景　宋劉巨濟(二)

泛可平水新荷四字句，舞可平風輕燕四字句，園可仄林夏可平日初長韻，六字句。庭可仄樹陰濃四字

(一) 按：此調乃《宴春臺》之別名，始見張先《宴春臺慢》，「宴」一作「燕」，或訛作《燕臺春》。前卷時令題已收《燕臺春》一調，即以張先詞為例，此卷乃同調重出。

(二) 按：《明辯》本署「宋劉」，闕其名，此本補署劉巨濟；《草堂詩餘・前集》卷下入「夏景」類，《類編草堂詩餘》卷三題「夏景」，《花草粹編》卷十九題「初夏」。

句，雛可仄鶯學可平弄新簧叶，六字句。小可平橋飛可仄入橫塘[一]叶，六字句。跨青可仄蘋、綠可平藻幽香叶，七字句。朱可仄欄斜可仄倚四字句，霜可仄紈未可平搖可仄，四字句，衣可仄袂先涼叶，四字句。○歌可仄懽稀可仄遇[二]四字句，怨可平別多同四字句，路可平遙水可平遠四字句，煙可仄淡梅黃叶，四字句。輕可仄衫短可平帽四字句，相可仄攜洞可平府流觴叶，六字句。況可平有紅糚叶，四字句。醉歸來可仄、寶可平蠟成行叶，七字句。拂牙床叶，三字句。紗可仄厨半可平開可仄，四字句，月可平在迴廊叶，四字句。

【校】

[一]「小橋」句：《花草粹編》卷十九、《詞律》卷十五皆作「小橋飛蓋入橫塘」。

[二]歌懽：《類編草堂詩餘》卷三、《詞律》皆作「歡歌」。

雙雙燕　雙調○長調

詠燕　宋史達祖

過可仄春社了[一]四字句，度可平簾可仄幕中間五字句，去可平年塵可仄冷韻，四字句。差可仄池欲可平往[二]四字句，試可平入舊可平巢相可仄並叶，六字句。還可仄相離可仄梁藻可平井叶，六字句。又可平軟可平語、商量不可平定叶，七字句。飄可仄然快可平拂花梢六字句，翠可平尾分可仄開紅可仄影叶，六字句。○芳可仄徑芹泥雨可平潤[三]叶，六字句。愛可平貼可平地爭飛五字句，競可平誇輕俊叶，四字句。紅可仄樓歸可仄晚四字句，看可平足柳可平昏花可仄暝叶，六字句。應可仄自棲可仄香正可平穩叶，六字句。便可平忘可仄了、天可仄涯芳可仄信叶，七字句。愁可仄損可平翠可平黛雙蛾六字句，日可平日畫可平欄獨可平凭叶，六字句。

【校】

[一]過：《明辯》本亦注平可仄；《詞律》卷十四、《詞譜》卷二十六皆注仄聲。

[二]欲往：《明辯》本作「欲住」。

[三]「芳徑」句：《詞律》、《詞譜》皆作二言一句、四言一句，於「徑」字注叶韻。

瑣窻寒(一)　雙調〇長調

寒食(二)　宋周邦彥

暗可平柳啼鴉四字句，單可仄衣竚立四字句，小可平簾朱戶韻，四字句。桐可仄花半畝四字句，靜可平鎖一可平庭愁可仄雨叶，六字句。灑空堦可仄、更可仄闌可仄未可平休[一]七字句，故可平人剪可平燭西窻語叶，七字句。似可平楚可平江暝可平宿五字句，風可仄燈零可仄亂四字句，少可平年羇旅叶，四字句。〇遲暮叶，二字句。嬉游處[二]三字句，正可平店可平舍無煙五字句，禁可平城百五叶，四字句。旗可仄亭喚酒四字句，付可平與高可仄陽儔侶叶，六字句。想東可仄園、桃可仄李自可平春[三]七字句，小可平脣秀可平靨今在可平否叶，七字句。到歸時、定可平有殘英七字句，待可平客攜樽俎叶，五字句。

【校】

[一] 更闌：《片玉集》、《片玉詞》、《清真集》皆作「夜闌」。

(一) 按：《明辯》本作《瑣寒窻》，誤。此調以《瑣窗寒》為正名，「瑣」一作「鎖」。

(二) 按：《片玉集》卷一入「春景」類，無題；《草堂詩餘·後集》卷上入「節序·寒食」類；《片玉詞》卷上、《清真集》卷一、《類編草堂詩餘》卷三皆題「寒食」。

〔二〕嬉游處：此句《詞律》卷十六、《詞譜》卷二十七皆注叶韻。

〔三〕園：平聲，當左劃綫，此蓋脱漏。

渡江雲〔一〕　雙調○長調

春景〔二〕　宋周邦彥

晴可仄嵐低楚甸五字句，暖可平回雁可平翼四字句，陣可平勢起平沙韻，五字句。驟可平驚春在眼五字句，借可平問何時、委可平曲到山家〔一〕叶，九字句。塗可仄香暈色四字句，盛可平粉可平飾、爭可仄作妍華叶，七字句。千可仄萬可平絲、陌可平頭楊可仄柳七字句，漸可平漸可藏鴉叶，五字句。○堪嗟叶，二字句。清可仄江東可仄注四字句，畫可平舸西流〔二〕四字句，指長可仄安日可平下〔三〕五字句，愁宴闌三字句，風可仄翻旗可仄尾〔四〕四字句，潮可仄濺烏紗叶，四字句。今可仄朝正可平對初絃月〔五〕七字句，傍可平水可平驛、深可仄艤蒹葭叶，七字句。沈恨處三字句，時可仄時自可平剔銀花〔六〕叶，六字句。

〔一〕按：此調首見周邦彥《片玉集》，吴文英詞調名《渡江雲三犯》，陳允平、周密詞又名《三犯渡江雲》。

〔二〕按：《草堂詩餘・前集》卷上入「春景」類，《花庵詞選》卷七題「春詞」。

【校】

[一]「借問」句：《詞譜》卷二十八作四言一句、五言一句。

[二]舸：仄聲，此左劃綫，誤作平聲；西：平聲，當左劃綫，此蓋脫漏。此二字《明辯》本注仄、平。

[三]「指長安」句：《詞譜》注叶仄韻，用三聲通叶；《詞律》卷十六以張炎詞為例，注引周詞亦作平仄互叶。

[四]「愁宴」二句：《詞譜》作七言折腰句。

[五]今朝：《片玉集》、《片玉詞》、《清真集》、《花庵詞選》皆作「今宵」。

[六]「沈恨」二句：《詞譜》作九言句，於第三字注「讀」。又《片玉詞》於「時時」上多「但」字。

無俗念(一)　雙調◯長調

元虞集

十可平年窗可仄下四字句，見可平古可平今成敗，幾可平多豪傑韻，九字句。誰可仄會誰能誰不濟七字句，故可平紙數行明滅叶，六字句。亂可平葉西風四字句，遊可仄絲春可仄夢四字句，轉可平轉無休

(一) 按：此調正名為《念奴嬌》，金元丘處機、虞集等人詞別名《無俗念》。前卷歌行題、通用題已收《百字謠》、《念奴嬌》，此卷乃同調重出。

歇叶，五字句。為可平他憔悴四字句，不可平知有甚干涉叶，六字句。○寥可仄寥無可仄住閒身六字句，盡可平虛空界、一可平片中宵月叶，九字句。雲可仄去雲可仄來無定相七字句，月可平亦本無圓缺叶，六字句。非可仄色非空四字句，非可仄心非佛四字句，教可仄我如何說叶，五字句。不可平妨跬可仄步、蟾蜍飛可仄上銀闕叶，十字句。

慶春澤(一)　雙調○長調

上元(二)　宋劉叔安(三)

燈可仄火烘春四字句，樓可仄臺浸月四字句，良可仄宵一可平刻千金韻，六字句。錦可平步承蓮四字句，彩可平雲簇可平仗難尋叶，六字句，蓬可仄壺影可平動四字句，星可仄毬轉可平映四字句，兩可平行

(一) 按：此調即《高陽臺》之別名，與六十六字《慶春澤》為同名異調。《詞律》卷十注「或加『慢』字，即《高陽臺》」。前卷宮室題已收《高陽臺》，此乃同調重出。

(二) 按：《中興以來絕妙詞選》卷八題「丙子元夕」，《草堂詩餘・後集》卷上入「節序・上元」類，《類編草堂詩餘》卷三題「上元」。

(三) 按：《明辯》本署「宋劉」，闕其名，此本補署劉叔安；《中興以來絕妙詞選》卷八署劉叔安，注其名鎮，號隨如。

寶可平珥瑤簪[一]叶，六字句。惢嬉遊、玉可平漏聲催[二]七字句，未可平歇芳心叶，四字句。○笙可仄歌十可平里誇張地七字句，記年可仄時行可仄樂、憔可仄悴而今[三]叶，九字句。客可平裏情懷四字句，伴可平人閑可仄笑閒吟叶，六字句。小可平桃未可平靜劉郎老七字句，把相思可仄、細可平寫瑤琴叶，七字句。怕歸來、紅可仄紫欺風七字句，三可仄徑成陰叶，四字句。

【校】

[一]「蓬壺」三句：《詞律》卷十作「蓬壺影動星毬轉，映兩行、寶珥瑤簪」。

[二]惢：原本作「姿」，左劃綫表平聲，蓋訛誤；茲從《明辯》、《彙刊》本校訂。

[三]「記年」句：《詞律》作五言一句、四言一句。

大江乘（一） 雙調○長調

送郭縣尹　　宋阮槃溪（二）

東可仄陽四可平載四字句，但好可平事、一可平一為民做了[一]韻，九字句。談可仄笑半可平閒風月

（一）按：此調即《念奴嬌》之別名，「乘」蓋「東」字之訛誤。前卷已收《念奴嬌》、《百字謠》等，此乃同調重出。

（二）按：原本僅題「阮」字；《全宋詞》據《翰墨大全》庚集卷十五作阮槃溪詞，題「郭縣尹美任」，茲從校訂。

裏[二]叶，七字句。管可平甚訟可平庭生可仄草叶，六字句。甌可仄茗爐香四字句，菜可平羹淡飯四字句，此可平外無煩惱叶，五字句。問侯何可仄苦自可平饑六字句，只要可平民可仄飽[三]叶，四字句。○猶可仄念甘旨可平相違六字句，白可平雲萬里四字句，不可平得隨昏曉叶，五字句。暫捨蒼可仄生歸定省[四]叶，七字句。回可仄首又可平看父老叶，六字句。聽可平得乖崖、交章力薦[五]八字句，道此官員好叶，五字句。且可平來典可平憲四字句，中可仄書還二十可平四考叶，七字句。

【校】

[一]為：應作仄聲，此左劃綫作平聲，蓋訛誤；《明辯》本譜注仄聲。

[二]「談笑」句：此注叶韻，據例詞此句末字為「裏」，與「了」、「草」等韻字實不相叶，蓋誤注。

[三]「問侯」二句：《全宋詞》作四言一句、六言一句。

[四]「暫捨」句：此注叶韻，據例詞「省」字實不叶韻，蓋誤注。

[五]「聽得」句：《全宋詞》作四言二句。

莊椿歲[一] 雙調○長調

壽趙丞相

宋方味道[二]

綸可仄巾少可平駐家山六字句，北可平窻睡可平覺南薰起韻，七字句。黄可仄庭細可平看[一]四字句，長生秘訣四字句，神仙奇可仄趣叶，四字句。奈此蒼生、願蘇炎熱[二]八字句，仰為霖雨叶，四字句。趁丹心未老五字句，將整可平頓乾坤、手為經理[三]叶，九字句。○好可平是今年慶事[四]六字句，抱奇可仄孫、一可平門佳可仄氣叶，七字句。蓬可仄山振可平佩四字句，麟可仄符重錫四字句，褒可仄綸新美叶，四字句。玉樹參庭四字句，桂枝分種四字句，香浮蘭芷叶，四字句。看他年、接武三槐[五]七字句，長是伴、莊椿歲叶，六字句。

〔一〕按：此調即《水龍吟》之別名，詞以祝壽，取末句「長是伴、莊椿歲」而名調。前卷歌行題、慢字題已收《水龍吟》、《鼓笛慢》，此乃同調重出。

〔二〕按：原本僅署姓氏，《全宋詞》據《截江網》卷四錄為方味道詞，題「壽趙丞相」，又序云「音寄《水龍吟》，名為《莊椿歲》」，茲從校訂。

【校】

［一］黄：平聲，當左劃綫，此蓋脱漏。

［二］「奈此」句：《全宋詞》作四言二句。蒼生：皆平聲，當左劃綫。蘇：《明辯》本譜注仄，蓋訛誤。

［三］「將整」句：《全宋詞》作五言一句、四言一句。

［四］「好是」句：原本未注叶韻；據例詞「事」字實叶韻，《詞譜》卷三十所收此調各體後段起句多注叶韻。

［五］年：平聲，當左劃綫，此蓋脱漏。

宴清都　雙調○長調

春閨〔一〕　宋何籀

細可平草沿堦四字句，軟可平紅日可平薄〔二〕四字句，蕙可平風可仄輕可仄藹可平微暖韻，六字句。東可

〔一〕按：《花庵詞選》卷八題「春詞」，《類編草堂詩餘》卷四、《花草粹編》卷二十一皆題「春閨」。

仄君靳可平惜四字句，桃英尚小[二]四字句，柳芽猶短叶，四字句。羅可仄幃繡可平幙高捲叶，六字句。早可平已可平是、歌可仄慵笑可平嬾叶，七字句。凭可仄畫可平樓三字句，那更天遠山遠六字句，水遠人遠[三]叶，四字句。○堪怨叶，二字句。傅可平粉踈狂四字句，竊可平香俊雅四字句，無計拘管叶，四字句。青可仄絲絆可平馬四字句，紅纓繫羽[四]四字句，甚可平處迷戀叶，四字句。無言可仄淚珠零亂[五]叶，六字句。翠可平袖儘、重重漬可平遍[六]叶，七字句。故可平要可平得、別可平後思量[七]七字句，歸可仄時覰可平見叶，四字句。

【校】

[一]「細草」二句：《詞譜》卷三十作五言一句、三言一句，於「軟」字注叶韻。紅，《樂府雅詞・拾遺》卷上、《花庵詞選》卷八皆作「遲」。

[二]桃英：《樂府雅詞》、《花庵詞選》皆作「桃紅」。桃，平聲，當左劃綫，此蓋脫漏。

[三]「凭畫樓」三句：《詞譜》作：「凭畫樓、那更天遠。山遠。水遠。人遠。」

[四]紅纓繫羽：《樂府雅詞》、《花庵詞選》皆作「紅巾寄羽」，《花草粹編》作「紅裙勸酒」。

[五]言：平聲，當左劃綫，此蓋脫漏。

［六］儘：《樂府雅詞》、《花庵詞選》皆作「滴」。重重，平聲，後一字未劃綫，蓋減省或脱漏。

［七］得：《樂府雅詞》、《花庵詞選》皆作「知」。

晝錦堂　雙調○長調

閨情　宋周邦彦(一)

雨可平洗桃花四字句，風可仄飄柳可平絮[二]四字句，日可平日可平飛可仄滿雕簷韻，六字句。懊可平恨一可平春幽可仄恨六字句，盡可平屬眉尖叶，四字句。愁可仄聞可仄雙飛新燕語七字句，更可平堪孤可仄枕宿酲忺叶，七字句。雲鬟亂三字句，獨可平步畫可平堂四字句，輕可仄風暗可平觸珠簾叶，六字句。○多厭叶，二字句。晴晝永三字句，瓊戶可平悄三字句，香可仄銷金可仄獸慵添叶，六字句。自可平與蕭郎别後六字句，事事俱嫌叶，四字句。短可平歌新可仄曲無心理七字句，鳳可平簫龍可仄管不曾拈叶，七字句。空惆悵三字句，長可仄是每可平年三可仄月六字句，病可平酒懨懨叶，四字句。

(一) 按：《草堂詩餘·後集》卷下「人事·風情」類未署名；《類編草堂詩餘》卷四、《花草粹編》卷二十一署周邦彦，題「閨情」；《全宋詞》據《草堂詩餘·後集》作無名氏詞。

【校】

［一］飄：平聲，當左劃綫，此蓋脱漏。

雨霖鈴[一]　雙調○長調

秋別　　　　宋柳　永

寒可仄蟬凄切韻，四字句。對長亭晚四字句，驟可平雨初歇叶，四字句。都可仄門暢可平飲無緒[二]六字句，方可仄留戀處、蘭可仄舟催發[三]叶，八字句。執可平手相看淚眼六字句，竟無語可平凝可仄咽[三]叶，五字句。念去可平去、千可仄里煙波七字句，暮可平靄可平沈可仄沈可仄楚可平天闊叶，七字句。○多情自可平古傷離別叶，七字句。那更堪、冷可平落清秋節[四]叶，八字句。今可平宵酒醒四字句，何處可平楊柳可平岸、曉可平風殘月[五]叶，九字句。此去經年四字句，應可仄是良可仄辰可仄好可平景可平虛設[六]叶，八字句。便可平縱有、千可仄種風情七字句，更可平與何人説叶，五字句。

（一）按：此調《詞譜》卷三十一注「一名《雨霖鈴慢》，唐教坊曲名」；《高麗史·樂志》錄柳永此詞，調名作《雨淋鈴》，注「慢」。

【校】

[一] 暢：《樂章集》一作「帳」，一作「悵」；《花庵詞選》卷五、《類編草堂詩餘》卷四皆作「帳」。

[二] 「方留戀」句：《詞譜》卷三十一作四言二句。

[三] 咽：《樂章集》一作「噎」，《花庵詞選》作「噎」。

[四] 那更堪：《明辯》本作「更那堪」，《樂章集》、《花庵詞選》等皆同。

[五] 「今宵」二句：《詞譜》作六言一句、七言折腰一句。

[六] 「應是」句：《詞譜》作四言二句。

花心動(一)　雙調◯長調

春夢(二)　宋女阮逸女

仙可仄苑春濃四字句，小桃開、枝枝已堪攀折[一]韻，九字句。乍可平雨乍可平晴四字句，輕暖輕寒四

(一) 按：《詞譜》卷三十三收此調，注曰：「曹勛詞名《好心動》，曹冠詞名《桂香飄》，《鳴鶴餘音》詞名《上昇花》，《高麗史・樂志》名《花心動慢》。」

(二) 按：《花庵詞選》卷十題「春詞」，《草堂詩餘・前集》卷上入「春景」類，《類編草堂詩餘》卷四、《花草粹編》卷二十二皆題「春景」。

字句，漸可平近賞可平花時節叶，六字句。柳可平搖臺可仄榭東風軟七字句，簾櫳可仄靜、幽可仄禽調可仄舌叶，七字句。斷可平魂遠三字句，閒可仄尋翠可平徑[二]四字句，頓成愁結叶，四字句。○此可平恨無可仄人共可平說叶，六字句。還可仄立可平盡黄昏五字句，寸心空切叶，四字句。强可平整繡可平衾四字句，獨可平掩朱扉四字句，簟可平枕為可平誰鋪可仄設叶，六字句。夜可平長宫可仄漏傳聲遠七字句，紗可仄窻映、銀可仄缸明滅叶，七字句。夢回處三字句，梅可仄梢半可平籠可仄淡可平月叶，六字句。

【校】

[一]「小桃」句：《全宋詞》作三言一句、六言一句。

[二]「斷魂」二句：《全宋詞》作七言折腰句。

夜飛鵲[一]　雙調○長調

離別[二]　宋周邦彥

河可仄橋送可平人可仄處五字句，涼可仄夜何期[一]韻，四字句。斜可仄月可平遠墮餘輝叶，六字句。銅可仄盤燭可平淚已可平流盡七字句，霏霏涼可仄露霑衣叶，六字句。相可仄將可仄散可平離會處[二]六字句，探風前津可仄鼓五字句，樹可平梢參旗[三]叶，四字句。驊可仄騮會可平意[四]四字句，縱揚鞭、亦可平自行遲叶，七字句。○迢可仄遞路可平回清可仄野六字句，人可仄語漸無聞五字句，空可仄帶愁歸叶，四字句。何可仄意重可仄紅滿可平地[五]六字句，遺可仄鈿不可平見四字句，斜可仄徑都迷叶，四字句。兔可平葵燕可平麥四字句，向斜陽、影可平與人齊叶，七字句。但徘徊班可仄草五字句，唏噓酹酒四字句，極可平望天西叶，四字句。

[一] 按：《詞律》卷十九收此調，注「或加『慢』字」；《詞譜》卷三十四收《夜飛鵲慢》，注「調見《片玉詞》」，一名《夜飛鵲》」。

[二] 按：《片玉集》卷十、《清真集》卷下、《片玉詞》卷上、《花草粹編》卷二十三題「別情」；《草堂詩餘・後集》卷下入「人事・離別」類，《類編草堂詩餘》卷四題「離別」。

【校】

［一］何期：《片玉集》、《清真集》、《片玉詞》、《類編草堂詩餘》、《花草粹編》皆作「何其」。

［二］離會處：《片玉集》、《清真集》、《片玉詞》皆無「處」字；《詞律》卷十九注疑「處字係誤多者」。

［三］梢：《片玉集》、《清真集》、《片玉詞》等皆作「杪」；《明辯》本亦作「杪」，譜注仄聲。

［四］驊騮：《片玉集》、《清真集》、《草堂詩餘·後集》、《花草粹編》皆作「華驄」，《片玉詞》作「花驄」，《類編草堂詩餘》作「華騮」。

［五］重紅滿地：《片玉詞》、《詞律》、《詞譜》皆作「重經前地」。

金明池㈠ 雙調○長調

春遊　　　宋秦　觀㈡

瓊可仄苑金池四字句，青可仄門紫可平陌四字句，似可平雪楊花滿路韻，六字句。雲可仄日可平淡、天

㈠ 按：《詞譜》卷三十六注：「調見《淮海詞》，賦東京金明池，即以調為題也。李彌遜詞名《昆明池》，僧揮詞名《夏雲峰》。」宋詞另有柳永等《夏雲峰》，與此為異調。

㈡ 按：《草堂詩餘·前集》卷上未署名；《花草粹編》卷二十四注據《詩餘》；《類編草堂詩餘》卷四、《詞律》卷二十、《詞譜》卷三十六皆署秦觀。《全宋詞》作無名氏詞。

可仄低晝可平永七字句，過可平三可仄點兩點可平細可平雨叶，七字句。好可平花可仄枝、半可平出墻頭七字句，似可平悵可平望、芳可仄草王可仄孫何處[一]叶，九字句。更可平水可平遶人家四字句，橋可仄當門可仄巷四字句，燕可平燕鶯可仄鶯飛舞叶，六字句。○怎可平得東可仄君長為可仄主叶，七字句。把綠可平鬢朱顔五字句，一可平時留住叶，四字句。佳可仄人唱、金可仄衣莫可平惜七字句，才可仄子倒、玉可平山休可仄訴叶，七字句。况春來、倍可平覺傷心七字句，念可平故可平國情多、新可仄年愁苦[二]叶，九字句。縱可平寶可平馬嘶風五字句，紅可仄塵拂可平面四字句，也可平則尋可仄芳歸去叶，六字句。

【校】

[一]「似悵望」句：《明辯》、《彙刊》及重訂本皆注「七字句」，蓋訛誤。

[二]「念故國」句：《詞譜》卷三十六分作五言一句、四言一句。

蘭陵王〔一〕　三疊○長調

春恨〔二〕

宋張元幹

捲珠箔韻，三字句。朝可仄雨輕可仄陰乍可平閣叶，六字句。欄可仄干外、煙可仄柳弄可平晴〔一〕七字句，芳可仄草侵堦映可平紅可仄藥叶，七字句。東可仄風如許惡〔二〕叶，五字句。吹可仄落梢可仄頭嫩可平萼〔三〕叶，六字句。屏可仄山掩、沈可仄水倦可平薰〔四〕七字句，中可平酒心情怕可平盃可仄勺〔五〕叶，七字句。○尋可仄思舊可平京可仄洛叶，五字句。正可平年少疎狂、歌可仄笑可平迷著〔六〕叶，九字句。障可平泥油可仄壁催梳掠叶，七字句。曾可仄馳道可平同可仄載五字句，上可平林攜可仄手四字句，燈可仄夜初可仄過早可平共約叶，七字句。又可平爭信飄泊叶，五字句。○寂可平寞叶，二字句。念行樂叶，三字句。任可平粉可平淡衣襟五字句，音斷可平絃可仄索叶，四字句。瓊可仄枝壁可平月春如昨〔七〕叶，七字句。悵可平別後三字句，華可仄表那可仄回雙鶴〔八〕叶，六字句。相可仄思前可仄事四字句，除可

〔一〕按：《詞譜》卷三十七注引《碧雞漫志》等書記載，謂此曲蓋源於北齊軍中歌謠《蘭陵王入陣曲》；宋曲屬越調，聲犯正宮，一名《大犯》。此調蓋始見周邦彥等人作詞。

〔二〕按：汲古閣本《蘆川詞》、《類編草堂詩餘》卷四題「春恨」，《中興以來絕妙詞選》卷一、《花草粹編》卷二十四題「春遊」，《草堂詩餘・前集》卷上入「春景・曉夜」類。

仄夢可平魂可仄裏暫可平忘却〔九〕叶，七字句。

【校】

〔一〕「欄干」句：《全宋詞》作三言一句、四言一句。

〔二〕如許：《蘆川詞》、《中興以來絕妙詞選》、《花草粹編》皆作「姤花」。

〔三〕「吹落」句：《全宋詞》作二言一句、四言一句，以「落」字叶韻。《詞律》卷二十注引此詞，亦謂「吹落」當「是叶韻二字句」。

〔四〕「屏山」句：《全宋詞》作三言一句、四言一句。

〔五〕中：注可平，則本作仄聲，蓋誤左劃綫；《明辯》本譜注仄可平。

〔六〕「正年少」句：《全宋詞》作五言一句、四言一句。

〔七〕璧月：《蘆川詞》、《草堂詩餘》、《花草粹編》、《彙刊》本等皆作「璧月」。

〔八〕「悵別」二句：《全宋詞》作五言一句、四言一句。

〔九〕「相思」二句：《蘆川詞》、《中興以來絕妙詞選》、《全宋詞》皆作「相思除是，向醉裏、暫忘却」。

寶鼎現[一]　三疊○長調

上元

宋康與之[二]

夕可平陽西下暮靄六字句，紅可仄隘春可仄風羅可仄綺[一]韻，六字句。乘可仄麗可平景、華燈爭可仄放七字句，濃可仄歛燒可仄空連錦砌叶，七字句。覩可平皓可平月、浸嚴城如可仄晝八字句，花可仄影寒籠絳可平蘂叶，六字句。漸可平掩映、芙可仄蓉萬可平頃[二]叶，七字句，迤可仄邐齊開秋可仄水叶，六字句。○太可平守可平無可仄限行歌意叶，七字句。擁可平麾幢可仄、光動可平珠翠叶，七字句。傾可仄萬井、歌臺舞榭七字句，瞻可仄望朱可仄輪駢鼓吹[三]叶，七字句。控寶可平馬三字句、耀可平貔可仄貅千可仄騎[四]叶，五字句。銀可仄燭交可仄光數可平里叶，六字句。似可平亂可平簇、寒星萬可平點七字句，擁可平入蓬可仄壺影可平裏叶，六字句。○宴可平閣多才[五]四字句，環可仄豔可平粉、瑤可仄簪珠履叶，七字句。恐可平看看丹詔五字句，催可仄奉宸可仄遊燕可平侍[六]六字句，便可平趁早、占通

[一] 按：《詞譜》卷三十八注：「調見《順庵樂府》。李彌遜詞名《三段子》，陳合詞名《寶鼎兒》。」此調蓋始見劉弇、范周、李彌遜等人詞。

[二] 按：《樂府雅詞・拾遺》卷下未署名，題「曼洞作」，鮑廷博校本補康與之作；《草堂詩餘・後集》卷下入「節序・上元」類，未署名；《類編草堂詩餘》卷四、《花草粹編》卷二十四皆署康與之；《全宋詞》據《中吳紀聞》卷五錄作范周詞。

宵醉[七]叶，七字句。緩可平引笙歌妓[八]叶，五字句。任可平晝可平角、吹可仄老寒梅[九]七字句，月可平滿西樓十二叶，六字句。

【校】

[一]「夕陽」二句：《詞律》卷二十、《詞譜》卷三十八皆作四言三句。

[二]「漸掩」句：此注叶韻；《詞律》、《詞譜》此句皆不注叶韻。芙蓉，《明辯》本作「芙蕖」。

[三]吹：叶仄韻，當讀仄聲，此左劃綫，蓋訛誤；《明辯》、《詞譜》皆注仄聲。

[四]「控寶馬」二句：《詞律》、《詞譜》皆作八言一句，於第三字注「豆」或「讀」。

[五]「宴閣」句：《樂府雅詞・拾遺》、《詞譜》作「來伴宴閣多才」，《花草粹編》作「宴歌多才」。

[六]「恐看」二句：《詞譜》作「恐看看、丹詔歸春，宸遊燕侍」，於「侍」字注叶韻；《詞律》亦注「侍」字叶韻。

[七]「便趂早」句：《樂府雅詞・拾遺》作「便正好、占春宵醉」；《詞律》於「占」字注「豆」。

[八]緩引：《樂府雅詞・拾遺》作「莫放」；妓：仄聲，此誤左劃綫。

[九]吹老寒梅：《明辯》作「吹老梅花」，《詞譜》作「吹徹寒梅」。

詩餘譜卷二十三[一]

四字題

霜天曉角　雙調○小令

旅興[二]　　　宋辛棄疾

吳可仄頭楚可平尾韻，四字句。一可平棹人千里叶，五字句。休可仄説舊愁可仄新恨可平，五字句，長亭可仄今如可仄此[二]叶，五字句。○宦可平遊吾倦矣叶，五字句。玉可平人留我醉叶，五字句。明可仄日落花寒食六字句，得可平且住、為佳耳叶，六字句。

[一] 按：原本未題卷數，重訂本、《彙刊》本題「詩餘二十三」，茲從校訂。

[二] 按：《稼軒詞》甲集同此題，《稼軒長短句》無題；《中興以來絶妙詞選》卷三題「惜別」。

【校】

［一］「長亭」句：《稼軒詞》、《稼軒長短句》皆作「長亭樹今如此」，《詞律》卷三、《詞譜》卷四皆同，且於「樹」字注「豆」或「讀」。

傳言玉女　雙調○中調

元宵　宋胡浩然[一]

一可平夜東風四字句，不可平見柳可平梢殘可仄雪[二]韻，六字句。御可平樓煙煖四字句，對鼇可仄山綵可平結叶，五字句。簫鼓可平向曉四字句，鳳可平輦初可仄回宮闕叶，六字句。千可仄門燈火四字句，九可平逵風月叶，四字句。○繡可平閣人人四字句，乍嬉遊三字句，困又可平歇[三]叶，三字句。艷可平糚初可仄試[三]四字句，把珠可仄簾半可平揭[四]叶，五字句。嬌羞向人可仄，四字句，手可平撚玉可平梅低可仄說叶，六字句。相可仄逢長可仄是、上可平元時節[五]叶，八字句。

［一］按：《明辯》本署「宋胡」，此本補署胡浩然；《詩餘圖譜》卷二注據《詩餘》，題「元宵」；《草堂詩餘·後集》卷上未署名，題「上元」；《樂府雅詞》卷中、《花庵詞選》卷五、《花草粹編》卷十五皆作晁沖之；《全宋詞》據《樂府雅詞》錄為晁詞，注「此首別誤作胡浩然詞，見《類編草堂詩餘》卷二」。

【校】

［一］不見：《樂府雅詞》卷中、《花庵詞選》卷五作「吹散」。

［二］「乍嬉遊」二句：《詞律》卷十一、《詞譜》卷十七皆作六言折腰句。

［三］艷糊初試：《樂府雅詞》作「笑勻粧面」。

［四］簾：平聲，當左劃綫，此蓋脱漏。

［五］「相逢」句：《詞律》、《詞譜》皆作四言二句。

魚游春水　雙調○中調

春景　撰人　闕㈠

宋徽宗政和中，一中貴人使越州回，得詞於古碑，因無名無譜，不知何人作也，錄以進。御命大晟府填腔，因詞中語賜名《魚游春水》。又云東京防河卒於汴河上掘地得之，蓋

㈠　按：《樂府雅詞·拾遺》卷上、《草堂詩餘·前集》卷上皆未署名；《類編草堂詩餘》卷二亦闕名，題「春景」；《花草粹編》卷十六署「越州碑陰詞」；《全唐五代詞》據《唐詞紀》卷十一錄作唐無名氏詞；《全宋詞》據《樂府雅詞·拾遺》錄作宋無名氏詞。

唐人語也[一]

秦可仄樓可仄東風可仄裏韻，五字句。燕可平子還可仄來尋舊壘叶，七字句。餘可仄寒猶峭[二]四字句，紅可仄日薄可平侵羅綺叶，六字句。嫩可平草方抽碧玉茵[三]七字句，媚可平柳可平輕可仄拂黃金縷[三]叶，七字句。鶯可仄囀上可平林四字句，魚可仄游春可仄水叶，四字句。○幾可平曲欄干遍可平倚叶，六字句。又可平是一可平番新桃可仄李叶，七字句。佳可仄人應恠歸遲[四]六字句，梅可仄糚淚可平洗叶，四字句。方可仄簫聲可仄絕沈孤鴈[五]七字句，望可平斷清波無雙可仄鯉叶，七字句。雲可仄山可仄萬可平重四字句，寸可平心千可仄里叶，四字句。

【校】

[一] 猶峭：《樂府雅詞・拾遺》卷下作「微透」，《苕溪漁隱叢話・後集》卷三十九作「初褪」。

[二] 「嫩草」句：《樂府雅詞》作「嫩筍纔抽碧玉簪」，《苕溪漁隱叢話・後集》作「嫩草初抽碧玉簪」。

(一) 按：此段文字非原作題序，乃編者撮錄此詞本事，《明辯》本所載同，唯「碑」後有「陰」字，「魚游春水」後有「云」字，「東京」作「東都」。原出《苕溪漁隱叢話・後集》卷三十九引錄《復齋漫錄》及《古今詞話》，所記此詞作者及時地略有不同；《草堂詩餘・前集》卷上、《類編草堂詩餘》卷二皆於詞後引錄二書所記本事。

〔三〕「媚柳」句：《樂府雅詞》作「細柳輕窣黄金蘂」，《苕溪漁隱叢話・後集》作「細柳輕窣黄金縷」。

〔四〕恠歸遲：《樂府雅詞》、《苕溪漁隱叢話・後集》皆作「念歸期」。

〔五〕方簫：《明辯》本作「鳳簫」，《樂府雅詞》等各本皆同。絶：《樂府雅詞》作「杳」。

氐州第一〔一〕　雙調○長調

宋周邦彦

波可仄落寒汀四字句，村渡可平向晚四字句，遥可仄看數點可平帆小〔二〕韻，六字句。亂可平葉毿鴉四字句，驚可仄楓破可平鴈〔三〕四字句，天角孤可仄雲縹緲叶，六字句。官可仄柳蕭疎四字句，甚可平上掛、微微殘可仄照叶，七字句。景可平物關情四字句，川可仄途換可平日〔三〕四字句，頓可平來催老叶，四字句。○漸可平解狂朋歡意少叶，七字句。奈猶可仄被、思可平牽情可仄繞〔四〕叶，七字句。座可平上琴心四字句，機可仄中錦可平字〔五〕叶，四字句。覺最縈懷抱叶，五字句。也可平知人可仄懸望可平久六字句，薔薇謝三字句，歸可仄來一可平笑〔六〕四字句。欲可平夢高唐四字句，未成可仄眠、霜空已曉叶，七字句。

〔一〕按：汲古閣本《片玉詞》卷下注「《清真集》作《熙州摘遍》，字句稍異」，《詞譜》卷三十一注「調始《清真樂府》，一名《熙州摘遍》」。

【校】

［一］帆：平聲，當左劃綫，此蓋脱漏；《彙刊》本作「颿」。

［二］驚楓：《片玉集》卷六、《片玉詞》卷下、《清真集》卷下、《草堂詩餘・前集》卷下等皆作「驚風」。

［三］日：《片玉集》、《片玉詞》、《清真集》、《花草粹編》卷二十一皆作「目」。

［四］牽情：皆平聲，當左劃綫，此蓋脱漏；《明辯》、《詞譜》皆注平聲。

［五］「機中」句：此注叶韻，蓋訛誤；《詞律》卷十七、《詞譜》皆不注叶韻。

［六］「薔薇」二句：《詞律》、《詞譜》皆作七言折腰一句，於「笑」字注叶韻。薇，平聲，當左劃綫，此蓋脱漏。

詩餘譜卷二十四(一)

五字題

巫山一段雲

雙調○小令　○後段同　唐毛文錫

雨可平霽巫山上五字句，雲輕映碧天韻，五字句。遠可平風吹可仄散又相連[二]叶，七字句。十可平二晚風前叶，五字句。○暗濕啼猿樹，高籠過客船。朝朝暮暮楚江邊。幾度降神仙。

【校】

[二] 相連：皆平聲，當左劃綫，此蓋脫漏。

(一) 按：原本未題卷數，重訂本、《彙刊》本題「詩餘二十四」，茲從校訂。

金人捧露盤〔一〕　雙調○中調

春晚感舊〔二〕　　宋曾純甫〔三〕

記神京三字句，繁華可仄地三字句，舊遊蹤〔一〕可平，韻，三字句。正可平御可平溝春可仄水溶溶叶，七字句。平可仄康巷可平陌四字句，繡可平鞍金可仄勒躍青驄叶，七字句。解可平衣沽可仄酒醉可平絃管七字句，柳可平綠花紅叶，四字句。○到如今三字句，餘霜可仄鬢三字句，嗟前可仄事三字句，夢魂中叶，三字句。但寒可仄煙、滿可平目飛蓬〔二〕叶，七字句。雕可仄欄玉砌四字句，空可仄餘三可仄十六離宮叶，七字句。塞可平笳驚可仄起暮可平天鴈七字句，寂可平寞東風叶，四字句。

【校】

〔一〕蹤：本平聲，此注可平，蓋訛誤；《明辯》本譜注平聲。

〔一〕按：此調别名《上西平》、《上平西》、《西平曲》等。前卷三字題已收《上西平》，此卷乃同調重出。

〔二〕按：《草堂詩餘・前集》卷上入「春景・春思」類；汲古閣本《海野詞》題「庚寅歲春奉使過京師感懷作」，《中興以來絶妙詞選》卷一題「庚寅春奉使過京師」。

〔三〕按：《明辯》本署「宋曾」，此本補署曾純甫，即曾覿；《全宋詞》據《海野老人長短句》卷上録作曾覿詞。

〔一二〕煙：平聲，當左劃綫，此蓋脫漏。

法曲獻仙音〔一〕　雙調○長調

初夏〔二〕　　宋周邦彥

蟬可仄咽涼柯四字句，燕可平飛塵幕四字句，漏可平閣籤可仄聲時可仄度韻，六字句。倦可平脫綸巾四字句，困可平便湘可仄竹四字句，桐可仄陰可仄半侵朱戶叶，六字句。向可平抱可平影凝情處〔一〕六字句，時聞可仄打可平窗雨叶，五字句。○秋可仄無語〔二〕叶，三字句。嘆文可仄園、近可平來多病七字句，情緒懶三字句，尊可仄酒易可平成間阻〔三〕叶，六字句。縹可仄緲玉京人五字句，想依可仄然、京兆眉嫵〔四〕叶，七字句。翠可平幕深中四字句，對徽容、空可仄在紈素叶，七字句。待花可仄前可仄月可平下見了七字句，不可平教歸去〔五〕叶，四字句。

〔一〕按：此調蓋源於唐法曲，柳永詞又名《法曲第二》。《詞譜》卷二十二注：「《樂章集》注小石調，姜夔詞注大石調；周密詞名《獻仙音》，姜夔詞名《越女鏡心》。」

〔二〕按：《片玉集》卷五、《清真集》卷上、《草堂詩餘·前集》卷下皆入「夏景」類；《類編草堂詩餘》卷三、《花草粹編》卷十七皆題「初夏」。

【校】

[一]「向抱影」句：此未注叶韻，《明辯》本同；《詞譜》卷二十二注叶韻。

[二]「秋無語」句：汲古閣本《片玉詞》卷上以此句屬上段，注「或於『時聞打窗雨』下分段」。秋，《明辯》本作「耿」。

[三]「情緒懶」二句：《詞譜》卷二十二作九言一句，於第三字注「讀」。

[四]嫵：仄聲，叶韻，此左劃綫，蓋衍誤。

[五]「待花前」二句：《詞譜》作五言一句、六言一句。

東風齊着力(一)　雙調〇長調

除夕　宋胡浩然(二)

殘可仄臘收寒四字句，三可仄陽初可仄轉四字句，已可平換年華韻，四字句。東可仄風律管四字句，迤可

(一)按：此調宋詞僅見胡浩然一首，為孤調。《词谱》卷二十二注：「調見《草堂詩餘》胡浩然除夕詞也。按《禮記・月令》：『孟春之月，東風解凍。』又唐人曹松《除夜》詩：『殘臘即又盡，東風應漸聞。』故云《東風齊着力》。」

(二)按：《明辯》本署「宋胡」，此本補署胡浩然；《草堂詩餘・後集》卷上入「節序・除夕」類，《類編草堂詩餘》卷三、《花草粹編》卷十七題「除夕」。

仄邐到山家叶，五字句。處可平處笙簧鼎沸六字句，會可平佳宴、坐可平列仙娃叶，七字句。花可仄叢裏、金可仄爐滿爇[一]七字句，龍可仄麝煙斜叶，七字句。○此可平景轉堪誇叶，五字句。深意可平祝、壽可平山福可平海增加叶，九字句。玉可平觥滿泛四字句，且可平莫厭流霞叶，五字句。幸可平有迎春壽酒六字句，銀可仄鉼浸、幾可平朵梅花叶，七字句。休辭醉三字句，園可仄林秀色四字句，百可平色萌芽叶，四字句。

【校】

[一] 叢：平聲，當左劃綫，此蓋脫漏。

金菊對芙蓉　雙調○長調

秋怨　　宋康與之

梧可仄葉飄黄四字句，萬可平山空可仄翠四字句，斷可平霞流可仄水爭輝韻，六字句。正金可仄風西可仄起五字句，海可平燕東歸叶，四字句。凭可仄欄不可平見南來鴈七字句，望可平故可平人可仄、消可仄息遲遲叶，七字句。木可平樨開後四字句，不可平應悞可平我四字句，好可平景良時叶，四字句。○只可平念獨可平守孤幃叶，六字句。把枕可平前祝可平付五字句，一可平旦分飛叶，四字句。上秦可仄樓遊可仄賞五字句，酒可平殢花迷叶，四字句。誰可仄知別可平後相思苦七字句，悄可平為可平伊可仄、瘦可平損香肌叶，七字句。花可仄前月下四字句，黄可仄昏院可平落四字句，珠可仄淚偷垂叶，四字句。

春從天上來(一)　雙調○長調

感舊(二)

宋吳彥高(三)

海可平角飄零韻，四字句。嘆可平漢可平苑秦宫、墜可平露飛螢[一]叶，九字句。夢可平裏可平天上四字

(一) 按：《詞譜》卷三十三收此調，注「調見《中州樂府》吳激詞」。《全宋詞》收張繼先、張炎、周伯陽此調各一首，《全金元詞》收吳激、王惲、張翥等人詞凡二十餘首。

(二) 按：《草堂詩餘・後集》卷下入「人事・感舊」類；《中興以來絶妙詞選》卷二序云「會寧府遇老姬，善鼓瑟，自言梨園舊籍」，《全金元詞》同，唯末有「因感而賦此」一句。

(三) 按：《明辯》本署「宋吳」，此本補署宋吳彥章；《中興以來絶妙詞選》卷二作吳彥高，注名激；《全金元詞》據《中州樂府》收為金吳激詞，茲從校訂。

句，金可仄屋銀屏叶，四字句。歌可仄吹可平競可平舉青冥[二]叶，六字句。問當時遺可仄譜五字句，有可平絕可平藝、鼓可平瑟湘靈叶，七字句。促哀彈三字句，似林鶯嚦可平嚦五字句，山可仄溜泠泠[三]叶，四字句。○梨可仄園可仄太可平平樂府六字句，醉可平幾度春風、鬢可平變星星叶，九字句。舞可平徹中原四字句，塵可仄飛滄可仄海四字句，風可仄雪可平萬可平里龍庭叶，六字句。寫胡笳幽可仄怨五字句，人可仄憔可仄悴、不可平似丹青叶，七字句。酒微醒叶，三字句。一可平軒涼可仄月[四]四字句，燈可仄火青熒叶，四字句。

【校】

[一]「嘆漢苑」句：《詞譜》卷三十三作五言一句、四言一句。後段「醉幾度」句同此。

[二]競：景元本《中州樂府》作「竟」。

[三]溜：此左劃綫表平聲；《明辯》本譜注仄聲，《詞譜》同。泠泠，原本作「冷冷」，茲從《明辯》、《中州樂府》校訂。

[四]一軒：《中州樂府》作「對一窻」。

送入我門來〔一〕　雙調〇長調

除夕　　宋胡浩然〔二〕

荼可仄壘安扉四字句，靈可仄馗掛可平戶[一]四字句，神可仄儺烈可平竹轟雷韻，六字句。動可平念流光四字句，四可平序式週回叶，五字句。須可仄知今可仄歲今宵盡七字句，似可平頓覺明年明可仄日催叶，八字句。向可平今可仄夕三字句，是可平處迎春送臘[二]六字句，羅可仄綺筵開叶，四字句。〇今可仄古偏可仄同此可平夜[三]六字句，賢愚共添一歲六字句，貴可平賤仍偕叶，四字句。互可平祝遐齡[四]四字句，山可仄海固難摧[五]叶，五字句。石可平崇富可平貴籛鏗壽七字句，更可平潘可仄岳儀容子建才叶，八字句。仗可平東可仄風盡可平力五字句，一可平齊吹可仄送四字句，入此門來叶，四字句。

〔一〕按：此調宋詞僅見胡浩然一首，為孤調。《詞譜》卷三十三注：「調見《草堂詩餘》宋胡浩然除夕詞，有『東風盡力，一齊吹送，入此門來』之句，取以為名。」原本目錄調名作「送我入門來」，蓋訛誤，已校正。

〔二〕按：《明辯》本署「宋胡」，此本補署胡浩然；《草堂詩餘・後集》卷上入「節序・除夕」類，《類編草堂詩餘》卷四題「除夕」，皆署胡浩然作。

【校】

[一] 尵：平聲，當左劃綫；《明辯》本、《詞譜》皆注平聲。

[二] 「向今夕」二句：《詞律》卷十八作五言一句、四言一句，注與後段句式同。

[三] 偏：《草堂詩餘·後集》卷上、《類編草堂詩餘》卷四、《花草粹編》卷二十二皆作「徧」。

[四] 遐：平聲，當左劃綫，此蓋脫漏；《明辯》、《詞譜》皆注平聲。

[五] 難摧：皆平聲，當左劃綫，此蓋脫漏。

玉女搖仙佩

雙調○長調　　宋柳　永

飛可仄瓊伴可平侶[一]韻，四字句，偶可平別珠宮四字句，未可平返神可仄仙行綴叶，六字句。取可平次梳糚四字句，尋可仄常言可仄語四字句，有可平得幾多姝麗叶，六字句。擬可平把名花比[二]五字句，恐傍可仄人笑可平我五字句，談可仄何容易叶，四字句。細可仄思算、奇可仄葩艷可平卉[三]七字句，唯可仄是深紅淺白而已叶，八字句。爭可仄如可仄這多情五字句，占可平得人可仄間、千可仄嬌百可平媚[四]叶，八字句。○須可仄信畫可平堂繡閣六字句，皓可平月清風四字句，忍可仄把光可仄陰輕可仄棄叶，六字句。自可平古及今四字句，佳人才子四字句，少可平得當年雙可仄美叶，六字句。且可平恁相偎倚[五]叶，五字句。未可平消得、憐可仄我多可仄才多藝[六]叶，九字句。願可平孄孄蘭可仄心蕙可平性[七]七字句，枕可平前言可仄下四字句，表余深可仄意為盟誓[八]叶，七字句。今可仄生斷不孳鴛被[九]叶，七字句〇行字音杭。

【校】

[一]「飛瓊」句：此注起韻，《詞律》卷二十、《詞譜》卷三十八於首句皆不注起韻。

[二]「擬把」句：《詞律》、《詞譜》此句皆注叶韻。

[三]細：仄聲，此左劃綫表平聲，蓋訛誤；《明辯》本注仄聲。

[四]「占得」句：《詞律》、《詞譜》皆作四言二句。

[五]偎：平聲，當左劃綫，此蓋脱漏；《明辯》、《詞譜》皆注平聲。

[六]消：平聲，當左劃綫，此蓋脱漏。

[七]願孄孄：《詞譜》作「但願取」。

[八]「表余」句：《詞律》、《詞譜》皆作四言一句、三言一句，於「意」字亦注叶韻。

[九]今生：《詞律》、《詞譜》皆作「從今」。孳，《詞律》作「負」。

詩餘譜卷二十五[一]

七字題

鳳凰臺上憶吹簫[二]　雙調○長調

閨情[三]　宋婦李清照

香可仄冷金猊四字句，被可平翻紅浪四字句，起來慵可仄自梳頭韻，六字句。任寶可平奩塵可仄滿五字句，日可平上簾鈎叶，四字句。生可仄怕離可仄懷別可平苦六字句，多可仄少事、欲可平說難休叶，七字句。新來瘦[二]三字句，非可仄干病可平酒四字句，不可平是悲秋叶，四字句。○休休叶，二字句。這可

[一]按：原本未題卷數，重訂本、《彙刊》本皆題「詩餘二十五」，茲從校訂。

[二]按：《詞譜》卷二十五引《列仙傳拾遺》所記蕭史、弄玉傳説故事，謂「調名取此」。宋詞别名《鳳凰台憶吹簫》、《憶吹簫》，《高麗史·樂志》作《憶吹簫慢》。

[三]按：《樂府雅詞》卷下、《花庵詞選》卷十無題；《草堂詩餘·後集》卷下入「人事·離别」類，《類編草堂詩餘》卷三題「離别」。

平回去可平也四字句，千可仄萬可平遍陽可仄關可仄、也可平則難留[二]叶，九字句。念可平武可平陵人可仄遠五字句，煙可仄鎖秦樓叶，四字句。唯可仄有樓可仄前流可仄水六字句，應可仄念可平我、終可仄日凝眸叶，七字句。凝眸處三字句，從可仄今又可平添可仄、一段新愁[三]叶，八字句。

【校】

[一] 來：平聲，當左劃綫，此蓋脱漏。

[二] 「千萬」句：《詞律》卷十四、《詞譜》卷二十五皆作五言一句、四言一句。

[三] 「從今」句：《詞律》、《詞譜》皆作四言二句。愁，平聲，當左劃綫，此蓋脱漏。

附錄

一、序録

《大唐開元占經》一百二十卷，瞿曇悉達等奉勑之所撰也。《文獻通考》、《玉海》、《崇文總目》、《文淵閣藏書目》皆不載其名，惟鄭夾漈《通志略》有其目云一百一十卷，並無作者之名，且云今僅存三卷。陶九成著書甚富，其《輟耕録》云：「角端」二字乃馬名，見於《史記》，初無日行一萬八千里之説。我朝博洽如楊升菴、何元朗、王鳳洲、陳五嶽、焦澹翁、胡雲瑞諸公，所著書皆未道及，惟澹園先生《國史經籍志》所載與《通志略》同，不過因鄭氏之説耳。何元朗《四友齋叢説》云：緯書傳聞有七種，歷代所禁，藏書好事之家倘然遇此，不可錯過。今考《占經》有緯書七十餘種，皆宋元明博學大儒所未經見，余今得而讀之，何其幸矣！元世祖用兵沙漠，時見一巨獸云：此去非陛下所有，當宜回兵。問之耶律楚材，奏云：「此天之仁獸也，名角端，能作四夷語，日行一萬八千里。上帝好生惡殺，故遣之以告陛下，陛下急宜回兵。」今此書具有其説，可見得見者惟耶律氏一人而已。劉誠意没後，太祖命人往取其生平所讀天文書，其子乃以《觀象玩占》進，太祖命人重録一過。想劉公當日亦未有此，故南北靈臺俱無藏本。余因布施裝金，而得此書於古佛腹中。不知藏於何代，録於何人。諒必非庁流之所能鑒辨也。一旦宣洩，流布人間，亦足以徵余藏書好道之報矣。因跋卷尾，使人知所重云。萬曆四十四年，歲在丙辰秋七月，古歙程明善跋。（明程明善跋《大唐開元占經》，明抄本，收入中國國家數字圖書館《中華古籍資源庫》）

緯書之學，起於西周，盛於西漢，自光武嚴禁不行，故歷代弘儒未及盡睹。至唐，瞿曇悉達奉勅以成《占經》一百二十卷，採緝緯書七十餘種，可謂無遺珠矣。然歷代禁秘不第宋元，我明鉅公皆未之見，即南北靈臺亦無藏本。吾弟好談乾象，又素佞佛，以布施裝金，而得此書於古佛腹中，可謂雙濟其美矣。第不知藏於何代，録於何人。而今一旦洩露，其關係諒必匪輕。吾欲弟之列於架上，當如藏古佛腹中時也，後之覽者可不知所重云。萬曆戊午仲夏上澣日，兄明哲書於流雲館中。（明程明哲跋《大唐開元占經》，明抄本，收入中國國家數字圖書館《中華古籍資源庫》）

是書歷唐迄明約數百年，始獲於挹玄道人，亦奇矣哉！而誌其所獲繇來者，道人之兄也。戊午初夏，偶遊蕪江，蒙友人不秘而手録之，殆有夙緣乎！古宣張一熙質先甫識于必必軒。（明張一熙題識《唐開元占經》，《文淵閣四庫全書》本）

《大唐開元占經》一百二十卷，目錄二卷，題銀青光祿大夫太史監事門下同三品臣瞿悉達等奉敕修撰。前有萬曆丙辰程明善跋，稱：「南北靈臺俱無藏本。余因布施裝金，得此書於古佛腹中。不知藏於何代，録於何人。」又有萬曆戊午兄明哲跋。《四庫全書》本卷首有萬曆丁巳張一熙識語，謂是書歷唐迄明約數百年，始得之挹元道人。此皆同時傳鈔之本，而此本稍詳。（清孫星衍《平津館鑒藏書籍記》卷三，清道光刻本）

《唐開元占經》一百二十卷，舊鈔校本，銀青光祿大夫行太史監事門下同三品臣瞿曇悉達等奉敕修撰。《唐書・藝文志》、《玉海》皆載一百十卷，當為悉達原書。後十卷或後人以雜占增附。所言占驗之法，援引緯書有七十餘種之多。《隋志》載緯書八十一篇，後皆不傳，此猶尚存八九。萬曆四十四年，古歙程明善跋云：「余因布施裝金，得此於古佛腹中。不知藏之何代，録於何人。一旦宣洩，流布人間，亦足徵余藏書好道之報。」明善之兄明哲與張一熙同有跋語。末有嘉慶丙寅蔣二松校於安德□□糧道署，小平津館朱筆記中多據千里校語，更有「不語翁」一印。（清丁丙《善本書室藏書志》卷十七，清光緒刻本）

程明善《嘯餘譜》十卷。新安人，天啟中太學生。（明黄虞稷《千頃堂書目》卷二，《文淵閣四庫全書》本）

《嘯餘譜》十卷，明程明善撰。明善字若水，歙縣人。天啟中監生。其書總載詞曲之式，以歌之源出於嘯，故名曰《嘯餘》。首列《嘯旨》、《聲音度數》、《律呂》、《樂府原題》一卷；次《詩餘譜》三卷，《致語》附焉；次《北曲譜》一卷、《中原音韻》及《務頭》一卷；次《南曲譜》三卷、《中州音韻》及《切韻》一卷。考古詩皆可以入樂，唐代教坊伶人所歌，即當時文士之詞。五代以後，詩流為詞。金元以後，詞又流為曲。故曲者，詞之變；詞者，詩之餘。源流雖遠，本末相生。詩不本於嘯，詞曲安得本於嘯？命名已為不确。首列《嘯旨》，殊為附會。其《皇極經世》、《律呂》、《樂府原題》之類，與詞曲亦復闊絶。所列詞譜第一體、第二體之類，以及平仄字數，皆出臆定，久為詞家所駁。曲譜所載，亦不及《南北九宮譜》之詳備，徒以通俗便用，至今傳之，其實非善本也。（《四庫全書總目》卷二百《嘯餘譜》提要，中華書局一九六五年版，下册第一八三五頁）

今夫風之為聲也，亦安所從來乎？方其藏太虚，宿崑崙，不知其為聲也。及其發蒼梧，起蘋末，而刁調怒號，吹萬之籟作矣。及其周游八極，廻環四序，而為不周，為廣莫，為條，為明庶，為清明，為景，為涼，為閶闔，而十二子之變生焉。是豈天之有意為聲哉？不得已也。聖王知其然，故因乎八風置為十二律，其數九九八十一以為宫；三分去一，五十四以為徵；三分益一，七十二以為商；三分去一，四十八以為羽；三分益一，六十四以為角。音生于數，數生于氣，氣生于神。神也者，其天之所為乎？因乎天之自然，而聖人無所與于其間，故聲音之道與天通。千古知音者莫如師曠，然豈循循焉日從事于筦篌琴瑟之間以為聲哉？誠有以動乎其天也。靈均之為聲也以騷，子雲之為聲也以賦，少陵之為聲也以詩，騷耶？賦耶？詩耶？皆有天焉處乎其中，而終不若蘇門一嘯，山鳴谷應，于天為尤近。故曰：「絲不如竹，竹不如肉。」蓋深知夫聲不自聲，而以天為聲也。迨騷、賦、詩一變而為樂府，而關漢卿之流作焉。其按譜填詞，有宮商，有南北，有陰陽，必使纍黍不差，毫髮可數。迺知其事非飛揚蹈厲之事，而寧靜澹泊之事歟；其書非和聲度曲之書，而正性定情之書歟！自新安程若水編緝《嘯餘》，而後《廣陵散》今不復作，余間取而論次之。集中如玉川《嘯旨》可以略焉不詳，至邵康節象數之言，與漢儒黃鍾九寸三分之説，以及樂府、詩餘、曲譜、音韻，各有斟酌，要必折衷群書，參以神明，字真句確，而後即安。何安乎？將以全乎其天也。全乎其天，則靈均可以無騷，子雲可以無賦，少陵可以無詩，漢卿輩可以無樂府。非無騷賦與詩與樂府也，一一皆天機之自為動也。黃鍾一氣，淵涵灝放，前喁後于，茫無崖略，律曰天律，風曰天風，微乎微乎，其聽于無聲乎？是為序。峕康熙壬寅陽月，古吳興張漢南紀氏書于瑞凝堂之勗齋。（清張漢《重訂嘯餘譜序》，瑞凝堂重訂《嘯餘譜》卷首，清康熙元年壬寅刻本）

《嘯餘譜》，程明善撰，《四庫存目》著錄之。明善，字若水，歙縣人，天啟間監生。其書載詞曲之格式，以歌之源出於嘯，故以《嘯餘》名譜，凡十卷。首列《嘯旨》，又《律度》、《樂府原題》為一卷；次《詩餘譜》凡三卷，析之為二十五卷，附宋《致語》；次《北曲譜》一卷；《中原音韻》及《務頭》一卷；次《南曲譜》三卷；《中州音韻》及《切韻》一卷。傳世者有天啟（按手校為萬曆）元刊本，及康熙間張漢重校本，余得藏其書。細檢詞譜，以天文、地理、珍寶、花木析類，已為謬妄；又分二字題、三字題，則更涉怪誕；就中譜字之訛不可勝數，平仄通假一本己意，初不足語於詞律也。惟後附宋人《致語》，猶是大曲「放隊」之遺，為後世所罕見。詞在天水一朝，家絃戶誦，至元曲興而詞法墜。明善強為之譜，自謂解人，初不足數。迨有清一代，萬氏出而訂譜，戈氏出而辨韻，斯道為之大尊。反觀斯篇，不禁失笑。惟是明人剏譜，流傳不多，大輅椎輪，亦足研討。因汰其《致語》，重為梓行。至蘭荃佳什，倚聲名家，固不必引此相訂證也。《存目》斥之誠然，其不足為善本矣。乙亥鐙節趙尊嶽跋。（趙尊嶽輯《明詞彙刊》所收《嘯餘譜》跋語，據龍榆生藏紅印再校本影印，上海古籍出版社二〇一二年版，下冊第一三六九頁）

二、評論

填詞首重音律，而予獨先結構者，以音律有書可考，其理彰明較著。自《中原音韻》一出，則陰陽平仄畫有塍區，如舟行水中，車推岸上，稍知率由者，雖欲故犯而不能矣。《嘯餘》、《九宮》二譜一出，則葫蘆有樣，粉本昭然。前人呼製曲為填詞，填者，布也，猶棋枰之中畫有定格，見一格，布一子，止有黑白之分，從無出入之弊，彼用韻而我協之，彼不用韻而我縱横流蕩之。至於引商刻羽，戛玉敲金，雖曰神而明之，匪可言喻，亦由勉強而臻自然，蓋遵守成法之化境也。至於結構二字，則在引商刻羽之先，拈韻抽毫之始。如造物之賦形，當其精血初凝，胞胎未就，先為制定全形，使點血而具五官百骸之勢。倘先無成局，而由頂及踵，逐段滋生，則人之一身，當有無數斷續之痕，而血氣為之中阻矣。（清李漁《閒情偶記》「詞曲部·結構第一」，江巨榮等校注，上海古籍出版社二〇〇〇年版，第一七頁）

今人作詩餘，多據張南湖《詩餘圖譜》，及程明善《嘯餘譜》二書。南湖譜平仄差核，而用黑白及半黑半白圈，以分别之，不無魚豕之譌。且載調太略，如《粉蝶兒》與《惜奴嬌》，本係兩體，但字數稍同，及起句相似，遂誤為一體，恐亦未安。至《嘯餘譜》則舛誤益甚，如《念奴嬌》之與《無俗念》、《百字謡》、《大江乘》，《賀新郎》之與《金縷曲》，《金人捧露盤》之與《上西平》，本一體也，而分載數體。《燕春臺》之即《燕臺春》，《大江乘》之即《大江東》，《秋霽》之即《春霽》，《棘影》之即《疏影》，本無異名也，而誤仍譌字。或列數體，或逸本名。甚至錯亂句讀，增減字數，而強綴標目，妄分韻脚。又如《千年調》、《六州歌頭》、《陽關引》、《帝臺春》之類，句數率皆淆亂。成譜如是，學者奉為金科玉律，何以迄無駁正者耶？（清鄒祇謨《遠志齋詞衷》「張程二譜多舛誤」條，唐圭璋編《詞話叢編》本，中華書局一九八六年版，第六四三頁）

詞有一體而數名者，亦有數體而一名者。詮敘字數，不無次第參錯。其一二字之間，在於作者研詳綜變，譜中譜外，多取唐宋人本詞較合，便得指南。張世文、謝天瑞、徐伯魯、程明善等前後增損繁簡，俱未盡善。（清鄒祇謨《遠志齋詞衷》「花間非全無定體」條，唐圭璋編《詞話叢編》本，第六四五頁）

向十許歲，學作長短句，不工，輒棄去。今夏樓居，效比丘休夏自恣。……偶讀《嘯餘譜》，輒拈筆填詞，次第得三十首。（清王士禛《阮亭詩餘自序》，《衍波詞》附録三，廣東人民出版社一九八六年版，第一四七頁）

維揚張世文作《詩餘圖譜》七卷，每調前具圖，後繫詞，於宫調失傳之日，為之規規而矩矩，誠功臣也。但查卷中，一調先後重出，一名有中調、長調，而合為一調，舛錯非一。錢塘謝天瑞更為十二卷，未見厘剔。吴江徐伯魯以圈別黑白而易淆，而直書平仄，標題則乖；且一調分為數體，體緣何殊？《花間》諸詞未有定體，而派入體中，其見地在世文下矣。古歙程明善因之刻《嘯餘譜》，於天瑞兄弟也。（清沈際飛《古香岑草堂詩餘四集》「發凡·定譜」，明末南城翁少麓刻本，天津圖書館藏，收入《中華古籍資源庫》）

《柳塘詞話》曰：徐師曾魯庵著《詞體明辨》一書，悉從程明善《嘯餘譜》，舛訛特甚。如南湖《圖譜》，僅分黑白。魯庵《明辨》亦別平仄，但襯字未曾分析，句法未曾拈出。小令之隔韻换韻，中調之暗藏別韻，長調之有不用韻，亦未分明。較字數多寡，或以襯字為實字。分令慢短長，或以別名為一調。甚則上二字三字，可以聯下句。下五字七字，可以作對句。過變竟無聯絡，結束更無照應，成譜豈可以如是！此我邑先輩著書最富，諒必為人所悞也。（清沈雄《古今詞話·詞話》下卷「詞體明辨舛訛特甚」條，唐圭璋編《詞話叢編》本，第八〇六頁）

沈雄曰：維揚張世文為《圖譜》，絕不似《嘯餘譜》、《詞體明辨》之有舛錯，而為之規規矩矩，亦填詞家之一助也。（清沈雄《古今詞話·詞評》下卷「張綖」條，唐圭璋編《詞話叢編》本，第一〇二九頁）

維陽張氏據詞而為圖，錢塘謝氏廣之；吳江徐氏去圖而著譜，新安程氏輯之。於是《嘯餘譜》一書，通行天壤，靡不駭稱博覈，奉為章程矣。百年以來，蒸嘗弗輟。近歲所見，剞劂載新，而未察其觸目瑕瘢，通身罅漏也。近復有《填詞圖譜》者，圖則葫蘆張本，譜則矇捧《嘯餘》，持論或偏，參據太略。……况世傳《嘯餘》一編，即為鐵板；近更有《圖譜》數卷，尤為金科。凡調之稍有難諧，皆譜所已經駁正，但從順口，便可名家。於是篇牘汗牛，棗梨充棟，至今日而詞風愈盛，詞學愈衰矣。……祇據賀囊之所挈，及搜鄴架之所存，惟《花菴》、《草堂》、《尊前》、《花間》、《萬選》、汲古刻諸家、沈氏《四集》、《嘯餘譜》、《詞統》、《詞滙》、《詞綜》、《選聲》數種，聊用參較。（清萬樹《詞律·自敘》，載《詞律》卷首，據清光緒

二年本影印，上海古籍出版社一九八四年版）

《嘯餘譜》分類為題，意欲別於《草堂》諸刻。然題字參差，有難取義者强為分列，多至乖違。如《踏莎行》、《御街行》、《望远行》，此行步之行，豈可入歌行之内？而《長相思》尤為不倫。《醉公子》、《七娘子》等是人物，豈可與他「子」字為類？通用題與三字題，有何分別？《惜分飛》、《紗窗恨》又不入人事思憶之數；《天香》入聲色、不入二字題，《白苧》入二字、不入聲色題；《柳梢青》入三字，而《小桃紅》又入聲色；《玉連環》不入珍寶。若此甚多，分列俱不確當。故列調自應從舊，以字少居前，字多居後，既有曩規，亦便檢閱。（清萬樹《詞律・發凡》，載《詞律》卷首）

詞有調同名異者，如《木蘭花》與《玉樓春》之類，唐人即有此異名。至宋人，則多取詞中字名篇，如《賀新郎》名《乳燕飛》，《水龍吟》名《小樓連苑》之類。張宗瑞《綺澤新語》一帙皆然，然其題下自注寓本調之名也。後人厭常喜新，更換轉多，至龐雜朦混，不可體認。所貴作譜者合而酌之，標其正名，削其巧飾，乃可遵守。而今之傳譜，有二失焉。《嘯餘》則不知而誤復收，如《望江南》外又收《夢江南》，《蝶戀花》外又收《一籮金》，《金人捧露盤》外又收《上西平》之類，不可枚舉。甚至有一調收至四五者。更如《大江東》之誤作《大江乘》，《燕春臺》、《燕臺春》顛倒一字，而兩體共載一詞，訛謬極矣。《圖譜》則既

襲舊傳之誤，而又狥時尚之偏，遂有明知是某調而故改新名者。（清萬樹《詞律·發凡》，載《詞律》卷首）

《詞律》二十卷，國朝萬樹撰。樹有《璇璣碎錦》，已著録。是編糾正《嘯餘譜》及《填詞圖譜》之訛，以及諸家詞集之舛異。（《四庫全書總目》卷一九九《詞律》提要，第一八二七頁）

夫詞寄於調，字之多寡有定數，句之長短有定式，韻之平仄有定聲，杪忽無差，始能諧合，否則音節乖舛，體制混淆，此圖譜之所以不可略也。間覽近代《嘯餘》、《詞統》、《詞匯》、《詞律》諸書，原本《尊前》、《花間》、《草堂》遺説，頗能發明，尚有未備。（《御製詞譜序》，載《欽定詞譜》卷首，據清康熙五十四年内府刻本影印，中國書店二〇一〇年版）

宋元人所撰詞譜流傳者少。自國初至康熙十年前，填詞家多沿明人，遵守《嘯餘譜》一書。詞句雖勝於前，而音律不協，即《衍波》亦不免矣，此《詞律》之所由作也。（清田同之《西圃詞説》「詞律與詞譜」條，唐圭璋編《詞話叢編》本，第一四七三頁）

《蒲褐山房詩話》：「樓儼，號西浦，義烏人。居申江，與繆雪莊、張幻花以詞倡和。康熙癸丑，詔修

《詞譜》，被薦與杜紫綸同館纂修，辨析體制，考訂源流，駁正萬氏《詞律》百餘條，最中窾要。又以張綖之《詩餘圖譜》、程明善之《嘯餘譜》，及毛先舒之《詞學全書》，率皆謬妄錯雜，倚聲家無所遵循，因自訂《群雅集》一書，以四聲二十八調為經，而以詞之有宫調者為緯，並以詞之無宫調者，依世代為先後，附於其下。朱竹垞先生為之序。以卷帙繁重，未及開雕。今不可復得矣。」詒案：《群雅集序》，前已詳論之矣。至以四聲二十八調為經，以詞之有宫調者為緯，即詒之以古之七音十二律為經，以今之四上工尺為緯，刪複正誤之意也（見二卷第二條）。惜乎《群雅集》不傳於世，而詞學之流，遂成絶響。（清江順詒《詞學集成》卷一「一曰源·樓儼自訂群雅集」條，唐圭璋編《詞話叢編》本，第三二二四頁）

余嘗謂唐宋以後，至有明一代而學術衰息。無論其餘，即詞為小道，亦骫骳無足觀。雖以楊升庵之淹博，而所為詞龐亂鈎裂，他可知矣。及聖清之興，大儒輩出，論學則務實行而掃空談，治經則守師法而恥臆説，舉義理名物，聲音訓詁，無一不實事求是，力追古初。而萬氏《詞律》一書亦出於其間。宗《花間》、《尊前》之典型，而痛闢《嘯餘》、《圖譜》之紕繆，苟合乎古，雖拗於吻而必遵，或背乎法，雖熟於耳而必斥。（清俞樾《詞律拾遺·序》，載徐本立《詞律拾遺》卷首，與《詞律》合册，第四六一頁）